제 별에서
여러분들을 보고있을게요

416 단원고 약전 **짧은, 그리고 영원한 4권**

제 별에서 여러분들을 보고있을게요

2학년 4반

경기도교육청 약전작가단 지음
경기도교육청 엮음

굿플러스북

발간사

《단원고 약전》으로 영원히 기리다

‘기록하지 않은 기억은 망각되고, 기록은 역사가 된다.’ 우리가 오늘 그날의 이야기를 기록하는 이유입니다. 단원고 학생과 교사 261명을 포함해 모두 304명의 목숨을 앗아간 4.16 세월호 참사. 그들의 못다 한 꿈을 영원히 기억하고 우리의 책임을 통감하며 후대에 교훈으로 남기기 위해 이 참사를 기록하게 되었습니다.

‘세월호’의 기록은 우리 시대의 임무입니다. ‘세월호’를 하나의 사건으로만 기억하지 않고 역사의 기록으로 남겨야 하는 이유는 가장 소중한 가족을 잃은 사람들의 비통함 때문만은 아닙니다. 안전 불감증이라는 사회적 성찰과 국가의 부끄러운 안전 정책은 물론 역사의 진실을 제대로 알리고자 하는 마음이 모여 한 장 한 장 피맺힌 절규를 담게 되었습니다.

희생자 한 명 한 명의 삶과 꿈, 그 가족과 친구들의 기억을 기록하는 데 그치지 않고, 어떻게 기록해야 진실을 올곧게 담아내고 가장 많은 사람들과 이 기억을 공유할 수 있을까를 생각했습니다. 그래서 이번 참사의 아픔을 함께하고, 우리 시대의 사랑과 분노, 희망과 좌절을 문학 작품으로 기록해 온 작가들을 약전 필자로 모셨습니다. 아무리 훌륭한 작가가 있다 해도 아들딸, 형제자매를 떠나보낸 가족들이 이들을 만나서 이야기해 주지 않았다면 단 한 줄도 기록할 수 없었을 것입니다. 약전 발간에 대한 가족들의 관심과 참여가 1만 매가 넘는 원고를 만들어 낸 가장 소중한 밑거름이 되었습니다.

약전 작가와 발간위원들은 가족들이 있는 합동분향소, 광화문광장, 팽목항으로 찾아가 묵묵히 그 곁을 지키며 함께했습니다. 눈을 마주치고 짧은 인사를 나누고, 그렇게 시작해 몇 시간씩 마주 앉아 함께 울고 웃으며 '지금은 천 개의 바람이 되어 버린 그들'에 대한 이야기를 나눴습니다.

이렇게 12권의 책이 만들어졌습니다. 경기도는 물론 전국 방방곡곡에서 단원고 학생과 교사들의 삶을 약전을 통해 다시 만나고 그들과 함께할 것입니다. 그들의 꿈과 미래가 영원히 우리 곁에서 피어나길 기원하며, 이 시대를 살아가는 모든 분께 《단원고 약전》을 바칩니다.

2016년 1월

경기도교육청

기록의 소중함

《삼국유사》가 전승되지 않았더라면 천년 이후에 우리는 신라의 향가를 비롯해 우리 고대의 역사, 문화, 풍속, 인물들을 어떻게 추론할 수 있었을까? 모두 알다시피 정사인 《삼국사기》와 달리 《삼국유사》는 최초로 단군신화를 수록하고 학승, 율사와 같은 위인의 전기뿐만 아니라 선남선녀들의 효행을 기록했다. 우리가 진정 문화 민족의 후예임을 밝혀 주는 보물 같은 기록이다.

사마천의 《사기》 역시 마찬가지로 문명사회의 시원과 중국 고대사를 비추는 찬란한 등불이다. 그리고 나아가 이제는 인류의 공동 자산이 되었다. 흥미로운 것은 방대한 《사기》에서 가장 많이 사랑받는 부분은 '제왕본기'가 아니라 당대의 문제적 인간들의 이야기를 엮은 '열전'이다. 지배 계층 인물보다 골계 열전에 엮은, 당시 민중의 살아 숨쉬는 모습이 압권이다. 실로 이천여 년 전의 인간이라 믿기 어려울 정도로 사실적이다.

《삼국유사》와 《사기》 안에 부조된 인간사는 현대에도 부단히 여러 예술 장르로 부활, 변용되고 있다. 기록은 그토록 소중한 작업이다.

세월호 참사에 대한 보도, 영상물을 비롯한 기타 자료 등은 넘치고 또 넘친다. 해난 사고가 참사로 이어지는 과정에 대한 탐구, 분석, 평가 또한 앞으로 이어질 것이다.

'바다를 덮친 민영화의 위험성', '무분별한 규제 완화', '정부의 재난 대응 역량' 등의 문제는 정치의 영역일 터이다.

우리 139명 작가들과 6명의 발간위원들은 4.16 참사라는 역사적 대사건의 심층을 들여다보고 이를 기록하고자 했다. "잘 다녀올게요" 하고 환하게 웃으며 수학여행을 떠난 그들이 어떤 꿈과 희망을 부여안고 어떤 난관과 절망에 부딪치며 살았는지 있는 그대로 되살려 내고자 했다. 여기에는 결코 어떤 집단의 유불리나, 하물며 정치적 의도 같은 것이 있을 리 없다.

파릇한 나이에 서둘러 하늘로 떠나 버린 십대들의 삶과, 또한 이들과 동고동락한 선생님들의 생애를 고스란히 사실적으로 담았다.

로마의 폼페이 유적지에서 이천여 년의 시간을 뚫고 솟아난 한 장의 프레스코화는 실로 눈부시다. 머리 빗는 여성의 풍만한 몸매와 신라 여인을 연상시키는 의상, 그리고 이를 바라보는 어린 아들의 익살스런 포즈는 그 시대를 단번에 현대인에게 일러 준다.

프레스코화 기법의 핵심은 젖은 회반죽이 채 마르기 전에 그리는 것이라고 한다. 우리 역시 비극의 잔해가 상기 남아 있는 시기에 약전을 쓰려고 했다. 무척 고통스럽고 슬픈 작업이었다. 작가들은 떠나간 아이들과, 그리고 남아 있는 부모와 가족, 친지들과 함께 다시 비극의 한가운데 오래 머물러야 했다.

'왕조실록', '용비어천가', 《삼국사기》가 역사 기록이듯 '녹두장군', '갑오동학혁명', 무명의 여인들이 쓴 형식 파괴의 '사설시조' 등도 전통의 지평을 넓히는 우리 문화유산이다. 평가와 선택은 후세가 할 것이다. 우리는 다만 동시대인으로서 비극에 얽힌 인물들의 이야기를 기록한다.

함께 별이 된 아이들과 교사들이 하늘에서 편하시기를 기도하며, 고통스런 작업에 참여해 주신 가족, 친지분과 작가 여러분께 깊이 감사드린다.

2016년 1월

유시춘 (작가, 약전발간위원장)

발간사

2학년 1반

1권 | 너와 나의 슈가젤리

고해인 해바라기의 창
김민지 Be Alright
김민희 그러니까 민희는
김수경 나는야 친구들 고민 해결사
김수진 사랑하는 방법을 아세요?
김영경 영롱한 날의 풍경
김예은 예은이의 웃음소리
김주아 유려한 강물의 기운을 타고난 아이
김현정 어느 멋진 날
박성빈 깊고 넓은 우주, 버릴 게 하나도 없는 우리 딸
우소영 단원고의 이나영이라 불렸던 아이
유미지 구름은 왜 구름일까?
이수연 춤과 노래를 좋아하는 수재
이연화 너와 나의 슈가젤리
한고운 오래된 골목 속으로 사라지다

2학년 2반

2권 | 작은 새, 너른 날갯짓

강수정 웨딩드레스 디자이너를 꿈꾸며
강우영 내 곁에 있어야 할 넌 지금 어디에
길채원 우리들의 메텔
김민지 아프로디테 민지
김소정 아름다운 것이 없다면 세상은 끔찍한 곳이겠지
김수정 세상에서 만난 모든 것을 사랑했네
김주희 망고 한 조각
김지윤 추억의 창고, 노란 앨범
남수빈 마음은 이미 사학자
남지현 지현이의 기도
박정은 괜찮아요? 괜찮아요!
박혜선 엄마, 가끔 하늘을 봐 주세요
송지나 쪽지 편지
양온유 갑판에서 다시 선실로 뛰어든 반장
오유정 오! 유정 빵집에 오신 걸 환영합니다
윤민지 빛과 소금처럼
윤 솔 내 눈 속에 이쁨
이혜경 초록, 오렌지, 분홍, 빨강
전하영 작은 새, 너른 날갯짓
정지아 정지아 족장님의 아름다운 생애
조서우 춤추는 손
한세영 태풍이 지나간 자리에
허유림 시간 여행, 유림이의 역사 속으로

2학년 3반

3권 | 우습게 보지 마, 후회할 거니까

김담비	담비, 가족을 이어 준 복덩이
김도언	사랑으로 자라 사랑을 베풀며
김빛나라	내면이 툭 터져 영글어 가던 그때
김소연	아빠는 내 친구
김수경	따뜻한 눈사람, 수경이
김시연	깨박 시연, 그리고 재광
김영은	타고난 복
김주은	내 웃음소리를 기억해 주세요
김지인	나 행복해
박영란	영원한 작은 새, 엘리사벳
박예슬	또각또각 구두 소리
박지우	선물 같은 아이
박지윤	그림이 된 소녀
박채연	언제나 세상 모든 것이었던 채연아
백지숙	가만히 빛나는
신승희	멈춰 버린 시간을 붙잡고 싶어
유예은	우습게 보지 마, 후회할 거니까
유혜원	팔색조 같은 우리의 친구
이지민	궁극의 에이스를 위하여
장주이	주이라는 아름다운 세계
전영수	나의 신(神), 나의 교주, 나의 딸
정예진	눈이 오는 날마다, 너는
최수희	88100488
최윤민	머리부터 발끝까지 이쁜 아이
한은지	코스모스를 닮은 은지야
황지현	꿈이 없으면 뭐 어때!

2학년 4반

4권 | 제 별에서 여러분들을 보고 있을게요

강승묵	소울이 가장 중요한 '단세포밴드'
강신욱	푸근하고 듬직한 신욱이
강 혁	순애 씨의 하얀 돼지
권오천	세상을 다 가진 소년
김건우	작은 거인 건우 이야기
김대희	지켜 주고 싶어서
김동혁	엄마가 가져온 변화, 그리고 가족의 행복
김범수	이 똥깔놈!
김용진	마술이 마법처럼 제 삶을 바꿨어요
김웅기	잘 다녀오겠습니다
김윤수	하늘나라 작가가 된 윤수
김정현	형! 나 정현이야
김호연	진중하고 단정한 아이, 호연이
박수현	"사랑"을 입버릇처럼 말하던 소년
박정훈	정든 포도나무, 박정훈
빈하용	제 별에서 여러분들을 보고 있을게요
슬라바	주문을 외우면
안준혁	착한 돼지가 아니면 안 '돼지'
안형준	천둥 치는 날, 꼭 와야 해
임경빈	멋진 발차기 태권 소년 경빈이
임요한	파랑새의 집
장진용	쾌남, 주니어
정차웅	열여덟, 연둣빛처럼
정휘범	886번째 수요일부터 그다음 수요일까지
진우혁	그림, 라면, 게임, 우혁이를 표현하는 세 단어
최성호	벚꽃엔딩
한정무	충분히 좋은 기억
홍순영	여기, 한 아이가 있다

2학년 5반

5권 | 엄마, 큰 소리로 노래를 불러요

김건우1	속정 깊은 쿨 가이
김건우2	책임감과 배려심이 강했던 진정한 축구돌
김도현	자유로운 영혼의 작은 천재 피아니스트
김민성	속 깊고 철들었던 아들
김성현	형의 자리에 앉아
김완준	그 새벽의 주인공
김인호	사랑했고, 사랑하고, 영원히 사랑할 사람에게
김진광	나는 듣는 사람, 내가 네게 갈게!
김한별	한별아 나의 아가
문중식	체체, 엄마를 지켜 줘!
박성호	평화와 정의 실현을 꿈꾼 어린 사제
박준민	행복한 마마보이
박홍래	한 마리 자유로운 새가 되어 날아왔어요
서동진	끼가 넘치는 명랑 소년, 서동진
오준영	엄마의 편지 : 안산은 아침이 아프다
이석준	영원한 아가, 이석준 이야기
이진환	곁에만 있어도 절로 웃음이 나는 아이
이창현	바람처럼 빠르고 햇살처럼 따스한
이홍승	나는 이홍승
인태범	와스타디움 '편지 중계' 다시 쫌 안 되겠니?
정이삭	엄마, 큰 소리로 노래를 불러요
조성원	오! 해피 데이
천인호	너는 사랑만 주었다
최남혁	보석처럼 빛나는 아들
최민석	민석이는 떠나지 않았다

2학년 6반

6권 | 그만 울고 웃어 줘

구태민	아름다운 힘, 태민
권순범	너무 일찍 철이 든 아이
김동영	젖지 않는 바람처럼
김동협	여러분, 김동협의 모노드라마 보러 오실래요
김민규	이제 그만 울고 모두를 위해 웃어 줘, 엄마
김승태	아빠, 부탁해요!
김승혁	특별하지 않아 가장 특별했던 아이
김승환	선명한 밝은 빛, 저를 기억해 주세요
박새도	아직은 친구보다 가족이 더 좋았던 아이
서재능	큰 소리로 꿈을 말하다
선우진	네가 있는 세상보다 더 좋은 건 없을 거야
신호성	18세의 아리랑고개
이건계	내가 알고 있는 건계
이다운	이 노래 그대에게 들릴 수 있기를
이세현	나타날 수 없지만 분명히 존재한다
이영만	따뜻한 웃음, 순수한 영혼
이장환	장환이가 우리 친구라서
이태민	요리의 제왕, 이태민
전현탁	너처럼 착한 아이
정원석	빛을 가진 아이
최덕하	결정적 순간
홍종영	평등한 세상을 꿈꾼 쌍둥이 형
황민우	민우의 바다

2학년 7반

7권 | 착한 놈, 씩씩한 놈, 행복을 주는 놈

곽수인	다정한 아들이 될게요, 언제까지나
국승현	보라색 꿈이 된 승현이
김민수	렛잇고, 아무런 문제도 없어……
김상호	희망이 있어서 더 아름다웠던 시절
김성빈	'가족'과 함께했던 행복 발자취
김수빈	착한 놈, 씩씩한 놈, 행복을 주는 놈
김정민	너를 통해 보는 네 모습
나강민	기억 속의 소년
박성복	박성복 보고서
박인배	나는 두렵지 않다
박현섭	매일 너의 이름을 부른다, 현섭아
서현섭	나의 일기
성민재	땡큐, 크리스토프
손찬우	요리가 좋아지기 시작한 봄
송강현	게임의 왕, 강현이의 꿈
안중근	소중한 것들을 대하는 그의 태도
양철민	불꽃놀이 하자, 철민아!
오영석	웃고 웃기며 사는 즐거운 인생
이강명	안 되면 되게 하라
이근형	영원한 동생바보
이민우	어느 날 갑자기
이수빈	수학자를 꿈꾼 수빈이
이정인	사랑하는 사람들과 함께했던 소년의 시간
이준우	2차원과 3차원을 연결하기 위해
이진형	기억 속에 피는 꽃
전찬호	내 생애 가장 긴 편지
정동수	예비 로봇 공학자
최현주	힘껏 사랑받는 사람
허재강	엄마가 강이를 키웠고 강이는 엄마를 키웠다

2학년 8반

8권 | 우리 형은 열아홉 살

고우재	다시, 길 위에서
김대현	말 없는 바른 생활 사나이
김동현	달려라, 김동현!
김선우	먼 훗날의 옛날이야기
김영창	가슴 시린 이야기
김재영	엄마, 사랑해요
김제훈	형은 나의 우주입니다
김창헌	애인 같은, 철든 아들
박선균	로봇을 사랑한 소년
박수찬	수찬의 나날
박시찬	시와 찬양을 간직한 사람, 박시찬
백승현	혼자 떠나는 여행은 어떤 것일까?
안주현	기타 치는 자동차공학자
이승민	승민이와 엄마의 오랜 습관
이재욱	생명, 환경을 사랑한 재능꾸러기
이호진	너와 우리의 시작을 생각한다
임건우	우리 형은 열아홉 살
임현진	그 허연 얼굴과 까만 안경도 무척 이쁘지만
장준형	엄마는 이름이 많아
전현우	속 깊은 아이
조봉석	태권 보이 조봉석
조찬민	소울 푸드 요리사 조찬민
지상준	이 소년이 사랑한 것들
최정수	미래를 연출하다

2학년 9반

9권 | 네 잎 클로버를 키운 소녀

고하영	담담하고 당당하게!
권민경	네 잎 클로버를 키운 소녀
김민정	엄마의 꽃 민정이
김아라	김아라, 수호천사 우리 딸!
김초예	누구랑 여행해도, 어디를 여행해도
김해화	엄마, 얼굴 예쁘게 작게 낳아 줘서 고마워
김혜선	그리움의 조각을 이어 붙이다
박예지	행복한 사람, 자기를 사랑할 줄 아는 사람
배향매	다시 올게요
오경미	그날, 무대의 막이 오를 때
이보미	보미의 편지
이수진	아기 고래의 꿈
이한솔	놀기도 잘하고 공부도 잘하던 당찬 공주
임세희	노란 나비가 되어 다시 찾아오렴
정다빈	빵을 만드는 작가
정다혜	항상 멋진 정다혜!
조은정	'효녀 은정'이라고 불러 줘
진윤희	포에버 영원한 친구, 윤희
최진아	나의 샴고양이 똑순이(쑤니)에게
편다인	별이 언니의 Star's Story

2학년 10반

10권 | 팥빙수와 햇살

구보현	이렇게 행복해도 되나 가끔 두려워
권지혜	미소 천사 지혜
김다영	간직해 줘요, 깨알 편지에 새긴 내 무늬
김민정	태어나 줘서 고마운 아이, 민정이
김송희	엄마랑 같이 행복하게 산다더니
김슬기	빨리 와, 나 화장실 가야 해
김유민	다시 태어나도 엄마와 함께
김주희	짧은 생애 그러나 큰 기쁨을 주었던 김주희를 기억하며
박정슬	마음을 담아, 사랑하는 사람들에게
이가영	더 가까이, 더 따듯하게!
이경민	갱이 이모
이경주	혼자 우는 친구가 있다면 늘 그 옆에 있고 싶다
이다혜	다 덤비라고 해, 나 이다혜야!
이단비	참 행복한 아이, 단비
이소진	그래도 나는 동생이 좋아
이해주	춤 잘 추는 영원한 반장
장수정	내 카페에 오는 사람들에게 천국을 보여 주고 싶다
장혜원	팥빙수와 햇살

별이 된 아이들 이야기

소울이 가장 중요한 '단세포밴드'

안산 단원고 2학년 4반 **강승묵**

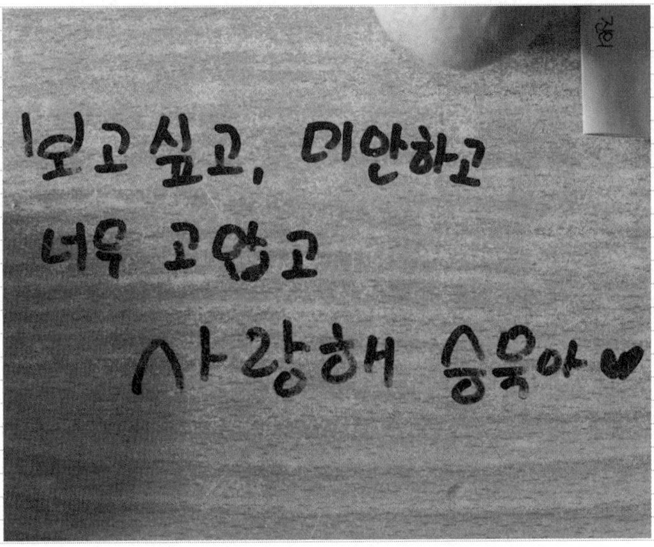

1. 광덕산 아침 등반에서 승묵이와 친구들. 오른쪽에서 세번째 브이를 한 승묵이.

2. 승묵이랑 민정이랑 눈밭에서.

3. 어느 날 거실에 앉아 쉬고 있던 승묵이를 보고는 어머님께서 사진에 담으셨다.

소울이 가장 중요한 '단세포밴드'

눈 내린 날의 행복

3월 초봄에 소복이 눈이 쌓였다.

와동중학교 2학년 승묵이는 운동장에 펄펄 날리는 봄눈을 바라보았다. 가슴이 잔잔하게 일렁거렸다. 2교시 쉬는 시간 종이 울리자 승묵이는 용수철처럼 튕기듯이 일어났다. 마침 눈발은 잦아들고 있었다. 승묵이와 친구들은 곧장 운동장으로 달려 나갔다.

"우리 눈사람 만들고 사진 찍자."

승묵은 개선장군처럼 의기양양했다.

제법 모양을 낸 눈사람의 목에 대희의 목도리를 둘렀다. 그리고 그 위에 현진이의 교복 넥타이를 걸쳐 보았다. 눈사람은 순식간에 신사로 변했다. 승묵은 눈밭을 이리저리 어린 노루처럼 뛰어다니며 열심히 사진을 찍었다. 이를 한편에서 지켜보고 있던 인우가 물었다.

"어디 쓰려고 이렇게 많이 찍는 거야?"

"연화한테 보내 주려고."

"연화?"

170센티미터가 넘는 훤칠한 키에 쾌활하고 늘 다정한 '강승묵'. 그래서 언제나 주변에 친구가 많은 승묵에게 마음에 둔 여자 친구가 생겼단 말이야? 인우는 얼굴도 모르는 연화에게 슬그머니 질투심이 일어났다.

승묵은 늘 친구들 한가운데 있는 존재였다. 남녀 공학인 와동중학교를 다니면서도 유독 남학생들로부터 인기가 많았다. 많은 친구들이 서로에 대한 첫 만남을 이야기할 때나 간혹 다툼이 생겨 위기에 빠졌을 때나 늘 거기에는 주연보다 더 빛나는 조연처럼 승묵이 등장했다.

그런 승묵이가 눈사람을 만들고 여자 친구에게 사진을 찍어 보내 주려 하다니!

인우는 고개를 갸우뚱하면서도 눈사람과 악수하고 뽀뽀하는 승묵의 포즈를 열심히 카메라에 담았다.

인우, 문기, 수성, 대희, 현진, 웅기, 완준, 유진, 승환.

이들은 중학 시절 절친들이었다.

광덕산 아침 등반에서 함께 맞이한 황홀한 해돋이. 중앙역에서 첫차를 타고 서울로 나가 어느 만화 작가의 팬 사인회에 다녀오던 재미와 짜릿함.

승묵이는 분위기를 즐기고 잘 활용할 줄 알았다. 그래서인지 친구들 모두의 가슴에는 여러 추억 중에도 단연 그날 봄눈 휘날리던 날의 승묵이 모습이 가장 선연히 남아 있다.

눈 내린 날의 행복은 승묵 어머니에게도 바로 어제처럼 또렷하다.

아버지, 어머니, 여동생 민정 그리고 승묵.

네 가족은 늘 화목했다. 아버지는 하루 대부분의 시간을 일터에서 바쁘게 보냈다. 승묵은 유년기의 대부분을 엄마와 여동생 민정이와 함께 보냈다.

어느 겨울 초저녁, 이모 집을 다녀오는 길에 세 사람은 반가운 눈을 만났다. 눈은 쉬임 없이 내려서 순식간에 세 사람은 모두 눈사람이 되어 버렸다. 그러다가 집 근처 공원에 다다르자 승묵이 말했다.

"우리 저어기 가서 눕자!"

공원은 하얗고 폭신한 카펫처럼 보였다.

승묵이 먼저 눈밭에 벌러덩 누워 버렸다.

"오빠 춥지?"

"하나도 안 추워. 폭신해. 케이크 위에 누운 거 같아."

"정마아알?"

망설이던 민정도 따라와 오빠 옆에 누웠다.

엄마는 아름다운 동화나라에 사는 것 같은 남매의 모습을 사진으로 많이 많이 담았다. 엄마도 눈처럼 하얗게 웃었다. 무척 행복했다. 이 순간이 영원했으면!

그 공원에 봄이 오면 눈처럼 봄꽃이 휘날렸다. 승묵이와 민정이는 그렇게 사진 속에, 엄마의 가슴속에 들어와 박혔다.

승묵이네 가족의 보금자리는 고잔동의 자그마한 빌라였다. 그곳에서 승묵과 민정이가 태어나고 자랐다. 동네 사람들은 모두 이웃사촌이었다.

그 시절 승묵 어머니는 오후 나절에 잠시 외출했다 집으로 돌아와 어린 승묵이가 보이지 않아도 전혀 걱정하지 않았다. 근처의 길가를 한 걸음 지날 때마다 승묵이가 어디에서 무얼 하고 있는지 이웃 할머니와 아주머니, 가게 주인들까지 모두가 얘기해 주었기 때문이다. 승묵은 그곳에서 안산유치원과 고잔초등학교를 다녔다.

승묵은 유년기부터 순하디 순한 아이였다. 갓난아이라면 울기 일쑤인데 그저 방긋 웃으며 잠에서 깨어나곤 했던 승묵이. 이유 없이 보채거나 울어서 엄마를 당황하게 하는 일이 거의 없었다.

승묵이 유치원에 다니고 민정이가 막 걸음마를 떼던 즈음에 승묵의 아버지는 보통 저녁 9시를 넘겨서야 일을 마치고 귀가했다. 승묵은 민정을 등에 업은 어머니의 손을 잡고 퇴근하는 아버지를 마중 나가곤 했다. 비가 내리는 날이면 또 다른 한 손에 우산을 챙겨 들고 그렇게 매일같이 오갔다. 엄마는 승묵의 손이 늘 든든했다.

승묵이네 가족은 침실을 나눠 두지 않았다. 가족 모두가 한데 모여 잠들곤 했다.

어느 날 밤에 삼촌에게서 걸려온 전화를 받으려다 다섯 살 겨울을 지나던 승묵이가 중심을 잃고 방바닥에 넘어지며 턱을 다치고 말았다. 곧장 안산의 고려대학교 병원 응급실로 달려가 턱 아래를 바늘로 꿰매고 치료를 받았다.

부모는 안절부절못했다. 마취에서 깨어나지마자 승묵이 또랑또랑하게 말했다.

"아빠 괜찮아요, 저. 괜찮아, 엄마"라고.

그런 승묵이도 어린 시절 한 가지 무서워하는 것이 있었는데, 바로 주삿바늘이었다. 초등학교 5학년, 맹장 수술을 하게 된 승묵이가 유난히 주사를 무서워해서 한 시간 가까이 링거 바늘을 꽂기 위해 병원의 간호사들이 무진 애를 써야 했다.

단세포밴드

승묵은 와동중학교 시절부터 '단세포밴드'라는 이름의 밴드를 결성해서 활동했다.

처음 음악이라는 것을 가까이 접한 것은 유치원에 다니던 일곱 살 무렵이었다. 드럼을 배운 것이 시작이었다. 어머니가 민정이를 둘러업고 세 사람이 함께 드럼 교실을 오갔다. 재미났다. 드럼을 꾸준히 하진 않았지만 피아노 학원을 다니기도 하고 초등 4학년 때는 통기타와 하모니카를 배우기도 했다. 그중에서 하모니카를 능란하게 잘 다루었다.

승묵의 적성 검사 결과는 이를 잘 설명해 주는 자료였다. '각'이 많이 쳐진 유형은 하고 싶은 일을 마음속에 강렬하게 품은 아이들에게서 나오는 유형이었다. 엄마는 오랜 세월 한지 공예를 해 온 터라 아들의 음악적 재능과 흥미가 날로 깊고 넓어지는 것을 알 수 있었다. 승묵이의 최대 지원군은 바로 부모님이었다. 아들에게 힘이 될 수 있는 일이라면 무엇이든 언제나 지지하고 격려해 주었다.

어느 날, 가족이 한데 모인 자리에서 승묵이가 미국의 버클리 음대에 진학하고 싶다는 포부를 밝혔다. 아버지는 아무 말도 하지 않았지만 이전까지 마냥 어린애인 줄로만 알았던 아들이 놀랍고 대견했다.

본격적으로 밴드 활동을 시작했던 것이 중학 2학년.

방과 후 밴드 활동을 하던 중에 학교 축제에서 공연을 해 보라고 권유한 어머니의 말이 결정적이었다. 밴드 친구들과의 활동은 언제나 재미있고 즐거웠다. 복잡하지 않게 이름도 멋있게 지었다. '단세포밴드'.

또래들에 비해 다양한 악기를 능숙하게 다루던 승묵이는 학교 특활 밴드 안에서 연주 활동이 주가 되기보다는 그룹의 친구들에게 연주법을 가르치는 입장이 되는 경우가 많았다. 그 또한 즐거운 일이었기에 열심히 가르쳤다.

멤버는 은성, 채운, 다연, 한별, 주용, 아라, 진의, 유진, 정윤 등이었다.

목사님 아들인 유진이는 내성적인 성격이었지만 승묵이를 만나면서 음악에 관심을 가지기 시작했다. 친구들과도 교류하며 활달하고 적극적인 성격으로 변모해 갔다. 유진이의 부모도 그런 승묵이를 아끼고 좋아해 주었다. 귀가가 무척 늦어지는 경우에도 승묵이와 함께 있다고 알리면 무조건 믿어 주고 안심했다. 친구들의 부모 사이에서 승묵은 점점 더 신뢰받는 아이가 되었다.

승묵이와 유진이는 연습 날이 되면 이른 아침부터 늦은 밤까지 유진이 아버지의 교회 안 연습실에서 연주에 매진했다. 그리고 진지하게 음악 이야기를 나누었다.

승묵의 별칭은 '츤데레'.

이름 그대로 안 그런 척하면서 친구를 은근히 잘 챙겼다.

유진이는 승묵이가 가장 아끼고 좋아했던 밴드의 곡을 가슴에 품고 산다.

그린데이라는 미국 펑크록밴드의 〈Wake Me Up When September Ends〉.

밴드의 리더가 자신의 아버지를 추모곡하며 만든 곡.

승묵이 그 곡을 유난히 좋아해서 단세포밴드에서 처음으로 완전하게 연주를 해 본 곡이었다.

승묵이는 공감할 수 있는 가사와 멜로디가 무척 마음에 든다고 했다. 때문에 그린데이 밴드를 좋아했고 작사 활동에 도움이 된다며 어려운 영어 가사를 꼼꼼하게 새기며 즐겨 들었다.

어느 날은 영화 〈기쿠지로의 여름〉 OST에 수록된 피아노 연주곡 〈Summer〉를 자신의 스타일로 편곡해서 연주를 완성하기도 했을 정도로 음악에 있어서만큼은 적극적이고 열정적이었다.

승환이 역시 학교생활에 적응하기 힘들어서 무척 방황하던 친구였다. 승묵이를 만나고 나서부터 전보다 학업에 집중하고 음악적인 취미를 키우게 되자 부모님이 매우 좋아했다. 둘은 등하굣길을 자주 함께 걸었다. 학교생활, 친구들, 게임 그리고 음악에 대해 많은 이야기를 나누었다.

승환이가 밴드 음악 내지는 모든 음악의 보컬에서 가장 중요한 것이 무엇인지 묻자 승묵이 단호하게 답했다.

"소울이 가장 중요하지."

돼지고기 미역국

승묵이는 자발적이고 창의적이었다.

하고픈 일은 반드시 하고야 말았다. 초등학교 5학년 때, 시계가 몹시 가지고 싶었던지 3주간 모은 거금 3천 원으로 문방구에서 시계를 샀다. 그러고는 낮이나 밤이나 열심히 차고 다녔다.

엄마가 영원히 잊지 못하는 것은 평생 처음이자 마지막으로 먹어본 돼지고기로 끓인 미역국이다. 2013년 8월 6일. 음력으로는 6월 30일이었다.

하굣길에 승묵은 민정을 불러내었다. 그날은 바로 엄마의 생일이었다.

"민정아. 우리 엄마 생일상 차려 줄까?"

"좋아. 근데 생일에는 미역국 먹잖아. 끓일 줄 알아?"

"까짓 거 끓여 보지 뭐."

"소고기하고 미역 있어야 돼."

"가만있자. 미역은 집에 있는 거 같아. 마트에서 소고기 사서 가자."

승묵은 동생과 나란히 마트로 갔다. 진열대에 놓인 국거리용을 찾긴 찾았는데 가격이 생각보다 비쌌다. 거의 2만 원에 가까웠다. 한우 고기가 그렇게 비싼 줄 처음 알았다. 가진 돈이 턱없이 부족했다. 근데 바로 옆에 같은 용량의 돼지고기는 절반값이 아닌가? 승묵은 돼지고기를 선택했다.

민정이 미역국에는 소고기가 들어간다고 주장했지만 간단히 무시해 버렸다.

"뭐, 어때? 다 같은 육류인데. 난 돼지고기가 더 맛있더라."

민정은 용돈을 털어서 자그마한 케이크를 준비했다. 승묵은 촛불을 한 개만 달라고 했다. 그러면서 동생에게 어깨를 으쓱하면서 은근히 알은 체했다.

"여자 나이는 묻는 거 아니래. 서른 넘으면 양초를 한 개만 꽂는 거야. 알았지?"

승묵과 민정은 참기름을 듬뿍 두르고 돼지고기를 달달 볶아서 미역국을 끓였다.

날씨는 무척 더웠다. 삼복 찜통더위에 미역국을 끓이느라 승묵과 민정은 구슬땀을 쏟았다.

외출했던 엄마가 돌아온 건 미역국이 다 끓고, 식탁 위에 앙증맞은 작은 케이크가 올라갈 즈음이었다. 실내에 구수한 냄새가 진동했다.

엄마는 미역국을 맛나게 뚝딱 해치웠다. 구수하고 달콤했다. 아들이 차려 준 생일상은 세상 어느 갑부의 식탁 부럽지 않게 기름지고 풍요로웠다.

그게 돼지고기를 넣고 끓인 거라는 걸 얼마 후에야 알았다. 그제야 그래서 더 맛있었나 보다고 환호했다.

승묵은 스스로 아르바이트해 돈을 벌기도 했다.

고등학교 2학년에 올라가던 해인 2014년 2월 28일.

처음으로 아르바이트를 하고 왔다며 5만 원짜리 두 장을 식탁 위에 올려놓고 기뻐했다.

중학교 친구인 수성이의 아버지가 운영하던 가구점에서 동네 인근에 전단을 배포하는 일이었는데 친구 현진이와 함께 이틀간 다리가 부르트도록 아파트와 빌라 단지를 오가며 열심히 일한 수확이었다.

생애 첫 신성한 노동의 대가로 얻은 5만 원짜리 두 장은 한 달 동안 고이 놓여 있다가 4월 15일 수학여행을 가던 날 승묵이의 지갑 안에 비상금으로 넣어졌다.

안산에서 태어나 자라 안산을 떠난 적이 없던 승묵이네 가족은, 음악 밴드 활동을 즐기던 승묵이가 마음껏 연주를 하고, 요리를 즐겨 하던 여동생 민정이가 텃밭의 재료로 마음껏 요리하며 자연과 조금 더 가까운 곳에서 꿈을 키우며 살아갈 수 있을 만한 집을 알아보고 있던 중이었다.

"엄마, 눈이 편해요. 초록색도 많고요. 집으로 돌아오는 길은 회색빛이라 싫어요. 그 집 앞의 텃밭에 좋은 채소들 키워서 민정이가 요리하고, 저는 마음껏 소리 높여 음악할 수 있으면 좋겠어요. 그곳에 있던 강아지도 민정이가 참 좋아할 것 같아요, 엄마."

엄마 마음에 석고처럼 단단히 굳어 있는 아들의 말이다.

박재동 화백이 그린 삽화 속의 승묵.

다소 마른 체격에 곱슬머리를 한 다부진 얼굴이다. 안경 너머 가느다란 눈매에는 반짝이는 재주가 엿보인다.

바지런하게 움직일 것 같은 눈동자와 예민한 감각으로 사물을 느끼던 감수성.

활짝 웃는 입매는 얼굴에 비해 크다.

그 입으로 신나게 열창했을 그린데이의 곡 〈Wake Me Up When September Ends〉의 노랫말을 덧붙인다.

여름이 다 지나갔어. 영원히 때 묻지 않을 수는 없는 거야.
9월의 마지막 날이 지나면 그때 날 깨워 줘.
나의 아버지가 떠났을 때처럼 7년이란 시간은 아주 빨리 지나갔어.
내 남은 기억들처럼……
하지만 내가 잃은 것, 그것을 잊을 수가 없어.
벨을 다시 울려 봐. 봄이 시작될 때 그랬던 것처럼.

승묵이네 가족은 지금도 여전히 안산에서 살고 있다.

여동생 민정이가, 오빠 친구들의 여동생이기도 한 자신의 친구들이 안산시 단원구 내에서 중고등학교 과정을 모두 마치고 대학에 갈 때까지 계속 떠나지 않고 학교생활을 해나가기로 했다고 다부지게 말한다.

이 글을 읽는 이들께 한 가지 청하고자 한다.

만약에 아직 오지 않은 미래의 어느 날에 혹여 길을 가다가 또는 라디오에서 그린데이밴드의 곡 〈Wake Me Up When September Ends〉가 흐르면 이 곡을 무척 사랑한 승묵이의 빛나는 눈동자를 잠시만 기억해 주십사고.

그 아이는 꿈 많은 열여덟 살 소년이었음을.

푸근하고 듬직한 신욱이

안산 단원고 2학년 4반 **강신욱**

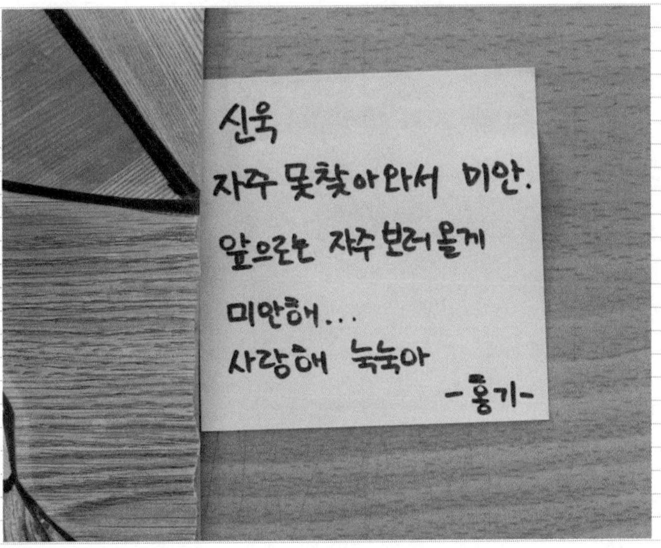

1. 신욱이의 듬직한 모습.
2. 피시방 게임 대회에서 친구들과 우승을 거머쥐고.
3. 언제나 친구들과 함께했던 신욱이.

푸근하고 듬직한 신욱이

어쩔 수 없이 어른이 되어야 하는 아이들이 있습니다. 미처 자신은 알지도 못한 채 일찍 어른이 되어 가는 아이들이죠. 이런 아이들은 말수가 적습니다. 신욱이도 이런 아이였던 것 같습니다. 이 아이들은 집이나 학교보다는 길에서 마주치는 친구들을 통해 세상을 경험하고 알아 갑니다. 그러면서 세상에 실망하기도 하지요. 하지만 이미 벌어진 일들은 자신의 의지와는 상관없이 받아들일 수밖에 없다는 사실도 일찌감치 깨닫는 듯합니다. 그리고 무언가를 찾아 나서기보다는 기다리는 법을 먼저 배우게 되지요.

신욱이의 집은 단원고등학교와 이어지는 길목에 자리하고 있었습니다. 신욱은 항상 그 길에서 친구를 기다렸습니다. 아버지는 신욱이가 딱히 누구를 기다렸다기보다는 그저 누군가와 마주치기를 바랐던 것 같다고 말씀하십니다. 누구든 자신을 반갑게 바라봐 주기를, 그래서 상대방과 맞장구를 치며 눈빛을 나누기를 즐겼던 것 같다고 말입니다. 신욱이에게 학교를 간다는 건 친구를 만나러 가는 것, 그 이상도 이하도 아니었을지 모릅니다.

신욱의 어머니는 신욱이가 초등학교 3학년 때 집을 나가셨다고 합니다. 그후로 신욱이는 엄마의 얼굴을 한 번도 보지 못했고요. 보습 학원 강사로 일하시다 학원을 직접 경영하셨던 신욱이의 아버지는 IMF의 여파로 경영난을 겪을 수밖에 없었고, 집까지 처분하고 많은 빚을 지게 되셨다고 합니다. 그 와중에 신욱이는 유원지에서 교통사고를 당하는 바람에 병원에 입원해서 수술까지 해야 했고요. 이처럼 신욱이는 아버지와 할머니, 그리고 네 살 터울의 누나와 함께 어려운 형편에서 생활을 해왔습니다. 그러다 5년 전에 할머니께서 세상을 떠나셨습니다.

신욱이가 고잔초등학교와 광덕중학교를 다니던 시절 함께 어울렸던 10명의 친구를 만나보았습니다. 이 친구들은 신욱이와 같은 학교를 다닌 것에 더해 축구를 통해 우정을 돈독히 했다고 합니다. 방과 후에는 다 같이 운동장에서 축구를 하고, 축구가 끝나면 함께 피시방이나 노래방에 가거나 군것질을 하면서 중앙동에서 많은 시간을 보냈다고 합니다. 그러면서 또래 친구들만의 인연과 사연, 추억과 기억을 만들어 나갔을 겁니다. 세상과 마주하는 법, 세상을 살아가는 법 또한 친구들이 있기에 더 깊게 배울 수 있었을 테고요.

신욱이와 한바탕 싸운 적 있는 장빈이는 도리어 신욱에게 많이 고마워하고 있다고 합니다. 먼저 싸움을 건 쪽은 장빈이었어요. 그런데도 신욱이가 먼저 사과하며 화해를 청하는 모습에 장빈이는 미안한 마음과 함께 고마움을 느꼈다고 합니다. 장빈이가 기억하는 신욱이의 모습은 불독을 닮은 얼굴에 걸린 푸근한 표정입니다. 장빈이에게 때로는 삼촌 같기도, 때로는 형 같기도 했던 신욱이는 가끔 보더라도 늘 한결같은 편한 친구였다고 합니다. 그런 신욱이를 장빈이는 많이 보고 싶어합니다.

용훈이는 광덕중학교 1학년 때부터 수업 시간을 빼면 항상 신욱이와 붙어 다녔던 친구입니다. 용훈이는 신욱이를 어떻게 기억하고 있을까요? 용훈이는 키가 훌쩍 컸던 신욱이와 목욕탕에도 함께 다녔다고 합니다. 또래보다 성장이 빠른 신욱이를 보고 놀란 적도 있다고 해요. 용훈이에게 신욱이는 늘 친근하고 서로 어색함을 전혀 느낄 수 없는 돈독한 친구였어요. 또 신욱이는 자기가 해야 할 일을 할 때와 놀 때를 현명하게 구분할 줄 아는 아이였다고 합니다.

태훈이는 중학교 3학년 때 중앙동에서 우연히 신욱이를 만난 적이 있다고 해요. 그때 신욱이가 안산공고에 갈 생각이라며 태훈이에게도 같이 다니자고 했답니다. 그래서 태훈이는 안산공고에 진학했는데 정작 신욱이는 단원고로 갔다며 못내 서운했다는 이야기를 했습니다. 친구를 다시 만날 생각에 잔뜩 설렜는데, 공교롭게도 길이 엇갈렸던 거지요.

미친개라는 별명을 가진 원창이도 항상 신욱이와 붙어 다녔던 친구입니다. 아침 7시부터 신욱이 등과 민재네 집에 모여 PSP로 게임을 하다 학교에 갈 정도로 다들 게임광이었다고 합니다. 원창이는 누구보다도 신욱이랑 어울릴 때를 좋아했다고 해요. 민재네와 더불어 태하네 집에서도 자주 모여 놀았는데, 어느 날인가는 새벽에 중앙동에서 모르는 형들과 싸움이 붙었다고 해요. 그러다 도망을 쳤는데, 은근히 겁이 많았던 신욱이가 산에서 무리하게 뛰어내리는 바람에 다리를 다쳐 깁스를 해야 했던 사연을 원창이가 우스갯소리처럼 줄줄 늘어놓았습니다. 신욱이의 친구들이 하나같이 웃음을 터뜨렸습니다.

원창이는 또 중앙동에서 경찰 무전기를 주웠던 이야기도 합니다. 한창 호기심이 많을 나이의 아이들이 무전기를 둘러싸고 앉아 수근거리며 이런저런 상상을 했겠지요. 아이들은 무전을 보내 보려고 시끌벅적하게 장난을 치다 결국에는 무전기를 어떻게 처리할지 서로 궁리했다고 합니다. 서로 미루기만 하고 영 해결이 날 것 같지 않자 결국 신욱이가 경찰에게 무전기를 돌려주어야 한다면서 직접 파출소에 갖다 주었다고 합니다. 원창이가 기억하는 신욱이는 이런 아이였습니다. 겁은 좀 많을지 몰라도 참 든든한 친구였다고 말이지요. 그런데 무전기 이야기는 아직 끝난 것이 아니었어요. 파출소에 들고 간 무전기가 경찰 무전기가 아니었던 거지요. 친구들은 그때의 추억에 잠겨 다시 한번 모두 웃으며 신욱이를 생각했습니다.

준기에게는 신욱이를 포함한 다섯 명이 한 팀을 구성해 피시방에서 열린 게임 대회에서 두 번이나 우승했던 경험이 각별하게 남아 있습니다. 각자 집으로 돌아가고 나서도 밤을 새워 스카이프로 통화하면서 아침 6시까지 게임을 했다고 하지요. 준기에게 신욱이는 게임에 관한 한 독재자처럼 군림하는 스타일이었지만, 그 외에는 상대방을 무척 푸근하게 대하고 재미있게 해 주는 아이로 남아 있습니다.

아까 태하네 집에서도 자주 어울려 놀았다고 했지요? 태하는 신욱이가 의외로 추진력을 발휘할 줄 아는 리더십을 갖춘 친구였다고 기억합니다. 친구들 6~7명이 모여 롯데월드에 가기로 한 적이 있었대요. 한데 그 계획이 유야무야되려는 와중에 신욱이가 나서서 일일이 일정을 조정하고 추진한 덕택에 다 같이 롯데월드에 가서 실컷 즐겁게 놀다 올 수 있었다고 합니다.

태준이의 별명은 오이라고 합니다. 그런데 신욱이가 태준이를 놀리던 방법이 있었어요. 신욱이는 항상 손가락 다섯 개를 펼쳤다가 두 개만 남기고 접는 동작으로 5, 2, 그러니까 '오이'라는 글자를 표현하면서 태준이의 별명으로 놀리곤 했답니다. 태준이가 신욱이에게 섭섭했던 점은 딱 하나예요. 태준이라는 이름을 여간해서는 불러 주지 않았다는 것이지요. 500원짜리 꾼떡(가래떡을 튀긴 것)을 무척 좋아했던 신욱이가 맨날 꾼떡을 같이 먹으러 가자고 조르던 기억이 태준이에게는 선명합니다. 태준이는 모창을 곧잘 했는데, 특히 임재범의 〈너를 위해〉를 불러 주면 신욱이가 그렇게 좋아할 수가 없었다고 해요. 그런 태준이에게 마음에 걸리는 점이 있습니다. 신욱이가 〈캡틴 아메리카〉를 보자고 한 적이 있었대요. 그런데 같이 봐 주지 않았다고 합니다. 그래서 태준이는 못내 후회가 된다고 해요.

꾼떡 이야기가 나오자 주원이가 맞장구를 칩니다. 주원이는 중학교 3학년 때 어린이 도서관에서 신욱이와 봉사 활동을 했는데, 끝날 때면 항상 신욱이가 꾼떡을 사 주곤 했다고 합니다. 주원이에게 신욱이는 참 인정 많고 착한 친구였습니다. 하루는 자고 있던 신욱이를 주원이가 발로 차서 깨운 적이 있다고 해요. 신욱이는 화가 났는데도 이내 너그럽게 넘어갔다고 합니다. 신욱이는 이처럼 마음이 넉넉한 친구였어요. 친한 친구들과 떨어져 신욱이만 혼자 단원고에 가게 되어 주원이가 많이 위로해 줬다고 합니다.

선일이에게도 신욱이에 대한 기억이 생생합니다. 학교가 파하고 집으로 돌아가는 선일이를 신욱이가 뒤에서 장난스레 덮치곤 했던 기억이 많이 떠오른다고 해요. 선일이에게 신욱이는 장난을 걸면 다 받아 주고 어김없이 맞장구를 쳐 주는 친구, 엄청 착하고 좋은 친구였다고 합니다. 동혁이도 같은 이야기를 합니다. 겨울에 눈싸움을 하다 억지로 눈을 먹여도 다 받아 주는 그런 친구였다고요. 모든 걸 받아 주는 신욱이에게 동혁이는 항상 고마운 마음을 가지고 있었다고 합니다.

친구들 모두가 이렇게 말합니다. 신욱이는 화를 낼 줄 모르는, 늘 한결같고 형처럼 든든히 곁을 지켜 주는 친구였다고요. 친구들은 신욱이의 신발이 유독 기억에 남아 있다고 합니다. 신욱이는 구두처럼 생긴 검정색 단화를 신고 다녔는데, 축구를 할 때도 늘 그 신발을 신어서 무척 불편해했다고 합니다. 그러다 언제부터인가 축구를 하는 대신 앉아서 지켜보기만 했다고 해요. 친구들에게는 신욱이가 축구화나 운동화 대신 왜 그 신발만 신고 다녔는지 수수께끼로 남아 있습니다. 그리고 신욱이는 중학교 3학년 때부터 축구 모임에 나오지 않았다고 합니다. 그때부터 게임비가 아깝다며 피시방에도 안 다니게 되었다고 하고요. 친구들 말로는 형편이 어려워서 그런 것 같지는 않았다고 합니다만, 아마도 애써 신욱이가 어려운 티를 안 내려고 많은 노력을 했던 것 같습니다.

신욱이는 안산시 월피동 자모산부인과에서 오전 11시에 태어났습니다. 아버지는 신욱이가 제왕절개수술로 태어났으며 출생 당시 몸무게는 3.3킬로그램이었다고 또렷하게 기억하고 계십니다. 그랬던 신욱이는 쑥쑥 성장해서 178센티미터의 큰 키에 신발 사이즈도 280밀리미터까지 되었다고 해요. 신욱이를 직접 돌보고, 재우고, 먹이고 하셨던 아버지는 신욱이에 대해서라면 머리부터 발끝까지 모르는 게 하나도 없으시답니다. 그런 아버지는 신욱이가 꼬마였을 때는 활달한 성격이었지만 부모님이 이혼하신 후로 내성적인 아이가 된 것 같다며 씁쓸해하십니다. 그래도 신욱이에게 친구가 많아서 다행이었다고 말씀하시는 아버지는 신욱이가 중학교를 졸업하던 날 친구들을 모두 불러 함께 식사했던 기억을 떠올리십니다.

아버지에게도 신욱이는 무척 어른스러운 아들이었나 봅니다. 신욱이는 아버지와 누나가 간혹 다투거나 하면 중재자로 나서고, 아버지가 술을 드시고 밤늦게 들어오시는 날이면 누나와 부딪히지 말고 그냥 조용히 들어가서 주무시라고 타이르기도 했던 아들이었어요. 단 한 번도 엄마에 대한 이야기를 하거나 속내를 보인 적이 없을 정도로, 신욱이는 표현을 절제할 줄 알았거나 아쉬움과 결핍을 마음으로 삼키며 어쩔 수 없이 어른스러워질 수밖에 없었을지도 모릅니다. 아버지는 학교 선생님들도 신욱이가 참 온순하고 듬직한 아이라며 칭찬을 많이 하셨다고 말씀하십니다.

신욱이는 방학 때마다 아르바이트를 했다고 합니다. 아버지는 이런 사실을 나중에야 알았다고 해요. 전단지 붙이는 것부터 시작해서 고등학교 1학년 방학 때는 새벽마다 인력시장에 나가 일거리를 찾기도 했고, 일당 2만 원을 받고 사무실 벽의 페인트를 벗기는 작업을 하거나 게임 머니를 파는 등 자기 용돈을 스스로 마련하는 아이였다고 합니다. 아버지는 고등학생인 신욱이에게 일주일에 2천 원의 용돈을 줄 수밖에 없는 형편이었다고 합니다. 신욱이는 돈이 필요하더라도 500원만 달라고 하는 게 고작이었다고 해요. 아마도 꾼떡을 사 먹으려고 했던 것 같습니다. 어쩌면 500원으로 먹을 수 있는 간식거리가 꾼떡뿐이었을지도 모릅니다.

집안 사정을 훤히 아는 신욱이가 떼를 쓰거나 어리광을 피울 수는 없었겠지요. 겨울에 집이 하도 추워서 아버지는 밥을 지을 때면 막걸리를 한 사발 받아와 몸을 데우고 식사를 준비하고는 했는데, 그러면서도 어려운 가정 형편과 한부모 가정에서 크는 신욱이에게 미안한 마음이 앞서서 절대로 집안일을 시키지 않았다고 합니다. 옷도 하루에 한 번씩 직접 빨아서 입히셨다고 하고요.

아버지는 신욱이가 가정 형편이 창피해서 친구들을 집에 부르지 않았던 것 같다고 말씀하십니다. 허름하고 찌그러진 아버지의 차가 부끄러워 신욱이가 친구들 앞에서 아빠에게 고개를 돌렸던 모습을 아버지는 기억하고 계십니다. 하루는 신욱이가 자주 가던 미용실 사장님 이야기를 들은 적이 있는데, 신욱이가 항상 빵과 우유를 먹고 다니고 얼굴이 어둡다는 이야기에 가슴이 미어졌다고 하십니다.

아버지는 무엇보다도 신욱이에게 먹을 것을 마음껏 사 주지도 해 주지도 못했다며 슬퍼하십니다. 신욱이가 가장 먹고 싶어했던 건 1번 족발, 2번 피자, 3번 통닭이었다며 아버지는 큰 소리로 안타까운 마음을 토로합니다. 아버지는 또한 신욱이의 속내를 잘 들여다보지도 못한 것 같다고 스스로를 책망하시지요. 지나고 보니 신욱이가 아버지에게 의지했던 것이 아니라 아버지 본인이 신욱이에게 의지하고 살았다는 생각이 점점 더 커진다고 말씀하십니다.

그런 아버지에게는 신욱이가 했던 말 가운데 첫째로 "제발 술 좀 먹지 마라", 둘째로 "제발 새 밥 좀 해 달라"는 말이 가장 기억에 남아 있습니다. 이 말들은 신욱이에게 늘 미안한 마음을 갖고 있었던 아버지가 스스로 되뇌는 주문일지도 모르지요. 하지만 누구보다 빠른 성장기를 거치고 있었고, 단 하나뿐인 아버지에게 의지하고 싶었던 마음이 컸을 신욱이에게는 절실한 요구였을 겁니다.

그래서 신욱이의 장래 희망은 슈퍼마켓 사장님이었다고 합니다. 슈퍼마켓 사장님이 되면 먹고 싶은 걸 마음껏 먹을 수 있을 테니까요. 언젠가부터는 한창 컴퓨터 게임에 몰입하며 컴퓨터 프로그래머가 되겠다고 한 적도 있다고 합니다. 그러더니 고등학교에 들어간 후 어느 날, 아버지에게 돈을 많이 벌려면 어떤 학과에 진학해야 하느냐고 질문했다고 해요. 그러고선 경영학과에 가겠다며 중앙동 대동서적에서 적성 검사에 관한 책을 사 와 진지하게 읽더랍니다. 비싼 책을 산다는 건 신욱이로서는 마음을 크게 먹어야 할 일이었겠지요.

고등학교 2학년 때는 학급 총무를 맡기도 했지만, 쑥스러워서 그랬는지 아버지께는 이야기하지 않았다고 해요. 학원을 다닐 형편이 못 되었던 신욱이는 보습 학원에서 일하셨던 아버지께 방과 후마다 공부를 배웠다고 합니다. 아버지는 단원고 시험 기간에 직접 학부모 감독을 맡기도 하셨습니다. 이런 관심 덕분인지 고등학생 신욱이는 늘 반에서 3등 안에 들었다고 합니다. 부모가 자식 공부를 직접 가르친다는 건 여간 어려운 일이 아니지요. 자식 입장에서도 부모에게 직접 공부 지도를 받는다는 건 내키지 않는 일이었을 겁니다. 그런데 신욱이는 충분히 그럴 만한 청소년기인데도 반항심을 드러낸 적이 없다고 합니다. 이미 일어난 일이나 어쩔 수 없는 일에 대해서는 그저 묵묵히 받아들이고, 그 안에서 해결책을 찾아보려고 하는 '어른 아이'가 되어 있었던 겁니다.

이즈음에 신욱이는 친구들이 말한 것처럼 축구 모임도 나가지 않고 피시방에도 발길을 끊으며 친구들 눈에서 다소 멀어졌던 모양입니다. 아마도 이때부터 좀 더 어른스럽고 진지하게 앞가림을 하면서 스스로의 인생을 개척해 나가겠다는 마음가짐을 가졌던 듯합니다. 그래서 어른들의 세계인 인력시장에도 나가기 시작한 것이겠고요.

그러던 어느 날, 단원고등학교에서 신욱이 아버지께 전화를 걸어왔습니다. 수학여행을 가게 되었는데 신욱이가 아직 여행비를 내지 않았다고 말입니다. 아버지는 신욱이에게 형편이 어려우니 수학여행을 가지 않는 편이 좋겠다고 했답니다. 말씀은 그렇게 하셨지만 영 마음이 쓰여 어떻게든 돈을 마련해서 경비를 마련해 주긴 하였다고 합니다.

수학여행을 떠나기 5일 전, 대학을 막 졸업하고 제빵 공장에 처음 취직해 야간 근무조로 기숙사 생활을 하던 누나가 집에 왔습니다. 수학여행 사정을 안 누나는 첫 월급에서 13만 원을 떼어 아버지에게 드리면서 3만 원으로는 신욱이와 같이 족발을 사 드시고, 나머지 10만 원은 수학여행비로 쓰라고 했다고 해요. 냉큼 그 돈을 받아든 신욱이는 중앙동에 가서 검정색 티셔츠 석 장을 사고 나머지 돈 6만 원을 들고 수학여행을 떠났다고 합니다. 여행 전날 밤 아버지는 신욱이가 사 온 티셔츠 석 장과 양말 세 켤레, 수건 석 장으로 짐을 꾸려 주었다고 하십니다.

첫날 저녁, 신욱이에게 전화가 왔습니다.

"아빠, 안개가 많이 끼어서 배가 출발을 못 할 것 같아. 나 그냥 돌아갈 수도 있으니까 집 문 안에서 잠그지 마……"

이것이 아버지와의 마지막 통화였습니다. 그리고 천년 같은 몇 달의 시간을 보내신 것 같습니다. 신욱이의 아버지는 신욱이에게 좀 더 좋은 가정 환경을 만들어 주지 못한 것이 끝내 애닳고 안타까운 마음으로 남아 있습니다. 하지만 친구들의 이야기에 따르면 신욱이는 듬직한 척하는 아이가 아니라 진짜 듬직한 아이로 성장했던 것 같습니다. 신욱이 아버지가 걱정하셨던 것처럼 마냥 내성적이고 의기소침한 아이도 아니었습니다. 신욱이는 친구들 그리고 세상을 향해 마음이 열려 있었고 책임감이 있었으며 베풀 줄도 알았습니다. 무엇보다 자신이 처한 상황에서 마음을 바로잡고 나름의 길을 의연히 가고자 하는 멋진 아이로 성장했던 것 같습니다.

신욱이의 친구들, 그리고 신욱이 아버지와의 인터뷰를 마치고 나서도 내내 길목에서 누군가를 기다릴 신욱이의 모습이 어렴풋이 떠오르곤 했습니다. 무슨 장난을 걸더라도 맞장구를 쳐 줄 것 같은 푸근하고 재미있고 믿음직한 신욱이의 모습이요. 기다릴 줄 아는 아이, 마음 씀씀이가 큰 아이 신욱이는 기다렸다는 내색 하나 없이 우리를 맞이할 것만 같습니다.

순애 씨의 하얀 돼지

안산 단원고 2학년 4반 **강 혁**

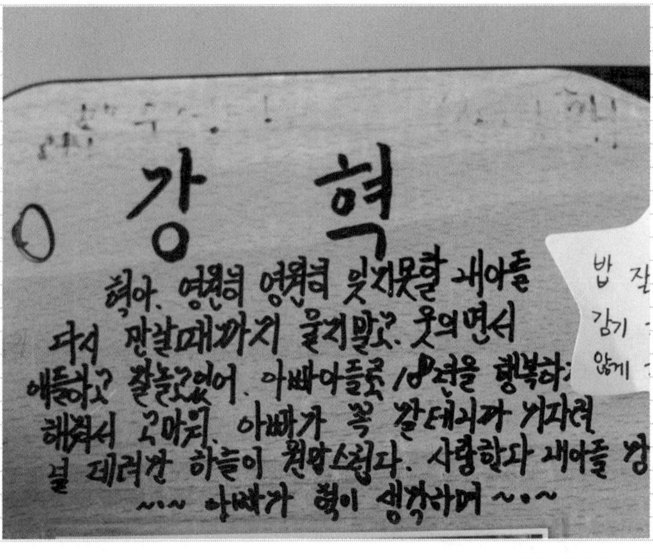

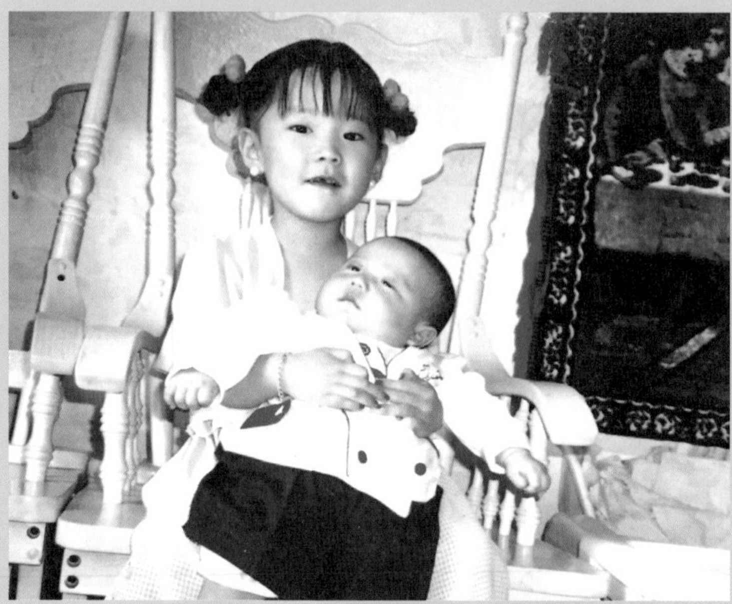

1. 첫돌을 기념하여 누나와 함께.

2. 열 살 생일날 가족과 함께 한 생일 파티.

3. 고등학교 1학년, 체험학습장에서.

순애 씨의 하얀 돼지

토요일

따르릉! 전화 벨소리가 요란하게 가게에 울려 퍼진다. 김치를 버무리던 빨간 고무장갑을 다급히 벗고 순애 씨는 카운터로 달려가 전화를 받는다. 족발 세트 주문을 받아 적으며 시계를 올려다보니 어느새 다섯 시, 아이들이 도착할 시간이다. 한 번도 시간을 어긴 적이 없는 남매를 기다리며 유리창 밖을 넘겨보는 순애 씨.

지난 며칠 완연해진 봄기운에 거리는 나들이 나온 사람들로 가득하다. 북적이는 토요일 오후의 풍경 속에서 가게로 다가오는 아이들의 모습을 순애 씨는 금방 찾는다. 키 크고 살집 있는 아들 혁이가 멀리서도 눈에 띄기 때문이다.

뭐가 그렇게 재밌는지 깔깔대며 걸어오는 남매의 모습을 보며 흐뭇하게 미소 짓는 순애 씨. 주말에도 가게로 나와 부모 일을 도와주는 아이들이 대견하면서도 한편으론 미안한 마음이 든다.

"다녀왔습니다!"

우렁찬 목소리로 가게 문을 열고 들어오는 유미와 혁이. 손에 든 쇼핑백을 아무렇게나 내려놓고 혁이는 순애 씨에게 다가와 뽀뽀를 한다. 다 큰 고등학생인데 하는 짓은 꼭 어린아이처럼 살갑다. 많이 힘드냐고 묻는 혁이의 다정한 목소리에 순애 씨의 고된 몸이 금세 가뿐해진다.

야무지게 어깨를 주무르며 누나가 새 옷을 사 줬다고 자랑하는 혁이. 쇼핑백 안을 들여다보니 값을 꽤 치른 듯한 후드티가 들어 있다. 별 거 아니라는 듯한 표정으로 카운터로 가는 유미는 벌써부터 주문장을 뒤적이며 일할 채비를 한다. 가방, 신발, 교복부터 사시사철 메이커 옷까지, 머리부터 발끝까지 동생을 챙기며 자기가 나 알아서 하겠다고, 엄마 아빠는 신경 쓰지 말라고 하는 딸이 어쩔 때는 안쓰럽기도 하다.

스물두 살이면 한껏 예쁘게 꾸밀 나이인데, 항상 동생을 먼저 챙기느라 제대로 차려입지도 못하는 게 순애 씨는 못내 속상할 따름이다. 그런 기특한 딸에게 무엇을 해 줄 수 있을지 생각하다가 아빠 몰래 용돈을 더 챙겨 주기로 하는 순애 씨. 이번에는 꼭 여대생다운 예쁜 치마를 사라고 확답을 받아 둘 셈이다.

"어이, 간쟁이! 와서 간 좀 봐!"

주방에서 일하던 남편이 혁이를 부른다. 간쟁이는 남편이 붙여 준 혁이의 별명이다. 신맛과 짠맛을 기가 막히게 구분하는 혁이의 입맛은 25년 경력 주방장인 남편도 믿고 맡길 정도다. 조르르 달려간 혁이가 '아' 하고 입을 크게 벌린다.

굴도 넣고, 고기도 넣고, 좋아하는 것을 다 넣어 푸짐하게 싼 보쌈을 한입 가득 들이밀면 혁이는 볼이 터져라 우물거리며 맛을 본다. 천천히 꼭꼭 씹어먹으라며, 그 모습을 귀여워 죽겠다는 듯이 바라보는 남편.

"어때?"

"아빠, 됐어. 맛있어."

"그치? 간이 딱 맞지?"

"응. 진짜 최고로 맛있어. 이제 통에다 담아."

아들의 칭찬을 받아 기분 좋은 남편이 혁이의 통실통실한 엉덩이를 두드린다. 이러다 다 닳겠다며 투정부리는 혁이를 더 끌어안고 장난을 건다. 조금 전만 해도 조용하던 가게가 이제는 활기찬 웃음소리로 가득하다.

그런 시끌벅적함 속에서 함께 웃고 있던 순애 씨는 문득 어떤 궁금함을 느낀다. 성실하고 가정적인 남편, 똑부러지고 듬직한 딸에 착하고 애교 많은 아들까지. 하나도 부족함이 없는 이 행복한 하루하루는 언제부터 시작된 것일까? 절인 배추 잎 한 장 한 장 빨간 양념을 펴 바르며, 순애 씨는 어느새 이만큼이나 쌓인 시간을 생각한다.

우리 혁이

예정에 없었고 가능하지 않을 거라고 생각했던 임신이었다, 혁이를 가진 것은. 당시 하던 감자탕 집이 한창 장사가 잘되던 터라 순애 씨는 배가 불러도 일을 손에서 놓을 수가 없었다. 종일 가게 일을 하고 문을 닫을 때면 이상할 정도로 삼겹살이 먹고 싶어서 밤마다 불판을 달궜다. 그래서인지 혁이는 무척 건강하고 우량한 아이로 세상에 나왔다. 뽀얀 피부에 오동통한 살집, 방긋방긋 잘 웃는 데다가 성격도 온순해서 순애 씨는 혁이를 볼 때마다 행복을 느꼈다.

가게 일이 너무 바빠서 근처에 사는 친정 언니에게 혁이를 맡겼지만 시간이 될 때마다 찾아가서 말간 아이의 얼굴을 보고 또 보았다. 두 돌이 될 때쯤 혁이를 데려와 순애 씨는 포대기 끈을 질끈 동여매고 홀 서빙에 나섰고, 가끔씩 갓난쟁이를 업은 주인을 부담스러워하는 손님도 있었지만 억척스럽게 일한 만큼 가게는 문전성시를 이뤘다.

남편도 순애 씨도 아직 어린 유미까지도, 모두가 열심이었다. 혼자 앉혀 둔 혁이가 손님상에 남은 삼겹살을 집어 먹다가, 얼결에 소주를 마시고 놀라 요란하게 콜록거린 적도 있었다. 그런 천진한 모습 덕에 고된 일과를 보내던 가족들은 웃음을 터뜨릴 수 있었다. 더듬더듬 말을 하기 시작하고, 걷다가 뛰게 되고. 한 살씩 먹는 나이만큼 혁이는 가족에게 기쁨을 안겨 주었다.

바깥으로 눈길 한 번 돌리지 않고 오직 가족만 생각하며 매일을 버티는 부부에게 아이들은 눈부신 희망이었다. 족발집이 맛집으로 유명해지고, 번듯한 건물을 사서 이

사 들어가기까지, 한꺼번에 흘러간 시간 속에 짭조름한 땀 냄새가 녹아든 결과라고 생각하면서도 순애 씨는 종종 아이들의 태몽인 돼지꿈을 떠올렸다. 화단을 뛰어다니던 까만 돼지와 덩치가 크던 뽀오얀 하얀 돼지. 두 복덩이가 순애 씨 부부가 가진 행복의 전부였다.

또래보다 한 뼘은 큰 혁이가 누나를 따라 초등학교에 입학했을 때부터 유미는 더욱 어른스러워졌다. 수업이 일찍 끝나는 혁이는 유미 반에 가서 누나를 기다렸는데, 수업 도중에도 혼자 자유롭게 돌아다니며 형들과 장난을 치곤 했다.

도저히 수업을 할 수 없던 선생님이 하는 수 없이 혁이를 바로 옆 도서실에서 기다리게 했다고 한다. 얌전하다가도 금방 장난꾸러기가 되는 혁이를 침착하게 돌보느라 유미는 어린 나이부터 책임감을 쌓아 갔다. 그런 넓고 따뜻한 품이 있어서 혁이는 구김살 하나 없이 명랑함을 유지할 수 있었다. 친구들과 대걸레로 장난을 치다가 어금니가 깨져서 올 때도 있었고, 좋아하는 선생님과 함께 야구장에도 곧잘 다녀왔다.

한번은 연락도 없이 밤늦도록 혁이가 집에 돌아오질 않아 온 가족이 울며불며 동네를 찾아다녔는데 영문을 모르겠다는 얼굴로 불쑥 돌아온 적도 있었다. 같은 반 예쁘장한 여자아이를 무작정 따라갔다가 하루 종일 그 집에서 재밌게 놀았다며 빙긋이 웃을 정도로 혁이는 천진난만했다.

혁이가 연습한 우스꽝스러운 춤을 보면서 배꼽을 잡는 것이 부부가 고단한 하루를 마무리하는 방식이었다. 한참을 무턱대고 웃고 있노라면 저 밑에부터 뱃심이 올라왔다. 그야말로 살맛이 났다.

그런 혁이가 달라진 것은 중학교에 올라가고부터였다. 활발하던 아이가 얼굴 표정부터 달라지고 말수도 적어졌다. 사춘기가 온 탓도 있지만 아이들이 몸집이 크다고 놀리는 것에 스트레스를 많이 받는 눈치였다. 그 뒤숭숭한 속앓이를 혁이는 혼자 조용히 견뎌 냈다. 순애 씨는 그런 혁이가 안쓰러워 억지로 보내던 학원을 다 그만두게 했다. 하지만 남편은 생각이 달랐다. 남자는 군대도 가야 하고 활발해야 한다고 뒤늦게 태권도 학원을 보내기 시작했다.

순애 씨와 종종 다투면서까지 고집을 부리던 남편도 혁이가 도장을 가는 대신 상가 화장실에 종일 숨어 있었다는 말을 듣고 나서야 확고하던 마음을 고쳐먹었다. 그때부터 부부는 아무 욕심 내지 않고 혁이를 자유롭게 키우기로 했다. 쉽지 않은 결정이었지만 혁이의 행복이 무엇보다 중요하다는 걸 부부는 본능적으로 알았다.

혁이의 미소를 되찾기 위해 장난기 많은 남편은 친구 같은 아빠가 되었고, 살뜰한 순애 씨는 애인 같은 엄마가 되었다. 예의 바르고, 밝고, 건강하게만 커 달라는 소박한 바람처럼 혁이도 사랑스러운 예전의 모습으로 곧 되돌아왔다. 그렇게 문득 찾아온 사춘기의 혼란에도 네 식구의 행복은 깨지지 않고 더 단단해질 수 있었다.

여전히 학교생활에 적응하지 못하고 답답해했지만 순애 씨가 세탁소에서 찾아온 깨끗한 교복을 입혀 놓으면 혁이는 영락없이 모범생처럼 보였다. 키 크고, 우직하고, 교복도 단정하게 잘 어울려서 그랬는지 호감을 가진 여자아이 둘이 집으로 찾아온 적도 있었다. 과일을 주러 방 안에 들어간 순애 씨는 웃음을 꾹 참고 방을 나왔다. 긴장이 역력한 채 가만히 앉아 있던 세 아이의 모습도 그러하거니와 혁이의 허리춤으로 내복이 손바닥만큼이나 나와 있던 것이었다.

고백에 실패한 여자아이들이 꾸벅 인사하고 집을 떠나고 나서야 혁이는 씩씩대며 거실로 나왔다. 소녀들의 속마음을 영 모르겠는 혁이는 앞으로 문 절대 열어 주지 말라며 한참을 투덜거렸다. 부부는 그런 혁이를 보며 배를 잡고 웃었다.

그러면서도 아들이 아직 또래에 비해 늦되다는 사실을 생각했다. 혁이는 돈을 줘도 왜 필요한지 잘 몰랐고, 똑같은 사람을 여러 번 마주쳐도 번번이 인사를 했다. 혁이에게만큼은 한없이 관대했던 순애 씨도 어쩔 때는 그런 모습이 너무 답답해 생전 안 내던 짜증까지 냈을 정도였다. 혁이가 그럴수록 나머지 가족들은 자신들이 더 강해져야만 한다고 생각했다. 혁이의 어린아이 같은 순수한 마음을 상처받지 않게 보살필 수 있으려면 바깥일도, 안의 일도 조금 더 열심이어야 했다.

그때부터였을까, 순애 씨 부부는 소박한 소망을 가슴에 품기 시작했다. 두 아이가 학교를 마치면 지금 하고 있는 가게를 정리하고 모두 함께 남해 바닷가로 내려가는 것이다. 그곳에서 작은 카페를 열어 자리를 잡는 대로 혁이에게 맡기고, 고생한 유미도 새로 카페를 차려 주고, 순애 씨 부부는 조그맣게 포장 족발을 팔며 네 식구가 오순도순 사는 그런 꿈이었다. 착한 색시를 찾아 혁이가 짝을 맺고, 유미도 책임감을 내려놓고 보통 아가씨처럼 사랑도 하고 연애도 할 수 있는 지극히 평범한 미래가 가족의 진실된 바람이었다.

그동안 고생한 만큼 지금보다는 여유롭게 지내며 행복을 누릴 시간들을 상상하면 꽉 막힌 숨통이 트이는 것 같았다. 순애 씨 부부는 세상 어딜 가든 네 식구가 함께라면 부족할 것이 없다고 생각했다. 무엇이든 헤쳐 나갈 수 있다고. 지금까지 그래 왔듯 앞으로도 그럴 거라고.

그렇게 헤쳐 나왔던 순간이 바로 얼마 전에도 있었다. 유난히도 추웠던 작년 겨울의 일이었다. 오토바이 배달을 가던 남편이 사고로 뼈가 세 군데나 부러졌다. 꼼짝없이 4개월 동안 가게를 닫을 수밖에 없었고, 공백이 계속되자 남편은 하는 수 없이 낫지 않은 다리로 다시 장사를 시작했다.

깁스 위에 애기 모자와 비닐까지 싸고 절룩거리며 배달을 다니는 남편의 모습에 아이들이 먼저 힘든 아빠를 도와주겠다고 나섰다. 지근거리 배달을 남매가 도맡기로 한 것이다. 중무장을 한 아이들이 가게에 들어서던 날 부부는 마음이 아파 코끝이 시큰거렸다. 모자에 마스크, 안경까지 유미는 혹시 모를 위험에 대비해 남자처럼 위장을 했고, 혁이도 알아서 꼼꼼히 내복을 챙겨 입고 옷 여러 벌을 겹쳐 입고 나왔다. 걱정 말라며 부모 기운을 북돋는 아이들에게 부부는 조심하고 또 조심하라고 말하며, 찬바람이 새어 들어갈 옷깃을 연신 여며 줄 수밖에 없었다.

창백하고 긴 겨울밤, 남매는 눈 내리는 길을 열심히도 걸어 다녔다. 아이들이 배달

을 나가면 불편한 자세로 족발을 썰던 남편은 카운터에 붙어 있는 가족사진을 물끄러미 바라봤다. 한겨울 배달을 다녀올 때마다 사진 속 웃고 있는 아이들을 보며 마음을 다잡던 남편이었다.

저 아이들이 있는데 뭘 못 하겠냐고 생각하며 아린 손가락을 녹이면서도 문을 열고 나가면 불어오는 매서운 바람이 아프고 무서웠던 걸 떠올리며, 남편도 순애 씨도 애를 태웠다. 코끝이 빨개져 배달을 마치고 돌아오는 아이들의 안경에 똑같이 뽀얀 성에가 끼었다. 순애 씨가 아이들을 난롯가로 데려와 따뜻한 보리차를 내어 주면, 부모 마음을 아는지 모르는지 혁이는 방금 다녀온 배달의 여정을 신나게 설명하곤 했다.

가다 보니 익숙한 길이었는데, 알고 보니 준영이네 집이었다고. 준영이 엄마도 엄마처럼 따뜻한 차를 주셨다고. 혁이와 가장 가까운 친구였던 준영이가 쥐여 준 족발 값을 순애 씨에게 내밀며 혁이는 넉살 좋은 농담을 건넸다.

"엄마, 나 오다가 오줌이 너무 마려워 가지고, 눈 쌓인 데 다 오줌 쌌거든? 근데 눈이 이렇게 깊이 파져 버리더라! 엄청 웃기지, 엄마. 그치?"

순애 씨는 붙잡고 있던 혁이의 언 손을 꼭 움켜쥐었다. 금방 따뜻해질 거라고 속삭이며 혁이의 통통한 손을 쓰다듬고 또 쓰다듬었다. 그렇게 혹독했던 한 철을 네 식구가 똘똘 뭉쳐 온 힘을 다해 헤쳐 나갔다. 곧 그토록 기다리던 따뜻한 봄이 그들 앞에 도착할 것이었다.

일요일

봄바람이 살랑대는 한가로운 일요일 오후에도 순애 씨는 여전히 분주하게 움직인다. 집안일을 마무리하고 주말 낮장사 시간에 맞춰 나가려면 시간이 빠듯하기 때문이다. 우선 안방 청소부터 시작하는 순애 씨. 깨끗이 쓸고 닦고, 이부자리 면 시트를 깨끗한 것으로 갈고 나면 그제야 삼십 분 남짓 걸린 청소가 끝난다.

아토피 피부염을 앓고 있는 혁이가 자는 방이라 순애 씨는 유난히 더 안방 청소를 신경 쓴다. 매일 밤마다 아토피 약과 여드름 약을 꼼꼼히 발라 주느라 모자는 안방을 같이 썼다. 그렇게 익숙해지다 보니 지금은 서로가 곁에 없으면 순애 씨도 혁이도 밤잠을 설칠 정도였다.

어느덧 시곗바늘이 아홉 시 반을 가리킨다. 허리를 펴며 한숨을 돌리려는데 욕실 안의 혁이가 때가 다 불었다며 순애 씨를 찾는다. 아빠가 세게 밀면 아토피가 벌겋게 일어나 한참 고생을 했기 때문에 혁이의 등을 밀어 주는 것도 순애 씨 담당이 된 지 오래였다. 소매를 걷어붙이고 들어가니 희뿌연 수증기 너머 욕조에 들어앉은 커다란 어린애가 보인다. 뽀얗고 넓은 등판을 비누 거품을 낸 때수건으로 살살 밀기 시작하는 순애 씨.

"혁아, 너네 학교에 이쁜 애 있어?"

"그럼 있지!"

"이뻐?"

"엄청 이뻐!"

"너 걔 좋아하니?"

"좋아해!"

"걔도 너 좋아해?"

"그건 잘…… 모르겠어."

"에이, 좋아한다며. 그럼 가서 고백해 봐."

"아이, 참……"

늦되다고 생각했던 아들이 좋아하는 여자애 때문에 한숨까지 쉬는 걸 보니 쿡쿡 웃음이 새어 나오는 순애 씨. 그러거나 말거나 혁이는 시무룩하게 고개를 숙이고 한참 생각에 잠겨 있다.

"엄마, 나 대학은 가야 할 것 같아."

"왜 갑자기? 공부하기 싫다며? 스트레스 받는다며?"

"그래야 될 것 같아. 그래서 나 지금 고등학교 다니는 거 아니야?"

"그런 생각도 하고 기특하네. 언제 이렇게 다 컸대, 우리 아들."

대학에 안 가면 예쁜 여학생도, 또래 친구들도 못 만날 것 같은 생각에 걱정을 하나 보다. 그렇게 싫어하던 공부도 이제는 해야겠다며 심각한 표정을 하는 혁이의 여린 마음이 순애 씨는 가엽고 애틋하다. 그러면서도 순애 씨의 걱정보다 한 발씩 앞서가며 어른이 될 준비를 하는 혁이가 당장이라도 품을 떠나는 것은 아닌지 조바심이 든다.

모르는 사이 어느새 듬직해진 새하얀 등짝을 보며 순애 씨는 불현듯 혁이의 태몽을 떠올린다. 말도 못 하게 커다랗던 하얀 돼지. 포동포동한 살집에 빛이 날 정도로 뽀얀 등을 보이며 하얀 돼지가 순애 씨 곁에 누워 있었다. 따뜻하고 부드러운 등을 쓰다듬던 순애 씨는 돼지의 얼굴을 마주 보고 싶었다.

그러나 한참을 애쓰며 돌아눕게 하려 해도 돼지는 꿈쩍도 하지 않고 등을 보일 뿐이었다. 쉽게 얼굴을 내어 주지 않는 하얀 돼지가 서운하고, 맘처럼 되질 않아 답답했다. 충만한 기쁨과 동시에 애달픈 슬픔을 함께 느꼈던 하얀 돼지 태몽이었다.

한참이나 넋을 놓고 혁이의 등짝을 바라보던 순애 씨의 얼굴에 눈물인지 땀인지 모를 물방울이 흘러내린다. 때수건을 벗어 놓고 하얀 등을 어루만지면, 넓고 큼직한 등은 꿈속에서처럼 부드럽고 따뜻하다. 순애 씨는 가만히 하얀 돼지의 이름을 불러 본다.

"혁아."

시간을 거슬러 오르듯 천천히 고개를 돌려 순애 씨를 마주하는 혁이의 얼굴. 반짝이는 눈에 천진한 미소를 머금고 하얀 돼지가 순애 씨를, 순애 씨의 눈을 바라본다. 그토록 보고 싶던 그 얼굴이, 매일 보고 또 보는 사랑스러운 시선이 순애 씨를 마주 보며 반갑게 대답한다.

"응, 엄마!"

그 순간 순애 씨는 지난 토요일 오후 떠올랐던 질문을 다시 생각한다. 하나도 부족함이 없는 이 행복한 하루하루는 언제부터 시작된 것일까? 결혼을 하고 성실한 남편을 얻고, 유미와 혁이를 낳아 네 식구를 완성하고부터, 순애 씨의 이름이 아내로, 유미 엄마, 혁이 엄마로 바뀔 때마다 충만한 행복의 시간이 켜켜이 쌓여 갔다.

그 시간 속에 추억을 꼬박 새겨 나가던 매일이 모두 시작이었다는 것을 떠올리며 순애 씨는 하얀 돼지 혁이를 꽉 끌어안는다. 온 마음 가득 사랑을 담아 있는 힘껏 꼬옥.

세상을 다 가진 소년

안산 단원고 2학년 4반 **권오천**

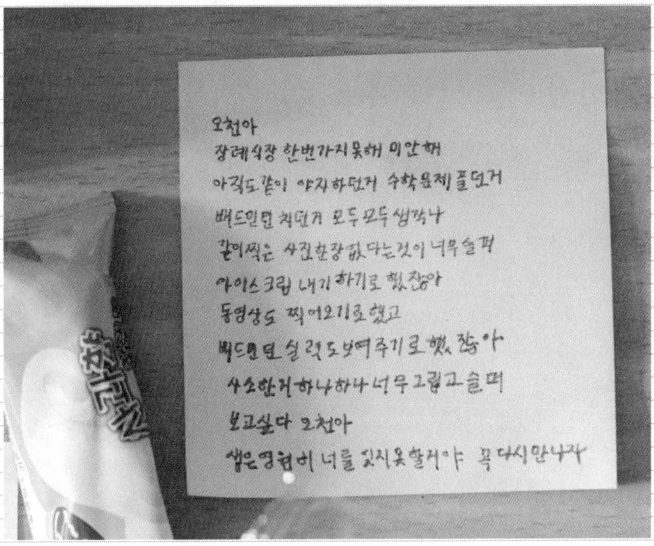

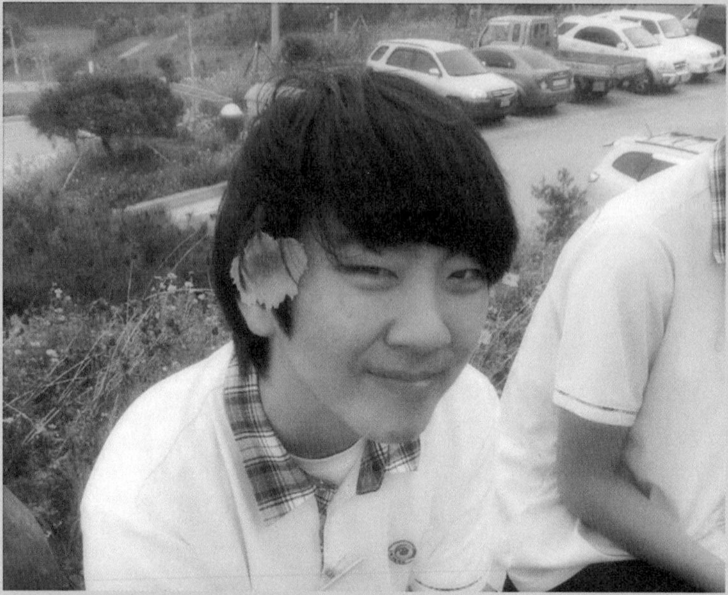

1. 점심시간, 친구들과 휴식을 즐기며.
2. 엄마와 함께 만들어 본 맛있는 볶음밥.
3. 프랑스 교환 학생 친구와 함께.

세상을 다 가진 소년

어둠이 깊어져 가는 밤 열 시의 와동 거리. 아직 문을 연 가게들도 저마다 바빴던 하루를 정리하며 셔터 내릴 채비를 하는 시간. 그 한산한 거리의 끝에서 씩씩하게 골목을 뛰어 내려오는 한 소년의 모습이 보인다. 옹골찬 몸집, 매서운 눈매의 소년은 가쁜 숨을 몰아쉬며 신호등 앞에 멈춰 선다. 아직 환하게 불이 켜진 길 건너 이층 체육관을 올려다보며 씨익 미소를 짓는 소년. 검게 그을린 얼굴에 귀여운 하얀 덧니가 드러난다. 신호등 불빛이 바뀌면 다시 자세를 잡고, 준비, 땅! 교복을 펄럭이며 뛰어가는 뒷모습은 마치 초원을 뛰어다니는 혈통 좋은 종마의 그것과 닮아 있다.

두세 개씩 계단을 건너뛰며 올라가 체육관에 다다르면 텅 빈 체육관에서 홀로 기다리고 있는 관장님. 조금 전의 상기된 모습과는 달리 무뚝뚝한 얼굴로 꾸벅 인사를 하는 소년을 맞으며 관장님도 정중히 인사를 건넨다. 서둘러 탈의실로 들어가 빨간 도복으로 갈아입고 나오는 소년의 모습은 다 자란 남자처럼 다부져 보인다. 이제 본격적으로 시작되는 두 남자의 대련. 조용하던 체육관에 기합 소리가 쩌렁쩌렁 울려 퍼진다.

한 시간 동안 온 체육관을 뒹굴고 나서야 바닥에 털썩 드러눕는 소년. 그렇게나 좋아하는 빨간 도복이 온통 땀으로 젖어 검게 보일 지경이다. 탈진할 것 같은 창백한 얼굴로 가쁜 숨을 내쉬다가도 옆에 누운 관장님과 얼굴을 마주하면 이상하게 쿡쿡 웃음이 터져 나온다. 아무것도 아닌 것 같은 장난에도 배를 잡고 구르는 두 사람. 그들 뒤로 보이는 창밖의 밤하늘은 점점 더 어둠의 더께를 쌓아 가는 중이다. 그러거나 말거나 세상을 다 가진 듯한 환한 웃음을 짓고 있는 소년. 그 찬란한 빛으로 주변을 환하게 밝히는 아이. 권오천, 바로 이 해맑고 당찬 열여덟 살 소년의 이름이다.

오천이가 태어나던 날. 벌써 세 번째 출산인데도 어머니는 그날이 유난히도 기다려졌다고 한다. 태몽에 나타난 천사가 먹음직스러워 보이는 커다란 배를 안겨 줘서 그랬을까? 오천과 열 살 터울인 큰아들 오현이, 여섯 살 터울 딸 은진이가 생김새나 성격이 너무 달라서였을까? 어머니는 오천이가 어떤 모습일지, 어떤 성격일지 너무 궁금해 조바심이 날 지경이었다. 출산일이 다가오기만을 손꼽아 기다렸다가 직접 차를 몰고 병원에 도착한 어머니는 한 시간의 쾌통 분만 끝에 오천이를 낳았다.

품에 안은 오천이는 뽀얀 피부에 똘망똘망한 눈빛, 유난히 잘생긴 귀까지 꿈속 천사처럼 곱디고운 생김새의 아이였다. 아버지도, 형도, 누나도, 어머니도 모두가 서로 안으려고 할 정도로 사랑받던 예쁘장한 갓난아이. 그런 오천이가 태어난 지 3일 만에 열이 40도까지 올라 죽을 고비 정도의 위급한 상황을 가까스로 이겨낸 뒤로, 어머니는 항상 아이의 얼굴을 꼼꼼히 살피곤 했다. 아파도 울지 않고 가만히 품에 안기는 유난히 순한 성격. 어머니가 건강 상태를 알아볼 수 있는 유일한 방법은 오천이 입술 색이 변하는지 보는 것이었다. 입술이 빨갛게 부풀어 올라 서둘러 병원 갈 채비를 할 때도 아이는 투정 한번 부리지 않고 묵묵히 참아 냈다. 조그만 갓난아이의 참을성과 의지력을 지켜보면서 어머니는 생각했다. '애는 참, 영락없이 내 새끼네.'

갓난아이 때부터 그렇게 씩씩했던 오천이는 생후 8개월부터 걷기 시작할 만큼 운동신경이 좋았다. 세 살 때 아홉 살 누나의 인라인스케이트를 탄 적이 있었는데, 240밀리 사이즈에 종아리까지 쑥 들어갈 정도로 커다란 스케이트를 신더니 잠시 뒤뚱거리다 곧 균형을 잡고 어머니에게 달려와 안길 정도였다.

좁은 집 안에서만 그렇게 몇 번 타다가 처음 넓은 야외로 나온 날, 이 자그마한 꼬마는 화랑유원지로 나들이 나온 사람들의 시선을 한 몸에 받았다. 넓은 공터를 물 만난

고기처럼 지치지 않고 빙빙 돌고 또 돌던 오천이. 어머니도 그런 아들이 신기해 한참을 넋을 놓고 바라봤다.

오천이가 쑥쑥 자라나던 1998년 즈음, 가족들은 고난을 버티고 있었다. 잘나가던 건축 설계사였던 아버지의 사업이 IMF 직격탄을 맞았고, 다섯 식구는 3년여의 모진 시간을 견뎌야 했다. 카드 돌려 막기를 해서 생활을 꾸리고, 밥해 먹을 쌀을 얻으러 이모에게 찾아가야 할 정도로 힘든 상황을 겪으면서도 아무도 쓰러지거나 포기하지 않았다. 지켜야 할 소중한 가족을 생각하며 더욱 하나가 될 수 있었던 시절이라 그 안에서도 행복한 순간을 찾는 것은 어렵지 않았다. 대견할 정도로 잘 자라 주는 아이들, 성실하고 열정적인 아버지와 어머니. 견고하게 쌓여 가는 가족의 사랑 안에서 3년의 시간은 훌쩍 흘러갔고, 아버지의 사업은 다시 본궤도에 올랐다.

안산을 주름잡는 성공한 건축 설계사로 자리매김하기까지 가족의 헌신이 없었다면 불가능했을 것이었다. 그 시절을 함께 애써 준 아이들에게, 특히나 한창 유아기를 보내고 있던 오천이에게 부모님은 항상 미안함을 느꼈다. 우리 아이들이 하고 싶은 모든 걸, 원하는 모든 걸 힘닿는 데까지 응원해 주자던 결혼 때의 다짐을 떠올리며 힘이 닿는 한 최선을 다해 아이들을 지원했다. 경험을 쌓고, 보고, 느끼,고 그 경험을 통해 배운 것이 자신에게 어떤 의미인지 스스로 깨달아 가길 바랐던 부모님의 마음. 그 뜻에 잘 부응하며, 오천이는 하고 싶은 것도 많고, 그것을 위해 최선을 다할 줄 아는 믿음직한 어린이로 자라났다.

좋아하는 일에는 혼신의 힘을 다했던 오천이가 어려서부터 유독 흥미를 가졌던 두 가지가 있었다.

첫째는 운동. 어릴 때부터 시작한 태권도뿐만 아니라 복싱, 이종격투기까지, 유난히 몸을 단련하는 것을 좋아했던 오천이는 하고 싶은 운동을 마음껏 배웠다. 오천이의 운동은 그저 흥미로 호기심을 채우려는 것과는 다른 무언가가 있었다. 건강한 신체를 유지하며 생각을 바르게 하고, 나아가 자신의 한계를 극복하고자 하는 도전 정신.

이렇듯 오천이의 타고난 성정과 맞아떨어지는 것이 바로 운동이었다. 주말에도 혼자 자전거를 타고 5시간을 내도록 달리고 들어오는, 그 혼자만의 도전이 계속되는 동안 뽀얗던 얼굴은 햇빛에 그을린 구릿빛으로 변해 갔다.

둘째는 영어. 이사 온 와동 집에 새로 생긴 커다란 텔레비전 앞에 앉아 다섯 살배기 오천이는 하염없이 화면을 들여다보곤 했다. 방영 중인 외화를 보며 영어 대사에 귀를 기울이고 있었던 것이다. 알파벳도 모르는 아이가 대사를 이해하는 모습이 신통해서 어머니는 오천이의 영어 공부를 도와주었다.

유난히 수학을 잘하는 다른 가족들과는 달리 어머니의 어학 재능을 닮은 오천이는 누가 시킬 것도 없이 알아서 영어 공부를 하곤 했다. 말귀를 조금씩 알아듣고, 조그만 입을 오물거리며 한두 마디씩 단어를 내뱉으면서부터 오천이의 영어 실력은 가속도가 붙었다. 성적으로 증명한 것은 물론이고, 외국에서 온 교환 학생 친구들을 일부러 짝 지어 줄 만큼 모두가 인정하는 영어 특기생이 된 것이다. 오천이의 장래 희망 중에 동시통역사가 항상 상위권을 차지하는 것은 어찌 보면 당연한 일이었다.

그렇게 차근차근 꿈을 키워 나가던 오천이에게 때이른 사춘기가 찾아왔다. 6학년이 되면서부터 뻔한 거짓말을 해서 어머니의 애를 태우기 시작한 것이다. 숙제를 안 했는데도 했다고 해서 꾸짖으면 다음 날도 똑같은 거짓말을 반복했고 다시 꾸짖을 수밖에 없는 상황이 반복되었다. 엄한 아버지가 이 사실을 알면 노발대발할까 봐 조용히 해결하려 하면서도 어머니는 오천이의 그런 행동이 도무지 이해가 되지 않았다.

그도 그럴 것이 오천이는 어린 나이에도 특이하게 느껴질 정도로 생각이 깊고 어른스러운 구석이 있어서 한 번도 속을 끓인 일이 없는 아들이었기 때문이다. 된소리를 거의 쓰지 않는 아나운서 같은 말투로 또박또박 자기 생각을 이야기할 때마다 듬직하고 바른 아이라는 평판을 듣던 아이가 이렇게 말도 안 되는 반항을 하다니.

어머니는 오천이가 사춘기를 슬기롭게 극복할 수 있도록 자주 형과 누나를 모아 놓고 회의를 했다. 가족들은 무한한 사랑과 애정을 듬뿍 담아 지치지 않고 대화를 시도 했고, 온기 어린 관심 덕택에 오천이는 얼마 지나지 않아 굳게 닫힌 마음의 문을 열 수 있었다. 그 짧았던 사춘기가 끝날 무렵, 다시 듬직한 아들로 돌아온 오천이는 어머니에게 다시 성실했던 모습을 찾을 거라며 이렇게 말했다.

"엄마, 저는 제가 왜 공부를 해야 하는지 잘 알고 있어요. 저는 훌륭한 사람이 되어야 하고, 멋있는 사람이 되어야 합니다. 그러니까 너너욱 학생으로서 할 본분인 공부를 열심히 해야 되구요. 엄마, 저를 걱정하지 마세요. 저를 믿어 주세요."

걱정하던 가족들의 진정한 믿음을 얻을 수 있었던 까닭은 오천이 스스로 자신의 다짐을 완벽하게 증명했기 때문이다. 중학교에 입학하면서부터 오천이는 계획과 목표를 세우고 그것을 지키기 위해 최선을 다하는 성실한 하루하루를 보냈다. 누구에게나 본보기가 되는 모범생으로 거듭나면서 항상 우수한 성적을 유지했던 오천이에게 남달랐던 점이 또 하나 있었다. 유난스러울 정도로 교우 관계가 좋아 평생을 함께할 끈끈한 우정을 나눈 친구들이 많았다는 것이다. 일상의 다양한 사건을 공유한 것은 물론이고 시험 기간에도 네댓의 친구들이 오천이의 집에 모여 함께 밤을 새워서 공부했다.

각자가 잘하는 과목을 담당해 서로 부족한 부분을 도와주고, 힘든 공부를 격려해 가며 아이들은 경쟁심이 아닌 협동심을 배워 나갔다. 사춘기 방황의 시절을 서로 붙잡고 이끌어 주며 오천이와 친구들은 우정 이상의 의리를 키워 나갔던 것이다.

그런 모습이 대견해 가족들은 3, 4일씩 걸리는 합숙 기간에도 응원을 아끼지 않았다. 밤늦게 퇴근한 아버지가 공부하는 아이들을 기특해하며 치킨을 시켜 주었고, 어머니는 출근 준비에 쫓기면서도 진수성찬으로 아침을 차려 주었다.

친구들과 함께 옥상에 모여 바비큐 파티를 한 적도 있었는데, 처음에 모였던 십여 명의 아이들이 점점 하나둘씩 늘어나더니 어느새 서른 명이 넘는 아이가 옥상을 가득 메우게 되었다. 시끌벅적한 소리에 출동한 경찰에게 어머니가 당차게 대응할 수 있었던 것은 오천이에 대한 믿음 덕택이었다. 항상 좋은 사람이 주변에 넘치고, 그 안에서 신뢰를 형성하면서 오롯이 자신의 흔적을 남기는 사람이었던 아버지와 어머니. 그리고 그 모습을 꼭 닮은 큰아들, 딸, 그리고 막내 오천이까지. 가족들의 마음 깊숙이 차근

차근 성장하는 오천이에 대한 굳은 믿음이 단단히 뿌리를 내렸다.

항상 강해만 보였던 아버지가 담낭암 말기 판정을 받은 것은 오천이가 열여섯 살 때였다. 회사에, 가정에 충실한 것도 모자라 지역 사회에 기여하는 활동을 하며 만학도의 꿈을 이루는 것까지. 끓어넘치는 열정에 온몸을 불사르며 달리던 아버지는 자신의 고통을 눈치채지 못했다. 아니, 혹여 아픔을 느꼈을지라도 단단한 심성으로 조용히 혼자 극복했을 게 분명했다.

꿈이었던 전원주택을 사서 공기 좋은 한적한 곳으로 내려간 부모님은 처음으로 여유로운 시간을 만끽하며 10여 개월간의 요양 생활을 했다. 학업으로 형도 집을 비웠기 때문에 다섯 식구가 살던 커다란 집에는 오천이와 누나 은진이 둘만 남았다. 그리 멀지 않은 곳이라 어머니가 수시로 집을 오가며 살림을 챙겨 주었지만 집안에는 왠지 모를 공허한 기운이 드리워져 있었다.

남매는 그 시간 동안 서로를 의지하며 버텼다. 조금만 견디면 모든 것이 제자리로 돌아올 것이라는 믿음이 있었기에 특유의 밝은 모습도 그대로 유지할 수 있었다. 주말이 되어 아이들이 사강의 전원주택으로 찾아가면 혼신의 힘을 다하여 아버지에게 사랑을 쏟는 어머니가 있었고, 조용히 계시다가도 툭 던진 농담 한마디로 모두의 배를 잡게 만드는 따뜻한 아버지가 있었다. 웃겨 주고 웃어 주며 함께 나누던 화기애애한 시간은 가족들에게 굳센 용기를 북돋아 주었다. 함께 뭉쳐 이 고비를 이겨 낼 수 있다는 백 퍼센트의 믿음을 안고 가족들은 그해 겨울 제주도로 마지막 여행을 떠났다. 실로 오랜만의 가족 여행이었다.

겨울바람이 몰아치는 제주도의 바닷가에서 가족들은 한데 모여 사진을 찍었다. 그러면서도 이 바다나 저 바다나 다 똑같은 바다 아니냐는 아버지의 장난스러운 핀잔에 계획을 짠 누나는 적잖이 스트레스를 받았다. 그렇게 방향을 틀어 가게 된 송악산 일오동굴. 수평으로 잘게 쪼개진 바위의 일직선들이 아름답게 늘어서 있었다.

그 동굴 안, 바위틈 어딘가에 가족은 모두의 소망을 담은 쪽지를 고이 넣어 놓았다.

온 가족이 함께 이곳에 다시 찾아와 쪽지를 다시 펼칠 수 있기를…… 소박한 다섯 식구의 꿈이 새겨진 쪽지는 아무도 건드릴 수 없도록 바위틈 깊숙이 봉인되었다.

이듬해 여름, 사랑하는 아버지를 떠나보낸 가족들은 차분히 슬픔을 이겨냈다. 익숙하지 않은 감정을 견디기에 아직 어린 나이였음에도 불구하고 오천이는 조용히 애도의 시간을 버텨 나갔다. 체육관에 나와도 아무 말 없이 한 시간 동안을 줄넘기, 왕복 달리기만 하고 돌아갔다. 그리고 그런 매일이 3개월 동안이나 이어졌다.

몇 달 전 아버지 확진 소식을 듣고, 자기는 아무것도 해 준 것이 없다고 고개를 떨구며 눈물을 흘렸던 오천이를 가만히 안아 줬던 관장님은 아픔을 홀로 삭이는 아이의 모습이 못내 걱정되었다. 그러면서도 그 슬픔의 깊이를 가늠할 수 없어 묵묵히 곁에서 그 시간을 함께해 줄 뿐이었다. 바다가 보고 싶다는 오천이의 말이 문득 기억난 날에, 관장님은 오천이를 태우고 을왕리 바다에 다녀왔다. 먹먹한 가슴이 뻥 뚫릴 수 있도록 차창을 다 열고 30분을 달려 도착한 밤바다. 파도에 번져 가는 불빛을 한참 동안 바라보면서 두 남자는 한마디도 하지 않았다.

그렇게 고요한 시간을 보내고 돌아오는 길에 관장님은 아이에게 힘이 드는지 조심스레 물어봤다. 잠시 침묵이 흐른 후에 튀어나온 '네'라는 대답. 얼핏 놓쳐 버릴 수도 있던 조용한 목소리였다. 평소라면 '아니에요, 괜찮아요'라고 대답했을 씩씩한 소년인지라 '네'라는 한 음절은 더욱 애처롭게 느껴졌다.

힘들면 힘들다고 얘기하라고, 아픈 마음을 응어리지게 두지 말고 밖으로 꺼내 함께 나눠야만 진짜 이겨 낼 수 있다고, 관장님은 사랑하는 제자에게 진심을 다해 당부했다. 가만히 듣고 있던 오천이는 아무 말 없이 조용히 고개를 끄덕였다.

그런 몇 개월의 시간 동안 더욱 굳건해진 가족의 사랑과 주위 사람들의 따뜻한 위로 덕분에 오천이는 휘청거리던 마음을 곧 다잡을 수 있었다. 잠시 부진했던 성적도 다시 제자리로 올라갔고, 자신의 삶의 방향을 스스로 이끌어 나갔으며 무엇보다도 다시금 씩씩하고 환하던 미소를 되찾았다. 혹독한 겨울바람이 잦아들어 봄의 훈풍이 불어올 무렵, 해맑은 소년은 어느새 깊은 눈빛을 가진 남자가 되어 있었다.

열여덟 살 생일을 맞은 막내아들 오천이에게 어머니는 뭔가 특별한 선물을 해 주고 싶었다. 형, 누나가 각자의 일로 바빠 시간을 내지 못해, 어머니는 오랜만에 막내아들과 단둘이 식사를 하러 갔다. 아버지가 계실 때부터 자주 가던 소고깃집이었다.

먹성 좋은 오천이가 고기를 열심히 먹는 걸 보며 흐뭇한 미소를 짓던 어머니는 아들과 함께 두런두런 이야기를 나누기 시작한다. 마음에 들어 하는 동아리 여자 후배에 대해서, 새 학기를 맞은 학교생활에 대해서, 운동과 공부 중 아직 마음을 정하지 못한 진로에 대해서. 또박또박한 말투로 오천이는 자신의 생각을 이야기하고, 어머니도 진지하게 그 이야기를 들어 준다.

다툼 없이도 조용히 대화가 통하는 모자였으므로 이야기는 화기애애하게 마무리된다. 아들이 하고 싶은 것에 대해서 결국 자신은 혼신의 힘을 다해 응원할 것이라는 사실을 어머니는 이미 잘 알고 있다. 어느새 다 자란 듯한 오천이의 얼굴을 바라보며 어머니는 조용히 물어본다.

"오천아, 생일 선물로 갖고 싶은 건 없니?"

"선물이요?"

"응. 형이랑 누나 없을 때 말해. 엄마가 사 줄게."

"괜찮아요."

"괜찮아?"

"네, 저 갖고 싶은 거 없어요. 정말 괜찮아요. 필요한 건 다 가진걸요."

필요한 게 없다며 씨익 웃는 아들의 얼굴을 보며 어머니는 오천이가 이제 더 이상 소년이 아니라는 것을 느낀다. 몸과 마음이 모두 성숙해 듬직한 어른이 된 듯한 모습에 코끝이 찡하다. 그런 어머니의 마음을 아는지 모르는지 막내아들 오천이는 이미 세상을 다 가진 것처럼 환하게 웃고 있다. 그을린 얼굴에 번지는 해맑은 미소. 자신에게 뿜어져 나오는 찬란한 빛으로 그 주변을 환하게 밝히는 열여덟 살의 옹골찬 소년.

그 소년의 이름이 바로 권오천이다.

작은 거인 건우 이야기

안산 단원고 2학년 4반 **김건우**

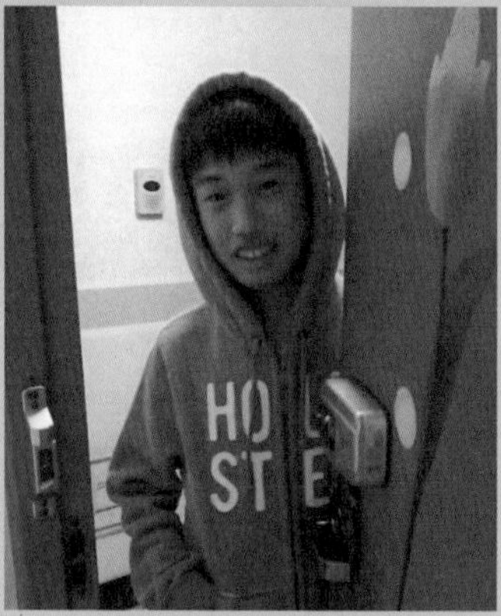

1. 자전거를 도둑맞고 다시 산 자전거를 타고 와동과 선부동 일대를 누비고 다니다.
길거리에서 우연히 만난 엄마가 찍어 준 사진.
2. 후드집업 사서 처음 입고 친구 만나러 가는 건우.
3. 매년 방학이면 바다로 가족 여행을 갔던 건우네 가족.
고1 때는 조카 라익이와 함께 서해안 바다에서 오붓하게 휴가를 보냈다.

작은 거인 건우 이야기

"엄마, 나 가고 있어. 지금 편의점 앞이야."

"엄마, 나 이제 놀이터 앞이야."

"엄마, 나 집 앞이야."

잠시 후 '딩동' 벨이 울린다. 건우가 집에 돌아온 것이다. 자신이 돌아오는 길을 엄마에게 실시간으로 중계하는 것은 이제 건우의 일상이 된 지 오래다. 영문을 모르던 어릴 때는 자꾸 전화해서 어디냐고 묻는 엄마의 전화가 귀찮기도 해서 가끔 불만을 토로하기도 했다. 하지만 엄마의 사연을 알고 난 후 건우는 매 순간 자기가 어디에 있고, 잘 있는지를 알리는 것이 몸에 배었다. 그런지 어언 10여 년이 넘었다.

초등학교 때의 일이다. 하루는 건우가 친구 집에 가서 연락이 안 된 일이 있었다. 그날 공황장애를 앓고 있던 엄마는 그 시간을 견디기 힘들어 숨이 넘어갈 듯했다. 건우가 돌아오자 엄마는 아들에게 엄마의 사정을 이야기했다.

"아들, 엄마는 불안증이 있어. 그래서 네가 연락이 안 되면 엄마는 숨이 넘어갈 것 같아. 네가 도움을 줘야 해."

사실 아이가 아직 어려 엄마의 말을 잘 이해할지 의문이 들었지만, 그럼에도 엄마는 솔직히 자신의 상황을 설명했다. 이후로 건우는 엄마의 전화를 귀찮아하기보다는 자신이 먼저 전화하는 것을 잊지 않았다. 그날이 있기 전까지 계속……

건우는 또래 아이들보다 키가 작고 몸집도 자그마하다. 우유를 많이 먹여 건우의 키를 쑥쑥 키우고 싶었던 엄마는 서너 살이 될 때까지도 건우가 젖병을 물고 다니게 두었다. 우유만 너무 먹으니 오히려 다른 영양소가 부족한지 마음처럼 자라지 않자, 엄마는 우유를 떼기로 마음먹었다. 아이들이 우유를 끊을 때 힘들단 말을 많이 들어 걱정스러웠다. 강제로 끊을 수도 있었지만 엄마는 네 살배기 건우를 앉혀 놓고 이야기했다.

"건우야, 이제는 우유 그만 먹고 엄마 아빠처럼 밥 먹을까? 어때?"

아이는 두말없이 "응" 하고는 엄마랑 같이 가위를 들고 젖병의 꼭지를 엄마 하나 자르고, 건우 하나 자르고 해서 쓰레기통에 버렸다. 그래 놓고도 다시 우유를 찾을까 봐 걱정했지만 건우는 이내 마음을 돌리고 밥을 먹기 시작했다.

무엇이든 그랬다. 건우는 뭐든 순하고 떼를 쓰는 일이 없었다. 잘 울지도 않고 어찌나 큰 입을 헤벌쭉 벌려 웃는지, 환한 아이의 웃음 때문에 생긴 별명이 '헤보'였다. 나중에 친구들은 건우를 '모기'라고 불렀는데 엄마는 그 별명이 작고 빼빼하다고 친구들이 놀리는 것인 줄 알았다. 그런데 사실 모기라 불린 이유는 이름이 '김건우'인 데다 작고 까무잡잡한 외모도 가수 '김건모'랑 비슷하다 하여 친구들이 '건모'라고 부르다 생긴 별명이었다.

뭐 사실 건우가 노래를 좀 잘 부르기도 했고! 노래방에 가면 옛날 노래부터 지금 유행하는 노래까지 제법 가수처럼 부르곤 했다. 건우 또래 친구들은 요즘 서로 이름 끝자를 부르는 게 유행인데, 친구들도 '건모'라 하다가 어느새 '모'자만 부르다 보니 '모기'가 되었다. 이제 친구들은 건우란 이름보다 '모기'라 부르는 것이 훨씬 익숙하다.

보통 남자애들이 자라며 엄마 아빠에겐 조금은 말수가 줄어들고 어쩌다 신날 때만 조잘조잘하듯 건우도 그런 아들이었다. 하지만 친구들이 모기라 부르는 데에는 또 다른 이유가 있었다. 모기가 윙윙거리며 날아다니는 것처럼 친구들과 놀 때는 건우도 늘 활달하고 수다스러웠다. 언제나 활달하고 까불까불하고 감정도 풍부해서 눈물도 많았던 건우.

"야, 남자는 살면서 세 번 우는 거야."

"케서맨?"('그래서 어쩌라구'를 줄여서 하는 말)

건우는 금방 울다가도 친구들의 타박을 들으면 시원하고 넉살 좋게 이렇게 대꾸하곤 했다.

"좀 무게 좀 잡아라."

친구들이 한마디 더 보태면, 건우는 언제 울었냐는 듯이 특유의 환한 웃음만 씩- 날리곤 했다.

넉살 좋은 녀석 건우. 건우는 귀여움을 독차지한 막내로 자라서 엄마 아빠에게 애교쟁이면서 자기가 얻고 싶은 것이 있으면 살살 웃음을 지으며 엄마에게 지키지도 못할 약속을 숱하게 날리는 귀여운 사기꾼이자 공수표를 남발하는 아들이었다.

"엄마, 이번에 용돈 올려 주시면 엄마랑 사진 열 장 찍고, 영화 두 편 보겠습니다!" 공수표인 걸 뻔히 알지만, 자기가 얻을 것을 위해 흥정도 걸고 협상도 할 줄 하는 아들이 엄마 아빠는 대견하기만 했다.

건우의 넉살은 때론 귀여움을 넘어 대범하기도 했다. 건우와 친한 친구들은 대부분 몸집이나 키가 건우에 비해 월등히 컸다. 친구들은 건우만 아니면 호프집도 너끈히 들어갈 수 있는 외양이었다. 헌데 늘 말썽은 건우다. 건우가 작고 여린 외모이다 보니 어른인 체하며 호프집 한번 가보고 싶으나 늘 입구에서 차단당하기 일쑤였다. 그런데 건우가 어느 날 담배를 사서 학교에서 친구들에게 나눠 주는 바람에 걸린 일이 있었다. 친구들은 믿기지 않았다. 자기들이면 몰라도 건우가 그 앳된 얼굴로 담배를 살 수 있었다고?

"야, 담배 네가 산 거 맞아? 아빠 거 빼돌린 거 아니야?"

"미쳤냐. 내가 샀지! 다 비법이 있다구."

"어떻게, 어떻게 샀는데?"

건우는 씩 웃더니 주머니에서 무언가를 꺼내서 친구들에게 보여 주었다.

"응…… 히히……, 우리 누나 자격증인데 내가 쫌 바꿔 봤어."

건우가 보여 준 것은 자기 사진을 붙인 누나의 자격증이었다. 여덟 살 터울인 누나의 나이로 살짝 바꿔 쳐서 건우는 학생들에게 담배 안 팔기로 악명(?) 높은 와동 '행복마트'에서 당당히 담배를 구입해 학교 친구들에게 나눠 줬던 것이다.

건우는 겁이 많았다. 무시운 영화를 보고 온 날에는 집에서조차 화장실도 못 갔다.

그러곤 집 안에 불을 온통 다 켜고 다녔다.

"너 왜 화장실도 못 가고 그래?"

"엄마, 나 오늘 무서운 영화 봤어."

무서움을 많이 타서일까, 건우는 수학여행 가기 한 달 전에야 비로소 자기 방에서 혼자 잠을 잤다. 혼자 잤다지만 사실은 문을 열어 놓고 있어서 침대에 누우면 안방의 엄마 얼굴이 바로 보였다. 그러면 두 모자는 이런저런 이야기를 나누곤 했다. 술 담배, 연애에 대한 호기심, 미래의 꿈, 주제는 꼬리에 꼬리를 물고 이어지다 누군가 한 명이 스스르 잠이 들어서야 끝나곤 했다. 고1 때 집을 새로 단장하고 난 후 건우는 자기 방에 새 침대를 사 달라고 요구했다. 하지만 그러고도 한참 지나서야 자기 방으로 갔던 것이다. 마치 엄마에게 혼자 자는 연습이라도 시키듯 말이다.

"건우가 겁이 많았다던데?"

"건우가요? 그럴 리가…… 걘는 무서운 영화를 저희보다 더 잘 봤어요."

"그래 맞아. 〈컨저링〉인가 하는 영화를 본 적이 있는데, 우리는 가끔 눈도 가리고 그랬는데 건우는 눈 한 번 안 돌리고 계속 보던걸요."

"맞아요." 건우의 절친인 민규, 쌍추, 윤제, 민영, 주빈, 건이는 입을 모아 말한다.

"건우가 엄마한테 너무 잘하고 전화도 자주 했다던데?"

"네, 어머니한테 잘하긴 했어요. 근데 가끔은 짜증도 냈어요."

"맞아, 결정적 순간에 어머니가 전화를 하시거든요. 그것도 자주."

"결정적 순간이 언젠데요?"

"게임에서 막 클라이맥스일 때 어머니가 전화하시면 짜증을 확 내요. 그래도 전화 받을 땐 티 안 내고 받긴 했지만요."

"암튼, 우리 중에 엄마한테 가장 전화를 잘하는 애인 건 맞아요."

건우는 친구들 앞에서는 겁 없는 척했지만, 집에 와서는 허세를 털어 내고 겁 많은 본색을 드러내곤 했다. 집에서는 아빠와 닮아 과묵했지만, 집 밖의 세상에서는 유쾌한 수다로 어우러질 줄도 알았다. 엄마에 대한 사랑도 많고 걱정과 배려심도 컸지만, 열일곱 나이 때의 아이답게 친구들 앞에서는 쿨한 척, 아닌 척하면서도 엄마를 챙기는 세심함도 있었다. 집에선 착한 아들이지만 나가서는 술 담배도 하다 걸려 엄마가 학교에 불려 가기도 했다. 규제에 따르는 소심한 학생이기보단 규제의 선을 넘나들며 자기 삶을 즐길 줄 아는 대범함도 가졌던 건우였기에 짧은 생이었지만 후회가 덜할 거라고 엄마는 믿는다.

아빠는 처음 건우를 만났던 날을 이렇게 기억한다.

"처음에는 무지 이쁠 줄 알았는데 신생아라 별로 안 이쁘더라구요. 조금씩 커가니까 이뻐지더만요. 요만한 애가 아장아장 가방 메고 처음 유치원에 가던 날은 눈에서 사라질 때까지 너무 귀여워서 눈을 뗄 수 없었어요."

유난히 작은 건우가 나갔다 하면 맞고 들어와서 엄마 아빠는 속이 상했다. 그래서 더욱 기죽지 않게 키우려 애를 썼다. 그 덕분인지, 타고난 성품이 유순하고 집착이 없는 편한 성격이라 그런지 건우는 서글서글하게 자랐다. 공부에도 관심이 없고 다른 무엇도 특별히 잘하는 게 없는 건우지만 이런 성격 덕에 친구가 무척이나 많았다. 그리고 공부를 못해도 스트레스가 없었다.

"건우야, 시험 잘 봤어? 몇 점이야?"

"응, 30점이야."

"너보다 못하는 애도 있어?"

"있어. 내 밑으로 다섯 명이나 있어."

당당한 건우가 너무 재미나고 신기해서 엄마는 "네 친구들은 30점 받아서도 집에 기쁘게 들어가디?" 하면, 고개를 갸우뚱하며 "못 들어갈 것 같아" 그러곤 자기는 이런 엄마를 두어 운이 좋다며 실실거렸다. 한번은 시험 점수가 1점 올라가면 만 원을 상금으로 주겠다고 한 적이 있었다. 정말 딱 1점을 올리고 온 건우는 자랑스럽게 집에 와서 당당히 만 원을 달라고 요구했다. 건우가 기죽지 않고 즐겁게만 자라면 된다는 생각이었지만, 그럼에도 이렇게 대책 없는 건우의 천진함 앞에서는 엄마 아빠도 난감했다.

공부만 잘하게 키우는 대신 엄마는 건우가 적어도 두 가지는 꼭 잘했으면 했다. 하나는 자기보다 못하다 여겨지는 친구들을 무시하지 않고 잘 어울리는 아이로 키우는 것이었다. 그래서인지 건우는 늘 주변의 왕따당하는 아이나 놀림받는 아이를 잘 챙기며 놀았다.

초등학교 때, 한글도 잘 모르고 지저분하다고 아이들이 왕따시키는 아이를 건우는 오랫동안 곁에서 챙기며 같이 놀았다. 중학교 때도 마찬가지로 주로 소외당하는 친구들과 잘 어울렸다. 누구랑이나 편견 없이 잘 어울리는 아이로 키우려 했던 부모님의 뜻도 있었지만, 가르침만으로 되는 것은 아니다. 건우의 심성이 그러했다. 배려 깊고 따뜻하고.

엄마가 또 하나 건우에게 가르치고 싶었던 것은 자립심이었다. 스스로 자기 삶을 꾸리지 못하는 아이들이 적지 않은 세상에서 건우는 좀 달랐으면 했던 것이다. 그래서 초등학교 때, 여름 방학을 맞은 건우에게 스스로 용돈을 벌어서 써 보라고 했다.

"올림픽기념관 공원 앞에서 매주 토요일에 안 쓰는 물건을 가져다 서로 사고파는 아나바다 장터를 해. 안 쓰는 물건을 들고 가서 팔아 봐."

어찌할 바를 몰라 하며 누가 그걸 사냐고 갸우뚱거리긴 했지만, 그래도 제 방에 가서 안 쓰는 장난감과 책 등을 한가득 챙겼다. 혼자 가기 그랬던지 건우는 아빠에게 같이 가자고 했다. 한여름 뙤약볕에서 아들과 마지못해 따라나온 아빠는 한나절이 넘게 좌판을 벌리고 앉아서 고작 300원, 500원을 벌었다. 돌아오는 길에 아이스크림 하나로 애써 번 돈은 '땡'이 되어 버렸다. 용돈을 벌어 쓰라는 엄마의 명령은 고사되었지만, 건우는 뭐가 그리 신나는지 그 시간을 무척이나 좋아라 했다. 자립심을 배운 것 같진 않지만, 아마도 자기 필요한 것을 협상을 통해 얻는 요령을 이때 배우지 않았나 훗날 엄마는 생각한다.

건우는 하나뿐인 누나를 둘도 없이 아꼈다. 어느 날 송이 누나가 자고 일어나니 엄마가 안 계셨고 며칠 후 동생이라며 아기를 안고 돌아왔다. 송이 누나는 처음 대한 아기가 귀엽고 신기하기도 했지만 '동생'이란 존재로서는 조금 얄미웠다. 엄마가 없이 누워 있는 동생을 살짝 괴롭혀 주기도 했지만, 자라면서 오누이는 둘도 없는 단짝이 되었다. 물론 건우와 단짝처럼 오순도순 지낸 것은 건우가 제법 자란 뒤의 일이긴 했다.

유난스럽게 사춘기를 넘어가던 누나는 엄마 아빠랑 말도 안 하고, 잔소리가 듣기 싫다며 집을 나간 적도 여러 번 있었다. 마음을 다잡고 돌아왔을 때 건우는 초등학생이었다. 가족과 지내기 서먹한 누나의 마음을 아는지 건우는 누나를 유난히도 챙기며 가족들을 이어 주었다.

건우는 나이는 한참 어리지만 누나에게 오빠 같고 애인 같은 동생이었다. 누나가 짜증을 내면 뭐든 누나에게 양보하기 일쑤였다. 처음 집에 컴퓨터가 생겼을 때 막 게임의 맛을 안 건우가 컴퓨터를 쓰려 해도 누나는 양보하지 않았다. 둘이 사이좋게 쓰라고 부모님은 건우에게도 컴퓨터를 사 주었다.

하지만 컴퓨터가 두 대 모두 누나 방에 있어서 사춘기 누나가 문을 잠그고 방에 들어가 버리면 건우는 자기 것도 맘대로 쓸 수가 없었다. 왜 그랬던 건지 건우는 한 번도 불평을 하거나 누나에게 대들지 않았다. 누나는 지금도 그런 건우의 마음이 어디에서 비롯된 건지 모른다. 그건 건우도 마찬가지일 거다.

"누나, 밥 먹었어?"

"아니" 그러면, 친구들과 놀기도 바쁠 나이인데도 누나가 좋아하는 것을 사 들고 누나에게 달려왔다. 누나가 일찍 결혼해서 건우 중2 때 조카를 낳자, 학교가 끝나기 무섭게 건우는 조카를 보러 쪼르르 달려오곤 했다.

한번은 선부동에 있는 마트에 간 적이 있었다. 피시방 가랴, 멋 내랴, 자기 쓰기도 바쁠텐데 조카 라익이 분유를 자기가 사겠다며 앞에 썩 나서서 계산을 하는 거였다. 라익이 내복을 사러 갔을 때에도 자기가 산다면서 나섰다.

"야, 너 쓰기도 바쁜데 됐어. 너 옷 사 입어. 누나가 낼 거야."

"아직도 해 주고 싶은 게 너무 많아"라며 건우는 라익이 선물을 낼름 사곤 했다. 누나는 그런 건우가 대견하기도 하고 고맙기도 했다.

물론 건우의 누나 사랑엔 누나의 역할도 컸다. 사춘기 철드는 시간을 호되게 치러낸 누나는 늘 건우 편에서 문제를 보고 이야기를 하곤 했다. 동생이 한창 호기심에 담배와 술을 접해도 누나는 혼내거나 말리기보다는 이해하는 쪽을 택했다. 건우가 요리학원에 가겠다고 하자 누나는 "재능이 있는지 없는지는 중요하지 않아. 해 보면 몰랐던 재능도 발견할 수 있으니 해 봐"라며 지지해 주었다.

두 오누이는 나누지 못하는 이야기가 없었다. 아무래도 머리가 커지면 자식은 부모와 나눌 이야기가 적어지게 마련이다. 부모님과 성장기의 이야기를 모두 하기란 쑥스럽기도 하니까. 건우는 또래에 비해선 엄마 아빠와 이야기도 잘 나누었지만, 그래도 역시 누나한테만큼 시시콜콜 많은 이야기를 하긴 쉽지 않았다. 못 하는 이야기가 없는 오누이지만, 지금까지 누나도 모르는 이야기가 있다.

누나 덕분에 생긴 매형이란 존재가 건우에겐 또 한 명의 비밀 이야기 친구였다. 셋은 모이면 수다 떨고, 노래방 가고, 가끔은 맥주도 함께 마시곤 했다. 하루는 처남 매형 간에 둘이서만 이야기를 나눈 적이 있었다. 그때 무슨 말을 했는지 매형은 지금까지도 건우와의 비밀을 지키고 있다. 아마 연애와 성에 대한 리얼한 호기심 이야기가 아닐까 짐작만 할 뿐이다.

엄마 아빠는 여리고 애기 같던 건우를 기억한다. 그리고 건우가 자라서 장가도 가고 아이도 낳고 휴가 때 가족과 여행도 가며 소소한 즐거움을 누리고 사는 모습을 그려 왔다.

친구들은 작은 체구여도 깡 좋고 능청스럽고 말도 잘하던 건우를 기억한다. 건우와 제법 어른다운 것들을 함께 많이 해 봤다. 술 담배도 해 봤고, 여자 친구도 사귀어 봤다. 미래의 꿈도 함께 고민해 봤다. 때론 멀기만 한 미래의 꿈보다는 당장의 즐거움을 찾아 학교가 끝나면 와동 피시방에 모여 게임을 즐겼다. 남들이 볼 때 단지 놀기만 한 시간 같지만, 건우와 친구들은 세상의 터널을 나름의 방식으로 터덜터덜 지나며 성장의 맛을 보아 가고 있었다.

누나는 나이는 어려도 늘 배려 깊고 정 많았던 건우를 기억한다. 아들 라익이의 모습이 자꾸 건우의 어린 시절과 오버랩되지만, 정작 라익이의 기억 속에서 삼촌 건우는 자꾸 희미해져 간다. 그렇게도 안 갈 것 같던 시간이 성큼성큼 지나갔다.

엄마도, 아빠도, 누나도, 친구들도, 모두 건우와 늘 함께이고 싶었지만, 작은 체구에도 속 깊게 자신들을 챙겼던 '작은 거인' 건우가 혼자서 떠난 여행길은 아무리 함께하고 싶어도 자꾸 멀어져 간다.

먼 길 혼자 성큼성큼 가는 열일곱의 건우가 외롭지 않게 엄마는 오늘도 차 안 스피커의 볼륨을 높여 건우가 늘 즐겨 부르던 노래를 하늘 높이 올려 보낸다.

> 혼자라고 생각 말기 힘들다고 울지 말기 / 너와 나 우리는 알잖아
> 니가 나의 등에 기대 세상에서 버틴다면 / 넌 내게 멋진 꿈을 준 거야
> -〈혼자라고 생각 말기〉 중에서

건우야, 혼자 가는 길 너도 외롭지 않게 이 노래 다시 힘차게 부르며 가려므나.

지켜 주고 싶어서

안산 단원고 2학년 4반 **김대희**

1. 여섯 살 때 동생 찬희와 함께. 2002년 찬희가 태어난 해에 찍은 사진이다.
손목시계를 유난히 좋아한 대희를 위해 아빠는 여러 번 시계를 선물해 줬다.
2. 중학교 3학년 때 안양의 삼막사 계곡으로 가족 여행을 떠났다.
3. 대희가 떠난 후 이모가 만들어 준 인형 작품.
온 가족이 모여 대희가 좋아하는 치킨을 먹고 있다.

지켜 주고 싶어서

대희는 1997년 서울 대림동에서 태어났다. 엄마는 태몽을 기억하고 있다.

"큰 뱀이 나무를 감싸고 있었어요. 구렁이 같은 큰 뱀 곁엔 작은 뱀이 무수히 많더라고요. 큰 뱀이 작은 뱀들을 지켜 주는 것 같았어요."

대희가 다섯 살이 되었을 때 엄마 아빠는 서울 대림동에서 부천 소사본동으로 이사했다. 집주인이 당시 살던 집 전세금을 갑자기 배로 올리는 바람에 정든 동네를 떠날 수밖에 없었다. 이사하자마자 다섯 살 터울의 동생 찬희가 태어났다.

유치원에 다닐 때까지 대희의 별명은 포동이였다. 방송 프로그램 〈오늘은 좋은 날-소나기〉에서 강호동의 동생 포동이로 나오는 아역 배우와 닮았기 때문이다. 뚱뚱하고 귀엽고 깜찍한 모습이 영락없이 포동이였다. 대희는 방송에 나오는 유행어를 따라 해 집안의 귀여움을 독차지했다.

"행님아!"

"고맙습니데이."

동네 어른들도 대희를 만나면 "포동아!" 하고 불렀다.

포동이 대희는 어릴 적 5분 거리에 있는 할머니 댁에 자주 놀러 갔다. 할머니랑 놀다 지쳐 잠이 들면 아빠가 대희를 등에 업고 집에 데려오곤 했다. 화물차 기사라 무거운 짐을 드는 데 이골이 난 아빠였지만, 50킬로그램이나 되는 대희를 업고 걸을 땐 땀을 삘삘 흘리며 애를 먹지 않을 수 없었다. 그걸 아는지 모르는지 대희는 쌔근쌔근 잘도 잤다. 그 무거운 몸무게를 자랑하려는 듯 대희는 세 살 때부터 감자탕 대자 정도는 너끈히 먹어 치웠다.

나중에 영화감독이 되려는 모양인지 대희는 비디오 보기를 좋아했다. 대희가 어린 시절 가장 자주 간 곳을 꼽으라면 과자 가게가 아닌 비디오 대여점이다. 일요일이면 피곤한 아빠는 잠에 곯아떨어지곤 했다. 그런데 대희는 아빠의 달콤한 잠을 허락하지 않았다. 새벽 6시면 아빠를 깨웠다.

"아빠. 일어나. 비디오 빌리러 가야 돼."

"포동아. 아직 비디오 가게 문 안 열렸어."

"아냐. 열었어. 어서 일어나."

비디오 가게는 10시는 되어야 문을 열었지만 아빠는 대희의 성화에 잠을 깰 수밖에 없었다. 아침 식사를 마치고 비디오 가게에 도착하면 9시쯤 되었다. 아빠와 대희가 가게 앞에 쭈그려 앉아 한 시간을 기다려야 문이 열렸다. 비디오 가게 문이 열리면 대희는 정신을 차리지 못하고 진열대 사이를 누볐다. 보고 싶은 비디오가 얼마나 많은지 고르는 데만 한 시간이 걸렸다. 〈짱구〉 〈후레쉬맨〉 〈바이오맨〉 〈독수리 오형제〉 등이 대희가 좋아한 만화 영화였다. 특히 '맨' 자가 들어가는 작품은 거의 빠트리지 않고 봤다. 한 작품에 50편이나 하는 시리즈 영화를 특히 좋아했다. 대희는 감자탕을 먹어 치우듯 비디오 영화를 섭렵하며 쑥쑥 자랐고 초등학생이 되었다.

또래 아이들에 비해 몸집이 두 배였던 대희는 어린 시절 여러 번 친구에게 두들겨 맞고 집에 들어오곤 했다. 어느 날 이를 의아하게 여긴 아빠가 물었다.

"넌 덩치도 큰 애가 왜 맨날 맞고 들어오냐? 누가 때린다고 맞고만 있으면 안 돼."

"아빠. 내가 때리면 애들이 너무 아플까 봐 못 때리겠어요."

대희는 그렇게 마음이 여리고 선한 아이였다. 엄마 아빠는 공부보다 인성 교육을 중요시했다. 두 사람은 대희에게 이런 말을 자주 했다.

"아프지 않고, 뉴스에 나오지만 않으면 돼." (엄마)

"꼴등만 하지 않으면 돼. 네가 하고 싶은 걸 찾아 봐." (아빠)

아빠의 뜻을 따라 대희는 초등학교 때부터 소사본동의 갖은 학원에 등록했고 배움을 찾아 떠돌았다. 대희는 항상 무언가를 배우는 아이였다. 한땐 POP 학원에 다녔고, 한땐 성우가 되겠다며 마이크를 사서 성우 연습을 했다. 또 웹툰 작가를 꿈꾸었고, 애니메이터가 되겠다고 한 적도 있었다. 장래 희망은 수시로 바뀌었다. 미술이며 다양한 운동도 배웠다. 대희는 특히 운동을 좋아했다.

초등학교 땐 집 근처에 있는 국민체육센터에서 수영도 배웠다. 접영 배영을 모두 터득하고 시간 날 때마다 자유 수영을 했다. 몸집에 비해 몸이 유연한 편인 대희는 수영 실력이 꽤 뛰어났다. 중학교 땐 다이어트를 한다며 2년 동안 복싱 체육관을 다녔다. 체육관에 처음 가던 날 아빠가 동행했다. 체육관 관장님은 여러 번 강조했다.

"살 빼는 덴 권투가 최고예요. 대희가 워낙 살이 많이 찐 상태라 3개월이면 확실하게 빠져요. 아무 걱정 마세요."

하지만 3개월이 지났을 때 대희의 몸무게는 그대로였다. 1년이 지나도 마찬가지였다. 줄넘기를 매일 해도 달리기를 매일 해도 주먹을 매일 휘둘러도 대희의 살은 빠지지 않았다. 그래도 관장님은 곧 살이 빠진다며 아무 걱정 말라고 했다. 대희는 아무 걱정하지 않았다. 대희니까 가능한 태도였다. 권투를 배운 후엔 무에타이를 시작했다. 무에타이는 6개월 정도 배웠다. 그후엔 극진 가라데를 배웠다. 아빠는 또 배우고 싶은 게 있으면 도전하라고 격려했다.

"대희야. 이것저것 다 해 보면서 니가 하고 싶은 것을 천천히 찾으렴. 군대 가기 전에 못 고르면 군대 나와서 골라도 되잖아. 언젠가 네 꿈을 찾을 수 있을 거야. 네가 평생 할 일이니까 늦게 찾아도 괜찮아."

아빠와 엄마는 대희가 행복한 삶을 살길 원했다. 미래에도 행복하길 바랐지만 현재의 삶을 즐기면서 행복한 아이로 자라길 바랐다. 그래서 어떤 일도 억지로 강요하지 않았다. 대희가 무언가를 배우고 싶어 하면 학원에 보내 주고 체육관에 보내 줬다. 대희는 알고 있었다. 세상에 그런 엄마 아빠가 많지 않다는 것을. 그래서 엄마 아빠가 고마웠다.

대희는 시험 성적에 연연하지 않았다. 중학교 때 짝꿍인 혜수는 달랐다. 한번은 혜수가 중간고사를 망쳐 실의에 빠진 적이 있었다. 그때 대희가 건네준 위로의 말을 혜수는 지금도 간직하고 있다.

"혜수야. 넌 시험 한 번 못 본 거잖아. 앞으로 대학교에 갈 때까지 서른 번의 시험이 남았다구. 겨우 한 번 못 본 건데 왜 그래? 앞으로 잘 보면 돼."

이 말을 들은 혜수는 위로받지 않을 수 없었다. 중학교 때의 대희는 또래보다 훨씬 어른스러운 아이였다. 중학생 시절 대희의 가장 가까운 여자 친구는 혜수이고, 남자 친구는 송기현이다. 기현은 대희의 첫인상을 이렇게 기억했다.

"알쏭달쏭한 친구였어요. 워낙 조용한 데다 첨엔 자기표현을 잘 안 했어요. 근데 친해지고 나니깐 엉뚱한 구석이 있어요. 빵 터지는 유머를 잘 던졌어요. 장난기는 내가 훨씬 더 많지만 유머 감각은 나보다 좋았어요. 가만히 있다가 빵 터트려요. 갑자기 웃기는 스타일이었어요."

대희와 기현은 진성학원에서 만났다. 아빠와 사이가 좋지 않은 기현은 집안일을 대희에게 털어놓곤 했다. 대희는 그의 고민과 하소연을 고개 끄덕여 가며 들어 주는 친구였다. 두 아이는 중학교 2학년 때 같은 반이 되면서 더 친해졌다. 3학년이 되었을 때 기현이네 엄마 아빠가 이혼을 했다. 그때 기현이 대희네 동네인 소사본동으로 이사와 엄마와 둘이서 살았다. 기현은 학교에 무단결석했다. 친구를 걱정한 대희는 학교를 마치면 기현이네 집을 먼저 찾아갔다. 주말엔 기현이네 집에서 잤다. 대희는 기현이네 집에서 살다시피 했다. 기현이 엄마는 아들에게 이렇게 말했다.

"평생 살면서 대희 같은 친구 못 만날 거야."

대희는 기현의 방황을 곁에서 지켜보고 위로했다. 기현은 대희를 생명의 은인으로 간직하고 있다.

"우리 집에 맨날 왔어요. 새벽 한두 시에도 대희가 불러내면 나가 어두운 골목에서 속 이야길 나누곤 했어요. 그때 내가 죽으려고도 했어요. 옥상에 올라가서 죽으려고 하니까 대희가 붙잡아 줬어요. 대희는 저에게 생명의 은인이에요. 그때 대희가 없었으면 지금의 내가 없었을 것 같아요."

두 아이는 둘도 없는 단짝이었다. 서로의 비밀을 가장 많이 아는 사이였다. 가족도 모르는 비밀을 두 사람은 공유하고 간직했다. 대희의 짝사랑도 그중 하나였다.

대희는 차찬송을 좋아했다. 성은 차, 이름이 찬송이다. 대희는 찬송이가 자기 스타일이라고 말했다. 하지만 소심한 성격의 대희는 고백을 하지 못했다. 연애 경험이 많은 기현이가 옆에서 여자의 심리에 대해 꽤 설득력 있는 조언을 해 줬지만 대희가 직접 실행한 것은 문자 한두 번 카톡 한두 번이 다였다. 대희가 기현에게 자주 한 말이 있다.

"날 좋아하지 않는 것 같아."

찬송이는 대희의 고백을 기다리다 지쳐 포기하고 말았다. 기현의 증언에 의하면 찬송이도 대희에게 마음이 있었다. 찬송이가 떠난 후 대희는 커다란 후회와 미련의 말을 기현에게 쏟아 내곤 했다. 이때의 좌절이 미친 영향인지 고등학생 시절 대희는 심각한 표정으로 기현에게 토로한 적이 있다.

"나 이러다 모태 솔로로 죽는 거 아냐?"

두 사람은 장래 희망을 두고 많은 얘길 주고받았다. 기현의 꿈은 화이트 해커였다. 그는 정보 보안 분야의 사업가가 되고 싶어 했다. 대희는 여러 꿈을 가졌다 버렸다 한 후에 영화감독이 되고 싶어 했다. 이 무렵 대희는 비디오 대여점이 아닌 영화관을 자주 갔다. 혼자 극장에 가서 영화를 볼 때도 있었다. 하루에 영화 대여섯 편을 연달아 본 적도 있었다. 대희의 꿈을 알게 된 선생님이 영화감독이 되려면 공부를 뛰어나게 잘해야 한다고 강조했다. 공부에 흥미가 없는 대희는 조금 더 고민해 보기로 했다.

2013년 대희는 고등학생이 되었다. 그가 처음 입학한 곳은 부천 외곽에 있는 덕산고다. 덕산고는 버스를 타고 한 시간 넘게 가야 하는 먼 거리에 있었다. 대희는 동네 주변에서 유치원 초등학교 중학교를 다녔다. 가까운 친구들이 모두 근처에 있는 고등학교를 다니고 있었다. 부천의 그 많은 고등학교 중에 거리가 먼 덕산고에 배정된 이유를 알 수 없었다. 아빠는 인생이 바뀔 수도 있는 중요한 문제라 생각하고 교육청에 항의했지만 별 도리가 없었다.

고교 시절 대희는 새벽 5시에 일어나 학교 갈 채비를 했다. 수업을 마치면 최근 배우기 시작한 칼리 아르니스 도장이 있는 강서구 화곡동으로 향했다. 밤 12시가 되어야 집에 도착했다. 잠이 모자랐고 힘겨운 나날이었다. 대희는 덕산고에서 한 학기를 채 마치기 전, 엄마 아빠에게 학교를 옮기고 싶다고 말했다.

엄마 아빠는 뒤늦게 대안 학교를 알아봤다. 대희도 학교 분위기가 자유롭고 다양한 것을 배울 수 있는 대안 학교에 관심이 많았다. 대희네 아빠가 파주교육청에서 일하는 동생을 통해 대안 학교를 알아봤지만 바로 옮길 수 있는 학교가 없었다. 고민 끝에 1학기를 마치고 전학을 가기로 했다. 온 가족이 이사를 해야 하는 어려움이 있었지만 대희를 위한 선택이었다. 동생 찬희는 친구들이 많은 부천을 떠나는 게 영 마뜩잖았다. 대희는 평택으로 학교를 옮기고 싶었다. 단짝 기현이가 평택에서 고등학교를 다니고 있었기 때문이다. 아빠가 대희에게 말했다.

"우리 안산으로 가자. 안산은 평택에서 가까우니까 기현이를 자주 만날 수 있을 거야. 그리고 안산엔 할아버지 할머니가 계시잖아. 두 분이 연세가 많으시니까 살아 계실 때 우리가 곁에 있어 드리자. 네 생각은 어때?"

할아버지 할머니가 사는 안산으로 간다는 말에 대희도 반색했다. 두 분은 안산 와동에 살고 있었다. 2학기에 대희는 안산에서 새로 살게 된 동네에서 가장 가까운 단원고에 입학했다. 대희는 단원고에 다니면서도 칼리 아르니스를 배우기 위해 방과 후면 서울로 향했다. 수련을 마치고 집에 도착하면 새벽 1시였다. 엄마 아빠는 칼리 아르니스에 대한 대희의 열정이 안쓰러우면서도 대견했다.

대희와 칼리 아르니스의 만남은 영화가 다리가 되어 주었다. 대희는 〈아저씨〉라는 영화에서 낯선 무술을 만났다. 영화에 나오는 무술에 반해 인터넷에서 검색해 보았다. 이름도 낯선 칼리 아르니스였다. 유튜브에서 대련 동영상도 찾아보았다. 이때부터 대희의 꿈은 영화감독에서 칼리 아르니스와 관련된 것으로 바뀌었다.

칼리 아르니스 도장을 오가는 첫 5개월 동안 대희는 아빠에게 무엇을 배우는지 일러 주지 않았다. 궁금증이 커진 아빠가 물었다.

"대희야. 뭘 배우는데 나한테 안 알려 주니?"

"아주 위험한 운동이라 아빠가 반대할까 봐 말하지 않았어요."

"그래? 무슨 운동인데?"

"칼리요."

처음 듣는 말이었다. 아버지는 때론 칼리라고도 하고 때론 아르니스라고도 하는 이 운동을 한참이 지나서야 익숙하게 발음할 수 있었다.

대희가 찾아간 도장은 우리나라에서 최고 실력을 갖춘 전성용 사범이 가르치는 곳이었다. 그는 아르니스의 메카 필리핀 세부에서 사범 자격증을 딴 후 도장을 열었다. 그전엔 24년 동안 공수도를 가르쳤다고 한다. 대희는 초급 과정을 거치는 동안 사범에게 혼나는 일이 많았다. 사범은 먼 곳에서 도장을 오가는 대희가 2~3개월이면 그만둘 것이라고 판단했다. 그래서 일부러 강하게 훈련시켰다. 그는 속으로 말하곤 했다.

'넌 집도 먼데 도중에 그만둘 거면 빨리 그만두거라. 견디려면 견디고 아니면 빨리 결정해야 돼.'

3개월쯤 지났을 때 사범이 대희를 호되게 질책했다. 그는 대희가 다음 날 오지 않을 거라고 예상했다. 그 정도 꾸지람을 들으면 대부분 학생은 도장에 발길을 끊었다. 그런데 대희는 다음 날에도 아무 일 없다는 듯 꾸지람을 들은 동작을 연습하고 있었다. 이때부터 사범은 대희를 관심 있게 지켜봤다. 대희는 수련생들 중 맨 먼저 도장에 도착해 전날 배운 것을 복습했다. 수련이 시작되기 전 대부분 수련생이 담소를 나누는 것과 다른 모습이었다. 특히 인내심이 강한 아이였다. 단련과 대련 중 다쳐 심한 멍이 들어도 다음 날 태연히 나와 아픔을 견디며 수련에 매진했다. 고등학교 입학할 무렵만 해도 대희의 얼굴엔 포동이 시절의 앳됨이 어려 있었지만, 칼리 아르니스에 빠지면서 그의 눈빛은 예전과 달라졌고, 이제 예리함으로 빛났다.

사범이 대희에게 놀란 일이 있다. 2014년 1월의 어느 날이었다. 이날은 사범이 직접 대희와 대련을 했다. 사범은 주먹을 빠르게 날렸다. 탁탁탁. 대희가 주먹을 쳐냈다. 사범은 점점 기술의 수위를 높였다. 대희가 막을 수 없는 기술이었다. 그런데 그것을 대희가 다 막았다. 가르쳐 주지 않은 기술이었다. 머리칼이 삐쭉 섰다. 대희는 사범의 동작을 카피하고 있었다. 그동안 사범의 동작을 유심히 관찰하고 집에서 혼자 연습하며 그 기술을 익힌 것이었다. 사범은 그동안 무예를 가르치며 거의 겪어 보지 않은 일이라 말문이 막힐 따름이었다.

무예의 지름길은 고수의 일거수일투족을 그대로 따라 하는 것이다. 대희는 그것을 파악하고 있었다. 짧은 기간 이만큼 실력이 느는 경우는 거의 없었다. 노력하는 사람은 이길 수 없다. 대희는 그것을 증명했다. 무도인에겐 특별한 제자 한둘이 있게 마련이다. 이날 사범은 마음속으로 대희를 제자로 받아들였다. 그때부터 그는 대희에게 친근하게 다가갔다. 대희는 날이 갈수록 더 빠르게 성장했다. 사범은 대희에게 새로 온 수련생들에게 초급 과정을 가르치게 했다.

이 얘기를 들은 아빠가 말했다.

"대희야. 아빠가 나중에 칼리 아르니스 도장 차려 줄까?"

대희는 씨익 웃었다. 정식으로 도장을 차리려면 사범 자격증이 필요했다. 아빠는 대희가 고등학교를 졸업하면 필리핀 세부로 유학을 보내 줄 계획을 세웠다. 몇 달 후 대희는 수학여행을 떠났다.

4월 16일 아침. 세월호 갑판 위에서 대희는 칼리 아르니스 고수가 되어 제자들을 가르치는 자신의 모습을 상상했다. 상상만으로도 흐뭇했다. 처음 칼리 아르니스 도장에 갔을 때 사범과 주고받은 대화가 생각났다.

"왜 칼리 아르니스를 배우고 싶니?"

사범의 질문에 대희는 자신이 닮고 싶었던 〈아저씨〉의 주연 배우 원빈을 떠올렸고, 자신이 지켜 주고 싶은 엄마와 아빠, 동생 찬희, 친구 기현이와 혜수를 생각하며 대답했다.

"제가 사랑하는 사람들을 지켜 주고 싶어서요."

세월호는 대희의 미래를 향해 항해하듯 힘차게 서해 바다를 내달리고 있었다.

엄마가 가져온 변화, 그리고 가족의 행복

안산 단원고 2학년 4반 **김동혁**

1. 키드키드 어린이집에 다니던 시절, 어린 동혁이 모습. 동생 예원이 휴대 전화에 저장돼 있다.

2. 2013년 여름휴가 때 동혁과 예원.
거제도에 있는 아빠 회사 휴양원을 거쳐 부산에 온 가족들이 처음으로 요트를 탔다.

3. 박재동 화백이 그린 동혁이 캐리커처.

엄마가 가져온 변화, 그리고 가족의 행복

"아이고, 빙빙 돌아서 정신을 못 차리겠네!" 자리에서 일어나고도 동혁은 한참 동안 정신을 추스르느라 애를 먹어야만 했다. 이틀에 걸친 감기 몸살과 독한 약이 열세 살 소년의 몸을 사정없이 휘젓고 있었다. 급기야 오늘은 학교마저 가지 못했다.

정신없는 와중에도 약 먹기 전에 꼭 밥 먼저 먹으라던 아빠의 당부를 지키려고 동혁은 주섬주섬 옷을 챙겨 입기 시작했다. 밥통은 비어 있었다. 대신 아빠가 출근하며 놓고 가신 만 원짜리 한 장을 주머니에 넣은 뒤 모자에 마스크까지 쓰고 집 밖을 나섰다. 없는 입맛에도 가까스로 끼니를 때우고 약까지 먹은 동혁은 다시 까무룩 잠에 빠졌다. 예원이 집에 오면 챙겨 줘야 하는데…… 마음과는 반대로 몸은 젖은 솜처럼 무겁게 내려앉기만 했다. 다시 눈을 뜨니 벌써 4시 반이 되어 있었다. 시계를 본 동혁이 놀라 몸을 일으켜 주변을 둘러보지만 아직 여동생은 학교에서 오지 않은 상태였다.

동혁은 내려앉는 눈꺼풀을 치켜올려 가며 동생 예원을 기다렸다. 엄마 없이 세 식구만 산 지도 벌써 4년째였다. 아빠의 당부도 있었지만 동혁은 두 살 터울인 동생과 둘만 있을 때에는 어린 나이에도 항상 자신이 아빠를 대신해야 한다는 점을 잊은 적이 없었다. 워낙 컴퓨터 게임에 빠져 있는 자신을 예원이 도리어 누나처럼 챙겨 줄 때도 많았지만 동혁의 근본적인 마음가짐에는 변화가 없었다.

"예원아, 뭐 먹고 싶어?"

"응…… 떡볶이하고 만두!"

예원이 돌아온 후 저녁때가 되었을 때 오간 남매의 대화는 흡사 부녀간의 그것과 다를 바가 없었다. 주머니에 남은 돈을 어림셈한 동혁의 표정엔 자신감이 부족했지만 이내 밝게 웃고는 나갈 채비를 했다. 돈 되는 데까지 둘이 맛있게 먹으면 되지 뭐. 한편으로는 자신이 아파 동생을 더 잘 챙겨 주지 못하는 것 같아 미안하기도 했다.

'이럴 땐 엄마가 있었으면……'

그립지 않은 엄마였지만 몸 가누기도 힘든 지금의 자신보다는 낫겠지 싶어서였다. 하지만 동혁은 이 생각을 입 밖으로 내지 않았다. 엄마 얘기라면 질색을 하는 동생에 대한 배려였다. 다시 모자에 마스크까지 쓴 동혁은 예원의 손을 꼭 잡고 집을 나섰다. 오늘 같은 날엔 일기를 써야겠다고 다짐하면서.

워낙에 내성적이고 소심한 성격인 동혁은 학교나 동네에서 친구를 사귀기보다는 자기 방 컴퓨터 앞에 앉아 스타크래프트 게임을 하는 데 거의 모든 시간을 보냈다. 동생인 예원을 제외하면 유일한 친구가 컴퓨터인 셈이었다. 게임을 하다 보면 그 가상 세계 안에 수많은 적과 동지가 있었다. 구태여 현실 세계에서 친구를 사귈 필요성을 동혁은 느끼지 못했다.

하지만 동혁은 주말이면 아빠와 함께 운동하는 것을 가장 좋아했다. 학교 운동장이나 와동체육공원에서 아빠와 축구공 뺏기 놀이나 농구를 하곤 했는데, 그런 날이면 땀을 뻘뻘 흘리면서도 시간 가는 줄을 몰랐다. 축구든 농구든 아무리 용을 써도 공을 다루는 아빠의 현란한 기술을 이겨 낼 재간은 없었다. 때로는 약이 바짝 오르기도 했지만 운동 잘하는 아빠가 너무나 자랑스러웠다. 부자간의 공놀이를 누군가 구경이라도 하고 있으면 동혁의 기분은 더욱 좋아졌다. 처음 아빠한테 자전거 타는 법을 배운 것도 어느 주말의 와동체육공원에서였다.

명절엔 화랑유원지에서 자전거를 탔다. 시간제로 빌리는 자전거였는데 동혁, 예원 그리고 아빠가 주로 탔던 것은 그 이름을 알 수가 없는 누워서 타는 세발자전거였다. 많은 사람들 속에 섞여 가족과 함께 자전거를 타고 유원지 곳곳과 저수지변을 달리면 동혁은 게임조차도 잊을 수 있었다.

가족의 놀이가 끝나면 바로 집으로 가지 않았다. 무얼 먹겠느냐고, 혹은 어디를 가고 싶으냐고 아빠가 물어보면 동혁이나 예원의 대답은 항상 동네의 우동집이었다. 또래 아이들이 고기를 선호하는 것에 비해 동혁의 선택은 항상 우동이었다. 우동집에서 우동과 만두를 먹고 집으로 돌아오면 남매가 아빠 양옆에 누워 잠드는 것이 마지막 즐거움이었다. 아빠는 남매를 양쪽에 끼고 잠드는 것을 좋아했는데, 그것은 하루 종일 아이들과 떨어져 있어야만 하는 그에게는 일종의 보상과도 같은 기쁨이었다. 동혁 또한 아빠와 자는 것을 좋아했고, 그 즐거움은 중학교 3학년 어느 날 새로운 가족을 맞이할 때까지 지속되었다.

중학생이 되어서도 동혁의 일상엔 변화가 없었다. 그가 진학한 와동중학교는 다니던 초등학교와 불과 5백 미터 정도 떨어져 있어서 등굣길도 별반 달라지지 않았다. 또한 공부와도 말썽과도 모두 거리가 먼 그저 착하고 조용한 학생이었다. 함께 게임을 즐기는 한 명을 빼곤 학교에서 딱히 친구라 부를 동급생도 없었다. 스타크래프트에서 서든어택으로 게임의 주종목이 바뀌기는 했지만 프로게이머가 되고픈 욕망도 변함이 없었다. 그 꿈을 유지할 만큼 게임 실력도 출중했다.

그러나 동혁이 마냥 그림자 같은 존재만은 아니었다. 선생님 중 한 분은 그런 동혁을 유심히 지켜보고 있었다.

"동혁이 아버님이시죠? 저는 동혁이 담임입니다."

동혁이 중3이던 어느 날 아빠는 한 통의 전화를 받았다. 대부분의 학부모처럼 그의 가슴이 철렁한 순간이었다. 내 자식이 무슨 잘못을 한 것일까. 혹 학교에서 무슨 안 좋은 일이라도 당한 것일까.

"하도 예의 바르고 혼자서 하는 짓이 기특해서 상을 하나 줄까 합니다."

동혁은 유난스럽다 할 정도로 인사성이 바른 아이였다. 어른들뿐 아니라 친구들 사이에서도 항상 예의 바르게 행동하라고 한 아빠의 말을 이행한 것뿐인데 담임 선생님의 눈에는 달리 보였던 모양이었다. 또한 점심시간이나 혹은 수업이 끝난 후에 동혁은 운동장을 가로지를 때마다 발길 주변의 쓰레기를 줍곤 했는데, 언제부턴가 그 모습이 선생님의 눈에 띄기 시작한 것이었다. 참 독특하다고, 또한 충분히 상을 받을 만하다고 담임 선생님은 동혁에게 줄 선행상의 배경을 밝혔다.

동혁에게 엄마가 생겼다. 세 식구끼리만 산 지 7년 만이었다. 아빠에게 여러 번 얘기는 들었지만 막상 마주하고 보니 너무 어색해서 눈 둘 곳을 모를 지경이었다. 하지만 틈틈이 눈을 힐긋거리며 동혁은 새엄마의 인상을 살폈다. 공인중개사라는데, 그것이 무엇인지는 몰라도 체격만큼 푸근하고 착해 보였다. 먼 어릴 적 엄마의 기억과는 너무나 다른 분이어서, 그리고 왠지 마음 약한 아빠의 든든한 버팀목이 돼 줄 분 같아서 동혁은 마음 한구석에서 안도감을 느꼈다.

"엄마."

진심이었다. 얼마나 오랫동안 그 존재가 그리웠는지. 자신의 엄마, 예쁜 동생 예원의 엄마, 어린 자신도 충분히 감지할 수 있었던 아빠의 그늘에 햇살을 드리워 줄 엄마를 동혁은 갈구하고 있었다. 그리고 아빠에 대한 믿음에 한 치의 흐트러짐도 없는 동혁은 그런 엄마의 출현을 온몸으로 받아들이고 있었다. 아빠와 새엄마의 눈에도 놀라움과 고마움의 빛이 동시에 깃들었다.

동혁은 어른들 몰래 슬쩍 예원의 팔꿈치를 툭 건드렸다. 하지만 예원은 새초롬한 입술로 바닥만 응시한 채 아무 말이 없었다. 예원의 입에서 '엄마'라는 말이 나오기까지는 한 달이라는 시간이 더 필요했다.

동혁에게 새 식구가 생겼다. 그것도 많이 생겼다. 대학생인 형도 생겼고, 큰누나도 생겼다. 외할아버지, 외할머니, 외삼촌, 게다가 이모도 둘이나 생겼다. 언제부턴가 어떤 이유에서인지 본가 친척들과는 왕래가 끊겨 오로지 세 식구만으로 명절까지 지냈던 동혁에게는 큰 울타리가 생긴 셈이었다.

세 식구의 세간을 정리해 새엄마와 새로운 살림을 차렸다. 방 세 개 중 하나를 터서 거실을 넓히고 컴퓨터와 침상을 놓아 동혁의 방으로도 겸했다. 안방엔 부부가, 건넌방엔 예원이 터를 잡았다. 원광대에 다니고 있던 형이 집에 오면 동혁과 함께 거실에서 잤다. 비록 작은 연립이지만 항상 깨끗하게 정리 정돈이 되었다. 엄마의 존재. 질서가 생긴 것이었다.

엄마와의 새 삶이 꼭 좋고 편한 것만은 아니었다. 동혁의 눈앞에는 적응해야 할 새로운 세상이 있었다. 그것은 마치 작은 전쟁을 치르는 것과 같았다. 식구가 함께 둘러앉아 식사를 해야 했다. 셋이 살던 시절 아빠의 귀가는 늦은 시간이었고, 아주 오랫동안 남매는 각자 먹을 것을 알아서 챙겨 먹었다. 더구나 동혁은 밥그릇조차 늘 컴퓨터 앞으로 가져갔었다.

"동혁아, 상 좀 펴 줄래?"

같이 살기 시작한 지 얼마나 되었을까. 저녁을 준비하던 엄마가 고개를 돌렸을 때 본 것은 상을 앞에 두고 멍하니 서 있던 동혁의 모습이었다. 아이는 상을 어떻게 펴는 것인지 정말로 몰랐던 것이다.

"밥은 가족이 둘러앉아 함께 먹는 거야."

밥을 들고 컴퓨터 앞으로 가려 할 때면 엄마가 일단 가로막았다. 엄마도 강요하지 않았고 동혁도 반항하지 않았지만, 그렇다고 갈등이 아예 없는 것은 아니었다. 동혁으로서는 밥 먹기를 왜 꼭 함께해야 하는지를 이해할 수 없었다. 그래도 엄마가 좋았다. 가족은 함께하는 거라는 엄마의 말은 동혁이 인식하지 못하는 사이에 마음속 공명이 되어 갔다.

낯선 상황은 그뿐이 아니었다. 대학을 나온 분이라 그랬을까. 엄마는 동혁에게 학생으로서의 본분이라며 최소한의 공부를 강조했다. 매일 의무적으로 교육방송 강의를 들으라고 일정 시간을 정해 놓았다. 학교에서 돌아오면 폐인처럼 게임에만 빠져 있던 동혁에게는 너무도 버거운 과제였다. 몰래 게임을 하다 엄마에게 몇 번 발각된 뒤 사단이 벌어졌다. 엄마가 모진 결단을 내린 것이다. 엄마는 동혁의 컴퓨터를 없앴다. 그에 더해 피시방 금지령까지 내렸다. 그러나 그 와중에도 엄마는 격하게 화를 내거나 하지 않았다. 대신 왜 그래야 하는지, 또한 그것이 오로지 자식을 위한 것임을 논리적으로 설명했다. 그 논리를 다 이해하지 못할지라도 마음의 진정성을 믿기에 동혁은 순순히 엄마의 말을 따랐다.

무기력해져 있던 동혁에게 어느 날 엄마가 한 가지 제안을 했다. 검도를 배워 보라고. 엄마는 한창 성장기에 있던 동혁에게 게임 대신 좀 더 건강한 분출구를 마련해 주고 싶었던 것이다. 대신 한 달을 채우면 피시방에 가는 것을 허락하겠노라 했다. 동혁은 두 달 동안 빠짐없이 검도장을 다녔다. 게임 말고도 조금은 재미있는 것이 있다는 것을 처음으로 알았다.

엄마가 끓여 주는 김치찌개는 별미 중의 별미였다. 후에 고등학교에 진학해서 야자 끝난 후에 지친 몸을 끌고 집에 들어설 때 풍기는 김치찌개 냄새를 동혁은 무엇보다 좋아해서 찌개만으로 밥 세 그릇 해치우기가 다반사였다.

"엄마가 있으니까 참 좋다!"

어느 때부턴가 이 말은 동혁의 입버릇이 되었다.

"엄마, 내가 재밌는 얘기 하나 해 줄까?"

단원고등학교에 진학한 지 며칠쯤 지나서였다. 동혁이 학교에서 오자마자 엄마를 안으며 한 말이다.

"가정 환경 조사서에 엄마에 관한 항목이 있는데 내가 뭐라고 썼는지 알아? 우리 엄마는 새엄마다. 냉정한데 똑똑하다. 나한테 없는 모든 것을 가진 사람이다."

하루가 다르게 커 가는 아들이 징그러울 법도 한데 엄마는 순박하기만 한 동혁을 어린아이 안듯 품어 주었다.

컴퓨터 없이 종종 피시방에 가는 것만으로 소년의 게임에 대한 열망을 다 잠재울 수는 없는 법이다. 언젠가부터 동혁은 핸드폰 게임에 맛을 들이기 시작했다. 그 탐닉의 정도가 점점 심해지자 동혁의 일상이 다시 예전으로 돌아가는 것만 같았다. 핸드폰이 컴퓨터를 대신했을 뿐이었다. 근심의 정점에서 엄마는 다시 한번 특단의 조치를 내렸다. 아이의 동의하에 핸드폰을 없애고 대신 MP3를 사 준 것이다. 아이들 사이에서는 이미 시대에 뒤떨어진 기기였지만 지독한 게임 중독으로부터 자식을 구출하기 위한 어미의 애절한 결단이었다. 그런데 그것이 동혁의 일상에 놀라운 변화를 불러 일으켰다.

애초에 큰 기대를 한 건 아니었다. 평소에 좋아하는 가수도, 좋아하는 노래도 없던 동혁이었다. 한데 어인 일인지 MP3에 담기는 노래의 수가 점점 늘어 가는가 싶더니 언젠가부터는 아이가 이어폰을 꽂은 채 노래를 흥얼거리기도 하는 것이었다. 동혁의 입에서 소녀시대를 비롯한 가수들의 이름이 나오기 시작한 것도 그때였다.

새 옷이니 새 신발이니 하는 것에 눈곱만큼의 관심도 없는 것은 여전했지만 동혁의 다운로드 목록엔 끊임없이 새 가수와 새 노래가 쌓였다. 컴퓨터도 핸드폰도 없는 동혁은 토요일이면 어김없이 예원과 함께 원고잔도서관에 가서 그곳의 컴퓨터로 많은 양의 노래를 내려받았다. 그리고 어느새 소년은 휘성의 열렬한 팬이 되어 있었다.

노래뿐이 아니었다. 평소에 책을 많이 읽는 엄마를 따라 독서를 시작했다. 엄마의 책을 같이 읽거나 부족하면 엄마와 함께, 때론 예원의 손을 잡고 제법 먼 성포도서관까지 가서 책을 빌려 오기 시작했다. 자신이 책 읽기를 좋아한다는 사실을 깨달은 것도 처음이었다.

노래 듣고 부르기를 즐기기 시작하면서 동혁의 주변엔 친구가 생기기 시작했다. 산만 한 덩치에 만화를 아기자기하게 잘 그리는 순영, 그림을 잘 그리는 하용, 엄마 없이 아버지와 살고 있는 윤수, 쌍둥이 형제 중 한 명인 종영, 친해지고 싶었으나 쉽게 다가가지 못했던 러시아 엄마를 둔 슬라바까지. 농구를 잘하는 민석과는 함께 농구 시합을 할 만큼 동혁은 닫혀 있던 문을 열고 세상 밖으로 나가기 시작했던 것이다.

동혁은 야자를 빠져 본 적이 거의 없었다. 그래서 매달 야자 개근을 입증하는 인증서를 집으로 가져왔다. 야자 시간은 지루하기는커녕 동혁이 집중해서 그림 그리기에 너무도 안성맞춤인 알토란 같은 시간이었다. 그 그림은 주로 게임에 등장하는 무기나 탱크 같은 것이었는데, 그 솜씨가 어찌나 정교한지 친구들이 이구동성으로 탄복해 마지않았다. 동혁은 순영과 함께 만화 동아리에 가입을 하였고 어릴 적부터 지녀왔던 프로게이머 대신 웹디자이너라는 새로운 꿈을 갖게 되었다.

수학여행 신청할 때가 되었다. 집을 떠나 친구들과의 추억 만들기에 지레 들떠 있던 동혁에게 답답한 소식이 들려왔다. 단짝 중의 단짝인 순영이 형편상 수학여행을 가기가 힘들단다. 동혁은 지푸라기라도 잡는 심정으로 엄마에게 친구의 사정을 얘기했다. 하지만 33만 원이나 되는 경비를 돕기에는 역부족임을 부모는 솔직히 토로했다. 사실 이 지역의 학부모 중 적지 않은 수가 그러하듯 자기 자식의 수학여행 경비도 쉬운 돈은 아니었다.

"만일 순영이가 못 가면 넌 어떻게 할 거야?"

"그럼 나도 안 갈 거예요."

동혁의 입장은 단호했다.

"그래? 만일 그렇게 되면 너희 둘 며칠 쓸 수 있는 용돈을 엄마 아빠가 준비해 둘게."

며칠 뒤 동혁과 순영은 담임 선생님과 마주했다. 아이들이 아무리 에둘러댄들 결국은 가정 형편이 문제의 출발점임을 간파한 선생님은 둘 모두에게 경비의 절반에 해당하는 교육청 보조금을 약속하며 고등학교의 마지막 추억 여행에 동참할 것을 설득했다. 상담실 문을 나설 때 두 소년은 말없이 서로의 어깨를 부딪치고 기쁨의 악수를 나누었다.

수학여행을 일주일 남겨 놓고 의경으로 복무하고 있는 형 동인이 휴가를 나와 간만에 가족이 모두 고깃집에 모였다. 비록 배다른 형이긴 하지만 동혁은 형을 너무나 좋아했다. 좋아하는 정도를 넘어 동경의 대상이었다. 잘생기고 남성적인 매력이 철철 넘치는 형 또한 동혁을 피붙이처럼 아껴 주었다.

동혁이 원광대를 가겠다고 결심한 것도 동인 때문이었다. 그 꿈을 이루기 위해 매일 영어 단어를 외워 아빠에게 검사를 받았다. 고등학교 들어온 후 눈에 띄게 키가 자라고 있었는데 높이를 확인할 때마다 형에게, 그리고 자신의 꿈에 한 발짝씩 다가서는 쾌감을 느끼기도 했다. 그 바람에 동혁과의 키재기는 퇴근 후 아빠의 피할 수 없는 일과가 되었고, 어느새 동혁의 키는 180을 코앞에 두고 있었다.

"노래방!"

식사를 마치고 2차를 어디로 갈지 묻는 엄마에게 동혁이 외친 말이었다. 순간 가족들의 눈이 모두 휘둥그레졌다. 동혁의 입에서 노래방 가자는 말이 나오리라고는 상상도 못 했기 때문이다. 그중에서도 가장 놀란 것은 아빠였다. 가족끼리 외식 후 노래방이라도 가면 지루해하다 못해 한쪽 구석에서 잠들기까지 했던 아이였는데.

세상에 가장 예쁜 거짓말 굿바이 굿바이
가슴 찢겨도 뱉는 그 말 굿바이 굿바이

휘성의 〈가슴 시린 이야기〉를 동혁은 엄마와 함께 부르기 시작했다. 열창이었다. 동인과 예원도 손뼉과 어깻짓으로 그 흥에 동참했다. 그 모습을 물끄러미 바라보던 아빠는 슬며시 고개를 돌렸다. 속절없이 흐르는 눈물을 감추기 위해서였다. 북받쳐 오르는 감정을 억제할 수가 없었다. 세상 밖으로 자신의 존재를 외치고 있는 아들이 너무 멋졌고 이런 날이 있을 수 있도록 애써 준 가족, 그중에서도 특히 아내에게 말로 표현할 수 없는 고마움을 느꼈다.

행복에 겨운 것은 동혁도 마찬가지였다. 교회에 가면 늘 기도했다. 단단한 가족이 되어 느끼는 이 행복이 사라지지 않기를. 이제는 가족만큼 소중한 존재가 된 친구들. 졸업을 하면 대학을 가거나 군대를 가거나, 혹은 취직을 할 테지만 어떤 경우든 변치 않는 우정으로 계속 만날 수 있기를. 모두 자기 꿈 이루면서 서로에게 영원한 버팀목이 될 수 있기를.

영원할 가족의 행복, 그리고 친구들과 누릴 미래의 청춘상을 그리며 동혁은 있는 힘껏 목청을 뽑았다.

이 똥깔놈!

안산 단원고 2학년 4반 **김범수**

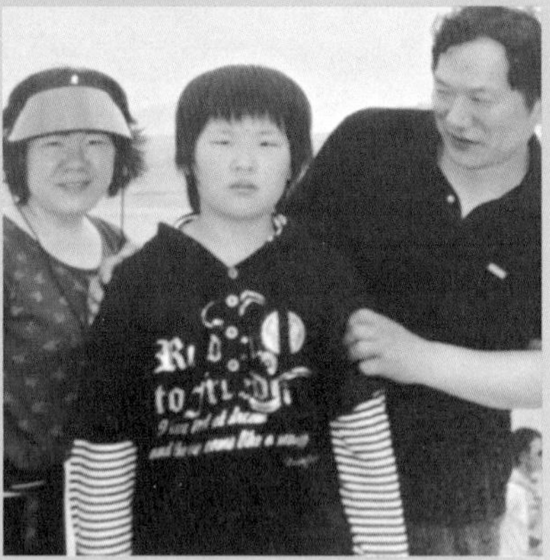

1. 유치원에 다니기 전인 일곱 살 무렵의 범수.
안산 올림픽기념관 앞 공원에서 승리의 브이를 내밀고 있다.
2. 초등학교 저학년 때 모습. 런닝을 입고 유부초밥을 만들고 있다.
3. 안산 대부도 전곡항에서의 한때. 범수가 초등학생일 때 1박 2일로 가족 여행을 떠났다.

이 똥깔놈!

범수요? 따라쟁이였어요. 지 형을 그렇게 따라 하더라고요. 다섯 살 터울인데, 형제가 오순도순 사이가 좋았어요. 형이 웃으면 지도 웃고 형이 울면 지도 울고, 형이라면 화장실도 따라가는 동생이었어요. 문수가 조립 로봇에 빠져 있을 땐 지도 로봇을 갖고 살았고, 문수 따라 게임에도 빠져 지냈어요. 희한한 형제였습니다.

초등학교 3학년 땐 형을 따라 태권도 학원에 등록했어요. 4년 동안 열심히 다니더니 2품을 따고 으쓱대던 모습이 지금도 선해요. 문수가 대학에 갔을 때 일이에요. 주말에 집에 오면 침대에서 둘이 꼭 붙어 자곤 했어요. 집사람이 나무라며 이렇게 말하더라고요.

"다 큰 놈들이 어딜 붙어서 자니?"

생각해 보니 문수가 더 걔를 챙겼던 것 같습니다.

내가 1988년 10월 21일에 안산에 올라왔어요. 안산역 개통하던 날이라 기억해요. 비철 금속을 다루는 삼화비철에서 일했죠. 기숙사에서 3년을 지낸 후 집사람을 만나 1991년 11월 3일 결혼했어요. 만난 지 5개월 만에. 신접살림은 고잔1동 빌라에 마련했어요. 그후로 이 동네에서만 살았습니다.

지가 들으면 서운할지도 모르겠지만 우린 아들 하나만 키우려 했어요. 그런데 우리 부모님이 혼자 크면 외로움을 탄다며 하나 더 낳으라더라고요. 그래서 1997년 11월 13일에 고대 안산병원에서 범수를 낳았어요. 걔를 낳기 전 집사람이 임신중독증에 걸려 고생 많았어요. 애를 낳은 후엔 갑자기 혈압이 올라 큰일 나는 줄 알았어요! 난 회사에서 연락을 받고 허겁지겁 병원으로 갔죠. 사흘 동안 중환자실에 누워 있었어요. 범수 낳기까지 참 아슬아슬했어요. 그렇게 어렵게 어렵게 낳은 애예요. 문수가 여섯 살에 동생이 생기니깐 얼마나 좋았겠어요?

노란 유치원 가방을 들고 다니던 모습이 떠올라요. 아장아장 잘도 걸었어요. 집 앞 명성유치원에 다녔습니다. 애가 걱정돼서 통신사의 안심 서비스에 가입했어요. 아이들 가방에 칩을 넣고 어떤 지역을 벗어나면 삑 하고 울리는 거 있잖아요.

제가 회사에서 맡은 일 중 하나가 안전 업무입니다. 위험물, 소방 안전, 환경 관리, 보건 안전, 산업 안전 등 각종 안전 관련한 일을 도맡고 있어요. 애들 앞에서 평소 입버릇처럼 안전을 강조했어요. 전기 조심해라, 요리할 땐 가스 조심해라, 지하에 있는 노래방은 가지 마라, 길에선 항상 차 조심해라. 늘 안전을 강조하는 잔소리를 입에 달고 살았어요. 그 영향인지 여행 갈 때 범수가 2학년 4반 안전 지킴이로 선정됐어요. 아빠가 평소 안전 교육을 해 준 게 반 급우들에게도 도움이 되겠구나 싶었어요.

중고등학교 때는 종일 공부에 시달릴 애가 걱정돼서 학교 앞에 마중 나가곤 했어요. 비 오고 눈 오면 우산을 쓰고 학교 앞에서 기다렸고요. 그렇게 키웠어요.

범수는 초등학교 때부터 쭉쭉 컸어요. 중학교 땐 문수 키를 추월했어요. 형보다 지가 더 자랐다며 우쭐댔어요. 유치원 때부터 다른 아이들보다 한 뼘 더 큰 애였어요. 워낙 덩치가 커서 막내를 건드릴 애들이 없었어요. 제 고향 친구가 한 말이 있습니다.

"범수야. 네 신발은 군산 나룻배만큼 크구나."

수학여행 갈 때 운동화 사이즈가 310밀리미터였고, 키는 186센티미터, 몸무게는 85킬로그램이었어요. 더 클 수 있었는데…… 걔는 축구를 해도 골키퍼를 봤습니다.

어릴 때부터 고기를 좋아했어요. 엄마 아빠 월급날마다 삼겹살을 먹였어요. 걔가 자주 먹을 것을 찾았어요. 쉴 새 없이 냉장고를 열었다 닫아요. 그래서 항상 냉장고를 꽉꽉 채워 뒀어요.

형을 따라 단원중에 입학했어요. 친구가 많았죠. 지금은 내가 이름을 다 까먹고 몇 명만 기억납니다. 홍주, 민수, 태욱이, 광현이. 홍주 별명이 노새였어요. 노새를 닮았다고 범수가 "노새, 노새" 하고 불렀어요. 범수 별명이 빤스란 말을 듣고 한참을 웃었어요. 범수 이름을 되게 발음해 보세요. 애들이 "빤스, 빤스" 하고 불렀어요. 저에겐 듬직한 아들이기만 했는데, 친구들에겐 꽤 장난꾸러기이기도 했던 모양이에요. 장난을 잘 걸고 잘 받아 주는 아이였어요.

홍주가 범수 첫인상을 말해 주는데, 순하고 착한 애인 줄로만 알았대요. 몸집은 유달리 큰데, 푸근하고 마음이 편안해지는 친구였다고 합니다. 광현이 말론 존재 자체가 편안하고 위안을 주는 친구래요. 언제든 기대고 싶은 친구라고. 광현이 부모님이 이혼해서 힘들어할 때 범수가 많이 위로해 줬어요.

범수는 친구들이 심한 장난을 해도 잘 받아 줬어요. 애들한텐 범수가 거인 같았을 거예요. 그 큰 애를 친구 여럿이 들고 복도 끝에 던져 놓고 도망쳐도 웃으며 받아 줬어요. 걔가 게임하고 애니메이션 보느라 새벽에 잘 때가 많아요. 그러고 학교에 가면 쉬는 시간 점심시간에 책상에 엎드려 잠을 자요. 걔를 놀리려고 여자애들이 머리에 핀을 꽂고 두 갈래로 머리를 땋았어요. 머리가 길거든요. 범수가 머리를 풀고 다시 잠들면 또 머리를 땋고 하며 장난을 치는 거죠. 학교를 통틀어 가장 키가 컸어요. 멀리서도 눈에 띄죠. 키가 작은 홍주는 범수 팔뚝을 잡고 따라다녔어요.

중학 시절에 빠트릴 수 없는 게 '오덕방'이에요. 카톡방 이름입니다. 난 첨에 오덕이 뭔가 했어요. 오타쿠를 지들 식으로 부르는 말이에요. 첨엔 남자들 몇이 만들었대요. 범수가 만화를 좋아해서 방 이름을 그렇게 지은 거예요. 그 방에선 일본 만화에 나오는 어투를 썼어요. 이런 식이에요.

"알겠다능, 그렇다능."

이름을 부를 때도 "민희짱, 태욱짱" 하고 불렀어요.

그 카톡방에서 서로 장난치고 진실 게임을 했어요. 오덕방이 인기가 많아져서 나중엔 13명까지 늘었대요. 반 애들이 37명이니까 셋에 하나는 가입한 거죠. 실제 범수가 오덕방에 자주 등장한 건 아니더라고요. 걘는 애니메이션 보느라 자주 들어갈 짬이 없

었거든요. 오덕방은 지금도 있어요. 맨 처음 그 방을 만든 범수만 빠진 겁니다. 열세 명 중에 단원고에 간 애는 범수가 유일했거든요. 애들이 오덕방 카톡을 아직도 간직하고 있어요. 몇 년 동안 대화가 쌓여 있어요. 범수가 카톡! 소리를 내며 친구들에게 안부 인사 한번 전해 주면 아이들이 얼마나 기뻐할까요?

한번은 오덕방 친구들이 범수 생일 파티를 해 줬어요. 걔가 그날 밤에 커다란 핑크색 돌고래 인형을 들고 집에 왔어요. 친구들이 모은 돈으로 케이크를 사고, 몇 군데 문구점과 팬시점을 돌았답니다. 범수 덩치에 맞아야 한다고 가장 큰 인형을 골랐대요. 그런데 핑크색이에요. 이유가 있어요. 막내가 덩치에 맞지 않게 일본 애니메이션을 좋아하잖아요. 그래서 그게 더 어울린다는 주장이에요.

그날 중앙동에서 모여 밥을 먹고 생과일 전문점 '시소'에서 범수 머리에 고깔모자를 씌워 주고 파티를 벌였어요. 여느 때처럼 노래방에서 실컷 노래도 부르고요. 장소를 옮길 때마다 덩치 큰 범수가 핑크색 돌고래를 들고 가는 모습을 보면 얼마나 웃겼겠어요. 친구들이 깔깔거리며 웃었어요.

범수는 심각할 정도로 일본 애니메이션을 좋아했습니다. 새벽까지 보니까 아빤 속상하죠. 일곱 시엔 일어나서 학교에 가야 하는데, 아침마다 짜증을 내며 일어났거든요. 걔 또래 아이들은 〈나루토〉나 〈원피스〉 같은 유명한 작품만 골라 봐요. 근데 범수는 또래가 듣도 보도 못한 작품을 찾아서 봤어요. 생각해 보니 어릴 때부터 애니메이션을 좋아한 문수 영향이 아닌가 싶어요.

한번은 담임 선생님이 집에 전화를 했어요. 애가 얼마나 학교에서 졸았으면 그런 전화가 왔겠어요? 걔가 움직이는 일을 싫어하는 성미라 가만히 앉아서 볼 수 있는 애니메이션에 더 빠진 것 같아요.

친구들이 뭘 하자고 제안하면 이렇게 답했어요.

"애니메이션 봐야 돼!"

이 말을 입에 달고 살았죠. 점심시간이든 방과 후든 주말이든 범수 대답은 한결같아요.

"애니메이션 봐야 한다고!"

한번은 오덕방 친구들이 담임 선생님 선물을 산다고 급우들 교과서를 모은 적이 있어요. 와동에 있는 고물상에 가져가서 4만 원을 벌었대요. 모인 교과서가 3백 킬로그램이나 됐어요. 리어카 두 대를 빌렸대요. 친구들이 고물상에 함께 가자고 하니까 범수가 대답했어요.

"난 애니메이션 보러 집에 가야 돼."

친구들이 장난으로 하는 말인 줄 알았대요. 그런데 한참 교과서를 묶고 있는데 우리 범수가 사라져 버린 겁니다. 애들이 혀를 내둘렀죠. 걔가 힘이 장사거든요. 팔씨름으로 당해 낼 애가 없어요. 시작하자마자 바로 넘겨 버리니까요. 친구들 손목을 잡고 해도 마찬가지예요. 손가락 하나로 팔씨름을 해도 지지 않을 애예요.

우리 할아버지가 지게를 지고 산에서 큼지막한 바위를 져 나르곤 했습니다. 요즘엔 그분처럼 바위를 질 수 있는 사람 없어요. 우리나라 통틀어도 한 명도 없을 겁니다. 할아버지의 힘을 물려받은 것 같아요. 그런 애가 빠져 버렸으니 애들이 얼마나 힘들었겠어요.

범수는 서현실 선생님의 과학 수업을 몹시 싫어했어요. 수업 중에 떠들고 졸다가 걸리면 까다로운 숙제를 내줬거든요. 일명 깜지 숙제예요. 다음 수업 때까지 A4 용지에 8포인트 글씨로 교과서 내용을 베끼는 벌칙이었어요. 연필로 써야 돼요. 걸린 애만 하는 게 아니라 한 모둠(4~5명)이 다 벌칙을 수행해요. 수업 때마다 걸리면 죽을 맛이죠. 쉬는 시간에 놀지도 졸지도 못할 만큼 죽어라 해야 돼요. 범수가 다른 수업 시간엔 깜박 잠이 들어도 과학 시간엔 눈에 불을 켰어요. 서현실. 그 이름만 들어도 잔뜩 겁을 먹었어요. 그래서인지 졸업한 후에 서현실 선생님을 유난히 잘 기억했어요. 공부를 시켜줬다고 고마운 선생님이라고 하더라고요.

난 몰랐는데, 이성에 대한 관심이 꽤 많았더라고요. 반면에 부끄러움도 많이 타고. 오덕방에서 태욱이랑 유미, 올바름이랑 희진이, 이렇게 두 커플이 탄생했을 때 참 부러워했어요. 범수가 누굴 짝사랑했는지 나도 궁금해요. 걔가 누굴 좋아했어도 아마 고백을 못 했을 겁니다. 걔가 좋아한 여자 한 명은 알아요. 박보영. 배우예요. 범수가 남긴 핸드폰인데, 이것 보세요. 초기 화면에 있는 이 여자가 박보영이에요. 카톡 프로필 사진도 박보영이에요. 박보영이 나오는 〈늑대소년〉이랑 〈과속스캔들〉을 수십 번은 봤을 겁니다.

범수가 중학교 때 형이 대전에 있는 대학에서 사회복지학을 전공했어요. 엄마 아빠가 병치레가 많아 문수는 어려운 사람을 돕는 일을 하고 싶어 했습니다. 나는 허리 협착 수술도 하고, 고지혈증과 고혈압, 공황장애 등으로 여러 차례 병원 신세를 져야 했습니다. 제가 회사 다니던 초기의 일이네요. 와이어 선을 뽑아내던 중 기계에 발이 묶여 큰 부상을 당했습니다. 관절이 상하고 뼈가 부러졌어요. 그때 부상으로 인공 관절을 넣고 살고 있습니다. 지금도 절뚝거리잖아요.

부상을 당한 후에 다른 꿈을 포기했습니다. 내가 27년 동안 한 회사만 다닌 것은, 회사에 대한 애정도 있지만 성치 않은 몸이라 어디서 받아 주겠나 하는 생각도 들어서죠. 난 대신 남보다 두 배 세 배 열심히 일했어요. 엄마가 공장에서 퇴근하면 범수가 어깨를 주물러 주곤 했어요. 항상 엄마 건강을 걱정했어요. 엄마도 범수한테 의지를 많이 했습니다. 맞벌이를 했어요. 그게 집사람한테도 아이들한테도 항상 미안했죠. 못난 아빠 만나서 애들이 고생이잖아요. 아이들 미래를 생각하면 허리띠가 바짝 조여져요. 얼마 안 되는 박봉을 쪼개 꾸준하게 저축을 했어요. 한눈팔지 않고, 검소하게 살았어요. 그건 아이들도 인정해 줄 겁니다.

첨엔 안산공고를 가고 싶어했어요. 홍주 영향이었어요. 홍주가 기계에 관심이 많아 일찍부터 공고로 진로를 정했고, 입학 정보를 열심히 찾았더라고요. 혼자 공고에 가면 외로우니까 설명해 줬나 봐요. 전 반대했어요. 제가 실업계 고등학교를 나와서 잘 알아요. 범수 꿈이 장교였어요. 나중에 진급에 걸림돌이 되면 안 되잖아요. 그래서 인문계로 진로를 바꿨습니다. 한때 범수가 게임에 빠져 있을 때 꿈이 프로게이머라고 했어요. 형을 따라 게임만 하고 살 때였어요. 소설도 그땐 게임 소설만 읽어요. 엄마한테 프로게이머 하고 싶다고 말하니까 집사람이 일언지하에 반대했어요.

"범. 그럼 너 밥 굶어 죽어. 넌 덩치도 좋으니까 군인 해. 장교 해."

그래서 꿈이 장교로 바뀐 겁니다. 집사람은 범수가 신체 조건이 워낙 좋으니 직업 군인을 하라고 말했어요. 장교가 되면 참 늠름하고 멋진 군인이 되었을 거예요. 고등학교 입학할 때 학원에서는 강서고를 추천했어요. 걔가 움직이는 걸 싫어하잖아요. 그래서 1순위로 집에서 가까운 단원고를 선택했어요. 단원고에 입학하게 되었을 때 걸어다닐 수 있는 학교에 가게 됐다며 기뻐하던 모습이 떠오르네요.

걔가 요리를 곧잘 했어요. 밥도 자기가 하고 라면도 끓일 줄 알고. 요리를 좋아해서 단원고 다닐 때 제과 제빵 동아리에서 활동했습니다. 빵도 만들고 피자도 만들고 쿠키도 만들어서 가져왔어요. 동아리 활동이 있는 날이면 그날 만든 것을 엄마 아빠 주겠다며 싸 가지고 들고 왔지요.

문수가 대학을 휴학하고 군에 입대했어요. 경기도 화성에 있는 51사단에 배치받아서 범수가 매우 기뻐했어요. 형이 가까운 곳에 근무하니까 얼마나 좋았겠어요. 문수가 근무하던 부대는 안산에서 불과 25분 거리에 있었습니다. 우리 가족은 한 달에 한 번 면회를 갔어요. 그토록 애니메이션을 좋아하던 범수도 형을 만나러 간다고 하면 뭘 하고 있다가도 금세 떠날 채비를 마쳤어요.

학교에서 설문지를 가져온 적이 있습니다. 가고 싶은 수학여행 장소를 표기하는 설문지였어요. 1번 설악산, 2번 제주도. 범수는 제주도에 동그라미를 쳤어요. 수학여행 전날 제가 혼자 하이마트에 갔어요. 헤어 드라이기를 사 주려고요. 여행 가방은 제가 쌌어요. 필요한 것들을 손수 챙겨 줬어요. 땀을 닦을 때 필요할 것 같아 내가 쓰던 손수건을 넣어 줬습니다. 그게 후회돼요. 손수건을 주면 헤어진다는 말이 있는데……

범수가 수학여행을 떠나던 날 풍경을 기억해요. 4월이라 길거리엔 꽃들이 아름답게 피어 있었습니다. 화단엔 연산홍과 개나리, 목련꽃이 예쁘게 피어 있었지요. 나는 출근을 앞두고 범수를 학교 정문까지 태워다 줬어요. 여행 가방을 끌고 가면 힘들어할 것 같아서요. 내년 4월에도 단원고 가는 길에 그 꽃들이 피어 있겠죠? 내후년 4월에도, 5년 후 10년 후의 4월에도 꽃들이 피어 있겠죠?

집사람은 범수 팬이었어요. 걔가 박보영의 팬이듯 엄마는 녀석을 해바라기하는 팬이었어요. 세상에 범수만큼 듬직한 막내는 없다며 기대고 의지하며 살아왔어요. 어릴 때 범수는 엄마 옆에서 찰거머리처럼 떨어지지 않았어요. 나이가 들면 바뀌나 봅니다. 엄마가 범수 옆을 떨어지지 못해요. 어제도 나한테 그래요.

"범수 아빠. 이제 난 누구한테 기대 살아야 해요?"

실은 집사람이 범수를 더 잘 알아요. 오늘 나오면서 함께 가자고 했는데, 자긴 얘기하기 싫대요. 나한테도 인터뷰하지 말라고 했습니다. 오늘 몰래 나온 거예요. 공황장애가 있습니다.

범수는 카톡에서 쓰는 말을 평소에도 사용하곤 했어요. 이런 식이에요.

"배 고픔, 나 졸림."

학교에 갈 땐 "엄마, 나 감", 집에 도착하면 "엄마, 나 옴" 또 "헐"이라는 말도 자주 썼어요. 엄마는 말을 짧게 한다고 나무랐지요. 집사람은 범수를 부를 때 성도 빼고 이름 뒷글자도 빼고 "범!" 하고 불렀어요. 범수가 무슨 잘못을 저지르면 "이 똥깔놈!" 하고 불렀어요. 나도 무슨 뜻인지 몰라 물어봤어요. "똥 쌀 놈" 비슷한 말이에요. 옛날에 할머니 할아버지들이 애가 너무 귀엽고 사랑스러울 때 썼어요. 애기들이 아무 데나 똥 쌀 때가 가장 예쁘잖아요. 범수도 여기저기 똥 쌀 때가 정말 예뻤거든요.

난 요즘도 거실 불을 밤새 켜 두고 잠들어요. 범수가 문을 열고 들어올 것 같거든요. 아빠가 돼서 사랑한다는 말 한마디 못 하고 산 게 후회로 남게 됐어요. 참 못난 아빠죠?

끝으로 한마디 더 해 달라고요? 지금까지 한 얘기가 다예요. 글쎄요. 아, 생각났어요. 제 말이 영원히 남는 거라고 하셨죠? 그럼 이렇게 써주세요.

"김범. 이 똥깔놈! 너 언제 돌아오냐? 사랑한다. 사랑해. 내 아들 범수야."

마술이 마법처럼 제 삶을 바꿨어요

안산 단원고 2학년 4반 **김용진**

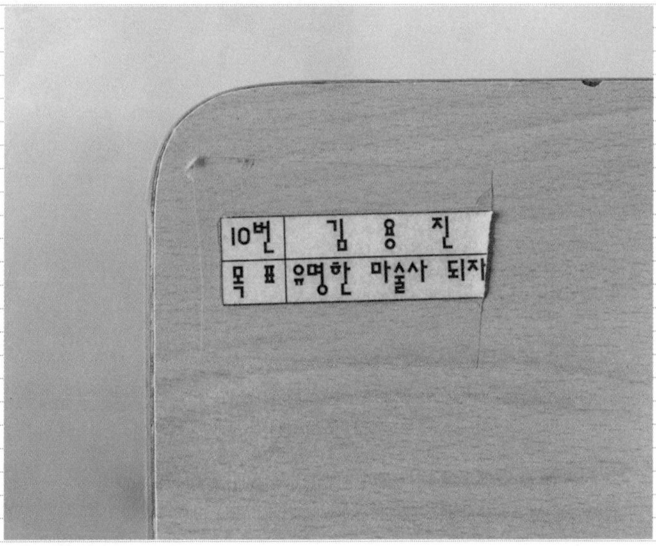

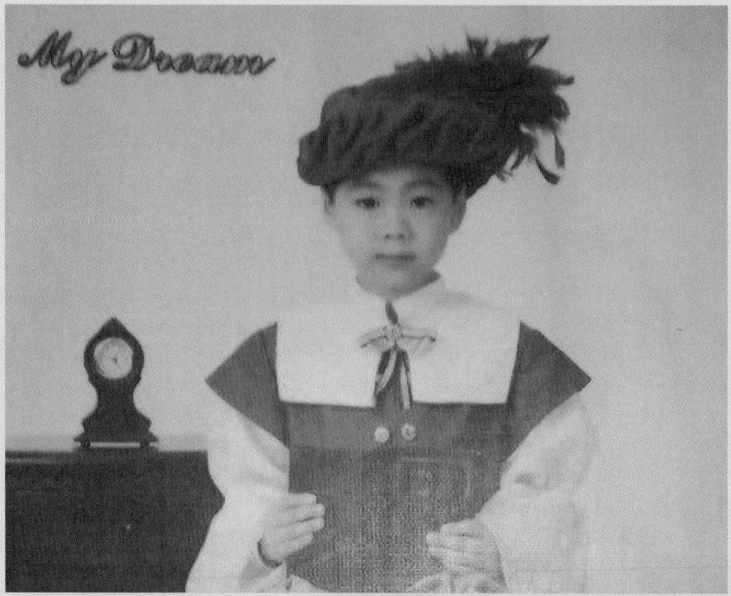

1. 유치원 졸업 사진. 용진이는 유치원에서 처음 피아노를 배우고 피아노 선생님을 꿈꿨다.
2. 세월호 참사 이후 최강현 씨가 그려준 용진이 얼굴.
3. 동암중학교 다니절 시절. 중학교 졸업을 몇 달 앞두고 찍은 사진.

마술이 마법처럼 제 삶을 바꿨어요

제 이름은 큰아버지가 지어 주셨어요. 솟을 용에 나아갈 진. 큰아버지가 돌림자를 쓰자고 해서 그렇게 지으셨대요. 전 제 이름이 마음에 들어요. 뜻이 멋있잖아요. 어디로 나아갈지 어떻게 솟을지는 모르겠지만요. 제가 그동안 어떻게 살았는지를 알면 어디로 나아갈지 알게 되지 않을까요? 제 이야기를 좀 들어 보세요.

제가 태어났을 때 엄마는 제 손가락 발가락부터 확인하셨어요. 손발 없이 태어나면 어쩌나 엄청 걱정하셨대요. 엄마가 입덧이 너무 심해서 열 달 동안 잘 못 드셨나 봐요. 그래서 걱정이 크셨어요. 엄마 걱정과는 다르게 전 건강하게 태어났죠. 남자인 제가 이런 말 하기는 부끄럽지만요, 어렸을 때부터 예뻤대요.

엄마를 닮아서 피부가 하얗고 고왔거든요. 갓난쟁이인 저를 데리고 지하철을 타면 부모님은 저를 안고 있을 수가 없었대요. 아기가 예쁘다고 한번 안아 보자고 하는 사람이 많아서요. 아기가 예쁘다고 하는 말을 들을 때 아빠는 기분이 좋다가도 화가 나셨대요. 저를 보고 여자아이냐고 묻는 사람이 많았나 봐요.

저는 사실 기억이 안 나서 정말로 그랬는지 엄마 아빠가 뻥튀기하는 것 아닌가 싶기는 한데요, 그런 얘기는 지금도 종종 들어요. 친구들끼리 장난으로 화장을 해 본 적이 있거든요. 근데 제가 봐도 여자아이 같더라고요. 제가 여자처럼 보이는 건 엄마를 닮아 피부가 하얗기도 하지만 아빠를 닮아서 목이 가느다랗고 손가락이 예뻐서 더 그래 보여요.

손가락이 길어서 그런가? 전 어릴 때 피아노 치는 걸 무척 좋아했어요. 여섯 살 때 놀이방을 다녔는데, 거기에 피아노가 있었어요. 장난으로 뚱땅거려 봤는데 재미있는 거예요. 부모님께 피아노를 배우고 싶다고 조르고 졸라서 피아노를 배웠어요. 부모님도 선생님도 제가 피아노를 잘 친다고 칭찬해 주셨어요.

엄마 말로는 제가 어렸을 때 피아노 말고도 호기심이 많고 뭐든 새로운 걸 배우는 걸 좋아했대요. 저도 기억나는 건 책 읽는 걸 좋아했다는 거예요. 책을 읽으면 새로운 정보들을 알게 되잖아요. 그게 정말 신기했어요. 그래서 초등학교 다닐 때는 수업 끝나면 바로 도서관으로 갔어요. 도서관에서 책을 읽으면 도장을 찍어 주거든요. 도장을 받는 것도 재미있었고요.

정말 하루도 안 빼고 매일 도서관에서 놀았어요. 집에 가면 제일 먼저 엄마한테 도서관에서 찍어 준 도장을 보여 드렸어요. 그러고는 그날 무슨 책을 읽었는지 얘기해 줬어요. 엄마도 "오늘은 무슨 책 읽었어? 그 책은 무슨 내용이야? 재미있었어?" 하고 꼭 물어보셨거든요. 저는 그 시간이 정말 행복했어요.

전 책 읽는 것도 좋아하고 글 쓰는 것도 좋아했어요. 아! 글쓰기는 좋아하기보다 잘했어요. 저는 제가 글쓰기에 소질이 있는 줄은 몰랐거든요. 그런데 다른 친구들이 글쓰기 어려워하는 걸 보고 제가 쉽게 잘 쓰는 걸 알았어요. 글쓰기로 학교에서 상도 받았는걸요. 사실 그 글은요, 끝날 시간 다 돼서 십 분 만에 뚝딱 쓴 거예요. 한 시간 동안 힘들게 낑낑대며 쓴 친구들한테는 미안하지만 전 어렵지 않게 후딱 썼어요. 그렇게 받은 상으로 부모님한테 자랑도 하고 그랬는데, 그게 제가 받은 처음이자 마지막 상이었어요. 그 뒤로는 개근상 말고는 받은 적이 없어요.

어렸을 때는 하고 싶은 게 정말 많았어요. 누가 꿈이 뭐냐고 물어보면 매번 바뀌었어요. 피아노를 배울 때는 피아노 선생님이 되고 싶었다가, 또 어떨 때에는 유치원 선생님이 되고 싶었어요. 티브이에서 최현우 쇼를 보고 난 다음에는 마술사를 꿈꾸다가 친구들과 축구를 할 때는 골키퍼가 되는 게 꿈이었지요. 공부도 잘하고 싶은 마음이 컸어요. 그런데 5학년 때부터 수학이 너무 어려워지는 거예요. 도저히 혼자 공부해서는 모르겠더라고요. 엄마한테 수학 학원에 가야 할 것 같다고 말씀을 드렸는데 결국 못 갔어요. 부모님이 일하시느라 제 공부를 못 봐 주시고, 또 집안 형편이 넉넉하지 않았으니까요. 공부가 어려워지기 시작하니까 재미가 없어지더라고요. 공부를 안 하니까 성적은 떨어졌지만 친구들이랑 놀 수 있어서 좋았어요. 학교 끝나고 집에 오자마자 가방만 던져 놓고 나가서 해 질 때까지 동네 친구들이랑 놀았어요. 도서관에 가는 것보다 친구들이랑 노는 게 더 재미있어지더라고요.

함께 어울려 노는 친구들 사이에서 제 별명이 뭐였는지 아세요? '신호등'이에요. 얼굴이 툭하면 빨개졌거든요. 날이 추워지면 코부터 새빨개졌어요. 부끄럽거나 쑥스러울 때도 빨개져요. 얼굴이 빨개지면 더 부끄러워졌어요. 친구들이 신호등이라고 별명을 부르면서 놀리는 게 너무 웃겼어요. 친구들도 제가 화도 안 내고 장난을 잘 받아 준다고 좋아하더라고요.

친구들 말처럼 제 성격이 원래 좀 덤덤한가 봐요, 지금도 그렇고, 아무리 생각해 봐도 크게 소리를 지르거나 호들갑을 떤 적은 없는 것 같아요. 느긋하고 태평하다고 해야 하나? 움직이는 것도 귀찮아하고 그랬어요.

초등학교 입학하고 첫 운동회 때 달리기 시합을 했거든요. 그냥 천천히 달렸어요. 뛰면 힘들잖아요. 땀도 나고요. 다섯 명이 같이 뛰었는데 네 번째로 들어왔어요. 아빠가 저를 보시고는 "아들은 왜 안 뛰어? 1등 하려면 뛰어야 돼" 하고 장난하듯 나무라셨는데, 힘들게 뭐하러 뛰어요? 어차피 꼴찌 해도 상품은 다 주는데요, 뭘. 부모님한테도 그렇게 얘기했더니 허허 웃으시더라고요.

중학교 때 친구들이랑 야구를 하다가 다친 적이 있었어요. 친구가 야구 배트를 잘못 휘두른 바람에 제 안경이 깨지고 눈 옆이 살짝 찢어졌어요. 전 사실 아무렇지도 않았는데 주위에서 아빠한테 전화를 했나 봐요. 엄청 걱정하시더라고요. 얼른 병원부터 가 봐라, 눈 다쳤으면 어떻게 하냐고 걱정하시는데, 눈 다쳤으면 그렇게 멀쩡할 리가 없잖아요. 그래서 괜찮다고 걱정하지 말라고 했죠. 그러고는 안경을 벗고 다시 야구하고 있는데 아빠가 학교로 오셨더라고요. 어쩔 수 없이 병원에 가긴 했는데, 뭐 크게 다친 건 아니고 조금 꿰매고 말았어요. 아빠가 "넌 어쩜 그렇게 태평하냐?"고 하시더라고요. 제가 좀 무딘 것 같긴 해요. 걱정되는 게 별로 없어요. 친구들도 '넌 진짜 느긋하다, 세상에 걱정이 하나도 없는 애 같다' 이런 얘기 많이 해요.

친구들은 저보고 만사태평하다고 하지만, 사실 전 겁이 많아요. 특히 혼자 있는 게 싫어요. 어릴 때도 그랬대요. 부모님이 맞벌이를 하셨거든요. 아빠는 일 때문에 지방에 계셨고 주중에 엄마하고 둘만 있었어요. 엄마하고 잠시도 떨어져 있지 않으려고 해서 항상 따라다녔대요. 제가 여섯 살 때인가 저도 어렴풋이 기억이 나는데, 놀이방 끝나고 집에 왔는데 엄마가 없는 거예요. 원래 엄마가 집에 있을 시간인데 그날 일이 좀 늦게 끝났나 봐요. 집에 혼자 있기 싫어서 동네 형들이랑 막 돌아다녔어요. 시간 가는 줄도 모르고 형들이랑 놀고 있는데 갑자기 엄마가 울면서 제 이름을 부르시는 거예요. 엄마가 어디 갔었냐고 막 울고 화내시는데 저도 덩달아 울었어요. 집에 혼자 있기 싫어서 형이랑 동네 구경했다고 했는데 엄청 맞았어요.

잠은 지금도 혼자 못 자요. 중학교 때는 엄마 손잡고 같이 잤고요, 지금은 아빠랑 한 방에서 자요. 다 큰 남자애가 혼자 못 잔다는 게 창피한 일이지만 아무도 없이 혼자 있는 건 정말 무서워요.

어렸을 때부터 부모님은 자주 다투셨어요. 싸울 때는 돈 얘기가 많이 오갔고 큰소리로 싸울 때는 부모님이 무서웠어요. 부모님이 싸울 때마다 전 무섭고 우울했는데, 중학교 1학년이 되었을 때 두 분이 이혼을 하셨어요.

전 아빠랑 의정부에 계속 살고, 엄마는 삼촌이 사는 안산으로 이사를 가셨어요. 엄마가 집을 떠나 안산으로 가던 날은 아직도 기억이 나요. 엄마는 미안하다고, 나중에 데리러 오겠다고 하셨는데 전 아무 말도 나오지가 않았어요. 부모님이 자주 싸우는 걸 봐서 그런지 이혼한다고 부모님이 밉거나 원망스럽지 않았어요. 오히려 이해가 되었다고 해야 되나? 그렇더라고요.

엄마도 저를 보러 의정부로 자주 오셨고 저도 안산으로 가끔 놀러 갔어요. 아빠도 전보다 훨씬 저에게 잘해 주셨어요. 제가 김치찌개를 엄청 좋아하거든요. 김치찌개도 자주 끓여 주시고 제가 좋아하는 고기도 잘 사 주셨어요. 부모님이 저를 걱정하시는 건 알았지만, 그래도 기분이 나아지질 않았어요. 늘 우울하고 힘들었어요. 그때부터 말도 더 없어지고 친구들이랑 만나는 것도 재미가 없어졌어요. 부모님한테 말은 안 했지만 스트레스가 심했어요. 그때부터 살이 계속 빠졌어요. 살이 너무 많이 빠져서 몸이 어떻게 되는 것 아닌가 걱정까지 되더라고요.

한번은 카카오스토리에 죽고 싶다는 글을 남긴 적이 있는데, 그걸 엄마가 나중에 보셨나 봐요. 엄마가 많이 걱정하셨어요. 엄마가 그걸 볼 줄은 몰랐는데 그 뒤로 필요한 건 없는지, 용돈은 부족하지 않은지 물어보셨어요. 전 괜찮다고 대답했는데, 엄마 아빠가 돈 때문에 싸우시는 게 생각나서 돈 달라는 말을 잘 못했어요. 정말로 갖고 싶은 것도 없었고 필요한 것도 별로 없었고요. 가끔 부모님이 비싼 옷이나 운동화를 사 주시는데 저 때문에 무리해서 돈을 쓴 것 같아서 미안한 마음이 들었어요. 그때는 저도 정말 외롭고 힘든 때였는데, 부모님도 많이 힘드실 것 같아서 내색을 못 하겠더라고요.

엄마 아빠가 그러시는데 제가 좀 철이 일찍 들었다고 하시더라고요. 어릴 때도 어른스럽다고 해야 되나 아무튼 속이 찼다고 칭찬해 주시곤 했어요. 가끔 일 끝나고 집에 돌아오신 엄마의 다리를 주물러 드리곤 했어요. 엄마는 늘 일이 많으셨거든요. 엄마는 제가 다리 주물러 주면서 "힘들지?" 하고 물어봐 주는 게 위로가 많이 되셨대요.

아빠도 제가 말은 많이 안 해도 정이 많고 속이 깊다고 하셨어요. 아빠가 휴대폰 사용을 어려워하시는데 그걸 제가 도와주거든요. 그때마다 아빠가 "아들 없으면 이거 누가 해 주냐?"고 하셔서, 제가 걱정 말라고 매일 옆에서 아빠가 모르는 거 다 해 주겠다고 그랬는데 그게 엄청 고마우셨나 봐요. 그 얘기를 몇 번 하시더라고요. 제가 철이 일찍 든 건지는 모르겠는데 우리 집 형편이 넉넉지 않고, 또 부모님이 힘들게 일하시는 걸 아는데 불평을 잘 못 하겠더라고요.

부모님이 이혼하고 나서 어둡고 우울했는데, 중학교 때 같은 반 친구를 보면서 생각이 많이 바뀌었어요. 사실 저는 부모님이 이혼하고 아빠랑 단둘이 사는 걸 주위에 알리고 싶지 않았어요. 할 수 있으면 감추려고 했거든요. 그런데 그 친구는 저처럼 부모님이 이혼을 하셨는데도 굉장히 행복해 보이는 거예요. 어떻게 재는 저렇게 항상 밝게 웃고 다니는지, 뭐 때문에 자신감이 넘치는지 이해가 안 됐어요. 저는 이렇게 늘 주눅 들어 있는데 말이에요.

부모님 이혼과 상관없이 늘 밝고 자신감 넘치는 그 친구를 보면서 본받고 싶다는 생각을 했어요. 제가 귀차니즘도 있고 성격도 내성적이기는 한데, 뭔가를 하겠다고 마음먹으면 꼭 해내려고 하는 의지는 강한 편이거든요. 그렇게 다짐하고 나니까 성격이 진짜 바뀌더라고요. 친구들에게도 먼저 다가가게 되고 밝고 긍정적인 성격으로 바뀌었어요. 그래서 고등학교 때 만난 친구들은 저를 해맑고 잘 웃는 애라고 생각해요. 제가 봐도 제가 참 대견해요.

고등학교에 입학하고 난 뒤에 제가 더 밝아진 건 사실 마술 때문이에요. 초등학교 때부터 최현우 마술 쇼에 푹 빠져서 티브이에서 하는 공연을 한 번도 안 빼놓고 매일 봤어요. 그때도 마술사가 되고 싶었어요. 의정부 고등학교에 입학했는데 마술 동아리가 있더라고요. 동아리에 들고 나서부터 제 꿈이 아주 확고해졌죠. 바로 세계 최고의 마술사가 되는 것!

부산에 동부산대학이라고 있거든요. 고등학교를 졸업하고 나면 거기 매직엔터테인먼트과에 들어가려고 계획도 다 세워 뒀어요. 우리나라에서 마술을 공부할 수 있는 곳은 그곳밖에 없거든요. 마술사가 되고 싶어서 매일 마술을 연습했어요. 주중에는 동아리실에서 연습하고 주말에는 공연을 했어요. 공연은 의정부 번화가나 청소년 수련관에서 많이 하고, 또 요양원에 가서 봉사 활동을 할 때도 있어요. 제가 원래 부끄럼도 잘 타고 얼굴도 잘 빨개지잖아요.

그런데 마술 공연할 때는 그런 게 하나도 없었어요. 전 마술 체질인가 봐요. 항상 마술 동아리실에서 살다시피 했죠. 마술 연습도, 공연도 정말 재미있고 행복했어요. 중학교 때 우울했던 저를 생각하면 정말 마법 같은 일이에요. 마술이 제 전부가 된 것 같아요.

마술을 하니까 아빠도 관심 있어 하시더라고요. 원래 아빠랑 둘이 집에 있으면 말을 거의 한마디도 안 하는데, 마술 좋아한다니까 자꾸 가르쳐 달라고 하시는 거예요. 원래 마술은 다른 사람한테 알려 주면 절대 안 되는데 아빠한테만 카드 마술 몇 가지 알려 드리고 그랬어요. 그러면서 아빠랑 더 친해지기도 했고요.

그런데 고등학교에 입학하고 얼마 안 지나서 아빠에게 사정이 생겼어요. 당분간 저와 같이 지내기 어렵겠다고 엄마가 사는 안산으로 가야겠다고 말씀하시는 거예요. 제가 안산으로 가는 날 아빠가 엄청 많이 우셨어요. 아빠랑 고등학교 졸업하면 다시 같이 살자고 약속하고 안산으로 이사했는데, 그때 학교도 단원고등학교로 옮겼어요. 부모님을 원망하거나 화가 나지는 않았는데 전학 가는 건 속상했어요. 학교에는 마술 동아리도 있었고, 또 동아리에 가면 늘 여자 친구를 만날 수 있었으니까요.

몇 년 동안 떨어져 살던 엄마와 함께 살려니까 좀 낯설었어요. 엄마는 저랑 살게 돼서 무척 기뻐하셨지만, 엄마가 나 때문에 불편하면 어떡하지 싶어서 처음에는 말이나 행동 같은 게 많이 조심스럽더라고요. 물론 얼마 안 가 친해졌지만요. 엄마가 서먹해하는 저랑 친해지려고 많이 노력하셨어요. 쉬는 날에는 같이 놀러 가거나 옛날처럼 방에 누워서 만화 영화를 보거나, 꼭 저랑 시간을 보내려고 하셨어요. 낚시하러 가고, 수족관이랑 스키장도 놀러 갔어요.

엄마는 주말마다 저랑 놀러 가고 싶어 하셨는데, 사실 전 주말이 정말 바빴어요. 주말에는 의정부에 가야 하거든요. 이사했다고 마술 공연을 안 할 수는 없잖아요. 그래서 시험이 있거나 엄마가 특별히 부탁한 경우가 아니면 매주 의정부에 갔어요. 아빠는 좀 서운해하시지만 의정부로 가면 집보다 마술 동아리에 먼저 갔어요. 공연 준비도 해야 되고, 또 여자 친구도 기다리니까요.

공연이 없는 날은 여자 친구하고 마술 공연을 보러 가거나 마술 용품점에 가서 데이트했어요. 제가 진짜 마술에 푹 빠졌나 봐요. 친구들이랑 장난치고 놀다가도 마술 연습 시작하면 제 표정이 엄청 진지하게 바뀐대요. 친구들한테 제 이야기를 하는 편은 아닌데 꿈 얘기는 자주 했어요. 꼭 멋진 마술사가 되고 싶다고요. 마술사가 되어서 최현우처럼 공연하면 정말 행복할 것 같아요. 생각만 해도 설레요.

마술에 더 빠져든 건 사실 마술 동아리 친구들 덕분이에요. 동아리 친구들이랑 있으면 정말 재미있어요. 선배나 친구들이 제 칭찬도 많이 해 주고 저를 좋아해 주거든요. 사실 집에 있을 때는 별로 말을 하지 않아요. 부모님은 왜 이렇게 말이 없냐고 하실 때도 있는데, 친구들이랑 있을 때는 달라요. 말도 많이 하고 장난도 잘 치거든요.

친구들은 제가 분위기도 재미있게 만들고 긍정적이라고 좋아해요. 전에 여자 친구가 그러더라고요. 제가 다른 사람 험담도 안 하고 욕도 안 해서 어른스럽게 느껴진다고요. 그래서 힘든 일이 있거나 그러면 저한테 기대고 싶대요. 마술을 해서 정말 다행이에요. 성격도 긍정적으로 바뀌고, 꿈도 다시 생기고 친구들도 많이 생겼으니까요.

이번 수학여행에서 제가 마술 공연을 하기로 했거든요. 사실 주말마다 의정부에 가느라고 단원고 친구들이랑 사귈 기회가 많지 않았는데, 이번 기회에 제 마술 실력도 자랑하고 친구도 많이 사귀려고요.

그래서 수학여행 떠나기 전 주말에도 의정부에 갔어요. 동아리에 가서 공연에 필요한 도구들 빌리려고요. 여행 전날, 엄마가 제 옷이며 필요한 것들을 가방에 챙겨 주시는 동안 전 마술 도구를 챙기면서 연습했어요. 제 마술 상자 안에는 트럼프 카드랑 탁구공, 검은 손수건이랑 물병 등이 들어 있어요.

이번 공연에는 카드 마술이랑 탁구공 마술을 할 거거든요, 단원고 친구들 앞에서는 처음 하는 거라 조금 떨려요. 그래서 진짜 연습 많이 했어요. 친구들이랑 여행 가서 노는 것도 재미있겠지만, 사실 공연 생각에 더 마음이 들뜨더라고요.

아, 설레고 떨려서 잠이 잘 안 와요. 눈 뜨면 바로 제주도에 와 있으면 좋겠어요. 우리가 타는 배가 세월호라고 하던데, 내일이면 배를 타고 제주도에 도착하겠죠? 그럼 친구들 앞에서 마술 공연도 하고 친구들도 많이 사귈 수 있겠죠? 얼른 내일이 왔으면 좋겠어요.

잘 다녀오겠습니다

안산 단원고 2학년 4반 김웅기

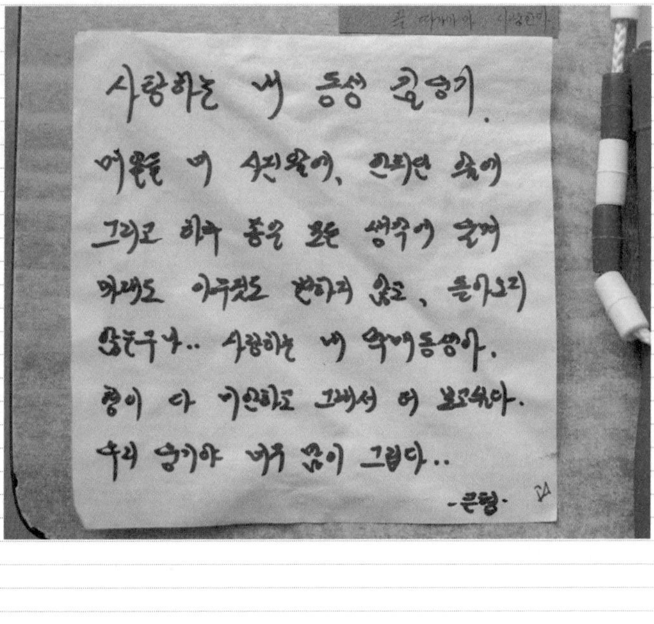

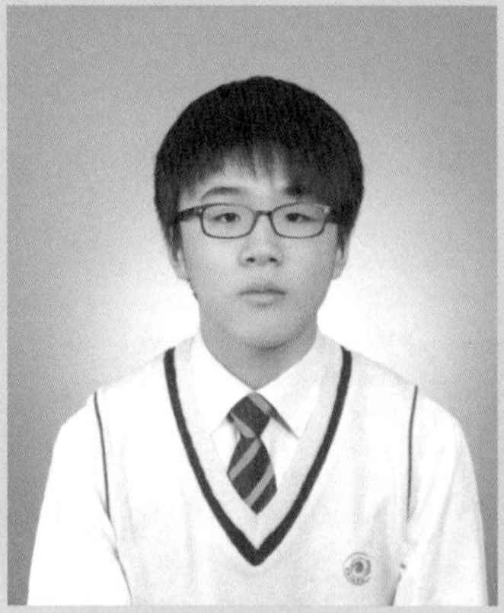

1. 돌 사진.
2. 웅기 고등학교 학생증 사진.
3. 웅기가 초등학교 5학년 때 큰형이 군대에서 휴가 나와 찍은 삼형제 사진.

잘 다녀오겠습니다

잠을 설쳤다. 평소엔 눕자마자 바로 잠드는데 어젠 여행 가서 신나게 놀 생각으로 친구들이랑 밤늦게까지 카톡을 하느라 정신이 없었다. 녀석들한테는 별것 아닌 것처럼 얘기했지만 속으로는 이 여행이 정말 설렜던 모양이다. 물론 조금 긴장되기도 한다. 이렇게 멀고 긴 여행은 처음이기 때문이다. 그것도 어마어마하게 큰 배를 타고 밤바다를 항해하는 여행이라니!

방 한구석에 캐리어가 얌전히 서 있다. 큰형 캐리어인데, 여행 갈 때 필요하다고 하니 큰형이 선뜻 내주었다. 큰형은 어제 짐 싸는 걸 도와주면서 자기 옷까지 두 벌 챙겨 주었다. 제주도엔 바람이 많아 아직 쌀쌀할 거라면서. 알고 보면 큰형은 따뜻한 사람이다. 가끔 무서울 때도 있지만. 사실 난 큰형이 좀 어렵다. 남자들끼리만 사는 집이라 더 그런지 모른다. 아니면 아홉 살이라는 나이 차 때문일 수도 있고. 어쨌든 큰형은 형이라기보다 나를 위해 뭐든 다 해 줄 것 같으면서도 잘못한 일이 있으면 나를 따끔하게 혼낼 어른처럼 느껴질 때가 많다. 그래서 작은형에 비해 거리감이 좀 느껴지는 게 사실이다.

큰형이 내게 엄하게 굴었던 것은 내가 좀 더 강한 아이로 커 줬으면 하는 바람 때문이었을 것이다. 우리 집처럼 세심한 지원을 기대하기 어려운 형편에서는 우리 스스로 남에게 기대지 않고 삶을 헤쳐 나갈 만큼 강해져야 한다는 것이다. 형이 보기에 나는 여리고 착하기만 한 아이다. 그런 아이는 나중에 사회에 나가서도 치열한 경쟁에서 버티지 못하고 남들에게 이용당하기 쉽다는 것이 형의 생각이다. 사실 큰형은 혼자 힘으로 열심히 살아왔다. 아무것도 모르는 내 눈에도 남들에게 뒤지지 않으려고 강인하게 살아가는 게 보일 정도다. 그런 형이기에 나처럼 조용하고 여려 보이는 동생이 답답하게 여겨졌을지 모른다.

사실 나는 어려서부터 투정을 부리거나 떼를 쓰는 일이 없었다. 누구에게 야단을 맞아도 묵묵히 듣고는 알았다고만 하지 말대꾸를 하거나 반항하지 않았다. 그렇다고 어른들이 생각하는 것처럼 무작정 착하기만 한 것은 아니다. 나도 야단을 맞으면 속으로 화가 날 때가 있다. 또 어른들의 말이 꼭 옳은 것만은 아니라는 것도 알고, 내 입장에서 얼마든지 할 말도 있다. 그런데도 나는 일일이 따지거나 대들지 않고 그냥 받아들인다. 그게 편해서다. 게다가 우리 집 같은 환경에서는 어쩐지 그래서는 안 될 것 같다는 생각이 든다. 엄마 아빠도, 큰형 작은형도 모두 힘든데 나까지 투정을 부리거나 반항을 해서 모두를 더 힘들게 해서는 안 될 것 같았기 때문이다. 그런 건 우리보다 잘살고 가정 형편이 나은 아이들이나 하는 사치 같았다.

큰형은 늘 말한다. 힘든 게 있으면 얘기하라고. 그러나 나는 힘든 게 없다. 설사 있다고 해도 그때 잠시뿐이다. 그런 걸 힘들다고 할 수는 없다. 잠깐씩 힘든 건 누구에게나 있다. 그런데도 그걸 힘들다고 하는 건 그냥 관심받고 싶어서 부리는 투정일 뿐이다. 물론 가끔은 나도 말을 안 해서 그렇지 고함을 지르고 싶을 정도로 힘들 때가 있다. 하지만 그때뿐이다. 그때만 잠시 참으면 또 괜찮아진다.

고등학교에 올라와서는 성적 문제로 큰형한테 종종 말을 들었다. 중학교 때는 수학 경시대회에 나가 상을 탈 정도로 공부를 꽤 잘했는데, 고등학교 때는 성적이 많이 떨어졌다. 그래서 내가 친구들과 어울려 피시방에 가고 집에 있을 때도 늘어져 텔레비전만 보고 있으면 큰형은 잔소리를 한다. 자기 일을 제대로 하지 않는 학생에게는 장래가 없다고. 나는 고개를 숙인 채 대꾸를 하지 않는다. 사실 할 말이 없다.

나도 공부를 잘하고 싶지만 잘 안 된다. 하긴 잘하고 싶다고 누구나 잘한다면 공부를 못하는 사람은 없을 것이다. 어쨌든, 이대로 가면 난 무엇이 될까? 학교에서 자기 꿈을 적어 내는 시간이 있었다. 딴 애들은 교사니 과학자니 의사니 잘도 적어 냈지만 나는 그냥 '꿈 찾기'라고 썼다. 꿈을 찾는 게 꿈이라는 뜻이다. 아직 나는 무엇이 되고 싶은지 잘 모르겠다. 특별히 잘하는 것도, 특별히 하고 싶은 일도 없다. 물론 지금만 그렇다. 나중에는 얼마든지 좋아하는 일이 생길 수 있다. 그때 꿈을 좇아도 늦지 않다.

엄마 아빠는 은근히 내가 법조인이 되길 바라고 나도 잠시 그런 마음이 든 적이 있었지만, 그건 진짜 내가 좋아하는 일은 아닌 것 같고 지금 내 성적으로는 넘볼 수도 없을 것 같다. 어쨌든 난 아직 꿈이 없는 게 부끄럽지 않다. 어느 책에선가 읽었듯이 중요한 건 뭐가 되느냐가 아니라 어떻게 사느냐일 테니까.

이불을 들추고 일어나는데 눈길이 캐리어 위의 옷걸이에 걸린 옷으로 향한다. 난생 처음 아빠가 사 주신 옷이다. 아빠는 지난 토요일에 집에 오셨다. 경기가 안 좋아 작년에 하던 장사를 접고, 올해부터는 서울 고모가 하는 김밥집에 일을 하러 가셨다가 일주일에 이틀 정도 집에 돌아오신다. 기억이 잘 나진 않지만 내가 어렸을 때는 우리 집도 잘살았다고 한다. 그러던 것이 시간이 흐르면서 우리는 작은 집으로 계속 옮겨 다녀야 했다.

그저께 난 아빠에게 어렵사리 말을 꺼냈다. 아빠, 화요일에 수학여행 가는데 옷 좀 사 줄 수 있어요? 아빠는 무언가 요구를 하는 내가 신기했던지 나를 한참 바라보시더니, 그래, 가자, 하신다. 아빠와 함께 옷을 사러 가는 것도 처음이지만 아빠와 단둘이 외출하는 것도 기억이 감감할 정도로 오랜만이다. 아빠는 예전에 장사를 할 때부터 아침 일찍 나가 새벽에 돌아오셨다. 그래서 나는 아빠와 함께할 시간이 많지 않았다.

거리로 나가 우리는 내 또래들이 많이 찾는 옷 가게에 들어간다. 아빠는 내게 아무거나 마음에 드는 걸 고르라고 하고는 혼자 어정쩡하게 팔짱을 끼고 서 있다가 천천히 옷걸이에 걸린 옷들을 구경하기 시작한다. 이런 곳에 있는 게 영 어색하신 모양이다. 하긴 그럴 법도 하다. 옷을 고르고 옷을 사는 건 주로 엄마 몫이었기 때문이다. 나는 아빠가 이런 데서 어색해하는 것이 나 때문인 것 같아 얼른 옷을 고르기 시작한다. 옷 색

깔과 스타일을 보면서도 가격표에 슬쩍슬쩍 눈이 가는 건 어쩔 수 없다. 마침내 내가 옷을 고르자 아빠가 계산을 한다. 고마우면서도 어쩐지 죄송하다.

옷 가게를 나오는데 발걸음이 가볍다. 얼른 옷을 입어 보고 싶은 마음이 굴뚝같다. 새 옷을 사면 늘 기분이 새롭지만 지금은 특히 더 그렇다. 아무 때나 입을 옷이 아니라 놀러 가서 입을 옷이니까. 옷이 날개라는 말이 딱 실감 난다.

이런 기분 때문인지 나도 모르게 앞서가는 아빠에게 돈가스를 먹자고 한다. 막상 말을 꺼내 놓고 나니 좀 불안하기도 하고 쑥스럽기도 하다. 그런데 아빠가 의외라는 듯 눈을 동그랗게 뜨고는 묻는다. 돈가스가 그렇게 먹고 싶었어? 이 말끝에 아빠의 얼굴에 함박웃음이 피어나는 걸 보니 아빠는 내가 여행 갈 옷에 밥까지 사 달라고 하는 게 무척 반가우셨던가 보다.

아빠는 천주교 모태 신앙이다. 할머니는 자식들을 위해 늘 이렇게 세 가지 기도를 드렸단다. 세 끼 밥 챙겨 먹고 다니게 해 달라, 유혹에 빠지지 않게 해 달라, 사고 나지 않게 해 달라! 할머니는 손자가 셋이나 되니 그중에 하나는 사제가 돼도 좋을 것 같다는 바람을 갖고 계셨단다. 은근히 떠보는 아빠의 말에 나는 솔직히 말씀드렸다. 아무리 생각해도 나는 신부님하고는 안 어울리는 것 같다고. 사실 나는 성당의 조용하고 경건한 분위기는 좋지만 평생 동안 엄격한 계율을 지키고 살 자신은 없다.

아빠는 아들이 둘이나 되니 예쁜 딸이 하나 있었으면 하셨단다. 그렇게 딸 대신 태어난 것이 나다. 그래서일까, 나는 어릴 때 예쁜 짓도 많이 하고 재롱도 많이 떨었단다. 아빠는 그런 막내에게 예쁜 옷도 사 입히고 맛있는 것도 많이 사 주고 싶었다고 하는데, 삶에 치이고 생활에 쫓기다 보니 그러지 못하셨단다.

그런데 오늘, 딸처럼 예쁘게 키우고 싶었던 그 아이가, 늘 말도 없고 요구도 없던 그 막내가 갑자기 처음으로 옷을 사 달라고, 밥을 사 달라고 하니 기분이 어떠셨을까? 아빠는 잘게 썰 틈도 없이 먹성 좋게 돈가스를 먹는 나를 흐뭇하게 바라보신다. 그러고는 한마디 하신다. 돈가스 하나 더 시켜 줄까? 아뇨, 괜찮아요. 그럼 옷이라도 한 벌 더 사자. 아뇨, 한 벌로 충분해요. 나는 마지막 고기 조각을 한입에 쏙 집어넣는다.

일어나 밥을 챙겨 먹으려다 문득 작은형이 떠오른다. 한 달 전인가, 친구들이랑 피시방에서 게임을 하고 있는데 형한테 전화가 왔다. 밥을 사 줄 테니 나오란다. 내가 답을 못하고 미적거리자 형이 먼저 내 마음을 알고 말한다. 그럼 친구들이랑 게임이나 해. 섭섭함이 목소리에서 묻어난다. 갑자기 미안해진다. 하지만 지금은 어쩔 수 없다. 편을 짜고 하는 게임이라 내가 빠지면 안 된다. 형하고 밥은 나중에 먹어도 되니까.

작은형하고는 일곱 살 차이이다. 형은 제대하고 집에서 나가 혼자 생활한다. 집에는 가끔 들른다. 우린 나이 차이가 많은데도 잘 통한다. 어릴 때 같이 지낸 시간이 가장 많았던 것도 작은형이다. 우리는 많은 이야기를 나누지 않아도 잘 안다. 가끔 내가 방에서 울고 있으면 형이 다가와 위로해 주었다. 물론 그런 형이 방에서 혼자 몰래 울고 있을 때도 있었다. 상처도 비슷하고, 힘들어하는 것도 비슷했다.

형은 내가 말하지 않았는데도 문득 이렇게 묻는다. 너 이런저런 일 때문에 힘들지? 어떻게 알았냐고 물으면 형은 답한다. 나도 그랬거든. 이처럼 우린 많이 닮았다. 조용조용한 성격도 닮았고, 불만을 겉으로 드러내지 않고 삭히는 것도 비슷했다.

내가 힘든 점을 얘기하면 작은형은 늘 조금만, 조금만 더 참아 보자고 대답한다. 형으로서 그 말밖에 할 수 없는 걸 무척 답답하고 미안하게 생각하면서. 그런 형의 마음을 나는 충분히 이해한다. 나 역시 나와 똑같은 동생이 있으면 그 말밖에 할 수 없을 것 같으니까. 나와 형이 가장 힘들어했던 건 경제적인 면이 아니다. 다른 집들처럼 온 가족이 함께 살지 못하고, 가족끼리 마음을 활짝 열고 사랑을 나누지 못한다는 사실이다.

작은형도 이따금 내 성적이 떨어졌다고 야단을 친다. 휴일에 친구들이랑 피시방에 가는 것도 마음에 안 들어 한다. 하지만 집에 컴퓨터가 있는데도 내가 집에서는 게임을 하지 않는 이유를 형은 이해한다. 답답한 집보다는 밖에서 친구들이랑 자유롭게 게임하는 것이 한결 편하기 때문이다. 늘 나를 도와주지 못해 미안해하던 형이 언젠가 내게 이런 제안을 한다. 내가 고등학교를 졸업하고 대학에 들어가면 자기랑 둘이 살자고. 그럼 좀 더 자유롭게 살 수 있지 않겠느냐고. 아 자유, 말만 들어도 벅찬 말이다. 그날 형이 같이 밥을 먹자는 걸 거절한 것이 내 마음에 계속 걸렸던 모양이다. 오늘 갑자기 그 일이 다시 떠오르는 걸 보니. 하지만 형은 이해해 줄 것이다. 내 분신이나 마찬가지니까.

엄마는 우리와 같이 살지 않는다. 내가 여덟 살 때인가 엄마는 우리와 떨어져 남양주에서 혼자 살았고, 우리 삼형제는 아빠와 함께 살았다. 당시 무슨 일이 있었는지는 정확히 모르지만 모든 게 자연스럽게 이루어졌다. 그러다 나중에야 엄마 아빠가 떨어져 산다는 것이 무슨 뜻인지 알게 되었다. 요즘은 그런 가정이 많으니까.

엄마는 안산에 자주 온다. 학용품이든 옷이든 필요한 것이 있으면 미리 사 놓았다가 갖다 주기도 하고, 밥을 사 주시기도 한다. 방학 때면 내가 엄마 집에 가서 자고 오기도 한다. 엄마 집에 가면 촌스런 흑백 사진이 몇 장 있다. 초등학교 입학 사진인데, 내가 가슴에 흰 손수건을 단 채 커다란 꽃다발을 들고 교문 앞에 서 있다. 옷차림뿐 아니라 표정과 포즈 할 것 없이 모두 웃기고 이상하다. 엄마는 당시 유행하던 복고 사진이라며 무척 마음에 들어 하시지만. 그런데 요즘 나도 그 사진들을 보고 있으면 약간 뭉클한 것이 느껴진다. 그게 뭔지는 정확히 모르지만.

초등학교에 입학하고 정문 근처에서 병아리를 두 마리 사서 박스에 넣고 키웠다. 다른 집 병아리들은 얼마 안 가 다 죽었는데 우리 집 녀석들은 건강하게 잘 컸다. 병아리는 태어나 처음 보는 것을 어미로 알고 졸졸 따라다닌다고 하는데 녀석들은 내 뒤만 졸졸 따라다녔다. 내가 장난삼아 빠르게 뛰어가다 홱 돌아서면 녀석들도 나를 따라 몸을 돌리다 미끄러운 장판 위에서 쭈르르 미끄러졌다. 그런 병아리가 어느새 중닭이 되어 집에서는 더 이상 키우기 어려워 남에게 줘야 했을 무렵 나도 엄마 곁을 떠나 아빠에게로 보내졌다.

엄마는 나를 애기라 불렀다. 내가 형들과 나이 차이가 많은 막둥이라서 그렇게 불렀을 수도 있지만 똑같이 열 달을 속에 품고도 8년밖에 품에 두지 못한 게 마음에 걸려서 그랬을지 모른다. 나는 어릴 때 애교 많은 살가운 아들이었다. 그러던 것이 코밑이 거뭇거뭇해지면서 말수도 줄고 살가움도 없어졌다. 엄마는 그런 내 변화가 걱정스러운지 만날 때마다 혹시 학교에서 왕따를 당하지 않는지, 돈이나 물건을 빼앗는 친구는 없는지 물어본다. 나는 시큰둥하게 없다고 대답한다. 엄마는 내가 속 이야기를 잘 털어놓지 않고 곰살궂게 굴지 않는 것을 섭섭해하면서도 모두 자기 탓이라고 생각한다. 성장 과정에서 엄마랑 떨어져 살아 이렇게 됐을까 자책하는 것이다. 그러나 나는 안다. 이건 누구의 탓이 아니라 남자애들은 원래 이 나이쯤에는 다 그렇다는 걸.

엄마 눈에는 내가 항상 애기로 보이나 보다. 내가 중학생일 때, 형들과 함께 식사를 하면서 엄마는 유독 나한테만 애기처럼 이것저것 반찬을 챙겨 주었다. 그걸 보다 못한 형들이 이제 웅기는 애기가 아니라고, 뭐든 혼자서 잘해 나갈 수 있다고 말했다. 엄마보다 덩치가 큰 아이를 어린애 취급해서는 안 된다고. 형들 말이 맞다. 나는 이제 애기가 아니다. 내 일은 나 스스로 얼마든지 알아서 해 나갈 수 있다.

하지만 한편으로는 엄마가 애기라고 부르는 것이 싫지 않다. 그 말을 들으면 어쩐지 따뜻한 엄마의 품속으로 들어가는 느낌이다. 천주교 신자인 엄마는 뜻하지 않게 태어난 나를 어려운 환경 속에서도 다시 한번 열심히 살아 보라는 뜻으로 하늘이 준 선물이라고 생각하셨단다. 그래서 항상 하나는 아빠를 위한 아들, 하나는 엄마를 위한 아들, 나머지 하나는 하느님의 아들이라는 마음으로 기르고 싶었단다. 그런 막내를 품에서 일찍 떼어 냈으니 늘 물가의 애기처럼 걱정이 되고 안쓰러웠는지 모른다.

한번은 엄마가 큰형과 상의한 일이라며 내가 엄마 집으로 옮기는 건 어떠냐고 물어본다. 아무래도 엄마와 함께 있으면 좀 더 나은 보살핌 속에서 공부에 전념할 수 있지 않겠냐는 것이다. 엄마는 최선을 다해 돌봐 주겠다고 약속까지 한다. 나는 생각해 보겠다고 한다. 그러나 속으로는 이미 이렇게 답하고 있다. 엄마, 나도 엄마랑 같이 살고 싶지만 지금은 안산에 있을래. 여기에 친구들이 다 있고, 여기가 익숙해. 하지만 엄마 마음은 알아. 나중에 우리 꼭 같이 살아.

지난 겨울 방학이 끝나기 며칠 전 나는 엄마를 찾아갔다. 이제는 엄마가 집까지 데려가고 데려다줄 필요 없이 나 혼자 잘 찾아간다. 잠실에 내리자 엄마가 나와 있다. 우

린 남양주까지 다시 버스를 탄다. 집에 도착하자 엄마는 준비해 둔 전복회를 꺼낸다. 나를 위해 특별히 장만한 거란다. 전복회는 쫄깃하고 고소하다. 엄마 집에 왔다고 특별히 하는 일은 없다. 그저 텔레비전을 보고 책도 보면서 편히 쉰다. 엄마는 직장을 다니기 때문에 여기서도 함께할 시간은 많지 않다. 돌아올 때는 나 혼자 버스에 오른다. 엄마는 혼자 태워 보내는 것을 좀 미안해했지만 나는 쿨하게 손을 흔들어 주고는 고개를 돌린다. 그러다 차가 떠날 때쯤 다시 차창 밖으로 눈길을 준다. 여전히 내게서 눈을 떼지 못하는 엄마의 모습이 아릿하다.

지금껏 나는 우리 식구만 이렇게 사는 것 같아 속상했지만 이제는 괜찮다. 살아가는 모습은 한 가지만 있는 것이 아니라 사람 수만큼 다양하다. 어느 게 정상이고 어느 게 비정상인 것은 없다. 우리 가족도 비록 떨어져 살지만, 마음으로는 늘 함께한다. 내가 지금 가족을 생각하고 있는 것처럼. 그 마음을 드러내는 방법을 잘 모르거나 표현이 서툴러서 그럴 뿐이다. 가끔 힘들고 슬프고 화나기도 하지만 이제는 괜찮다. 우린 가족이니까. 떨어져 있어도 늘 마음으로 응원하고 아끼고 사랑하는 가족이니까.

아빠가 사 준 옷을 입고 큰형 캐리어를 들고 나는 살며시 방문을 열고 나온다. 모처럼 쉬는 날이라 곤하게 자는 큰형을 깨우고 싶지 않다. 엄마, 아빠, 큰형, 작은형, 여행 잘 다녀오겠습니다! 사랑해요!

하늘나라 작가가 된 윤수

안산 단원고 2학년 4반 **김윤수**

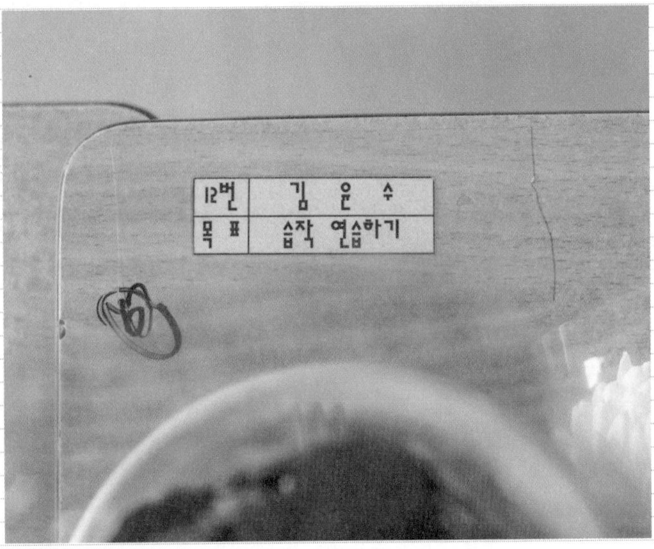

1. 장난꾸러기 동생 순수와 함께한 윤수.
2. 각별한 형제애를 가졌던 윤수와 순수.
3. 섬세하고 따뜻한 영혼을 가졌던 윤수.

하늘나라 작가가 된 윤수

1.

당신은 영적인 사람을 만나 본 적이 있는가? 남달리 섬세하고 따뜻한 영혼을 가진, 육체적인 활동보다는 정신적 활동에 자기 영역을 가진, 깊고도 넓은 정신세계를 가진 사람 말이다.

영적인 사람은 그 존재만으로 주변인의 마음을 편안하고 포근하게 보듬어 준다. 본래 평화롭고 따뜻한 성품을 가졌을 뿐 아니라, 또 다른 영적인 사람들이 쓴 수많은 책을 통해 세상 사람들을 널리 이해하고 포용하게 되었기 때문이다.

특이하게도 영적인 사람은 자신이나 주변에 닥칠 불행한 사고를 먼저 느끼고 반응하는 능력을 갖고 있는 것 같다. 다른 사람들은 무심한데 유독 눈에 띄는 말이나 행동을 한다. 보통 사람들은 나중에서야 그게 무슨 의미였는지 알게 된다.

단원고등학교 2학년 4반 12번 김윤수, 그가 바로 영적인 사람의 한 명이었다.

2.

어린 시절 윤수는 책을 읽어 주지 않으면 잠이 들지 않는 아이였다. 엄마 배승희 씨는 윤수가 말귀를 알아들을 때부터 매일 밤 침대맡에 앉아 책을 읽어 주었다. 하루 종일 미용실에서 일하고 와서 너무 피곤해 대충 읽어 주고 자려 하면 아직 말도 제대로 못하는 윤수는 엄마 손을 끌어당기며 더 읽어 달라고 보챘다. 어떤 날은 한 권으로 부족해 몇 권이고 읽어 주는데도 잠이 들지 않은 채 또랑또랑한 눈으로 엄마를 바라보고 있어 놀라게 하기도 했다.

스스로 글을 읽을 수 있게 되면서부터는 늘 책을 끼고 살았다. 어렸을 때 사 준 동화 전집들은 표지가 닳도록 읽었고, 중고등학교 때는 주말과 일요일에도 도서관에서 살다시피 했다. 친구들과 어울리기 위해 오락도 했는데 실력이 좋았지만 하루에 한 시간을 넘기지 않았다. 그림도 퍽 잘 그렸다. 책 읽고, 글 쓰고, 그림 그리는 게 취미생활의 전부였다.

운동을 좋아하는 아빠 김종칠 씨는 남자아이가 너무 순하고 비활동적인 게 걱정이 되어 검도 체육관과 태권도장 같은 곳에 보내 보았으나 얼마 나가지 않고 그만두었다.

윤수의 예능적 감수성은 엄마로부터 나온 게 틀림없었다. 충북 영동이 고향인 배승희 씨는 공부보다는 책을 읽거나 시와 수필을 쓰는 걸 더 좋아하던 소녀였다. 중고등학교 때 백일장이나 전국대회에서 여러 번 입상한 경력도 있었다. 성격도 엄마를 꼭 닮았다. 혈액형이 AB형이라는 것도 같고, 먹는 것도 하는 짓도 엄마랑 많이 비슷했다.

상상력이 지나친 윤수는 중학생이 되어서도 인터넷으로 잔인한 만화나 공포 영화를 보고 나면 무섭다고 잠을 자지 못했다. 무서운 상상에 빠지면 꼭 검도장에 다닐 때 샀던 목검을 안고 잤다. 꿈속에서 악령과 싸워야 한다는 것이었다.

수줍음도 퍽 심했다. 윤수는 주로 아빠와 외출을 많이 했는데, 길을 가다가 같은 반 여자애들이 알은 체하면 얼른 아빠 등 뒤로 숨었다.

"윤수야, 친구들한테 인사라도 해."

아빠가 말해도 소용없었다.

"윤수, 바보!"

여자애들은 놀려 대며 가 버렸다. 중학교에 올라가서도 마찬가지였다. 여자애들은 키도 크고 지적인 윤수를 좋아했지만 부끄러움 때문에 여자 친구 하나 사귀지 못했다.

고소공포증까지 있던 윤수는 유원지에 가도 무섭고 위험한 놀이 기구는 타지 않았다. 남동생 순수는 겁이라곤 없어서 바이킹이나 수직 낙하 같은 무서운 기구일수록 즐거워했는데 윤수는 모노레일이나 목마 같은 것만 탔다. 중학교 고학년이 되자 조금 나아져서 한번은 아빠와 함께 바이킹을 타기도 했다. 아빠도 고소공포증이 있었지만 큰아들의 청을 거절하지 못하고 둘이 같이 비명을 지르며 즐거워했다.

윤수는 물도 무서워했다. 마치, 장차 물이 자신을 해치리라는 것을 예감이라도 한 듯, 유난히 물을 싫어했다. 아빠를 따라 수영장에 가도 가장자리에서만 놀 뿐 물속에 들어가려 들지 않았다. 실내수영장에서조차 튜브를 끼지 않으면 놀지 않았다. 한번은 교회 수련회에서 학생들에게 구명조끼를 입히고 바닷물에 빠뜨리는 훈련을 했는데, 동생 순수와 달리 윤수는 끝까지 달아나 구명조끼 체험을 하지 못했다. 어쩌면 자신에게 물은 구명조끼로 막을 수 없는 운명임을 알고 있었던 것처럼.

성격은 엄마였으나 생긴 것은 아빠를 빼닮았다. 전남 승주가 고향인 김종칠 씨는 늘씬한 체격에 길고 잘생긴 얼굴을 가졌는데 윤수가 꼭 그랬다. 금형 기술자인 김종칠 씨는 축구를 좋아하고 씩씩한 성격이니 외모만 꼭 빼닮은 것이다. 책을 너무 읽어 일찍부터 안경을 쓰게 된 점을 빼고는 누가 봐도 판박이 부자지간이었다.

엄마의 외모를 빼 닮은 것은 남동생 순수였다. 순수는 작고 귀엽게 빛나는 눈과 부드러운 얼굴선이 예쁘장하니 엄마의 판박이였다. 그러나 기질은 아빠를 많이 닮았다. 운동을 무척 좋아하는 와일드한 성격에 겁이라고는 없었다.

유순한 윤수는 어렸을 때 장난을 해도 동생 순수에게 오히려 툭툭 얻어맞으면서도 웃기만 했다. 보다 못한 엄마가 윤수에게 말하기도 했다.

"넌 왜 동생한테 맞고 사니? 형이 동생을 야단쳐야지, 순수가 까불까불하면 한 대씩 쥐어박아 버려."

윤수는 그래도 빙그레 웃으며 맞고만 있었다. 다툼이라는 걸 모르는 윤수는 중학생이 되자 불량스런 친구들에게 돈을 뺏기거나 얻어맞고 오는 일이 잦았다. 그러면 초등학생인 동생 순수가 달려가 두세 살 많은 형들에게 사납게 대들고 싸워서 돈을 찾아 왔다. 학교나 동네에서 골목대장 노릇을 하는 두어 살 많은 불량 학생들도 순수에게는 시비를 걸지 못했다.

윤수가 형 노릇을 못한 건 결코 아니었다. 단원초등학교 고학년 때부터 동생 밥은 늘 윤수가 챙겼다. 엄마는 미용실에서 주말도 없이 일하며 매일 밤 늦게 들어오고, 아빠 역시 자신과 직원 한두 명뿐인 영세한 금형 공장을 운영하느라 일찍 들어오는 날이 거의 없었다. 그동안 동생을 돌보는 건 윤수였다. 기본 반찬은 어른들이 해 놓지만 김치볶음밥을 해도 좀 더 맛있게, 라면을 끓여도 파나 양파라도 넣어서 동생을 챙겼다. 그러고는 늦게 돌아온 부모님에게 자랑하곤 했다.

"나 요리 잘하지? 요리사가 될까 봐."

"요리사? 좋지! 우리는 뭐든지 네가 하고 싶은 일 하도록 밀어줄 거다."

동생을 생각하는 윤수의 마음은 각별했다. 아빠가 매월 십만 원씩 용돈을 주면 동생은 다 써버리는데 윤수는 꼭 남았다. 그러고는 동생이 돈 없다면 아낌없이 건넸다. 엄마가 따로 용돈을 주어도 꼭 동생 몫을 따로 떼어 놓았다. 오만 원을 주면 이만 원은 떼어서 순수를 주는 식이었다. 엄마가 네게 주는 용돈이니 너 혼자 쓰라고 해도 반드시 나눴다. 둘이서 찍은 사진은 헤아릴 수도 없이 많았다.

순수도 형을 끔찍이도 위했다. 형을 괴롭히는 불량 학생들을 응징하는 일 말고도 학교에서 돌아올 때면 굳이 형의 가방을 제가 챙겨서 양어깨에 메고 왔다. 윤수가 그러지 말라고 해도 소용없었다.

물려받은 재산 하나 없이, 많이 배우지도 못해 일 년 내내 힘겨운 육체노동을 하며 살아가는 부모에게 두 아이는 영혼의 안식처와 같았다.

3.

인간은 가난 그 자체 때문에 불행해지지는 않는다. 가난해도 오순도순 행복하게 살 수 있다. 인간을 불행하게 하는 것은 가난 그 자체가 아니라 가난이 빚어낸 이별이다.

윤수의 집에도 이혼이라는 불행이 찾아왔다. 아빠 김종칠 씨가 사업에 실패해 부도를 내면서였다. 김종칠 씨는 순천의 직업훈련소를 나온 최고의 금형 기술자였으나 금형 일이 자꾸 중국으로 넘어가고 납품 기일이 급한 일부 작업만 한국에 남으니 운영난을 견디기가 어려웠다. 부도와 압류 등 우여곡절을 겪는 과정에서 이혼에 이르게 되었다. 2011년 5월, 윤수가 중학생일 때였다.

엄마는 안산을 떠나 평택으로 가서 재혼하고, 아빠 역시 시흥공단에 친형과 단둘이 일하는 영세 금형 공장을 차려 안산을 떠나게 되었다. 아빠와 함께 살게 된 윤수와 순수도 시흥에 살게 되었다. 시흥시 정왕동의 가난한 연립촌에서 세 남자의 힘겨운 살림이 시작되었다.

이 무렵 윤수는 작가가 되겠다는 꿈을 굳히고 있었다. 엄마 배승희 씨는 아들이 작가가 되는 것이 반갑지만은 않았다. 문학을 좋아했던 그녀는 한국에서 작가의 삶이 얼마나 곤궁한가를 잘 알았다. 가끔 평택 집으로 찾아오는 윤수에게 말하곤 했다.

"윤수야, 꼭 작가가 되고 싶니? 넌 컴퓨터도 무척 잘하니까 그쪽으로 직업을 구하면 어떻겠니?"

"엄마. 나는 글 쓰는 게 좋아. 꼭 유명한 방송 작가가 될래."

윤수는 아빠에게도 농담처럼 말했다.

"아빠, 제가 대박이 날 때까지만 밀어주세요. 꼭 유명한 작가가 되어서 아빠 행복하게 해드릴게요."

엄마도 마찬가지지만 아빠 김종칠 씨도 두 아들의 청이라면 무조건 들어줬다.

"걱정 마라. 네가 하고 싶은 일을 하며 살 수 있다면 아빠는 뼛골이 빠져도 뒷바라지해 준다. 너희 형제가 아빠의 전재산이자 인생의 전부야. 너희 둘만큼은 내 모든 걸 바쳐서 뒷바라지해 주마."

선일중학교를 다닌 윤수는 시흥 집에서 가까운 학교를 두고 안산의 단원고에 진학하고자 했다. 단원고는 공립이면서도 단원 예술고라는 별명을 얻을 만큼 다양한 특별활동을 보장해줘 인기가 높았다. 선일중학교에서 지원한 수십 명 중 단원고에 배정된

학생은 몇 명 되지 않았다.

단원고에 가서도 취미는 독서 아니면 영화 감상이었다. 일요일에도 학교 도서관 아니면 김동혁, 김민기 같은 절친한 친구들과 극장에서 시간을 보냈다. 여자 친구도 생겼다. 같은 교회 다니는 후배 여학생과 친해져 함께 다니는 시간이 많아졌다.

문학 예술을 한다고 해서 자유분방하게 행동하거나 술이나 담배를 배우지는 않았다. 흡연가인 아빠가 담배 냄새를 풍기며 들어오거나 화장실에서 한 대 피우기라도 하면 코를 막고 비명을 질렀다. 학교 특별 활동의 하나로 윤수가 만든 동영상 역시 모범생다운 내용이었다.

윤수가 시나리오를 쓴 '바른 말 고운 말'이라는 제목의 3분짜리 동영상은 홍종영이 주연을 맡고 김동혁, 최민석이 조연, 박선균이 편집, 김민석이 음향을 맡았다. 작가 겸 촬영감독인 윤수는 화면에 나오지 않았는데, 네 친구가 학교와 집에서 나누는 대화를 사례로 들어 나쁜 욕을 하지 말고 순화된 좋은 우리말을 쓰자는 취지로 만들었다. 이 작품은 작가로서 윤수의 첫 작품이자 마지막 작품이 되었다.

4.

엄마 배승희 씨가 시흥 윤수의 집에 들른 것은 이혼한 지 3년 만이었다. 수학여행을 떠나기 얼마 전이었다. 세 남자가 사는 집 안이 엉망이라 정리를 해 주기 위함이었다.

윤수의 방에는 어렸을 때 윤수가 읽던 전집류며 입지 않는 옷들이 고스란히 쌓여 있었다. 엄마는 추억이 서린 오래된 물건들을 모두 분류해 재활용 쓰레기통에 버렸다. 막상 방 안이 휑해지도록 치워 버리고 나니 마치 윤수와의 과거를 모두 지워버린 듯 서운한 기분이 들었다.

윤수의 행동은 더 이상했다. 윤수는 손톱 발톱을 잘 안 깎았고 머리칼도 귀와 목을 덮게 길렀다. 아빠에게 무척 순종적인 아이였음에도 머리칼을 짧게 자르라는 말만은 듣지 않았다. 그런데 이날은 엄마에게 손과 발을 내밀며 깎아 달라는 것이었다. 어렸을 때 이후로 처음 있는 일이었다. 엄마는 기뻤다. 손발톱을 깎아 주며 말했다.

"윤수야, 아니? 내 생애 가장 행복했던 날은 너를 낳은 날이었단다. 이렇게 다시 네 손톱을 깎아 주고 있으니 참 행복하구나."

그녀에게 윤수는 해와 같은 존재였다. 윤수만 보면 아침 하늘이 열리듯 가슴이 환해졌다. 재혼해 사는 평택 집에 어쩌다가 윤수가 교복을 입고 들어오는 모습만 보아도 설렘으로 가슴이 떨렸다. 하지만 그녀가 새로 아이를 낳으면서 윤수 형제는 엄마와 마음이 많이 멀어져 있었다. 그래서 자신이 윤수를 혼자 짝사랑하나 보다 생각하곤 했다.

"엄마, 파마도 해 줘요."

갑작스런 윤수의 청에 엄마는 웃음을 터뜨렸다.

"파마를? 니가 웬일이니?"

누가 자기 머리에 손대는 걸 싫어해서 미용사인 엄마에게만 몇 달에 한 번씩 잘라 달라고 해 온 윤수였다. 더구나 파마 같은 건 절대 못 하게 했던 아들이었다. 이상한 느낌도 없지 않았지만 아들이 원하는 대로 미용실에 데려가 난생처음으로 파마를 해 주었다.

이날 윤수는 이모에게도 생전 안 하던 말을 했다. 이모에게 옷과 시계를 사 달라고 하는 것이었다. 동생 순수는 메이커 옷을 사 달라고 보채곤 했지만, 공감 능력이 뛰어난 윤수는 아빠의 경제 사정이 어려운 걸 너무 깊이 느낀 나머지, 아빠가 먼저 무슨무슨 돈을 낼 때가 되지 않았느냐고 물어야만 그렇다고 하며 받아 가는 아이였다. 더구나 이모에게 옷을 사 달라고 하는 것은 평소의 윤수답지 않은 행동이었다.

"윤수가 여자 친구가 생겼나 봐?"

이모와 엄마는 뒤에서 킥킥대고 웃으면서도 와이셔츠와 시계를 사 주었다. 색깔은 평소에 윤수가 좋아하는 대로 검정을 골랐다. 윤수는 검정이나 감색 같은 짙은 색 아니면 아예 새하얀 옷을 좋아했다. 엄마가 녹색이나 붉은색 같은 원색의 밝은 옷을 사 주는 게 싫어서 옷 살 때는 꼭 아빠와 같이 가던 아이였다.

윤수는 오래전부터 손목에 노란 팔찌를 차고 다녔다. 교회 수련회에서 나눠 준 지저스 팔찌였다. 또 인터넷으로 자기가 구입한 크고 출렁거리는 십자가 목걸이를 걸고 다녔다. 거기에 새 옷과 새 시계를 차고 파마머리까지 하니 여간 멋있어 보이지 않았다.

“새 옷에 시계에 파마까지 하니 너무 핸섬하다, 우리 윤수!”

곧 헤어져야 하는 엄마는 다른 때보다도 이상하게 더 허전하고 불안한 마음이 들었다. 예전에 모자가 함께 다녔던 교회에 잠깐 들렀다가 나오면서 말했다.

“윤수야, 제주도에서 돌아오면 네 생일은 엄마가 차려 줄게. 미역국 끓여 줄 테니 꼭 평택에 와.”

윤수와 순수는 생일이 4월 22일로 똑같았다. 예정된 수학여행이 끝난 직후였다. 그런데 윤수는 엄마의 말에 아무 대답도 하지 않았다. 재차 물어도 마찬가지였다. 엉뚱한 말만 했다.

“잠깐만요! 고등부 선생님께 작별 인사 하고 올게요.”

교회에서 나올 때 이미 인사를 했음에도 윤수는 굳이 차에서 내려 교회에 돌아가더니 고등부 담당 교사에게 인사를 하고 나오는 것이었다. 엄마는 동아리 친구들과 생일 파티를 하려나 보다 짐작하면서도 아무 대꾸도 않는 윤수가 서운하고 원망스러웠다. 나중에서야 그날의 특이한 행동들이 모두 엄마와 이모에게 추억을 남기기 위함이요, 엄마에게 돌아올 수 없음을 암시한 거라고 스스로 위로하게 되었다.

집안 어른들은 누구나 유순하고 섬세한 윤수를 사랑했다. 엄마와 이모뿐 아니라 고모와 작은엄마까지 여행 잘 다녀오라고 준 용돈이 수십만 원이나 되었다. 윤수는 다녀와서 쓰겠다고 그 돈을 어딘가에 숨겨 둔 채 몇만 원만 들고 제주행 배를 타러 떠났다.

2014년 4월 15일 저녁 8시 반, 윤수는 인천항에서 아빠에게 전화를 했다. 다른 누구도 아닌, 오직 아빠에게만 전화를 했다. 안개 때문에 배가 떠나지 못할지도 모른다는 것이었다. 윤수가 물을 무서워한다는 것을 잘 아는 김종칠 씨는 아들이 배를 타고 싶어 하지 않는다는 느낌을 받았다.

“윤수야, 가기 싫으면 돌아와라. 너 혼자라도 그냥 와.”

“네, 아빠. 조금만 더 기다려 보고요. 선생님이 기다려 보재요.”

십여 분쯤 후, 다시 전화가 왔다. 배가 출발한다는 짧은 보고였다. 그것이 윤수가 세상에서 가장 사랑한 아빠에게 남긴 마지막 말이었다.

마치 모두의 마음속에 여운을 남기려는 듯, 윤수가 숨겨 두고 떠난 돈은 어디서도 발견되지 않았다. 대신 윤수를 사랑했던 사람들의 꿈속에 나타나기 시작했다. 웃는 얼굴로 나타나 슬픔에 빠진 이들을 위로하기 시작했다. 꿈속의 윤수는 항상 부드럽고 조용하게 웃고 있었다. 살아생전의 모습 그대로.

형! 나 정현이야

안산 단원고 2학년 4반 **김정현**

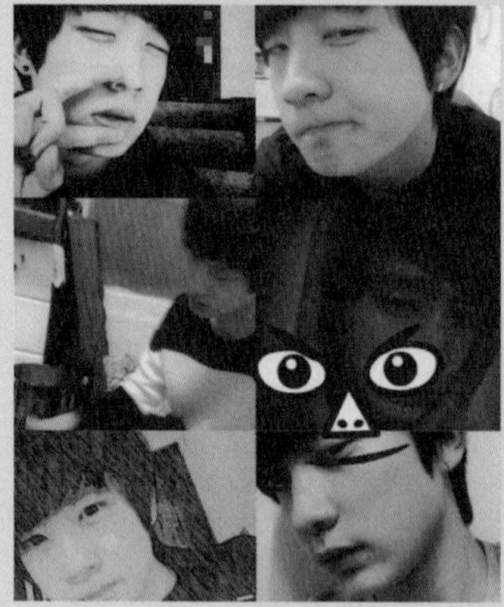

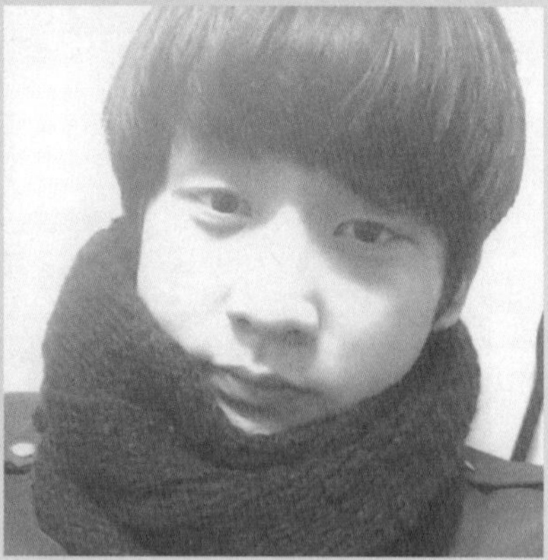

1. 초등학교 시절, 엄마와 형이랑.

2. 정현이의 셀카놀이.

3. 고1 겨울에.

형! 나 정현이야

1.

형! 나 정현이야.

음, 먼저 하고 싶은 말은 이거야.

형! 고마워. 형이 내 형이어서 고맙고 엄마 아빠의 듬직한 큰아들이어서 고마워. 내가 형 앞에서는 잘난 체하고 까불기도 하지만 세상에서 내가 제일 믿는 사람이 형이라는 거, 알고 있지? 형하고는 한 살밖에 차이 안 나는 연년생이지만 우린 참 다른 형제야. 형이 묵직하고 자기주장 뚜렷한 타입이라면 난 재바르고 분위기 맞춰 주는 데 타고난 재주가 있잖아.

그것뿐이야? 우리는 옷 입는 취향도 다르지. 형은 주로 빈티지 스타일의 여유로운 옷맵시를 내는 걸 좋아하고 난 브랜드 있는 옷을 좋아하지. 내가 운동으로 단련된 멋진 몸매를 뽐내기 위해 좀 달라붙게 입는다면 형은 상표 따위는 연연하지 않는 자신감이 있잖아.

난 멋부리는 걸 좋아해 친구들이 입던 메이커 옷을 돈 주고 사기도 했지. 엄마는 중고 옷을 사 입는다고 뭐라고 하지만 뭐 어때? 내가 입어 주면 새것처럼 반짝반짝 빛이 나는걸. 그래도 난 엄마에게 서운한 마음은 없어. 엄마는 또 마음이 약해서 그렇게 꾸중하시고는 내게 근사한 가방을 사 주시기도 하잖아.

우린 음악을 듣는 취향도 달라. 형은 주로 외국 가수 노래를 듣고 난 박정현, 로이킴처럼 케이팝을 선도하는 우리 가수들 노래를 더 즐기지. 난 아이돌도 좋아하지만 이승철이나 신해철 같은 수준 높은 음악도 즐길 줄 알아. 그리고 나의 최고 가수는 버즈. 형도 알지? 버즈의 〈가시〉란 노래. 한동안 기타로 연습하느라 좀 시끄러웠잖아. 엄마한테도 코드 잡는 법 가르쳐 준다고 호들갑 떨며 웃고 떠들던 거 기억나? 엄마는 내가 기타 치며 노래하는 걸 감상하길 더 좋아하긴 했지만 말이야.

그래도 참 이상하지? 이렇게 취향이 다른 우리 두 사람 모두 김광석 노래에는 심취했으니까. 근데 형, 나 이건 형한테 고마워해야 할 거 같아. 김광석 노래를 알게 된 게 형 덕분이니까. 형이 듣는 걸 우연히 듣게 된 이후로 나도 김광석의 팬이 되어 버렸어. 김광석의 노래는 우리 두 형제 모두에게 깊은 울림을 주곤 했지. 물론 김광석 노래에 맞춰 춤을 추는 건 어렵지만, 거야 문제없지. 나에겐 아이돌 그룹이 있으니까.

음, 그리고 또 뭐가 있을까? 참! 우리는 영화 보는 취향도 좀 다르지. 난 공포 영화는 절대 안 보는데 형은 끄떡없이 잘 보잖아. 난 아무래도 엄마를 닮았나 봐. 무서운 건 뭐든지 싫거든. 놀이공원에 가서도 바이킹은 올려다만 봐도 현기증이 나는데, 형은 그딴 거 아무렇지도 않지? 난 친구들이랑 한 번 갔다가 혼뜨검이 났다니까. 애들이 다 타는데 나만 무서워서 못 탄다고 꽁무니 빼면 놀림받잖아. 그래서 눈 딱 감고 애들 사이에 껴서 타긴 탔는데…… 정말 다시는 하고 싶지 않은 경험이야.

내가 생각해도 참 우스운 거 같아. 축구를 할 때는 날쌘 표범처럼 이리저리 상대편 팀을 휘젓고 다니며 겁 없이 덤비는 나 김정현이 놀이 기구나 공포 영화 앞에서는 오금을 펴지 못하니 말이야. 그런 점에 있어서는 난 형이 정말 부럽다니까.

난 둘째로 태어나길 참 잘한 거 같아. 밖에서는 친구들을 몰고 다니는 골목대장이지만 집에서는 엄마한테 실컷 어리광 부리는 막내아들이어도 되니까. 내 친구들은 아마 상상도 못 할걸. 내가 밤마다 엄마 팔 베고 잠이 드는 줄. 난 여자 친구랑 톡을 해도 엄마 팔 베고 하는데, 이건 우리 여친한테는 진짜 비밀이다.

난 가끔 엄마랑 둘이서 드라마 볼 때 형도 나와 우리랑 같이 드라마 보며 수다 떨었으면 좋겠다, 하고 생각할 때가 있어. 한국 드라마는 뭐니 뭐니 해도 식구들이랑 같이 수다 떨며 보는 재미가 있잖아. 형이랑 실컷 수다 떤 게 언제더라? 형은 형대로 학교생활에 바쁘고 나도 나대로 공부다, 축구다 하며 집에 붙어 있는 날이 없었으니까. 그래도 우리는 형제니까 말 안 해도 통하는 그 무언가는 있지.

축구 얘기가 나와서 말인데, 나 솔직히 지금도 세상에서 축구가 제일 좋아. 중학교 때까지만 해도 하루에 일곱 시간씩 축구를 해도 지겨운 줄도, 지치는 줄도 몰랐으니까.

국가 대표!

발음만 해도 멋있는 그 자리에 꼭 오르고 싶었지. 엄마는 가게 일을 하다가도 나만 떠올리면 축구공이랑 탄탄한 다리가 생각난다고 할 정도니까. 난 축구공을 쫓아다니는 순간만은 세상에 나랑 공만 존재하는 거 같아. 골문 안으로 힘차게 차 넣은 공이 그물을 출렁이며 떨어질 때 그 기분, 정말 이건 경험해 보지 못한 사람은 절대 모를 거야. 세상을 다 얻은 듯 하늘을 나는 기분!

그 짜릿한 순간을 위해 난 허파가 터져라 뛰고 또 뛰었지. 시합이 끝나고 온몸이 땀에 흠뻑 젖고 더 이상 한 걸음도 못 옮길 만큼 지쳐 운동장에 벌렁 누워 버렸을 때, 그때 내 눈에 가득 차는 하늘을 보고 있자면 난 살아 있다는 벅찬 기쁨에 휩싸이곤 했어. 축구란, 운동이란 바로 그런 생명력을 가진 마법인 것 같아.

초등학교 5학년 땐가? 운동회 하던 날 말이야. 엄마가 맛있는 도시락을 싸 가지고 오셨더랬지. 엄마는 그날 내가 달리기 하는 걸 보곤 깜짝 놀라셨대.

"우리 정현이가 이렇게 달리기를 잘했어? 2등이랑 차이가 벌어져도 한참 벌어지네!"

난 단순히 달리기를 잘하는 게 아니었어. 축구를 위해 달리기를 잘하는 거지.

중학교 내내 난 축구에 온통 빠져 있었어. 그래서 고등학교에 올라가도 당연히 축구를 계속할 거라고 믿고 있었지. 솔직히 고등학교 입학하면서 엄마랑 아빠가 축구를 취미로 하라고 말씀하셨을 때는 내심 섭섭하기도 했어. 그동안 내가 얼마나 성실히 축구를 해 왔는지 누구보다 잘 아실 텐데 어떻게 저렇게 말씀하실까 하고 말이야. 하지만 나중에 깨달았지. 부모님이 걱정하신 건 내 의지와 실력이 아니라 내가 앞으로 맞다뜨릴 환경이란 걸 말이야.

이젠 부모님의 마음을 조금은 이해할 수 있게 되었어. 역시 중학생과 고등학생의 차이랄까? 나도 내 진로에 대해 진지하게 고민하다 보니 엄마 아빠의 마음을 헤아릴 수 있게 된 거지.

진로 얘기가 나왔으니까 말인데, 형! 형은 앞으로 어떤 사람이 되고 싶어?

난 한국교원대 갈 거야. 거기서 역사 전공으로 교원 자격증 따서 역사 선생님이 될 거야. 형, 알고 있어? 난 웬만한 나라와 수도 이름은 다 줄줄 왼다. 세계사도 연대별 중요 사건들은 눈 감고도 술술 이야기할 수 있어. 축구에 빠져 운동장에서만 살던 내가 어떻게 역사 박사가 되었냐고? 궁금하지?

이건 모두 고1 때 담임이셨던 김지웅 선생님 덕분이야.

형도 잘 알겠지만 사실 난 고등학교에 올 때까지만 해도 공부에는 큰 관심이 없었어. 오로지 축구! 오로지 운동! 이었지. 거기다 내가 원래 좀 생겼잖아? 그래서 축구 다음으로 관심 있는 건 꾸미기였어. 잘생긴 정현이가 꾸미기까지 잘하니 반에서 인기는 따 놓은 당상이었지, 하하하! 아, 미안. 잘난 척이 너무 심했나.

어쨌든 덕분에 난 여자애들한테도 인기가 많았어. 그렇게 찬란하기만 하던 1학기 초, 나는 우리 담임 선생님을 크게 실망하게 하는 일을 저질렀지 뭐야. 지금 생각해도 후회막급한 잘못이었어.

선생님은 나를 부르시더니 크게 꾸중을 하시고 부모님을 모시고 오라고 말씀하셨어. 하지만 난 절대 그럴 수 없었지. 가게 일로 바쁜 엄마를, 회사 일 때문에 매일 야근을 하시는 아빠를 둘째 아들의 잘못 때문에 학교로 오시게 할 수는 없었어. 그것보다는 나를 믿고 계시는 부모님을 실망하게 하다니, 그건 정말 상상하기도 싫은 일이었어. 그동안 난 항상 엄마와 아빠에게 걱정을 끼쳐 드리지 않는 착한 아들이었으니까 말이야.

그래서 난 선생님께 한 번의 기회를 달라고 빌었어. 잘못한 것에 대해서는 깨끗이 인정하고 선생님께 마지막 기회를 달라고 부탁드렸어. 솔직히 난 선생님께서 내 말을 선선히 들어주실 거라고는 기대하지 못했어. 하지만 지푸라기라도 잡는 심정으로 선생님께 약속드렸지. 달라지겠다고! 그러자 기적이 일어났어. 선생님께서 날 한 번 믿어 보겠다고 하시는 거야. 그리고 기회를 주시겠다고.

그날부터 난 달라졌어. 열심히 하려고 노력했어. 누군가 날 믿어 준다는 것, 기회가 한 번 더 생겼다는 것에 난 내 자존심을 걸기로 했지. 형도 알잖아. 난 한 번 한다고 마음먹은 건 해내고 마는 성격이라는 거 말이야.

내 성적은 하위권에서 상위권으로 올라섰어. 그것도 선생님에게 잘 보이려고 이벤트 식으로 잠깐 반짝한 게 아니라 1학년 내내 상위권 성적을 유지했지. 선생님의 믿음과 기회, 그리고 어머니에 대한 죄송스런 마음이 날 철들게 했나 봐.

물론 운동보다 공부에 더 많은 시간을 할애하느라 찐 살을 빼려고 새벽 한 시까지 친구랑 운동을 하기도 했지만 난 피곤한지 몰랐어. 성적을 올리겠다고 마음먹을 때는 진짜 내가 그럴 수 있을까 걱정이 있었거든. 하지만 공부도 운동이랑 다를 게 없더라고. 열심히 한 만큼 정직한 결과가 나오는 게 공부더라니까.

선생님께서는 그런 날 반 친구들 앞에서 칭찬해 주시기도 했어. 학기 초와는 확연히 달라진 내 모습, 그것도 긍정적으로 변화된 내 모습을 친구들에게 본보기로 내세우며 날 치켜세워 주셨지. 난 선생님께 말로는 표현 못 할 감사함을 느꼈어. 그리고 그때부터 진로를 진지하게 고민하게 되었어.

축구? 축구는 내가 평생토록 가지고 갈 취미이자 특기야. 하지만 국가 대표가 되지 못할 여건이면 얼른 다른 길, 그것도 내가 흥미를 가지고 집중할 수 있는 분야를 찾아야겠다고 생각했어. 그래서 찾은 과목이 역사야.

형이 생각해도 역사랑 축구는 정말 상반된 분야지? 축구가 쉴 새 없이 몸을 움직이는 운동이라면 역사는 인류가 지나온 발자취를 더듬기 위해 쉴 새 없이 지식을 쌓아야 하는 분야잖아. 하지만 난 역사가 마음에 들어. 그래서 역사 과목을 열심히 공부했어. 나중엔 야간 자율 학습 시간에 다른 친구들에게 역사 과목에 대해서 도움을 줄 정도가 되었지. 난 정말 나 스스로에게 뿌듯함을 느꼈어. 축구를 열심히 해서 실력을 발휘하는 것처럼 공부 역시 마음먹고 열심히 하면 되는구나 하는 자신감이 생겼지.

담임 선생님께서는 이런 내 성격을 잘 알고 계셨어. 난 알아주고 믿어 주면 더 힘이 나서 열심히 하는 스타일이거든. 그래서 선생님은 일부러 모둠 대표를 시키시기도 하고 연락책을 맡기시기도 하면서 내게 리더십을 발휘할 수 있는 기회를 주신 거야. 그러고 보면 선생님은 내가 부탁한 '한 번의' 기회뿐만 아니라 1년 내내 끊임없이 새로운 기회를 주시곤 했어.

그래서인지 난 선생님이 그냥 학교 선생님 같지만은 않았어. 형한테만 말하는 건데, 난 우리 선생님이 삼촌이나 사촌 형처럼 여겨질 때도 있었다. 때문에 선생님께 다가가려고 노력도 많이 했지. 질문도 많이 하고 얘기도 많이 나누려고 애를 썼어.

그런 내 마음을 알아차리신 걸까? 어느 날, 야간 자율 학습이 끝나고 하교하던 길이었어. 선생님이 교실을 나가던 날 부르셨어.

"김정현! 잘하고 있나?"

"예? 옛! 잘하고 있습니다."

갑작스러운 질문에 내가 차렷하고 대답하자 선생님이 빙그레 웃으셨어.

"그래. 선생님이 봐도 정현이 참 잘하고 있다. 완전 자율인 야자도 게으름 피우지 않고 열심히 하고."

나는 뜻밖의 칭찬에 머쓱해져서 그냥 헤 하고 웃기만 했지.

선생님이 계속 말씀하셨어.

"정현아, 선생님은 널 보면 어떤 단어가 떠오르는지 아니?"

나는 글쎄요, 하고 대답했지.

"성실! 정현이 널 보면 성실이라는 두 글자가 생각난다. 넌 우리 반 누구보다도 성실한 학생이야."

난 그 말에 얼굴은 물론이고 귀까지 달아올랐어.

형! 나는 그때 선생님이 해 주신 그 말씀이 지금도 마음속 깊이 새겨져 있어.

2.

이건 우리끼리니까 하는 얘기지만 형이 나 안아 준다 그러고 뽀뽀한다며 덤빌 때마다 내가 기겁을 하고 도망 다녔잖아. 다 큰 형제가 할 짓이냐고 소리 지르면서. 하지만 솔직히 형이 그렇게 날 귀여워해 줄 때마다 난 진짜 기분 좋았다. 단지 남자니까 표현을 못 했을 뿐이지. 아니, 오히려 이런 내 속마음을 감추려고 일부러 더 싫은 척, 징그러운 척한 건지도 몰라. 내가 겨우 한 살 차이라고 형한테 까불기도 했지만 난 형이 있어서 얼마나 좋은지 몰라. 형이 있다는 거, 든든한 바람막이가 내 곁에 있다는 거, 형은 형이 없어서 잘 모를걸?

우리 티격태격하기도 했지만 형은 내가 있어, 나는 형이 있어 행복했던 거 같아.

형, 이거 알아? 난 형이 여자애들 앞에서 당당하게 얘기하는 게 정말 부러웠다. 난 워낙 얼굴이 잘생겨서(^^;) 가만있어도 여자애들이 친구하자고 모이는 스타일이잖아. 그래서 다들 나보고 여자 친구 사귀는 비결이 뭐냐고 물어보기도 하지만 사실 난 형만큼 말주변이 좋지는 않아. 그래서 항상 형이 부러웠어.

형! 나 여기서 잘 지내고 있어.

여기선 뭐든지 할 수 있어. 친구들과 축구도 하고 공부도 하고, 하고 싶은 건 다 해 볼 수 있어. 음악도 실컷 듣고 기타도 실컷 치고 노래도 실컷 부른다.

그러니까 형! 형도 나만큼 잘 지내야 해. 엄마가 그러는데 나한테 잘 못 해 준 게 후회가 된다고 그랬다면서? 무슨 그런 섭섭한 말씀을! 형은 내게 세상에 단 하나밖에 없는 소중한 형이야. 형에게 나도 세상에 단 하나밖에 없는 소중한 동생이듯 말이야. 그러니까 형, 나 때문에 너무 속상해하지 마. 형이 그러면 나도 마음이 아파 행복할 수가 없어.

형이 아빠 다음으로 우리 집을 책임지는 어른이니까 난 형만 믿을 거야. 형이 나 대신 우리 집도 챙기고 엄마도 챙겨 줘야 해.

나 대신 엄마랑 드라마도 같이 보고 기타 치며 노래도 부르고 중앙동 나가서 맛있는 것도 사 먹고 해야 해. 형 나중에 여자 친구 생기면 엄마한테 보여 주고 연애 상담도 하고 멋진 옷도 사 달라 그러고, 알았지? 나처럼 엄마 팔 베고 여자 친구랑 문자도 하고 재밌는 영화는 엄마랑 둘이서 꼭 보러 가야 해.

아참, 아빠도 잊으면 안 되겠다. 아빠는 엄마를 무진장 사랑하시니까 형하고만 영화 보러 다니면 분명 질투하실 거야. 그럼 어떡한다? 그래! 좋은 영화 개봉하면 두 분이서 다녀오시도록 예매해 드려.

형, 마루에 붙여 놓은 내 그림 있지? 박재동 선생님이 그려 주신 그림 말이야. 내가 붉은 국가 대표 유니폼 입고 축구하는 모습을 그린 캐리커처. 그 그림은 보고 또 봐도 너무 멋진 거 같지 않아? 마치 먹잇감을 향해 전력 질주하는 표범 같잖아. 이 그림만큼 내 마음을 정확히 표현한 그림이 있을까?

난 모두에게 이 그림처럼 기억되고 싶어. 붉은 유니폼을 입고 표범처럼 달려드는 당찬 김정현! 그게 바로 나야.

형도 나만큼 멋지고 당찬 남자로 세상을 향해 씩씩하게 나가야 해. 엄마를 위해, 아빠를 위해, 그리고 멀리서 언제나 지켜보고 있는 날 위해서 말이야.

형! 잘 지내!

그리고 미처 하지 못한 말 한마디……

형, 사랑해!

진중하고 단정한 아이, 호연이

안산 단원고 2학년 4반 **김호연**

1. 천진난만한 어린 시절.
2. 찌찌와 명콤비를 이루어 기타 연주를 하는 호연이.
3. 같이 야구를 즐기던 친구들과 함께.

진중하고 단정한 아이, 호연이

눈을 감고 있는데도 환한 햇살이 느껴졌다. 그 느낌이 좋아서 호연은 눈을 뜨지 않고 침대에 가만 누워 있었다. 분명 어젯밤 잠들기 전 눈을 감았을 때는 온통 까맣기만 했는데, 아침마다 꼬박꼬박 눈부신 햇빛이 눈꺼풀을 간지럽힌다는 것이 신기했다.

방 밖에서 엄마가 분주히 움직이시는 기척이 느껴졌다. 호연은 엄마가 방으로 들어와 깨워 주실 때까지 기다릴까 하다가 이내 기지개를 켰다. 엄마는 호연이 늘 일찍 일어난다며 귀여운 불만을 표시하시고는 했다.

"다른 집 아이들은 억지로 깨워야 일어난다는데……"

호연은 누가 힘들게 깨워서 일어난 적이 없었다. 창밖으로 해가 비치면 개운하게 몸을 일으키는 아이였다.

"넌 운동을 잘해서 그런가 봐."

친구들이 부러운 듯 이렇게 얘기하고는 했다. 그러면 호연은 말없이 씩 웃어 보였다.

친구들 사이에서 호연은 과묵한 아이로 통했다. 하지만 과묵하기만 한 건 아니었다. 말수가 적은 사람이 촌철살인의 유머 감각을 갖고 있는 경우가 많다. 호연이가 바로 그랬다. 말없이 앉아 있던 호연이가 던진 한마디에 아이들이 배를 잡고 웃음을 터뜨릴 때가 많았다. 집에서는 입을 꾹 다물고 필요한 말만 겨우 하던 둘째 아들이 학교에서는 의외로 재미있는 학생으로 통한다는 걸 알게 된 엄마는 기분이 좋으면서도 내심 서운했다. 집에서도 이런저런 이야기들을 미주알고주알 늘어놓으면 좋으련만. 그래도 엄마는 호연이가 속으로는 다정하고 상냥한 성격이라는 걸 알고 있었다.

그래서 오늘도 호연이가 잠기운을 씻어 낸 맑은 얼굴로 방에서 나와 아침 인사를 건네기를 기다리고 있었다. 엄마는 속으로 숫자를 셌다. 하나, 둘, 셋. 미처 셋까지 세기도 전에 방에서 나온 호연이가 엄마를 향해 "안녕히 주무셨어요" 하고는 곧장 화장실로 직행했다. 엄마는 웃음이 났다. 입이 짧은 호연이를 위해 호두니 뭐니 몸에 좋다는 걸 듬뿍 넣은 과일 주스를 준비하는 내내 엄마의 입가에서는 미소가 떠나지 않았다.

세수하자마자 교복을 말쑥하게 차려입고 나온 호연에게 강아지 찌찌가 꼬리를 새초롬히 흔들며 다가갔다. 호연이는 어려서부터 안 키워 본 동물이 없었다. 직장 생활을 하는 엄마로서는 작은 동물까지 돌보기가 힘에 부칠 때가 많았지만 애벌레면 애벌레, 병아리면 병아리를 곧잘 키워 내는 호연이를 보면 대견한 마음이 들었다.

조그맣고 약한 병아리도 호연이 손길이 닿으면 어엿한 닭으로 자라났다. 그런 호연이가 언젠가부터 강아지를 갖고 싶었는지 일기장에 온통 강아지 이야기만 쓰기 시작했다. 엄마는 조금 걱정스러워하면서도 눈도 미처 안 뜬 귀여운 갈색 강아지 찌찌를 데려왔다. 엄마, 아빠, 형 호준이, 막내 호연이로 구성된 네 명 가족에 들어온 다섯 번째 식구였다. 호연이 고집으로 기르게 된 강아지였지만 찌찌는 어째 호연이를 자기 아래 서열로 보았다.

가족들이 둘러앉아 간식이나 과일을 먹을 때마다 찌찌는 다른 가족들에게는 감히 그러지 못하면서도 호연이 손의 음식은 낼름 빼앗아 먹고는 했다. 그런 둘을 보고 있노라면 아주 오래된 단짝 친구 같았다. 호연이가 피아노를 칠 때면 찌찌도 냉큼 달려와 발치에 앉아서는 노래를 부르고는 했다. 전설의 명콤비가 따로 없는 모습이었다.

호연이도 학교에서 돌아오면 찌찌부터 찾았다. 찌찌도 호연이를 보면 빨리 쓰다듬어 달라고 왕왕 짖었다. 워낙 말수가 적은 호연이도 찌찌 앞에서는 조금 수다스러워졌다. 찌찌를 안으면서 "어이구, 순대 간 냄새 나네" 하는 식이었다. 그 모습이 어찌나 사랑스러운지 엄마는 미소를 감추지 못했다. 엄마는 출근하지 않을 때면 호연이가 하교할 시간에 맞춰 열심히 간식을 만들고는 했다. 호연이는 "엄마" 하면서 들어오면서도 찌찌부터 찾았다.

그런 호연에게 엄마가 이렇게 물은 적이 있었다.

"호연아, 우리 집에서 너의 1순위는 누구야?"

그러자 호연은 "당연히 찌찌지"라고 대답했다.

"그러면 엄마는?" 조금 서운했던 엄마가 묻자 호연은 너무나 당연한 걸 말한다는 듯 "엄마가 순위가 어딨어, 그냥 내 엄마지"라고 툭 던지듯 대답했다.

오늘도 호연은 아침은 먹는 둥 마는 둥 하면서 찌찌를 안고 있었다.

"머리에서는 순대 간 냄새 나고, 입에서는 입 냄새 나고, 찌찌 볼 때는 방독면 써야 돼."

그러는 와중에도 찌찌는 호연의 손에 들린 토마토를 호시탐탐 노리고 있었다.

호연네 가족이 안산으로 이사를 온 것은 호연이가 다섯 살 때였다. 호연이는 힘들게 얻은 아이였다. 선천적으로 몸이 약했던 엄마는 호연이를 낳고 혼수상태에 빠졌다가 깨어났다. 3.25킬로그램으로 태어난 호연이는 며칠 사이에 쑥 자라 있었다. 너무나 건강하고 예쁜 아기였다. 낳을 때 힘들어서 더 그랬던 건지, 엄마는 호연이를 이름 대신 '애기'나 '아가'로 자주 불렀다.

그렇게 불릴 때마다 호연이는 쑥스러워했다. 그러면 그 모습이 더 귀여워서 아빠는 놀리고 싶은 마음에 아들을 '공주'라고 부르기도 했다. 호연이는 이목구비가 단정하고 얼굴이 희어서 데리고 나가면 늘 예쁘다는 칭찬을 들었다. 칭찬을 들어도 호연이가 쑥스러워하기는 마찬가지였다. 그랬던 호연이가 어느새 훌쩍 자라 181.5센티미터의 키를 갖게 되었다.

"언제 이렇게 컸지……"

엄마와 아빠는 호연이를 볼 때마다 새삼스러웠다. 호연이가 뭘 특별하게 잘한다고 생각해 본 적은 없었다. 조금 남다른 점이 있다면 호연이가 여느 아이들보다 부지런하다는 거였다. 엄마와 아빠는 호연이에게 이런저런 잔소리를 해 본 적이 없었다.

공부보다는 좋아하는 책을 읽느라 시간 가는 줄 몰랐던 호연이였지만 한 번 손에 잡은 책은 끝까지 놓지 않는 열성을 보였다. 그러니까 한번 시작한 일은 끝을 내야 직성이 풀리는 아이였다. 어렸을 때 레고 장난감을 좋아했던 호연이는 배도 고프지 않은지 옆에서 아무리 채근을 해도 일단 시작한 조립을 끝내야 했다.

그래서 엄마와 아빠는 호연이가 하고 싶다는 건 말리기는커녕 잘해 보라고 용기를 북돋워 주고는 했다. 호연이가 무슨 일이든 하다 마는 성격이 아니라는 걸 일찌감치 알아차렸기 때문이었다. 다만 한 가지 걱정이 되었던 건 호연이가 늘 꿈이 없다고 고민한다는 것이었다. 호연이는 초등학교 때부터 늘 꿈이 없다고 걱정했다. 동물을 좋아하는 아이였으므로 동물매개치료사를 할까, 수의사를 할까, 생각도 많았다. 그러니까 꿈이 없다기보다는 너무나 많은 가능성 앞에서 고민하는 중이었으리라.

그러던 호연이에게 꿈이 생긴 건 고등학교 1학년 때였다. 담임 선생님과의 상담 시간에 호연이는 "지금은 뚜렷한 꿈이 없지만, 기타리스트가 되고 싶다는 생각이 들었어요"라고 말씀드렸다. 기타 학원을 다니고 있던 호연이에게 학원 선생님이 충분히 기타로 성공할 수 있다는 얘기를 해 준 덕분이었다. 학원 선생님은 조금 일찍 시작했다면 좋았겠지만, 지금부터라도 열심히 노력하면 훌륭한 기타리스트가 될 수 있을 거라고 칭찬하셨다.

보통 '피나게 연습한다'는 말을 많이들 쓴다. 하지만 호연이는 정말로 손가락에서 피가 날 때까지 열심히 연습했다. 물론 엄마에게는 그런 내색을 하지 않았다. 쑥스러워서라기보다는 뭘 하려면 그만큼은 당연히 해야 한다고 생각해서였다. 그런 호연이를 조용히 지켜보시던 선생님이 어느 날 조심스럽게 이런 말씀을 하셨다.

"호연아, 너 집에서 공부 하나도 안 한다며? 그런데도 성적이 이렇게 나오는 게 신기하다. 그러니까 마음먹고 공부를 해 보는 건 어떻겠니? 기타는 대학에 가서 서클 활동을 하면서 칠 수도 있잖아."

속으로는 계속 갈등하고 있던 호연이가 본격적으로 공부를 해야겠다고 결심한 건

이때부터였다. 엄마와 아빠는 그런 호연이에게 든든한 버팀목이 되어 주어야겠다고 생각했다. 호연이는 시작하다 그만두는 아이가 아니었으니까, 늘 오랫동안 신중하게 고민하고 생각하고 결정하는 아이였으니까 공부를 하겠다고 마음을 먹었으면 끝장을 보리라는 믿음이 있었기 때문이었다. 이과 성향이지만 문과를 선택한 것도 공부를 열심히 해 보기로 결정해서였다.

호연이에게는 굳건한 꿈이 생겼다. 경찰행정학과에 진학하기로 한 것이다. 엄마와 아빠는 의외라고 생각하면서도, 한편으로는 당연한 결심이라는 생각도 들었다. 호연이가 진로 계획을 털어놓자 엄마는 호연이가 초등학교에 다닐 때가 떠올랐다.

호연이가 초등학생이던 어느 일요일, 다니던 학교에 친구들과 축구를 하러 나갔던 호연이가 씩씩거리면서 돌아온 적이 있었다. 아이들의 전유물이어야 할 학교 운동장에서 어른들이 축구 시합을 벌이고 있었던 것이다. 호연이는 어른들을 향해 이렇게 따졌다고 했다.

"여긴 우리가 다니는 학교이고, 우리가 주인인데 왜 우리가 나가야 돼요?"

그랬더니 어른들은 "우리가 사용료를 냈으니 교장 선생님께 가서 물어보려무나"라고 대꾸했다. 화가 나서 평소와는 다르게 이런 얘기를 엄청 늘어놓았던 호연이는 다음 날 등교하자마자 교장실을 찾아가 학생들이 써야 할 운동장을 어른들에게 내주면 안 된다고 따졌다고 했다. 그러자 교장 선생님은 다시는 그러지 않겠다고 굳게 약속했다는 거였다. 엄마로서는 의외의 모습에 걱정도 되었지만 너무나 대견스러웠다. 이런 기억을 떠올려 보면 호연이가 경찰행정학과를 진로로 택한 것에 수긍이 갔다. 형도 동생의 선택을 자랑스러워했다. 어릴 때부터 우애가 돈독했던 형제는 외출할 때면 항상 손을 꼭 붙들고 다니던 사이였다.

호연이의 고지식한 면과 형에 대한 사랑이 고스란히 드러났던 때가 형의 졸업식이었다. 두 살 터울의 형이 고등학교를 졸업하던 날, 호연이는 선생님께 외출증을 받아 형의 졸업식에 참석했다. 학교를 빠져야 하기 때문에 가족들은 굳이 안 와도 된다고 했지만, 호연이는 끔찍하게 좋아하는 하나뿐인 형의 졸업식에 안 갈 수 없다고 우겼다.

형이 다닌 고등학교는 유독 전통을 중요하게 여긴다고 했다. 그래서 교장 선생님이 학생들을 한 사람씩 호명해 졸업 증서를 수여하느라 12시에 끝나야 할 행사가 오후 3시까지 이어졌다. 선생님께 점심시간이 끝날 때인 오후 1시까지 다시 학교로 돌아가겠다고 말씀드린 호연이는 가족들과 식사도 하지 못했다. 형에게 꽃다발도 직접 전해주지 못해 못내 서운한 보양이었지만, 그래도 선생님과의 약속을 어길 수 없다고 했다. "엄마가 선생님께 말씀드려 줄게"라는 말도 호연에게는 통하지 않았다. 그날 아침도 제대로 먹지 않아 배가 무척 고팠을 텐데도 허기 따위는 안중에도 없는 모양이었다.

이렇듯 호연이는 규칙을 꼭 지키는 아이였다. 교복도 늘 단정히 차려입어 어디 하나 흠 잡을 데가 없었다. 그런 성격은 호연이의 방에서도 묻어났다. 나이가 나이니만큼 때로는 옷장 안에 걸려 있던 옷들이 죄 나와 흩어져 있을 때도 있었다. 무슨 옷을 찾으려고 그랬는지, 엄마가 나서서 정리라도 할라치면 호연이는 손사래를 치며 자기가 직접 정리할 테니 놔두시라고 했다. 그런 뒤에는 어김없이 옷들이 옷장에 깔끔하게 걸려 있었다. 엄마로서는 그래서 아쉬울 때가 있었다.

'한 번쯤은 아들 뒤치다꺼리를 해 주고도 싶은데……'

하지만 엄마에게도 호연이 때문에 펑펑 눈물을 쏟았던 기억이 하나 있었다. 무슨 일이었는지는 정확히 기억이 나지 않았다. 막내아들의 고집을 꺾지 못해 안방에서 눈물만 흘리던 엄마가 안 되겠다 싶어 사우나에 갔는데, 호연이가 엄마한테 전화를 하더니 "엄마, 미안해"라고 했다는 것이다.

"엄마, 미안해…… 내가 잘못했어. 다시는 엄마 마음 아프지 않게 할게……"

이 짧은 몇 마디에 엄마의 섭섭함은 씻은 듯 사라졌다. 애초에 왜 서운했는지 생각조차 나지 않을 정도였다. 유별나게 고집이 세고 자기 원칙대로 행동해야 직성이 풀렸던 호연이는 먼저 잘못했다는 말을 여간해서는 하지 않았다. 호연이가 먼저 미안하다는 말을 했던 건 이때가 처음이었다.

한데 호연이가 고집을 꺾지 않았던 일이 하나 더 있었다. 중학교에서 고등학교에 올라갈 때였다. 가족들은 호연이가 원곡고등학교를 다녔던 형을 따라 당연히 그 학교에 진학할 줄 알았는데, 정작 당사자인 호연이는 단원고등학교에 가겠다고 고집을 부렸다. 형이 자기가 다니는 학교로 오라고 설득해도 요지부동이었다. 형을 늘 애틋하게 생각했고, 형 말이라면 무조건 들었던 호연이었으니 엄마와 아빠로서는 뜻밖의 일이었다. 알고 보니 절친 셋이 의기투합하여 단원고에 들어가 열심히 공부하자고 결의한 것이었다.

호연이는 공부도 공부지만 운동에도 뛰어난 소질을 보였다. 야구면 야구, 축구면 축구, 농구면 농구, 수영이면 수영 등 종목도 다양했다. 달리기도 잘해서 운동회 때는 학급 대표로 계주에 나가기도 했다. 엄마는 주말마다 콧노래를 부르며 야구나 축구를 하러 가는 호연이의 모습이 언제나 멋지다고 생각했다. 그 표정이 너무나 행복하고 자유롭게 보였다. 호연이가 야구부 막내였을 때 경기도 대표로 4강까지 올라간 적이 있었다. 해서 입단 테스트를 받아 보라는 권유를 받기도 했다. 스카우트 제의였다.

하지만 여기서도 신중한 성격의 호연이는 예의 갈등을 겪었다. 엄마는 "야구 선수가 안 되어도 괜찮아, 엄마는 네가 행복하기만 하면 돼"라고 말해 주었지만, 호연이는 야구 선수가 되지 않을 수도 있다는 경우의 수를 진지하게 고민했다. 그래서 호연이는 야구부로 유명한 안산공고 대신 단원고에서 친구들과 야구를 즐기는 편을 택했다.

학교에 가기 싫다는 아이들도 많지만, 등교할 때의 호연이 표정은 행복 그 자체였다. 그런 호연이를 볼 때마다 엄마는 막내아들이 아주 훌륭하지는 않더라도 멋있는 사람으로 클 거라고 생각했다.

"오늘 자전거 타고 갈 거야?"

등교하기 전 짧은 틈을 타서 찌찌와 놀아 주는 호연이에게 엄마가 물었다. 호연이가 환한 햇살과도 같은 표정으로 엄마를 돌아보며 고개를 끄덕였다. 호연이가 고등학교에 올라가면서 떼를 써서 산 자전거였다.

아무래도 친구들과 자전거를 타고 신나게 등교하기로 약속한 모양이었다. 하지만 엄마는 처음에 자전거를 반대했다. 다른 이유에서 자전거를 꺼렸던 건 아니었다. 아무래도 위험할까 봐 걱정이 되어서였다.

"이어폰 꽂고 가면 안 돼, 알았지? 차가 오는지, 사람이 지나가지는 않는지 꼭 주의하고."

엄마의 말에 호연이는 늘 듣는 이야기라는 듯, 이미 그렇게 하고 있다는 듯 고개를 세차게 끄덕거리며 대꾸했다.

"어휴, 1절, 2절, 3절, 4절, 애국가를 다 불러야 끝나겠네."

호연이의 재치 있는 불평에 엄마는 웃음을 터뜨렸다.

"너 곧 중간고사 보잖아, 이번에는 어떨 것 같니?"

엄마가 물었다. 이제껏 호연이는 시험 잘 봤냐는 질문에 늘 망했다고 대답했다. 호연이의 18번은 망했다였다. 그런데 이번에는 눈빛과 표정이 달랐다. 2학년이 되면서 공부를 열심히 하겠다고 마음먹은 결과가 빛을 보리라고 생각하는 모양이었다. 그간 인터넷 강의도 열심히 들었고, 새벽까지 독서실에서 공부하기도 했다. 독서실에 갈 때는 방해가 된다면서 휴대폰도 아예 집에다 두고 다녔다. 한번 집중하면 무서울 정도로 집중하는 성격이 이번에도 유감없이 발휘된 거였다.

엄마와 아빠, 형에게는 말하지 않았지만 호연이는 2학년이 되면서 좌우명을 새로이 정했다. 바로 '형보다 공부 잘하자'였다. 호연이에게 형은 가장 훌륭한 친구이자 경쟁 상대였다. 형이 있다고 생각하면 아무리 늦게까지 공부해도 전혀 피곤하지 않았다. 그런데 호연은 이번에 처음으로 형보다 좋은 성적을 받을 수 있겠다고 생각했다. 그런 일이 일어난다면 형은 누구보다도 따뜻하게 동생의 성취를 자랑스럽게 칭찬할 거였다. 그럴 거라고 생각하면 절로 웃음이 났다. 자신도 있었다.

"학교 다녀오겠습니다!"

호연은 신발을 꿰차며 이렇게 외쳤다. 찌찌를 안고 현관 앞까지 따라나온 엄마에게 호연은 망설이다 한마디를 덧붙였다.

"엄마, 이번에는 한번 기대해 봐."

이런 말을 함부로 하지 않는 아이라는 걸 알았기에, 엄마는 더욱 아들이 사랑스러웠다. 아침저녁으로 아직은 쌀쌀한 날씨였지만, 세상에서 가장 따스한 햇빛이 호연의 어깨를 어루만지고 있었다.

그리고 누구보다도 행복한 표정으로 집을 나서는 호연의 얼굴은 환한 햇빛보다도 더욱 눈부시게 활짝 빛나고 있었다.

"사랑"을 입버릇처럼 말하던 소년

안산 단원고 2학년 4반 **박수현**

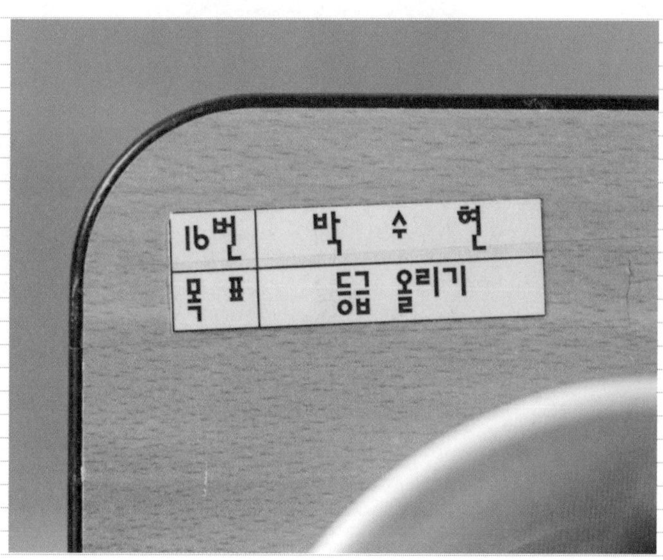

1. 가족과 함께 '김삿갓 계곡'에서 보낸 여름휴가.
2. 돌 사진 속 수현이의 화사한 웃음.
3. 아빠와 단둘이 오른 설악산.

"사랑"을 입버릇처럼 말하던 소년

"엄마, 사랑해요."

"엄마도 우리 아들 사랑해."

수현이는 곧잘 "사랑"을 말했습니다. 또래 남학생들과 달리 "사랑"이란 표현을 쑥스럽게 여기지 않았습니다. 덕분에 "사랑"은 아이의 둘레를 늘 감싸 안았습니다.

수현이는 섬세했고, 모든 사람에게 서글서글한 아이였습니다. 얼굴만 보고도 사람들의 기분을 잘 헤아렸습니다. 짓궂은 장난으로, 살가운 애교로 웃음을 끌어낼 줄도 알았습니다. 수현이를 만난 사람들은 얼굴을 찌푸리는 일이 드물었습니다.

타인의 행복을 자신의 행복만큼 소중하게 여기는 아이였습니다. 용돈도 혼자서 쓰기보다는 가족끼리 치킨을 나눠 먹거나, 누나에게 머리띠라도 선물하는 쪽을 더 좋아했습니다. 불우 이웃 모금함을 보면 500원이라도 꼭 넣었고, 무거운 짐을 든 어르신이 있으면 늘 팔을 걷어붙였습니다.

쓰레기 하나도 길에 내버리는 적이 없었고, 상스러운 말을 입에 올리지 않았습니다. 친구들과 한 약속이라고 해도, 꼭 10분쯤은 앞서 기다리곤 했습니다. 신나게 놀다가도 부모님과 약속된 시간까지는 반드시 집으로 돌아왔습니다.

그런 따뜻하고 올곧은 마음 씀씀이를 지닌 수현이였기에, 아이가 말하는 "사랑"은 마주한 모두에게 고스란히 가닿을 수 있었습니다.

수현이는 아기 때부터 해사하게 잘 웃었습니다. 가끔 보채더라도 울음이 길지 않았습니다. 부모님이 '째보'라고 놀릴 만큼, 항상 입이 찢어진 것처럼 잘 웃었습니다. 아이의 환한 얼굴은 둘레까지 행복하게 만들었습니다. 병치레도 딱 한 번 치렀습니다. 18개월 무렵 장염으로 열흘 동안 입원했을 때입니다. 갑자기 피똥을 쏟아 내는 수현이를 끌어안고 부모님은 병원으로 달렸습니다.

다행히 아이는 곧 헤헤거리는 표정을 되찾았습니다. 가슴을 쓸어내린 엄마와 아빠의 마음을 알았는지, 기특하게도 수현이는 큰 병 없이 자랐습니다. 그래서 걱정보다 사랑을 더 많이 쏟을 수 있는 아이였습니다. 부모님은 13개월 터울 누나와 수현이를 함께 기르면서도 고된 적이 드물었습니다.

아이는 서너 살 무렵부터 이미 엄마 품에 안기기보다 스스로 걷기를 더 좋아했습니다. 누군가 손만 잡아 주면 꽤 먼 거리까지도 씩씩하게 발걸음을 내디뎠습니다. 혹여 넘어지더라도 울지 않고 금세 일어섰습니다. 오히려 누나가 수현이보다 더 늦게까지 어리광을 부리곤 했습니다. 동생 같은 누나, 오빠 같은 동생 사이가 그렇게 싹을 틔웠습니다.

수현이에게는 누나 말고도 여동생이 둘 더 있습니다. 엄마의 손아래 이모가 이웃에 삶터를 잡아서, 두 가족이 한 가족처럼 지냈습니다. 여덟 식구는 서로의 생일을 챙기고, 틈틈이 함께 여행을 떠나곤 했습니다. 자연스레 네 아이도 서로의 집을 오가며 자라났습니다.

"엄마 쟤네들이 나랑 안 놀아 줘. 혼내 줘."

초등학교 들어갈 무렵, 누이들 사이에서 잘 어울려 놀다가도 수현이가 이따금 심통을 부리곤 했습니다. 누나와 여동생들이 '언니놀이'를 하는 날이었습니다. 어른이 되었을 때를 상상하며 재잘거리는 여자아이들의 놀이가 마땅찮았던 모양입니다. 놀이가 한창인 방으로 쫓아가 문만 괜스레 쿵쿵 두드리더니, 화를 내는 누나를 피해 엄마 등 뒤로 줄행랑을 쳤습니다. 심통은 잠깐이었습니다.

"이제부터는 내가 호위 무사야!"

수현이는 금세 웃는 얼굴로 돌아왔습니다. 아이는 계속 심통을 부리기보다 함께할 수 있는 역할을 찾을 줄 알았습니다. 어설프게나마 아빠의 목검을 들고, '공주'가 된 누이들을 지켜 주겠다며 쫄래쫄래 뒤따랐습니다. 곧 사이좋은 네 남매의 웃음소리가 집 안을 들썩거렸습니다.

수현이 부모님은 아이들에게 종종 책을 읽어 줬습니다. 일찍 한글을 깨우친 누나와 달리, 수현이는 초등학교 들어갈 때까지도 이름을 스스로 못 썼습니다. 뛰어놀기를 더 좋아하는 아이였습니다. 그래도 책 이야기에 귀 기울일 때는 늘 얌전했습니다. 부모님 목소리와 책 속의 그림만으로도 내용을 곧잘 기억해 냈습니다.

수현이는 공룡이 나오는 책을 특히 좋아했습니다. 그림을 손가락으로 가리키면서 어떤 공룡이고, 어떤 특징을 가졌는지 외울 정도였습니다. 부모님이 읽어 주지 않더라도, 공룡 책은 혼자서 한참이고 들여다보던 때가 잦았습니다.

공룡 다음으로 수현이의 마음을 사로잡은 것은 사슴벌레였습니다. 아빠와 함께 동네 뒷산에 올라 사슴벌레를 잡아 오거나, 곤충 전시회를 찾아다니며 관심을 보였습니다. 한번 기르기 시작한 사슴벌레는 먹이를 챙기면서 오랫동안 애틋하게 대했습니다.

"왜 못살게 구는지 모르겠어. 너무 불쌍하잖아!"

수현이는 생명을 함부로 다루는 사람들을 싫어했습니다. 동네 아이들이 개미 같은 곤충을 잡아 다리를 부러뜨리거나 괴롭히면 화를 냈습니다. 죽은 곤충은 꼭 사람들이 잘 다니지 않는 곳까지 옮겨 주곤 했습니다.

"앞으로는 준비물을 빼놓고 학교에 가더라도 챙겨 주지 않을 거야."

수현이가 초등학교 4학년에 올라가자마자, 엄마는 남매를 불러 앉혀 놓고 이야기를 꺼냈습니다. 수현이의 부모님은 두 아이가 누군가에게 기대기보다 제 몫을 온전히 해내는 사람으로 자라나길 바랐습니다.

엄마는 남매가 거뜬히 해낼 수 있는 일부터 차근차근 역할을 줬습니다. 가방과 실내화를 빠는 일도 곧 아이들이 맡게 됐습니다. 깔끔한 성격인 누나는 주말마다 빨래를 미루지 않았지만, 수현이는 실내화가 새카맣게 되도록 기다리곤 했습니다. 그래도 빨래를 하기로 마음먹은 날이면 누나와 화장실에 마주 앉아 키득거리며 가방과 실내화의 때를 벗겨 냈습니다.

이즈음부터 수현이가 부모님에게 잔소리를 듣는 일이 잦아졌습니다. 부모님은 우등생 아들을 바라지는 않았습니다. 하지만 수현이가 공부에 책임감을 느낄 필요는 있다고 여겼습니다. 그래서 숙제를 미루거나 약속된 공부 시간을 어기면 분명하게 꾸지람을 했습니다.

비가 세차던 어느 날, 수현이가 학교를 마쳤을 시간인데도 집에 돌아오지 않았습니다. 엄마는 우산을 챙겨서 수현이의 교실 앞으로 발걸음을 옮겼습니다. 수현이는 담임 선생님과 마주 앉아 밀린 수학 공부를 하고 있었습니다.

두 시간이 넘도록 엄마는 복도 한편에서 아이를 가만히 지켜봤습니다. 그리고 비가 그치자, 수현이에 앞서 집으로 돌아갔습니다. 엄마는 집으로 돌아온 아이에게 아무것도 묻지 않았습니다. 학교에 갔다는 이야기도 하지 않았습니다. 다그치지 않아도 수현이가 오늘의 경험을 오랫동안 곱씹어 보리라 믿었습니다. 그 과정을 통해 미룬 일은 언젠가 반드시 끝마쳐야 한다는 사실을 수현이가 스스로 깨닫길 바랐습니다.

중학생이 되자 수현이에게 커다란 변화들이 움텄습니다. 먼저 아이가 스스로 목표를 세우기 시작했습니다. 수현이는 초등학교 들어가기 이전부터 애니메이션을 좋아했습니다. 〈디지몬〉과 〈명탐정 코난〉 등은 몇 번이고 되풀이해서 볼 정도였습니다.

"엄마, 내용을 바로 알고 싶은데…… 글씨랑 같이 보니까 잘 안 돼."

아이는 점차 머리가 굵어지면서 자막 없이 애니메이션을 봐야겠다고 다짐을 한 모양이었습니다. 그 다짐이 일본어에 대한 관심으로 이어졌습니다. 수현이는 한번 관심을 가지면 끈기가 있었습니다. 수현이는 차근히 일본어 실력을 쌓아서 대학도 일본어학과로 진학하기로 마음을 먹었습니다.

아빠와 단둘이 보내는 시간도 많아졌습니다. 원래부터 가까운 곳으로라도 여행을 자주 떠나는 가족이었는데, 부자만 단둘이 나들이를 나서는 일도 늘었습니다. 주로 사진을 찍기 위해서였습니다. 가까운 화랑유원지에서부터 멀리는 설악산까지 두 사람은 발걸음을 맞춰 나갔습니다.

무엇보다 가장 큰 변화는 수현이가 음악에 관심을 보이기 시작하면서 비롯됐습니다. 아빠가 음악을 즐겨 들었고, 집에는 누나의 피아노, 아빠의 기타가 놓여 있었습니다. 그래서 수현이도 음악을 자연스레 접할 수 있었습니다.

가수와 노래를 두루두루 좋아했지만, 수현이는 그중에서도 밴드 국카스텐의 〈거울〉 그리고 김광석의 〈흐린 가을 하늘에 편지를 써〉 두 곡을 가장 아꼈습니다. 국카스텐은 같은 안산 출신에다가 신나는 록 음악을 하는 밴드였습니다. 아빠는 김광석, 김현식, 김민기 등의 노래에 귀를 기울일 때가 많았는데, 수현이의 취향도 어느새 아빠를 닮아갔습니다.

단순히 음악을 듣기만 하던 수현이가 어느 날부턴가 아빠의 기타를 빌려 스스로 연습해 나가기 시작했습니다. 피아노도 마찬가지였습니다. 악보를 보는 법은 나중에서야 배웠지만, 한 번 들어 본 음악의 멜로디를 기억할 만큼 감각은 뛰어났습니다.

아이는 단순히 노래를 연주하는 것에서 자신만의 노래를 만드는 데까지 이르렀습니다. 그때쯤 친구들과 '에이디에이치디(ADHD)'라는 밴드도 결성했습니다. 주의력결핍과잉행동장애라는 병 이름처럼 언뜻 정신없어 보일지라도, 각자가 신나게 음악을 하자는 의미였습니다. 수현이를 비롯한 여섯 명의 친구가 모였고, 저마다 악기를 맡아 소리를 모았습니다.

수현이는 본래 잘 나서지 않던 아이였지만, 음악만큼은 적극적으로 대했습니다. 밴드의 리더를 맡았고, 악기를 처음 다루는 친구들을 도왔습니다. 원래 수현이가 다니던 중학교에는 동아리 활동이 없었는데, 친구들과 편지를 써 선생님들을 설득하기도 했습니다. 학교에서 동아리를 만들기로 결정된 날, 수현이는 그 어느 때보다 밝은 표정을 지었습니다. 나중에는 전체 동아리의 장을 맡게 돼, 가족들에게 맘껏 뽐내기도 했습니다.

"가문의 영광이에요. 가문의 영광. 전체 동아리의 장이라니까요!"

음악은 그 자체만으로도 수현이에게 즐거움이었지만, '좋아하는 일을 한다는 것'이 얼마나 행복한 일인지 깨닫게 해 줬습니다.

"엄마랑 아빠는 수현이가 인생에서 뭐가 중요한지, 나는 뭘 할 건지 고민해 봤으면 좋겠어. 네가 하고 싶은 일을 해야 행복하니까. 그게 뭔지 꼭 찾아 봐."

수현이가 한창 공부에 마음을 못 붙일 때, 부모님은 비슷한 이야기를 되풀이했습니다. 아이가 널따란 세상 속에서 자신의 역할을 찾고, 거기에서 행복감을 느끼길 바랐습니다. 수현이는 음악으로 그 행복감을 느꼈고, 마음의 키도 한 뼘쯤 늘릴 수 있었습니다.

이전에는 누나가 수학을 가르쳐 주더라도 도통 엉덩이를 의자에 붙이지 못했습니다. 숙제를 빼먹는 일도 잦았습니다. 정해진 공부량을 채우지 못하면 용돈을 줄이기로 스스로 약속했는데, 어느 때는 용돈을 받지 못할 정도였습니다.

그런데 밴드 활동과 함께 궤도에 오른 일본어 공부만큼은 달랐습니다. 본인이 바라는 공부였기 때문에 힘을 기울였습니다. 늘 삐뚤빼뚤한 글씨도 일본어 책에서는 가지런했습니다. 일본어 학원에 다니고 싶다고 스스로 말을 꺼냈고, 다른 학생들보다 빠르게 단계를 넘어섰습니다. 온 가족이 대견스러워했지만, 스스로가 그 누구보다도 기뻐했습니다.

새로 일을 시작한 엄마가 바빠지면서 수현이가 집안일을 더 맡게 됐습니다. 원래 집안일을 잘하던 아이였습니다. 아빠가 바쁜 회사 생활 중에도 틈틈이 엄마와 함께 집안일을 하는 걸 보고 배웠기 때문입니다. 그래도 엄마가 본격적으로 일을 시작하자 수현이의 몫이 많이 늘었습니다. 고등학생이 된 누나는 늦은 밤이 돼야 집으로 돌아와서 하기가 쉽지 않았습니다.

"누나, 내가 집안일 훨씬 많이 하는 거 알지?"

물론 수현이가 누나에게 젠체하는 일은 많았습니다. 그렇다고 짜증을 내거나 누나를 탓하는 것은 아니고, 장난스러운 생색내기였습니다.

톡탁거리는 때도 가끔 있었지만, 수현이와 누나는 사이가 좋은 남매였습니다. 수현이는 공부를 잘하는 누나를 자랑스러워했고, 누나는 살갑고 시원스러운 동생을 아꼈습니다.

누나가 야간 자율 학습을 끝내고 늦게 돌아오는 날이면, 수현이는 종종 누나를 데리러 학교까지 갔습니다. 혹 혼자서 집으로 돌아오는 날이라도 누나는 수현이 덕분에 든든했습니다. 수현이는 누나가 전화만 하면 쏜살같이 뛰어왔기 때문입니다.

누나가 학교를 끝마치고 늦은 밤 집으로 돌아오던 길이었습니다. 집 근처까지는 친구와 함께 걸어 무섭지 않았습니다. 그런데 친구와 헤어지고 나서 문제가 생겼습니다. 술 취한 아저씨가 자꾸 뒤를 쫓아오는 것만 같았습니다. 겁에 질린 누나가 수현이에게 전화를 걸었습니다.

"수현아, 누가 뒤에서 따라오는 거 같아."

수현이는 금세 달려 나왔습니다. 반소매 옷에 슬리퍼만 걸친 채였습니다. 손이 아릴 만큼 추운 겨울이었습니다.

"누나, 괜찮아?"

무거운 가방을 대신 든 채 노래를 흥얼거리며 앞장서 걷는 동생을 보며, 누나는 오빠 같다는 생각을 했습니다.

하루는 엄마가 평소보다 일을 일찍 끝마치고 집으로 돌아왔습니다. 수현이가 집에서 기다리고 있을 시간이어서 현관문 초인종을 눌렀는데, 아무런 인기척이 없었습니다.

"수현아, 너 왜 그러니!"

한참 만에야 문을 연 수현이를 보고 엄마는 깜짝 놀랐습니다. 아이가 비틀거리며 제대로 걷지도 못했기 때문입니다. 온몸에서 술 냄새도 풍겼습니다. 짧은 순간에도 여러 걱정이 엄마의 머릿속을 스쳤습니다. 혹시 수현이가 어려운 고민이 있는 건 아닌지, 학교 폭력의 피해자가 된 것은 아닌지, 주저앉을 것만 같았습니다. 그런데 쏟아지는 눈물을 훔치는 엄마에게 수현이가 한 이야기가 뜻밖이었습니다.

"그냥 아빠 양주가 궁금해서……"

다른 이유는 없었습니다. 수현이는 그저 아빠가 가끔 마시는 양주가 어떤 맛인지 궁금했습니다. 쓰다고만 생각하고 마셨는데, 어느새 병을 반쯤 비워 버렸던 겁니다. 엄마는 황당하고 화도 났지만, 가슴을 쓸어내릴 수 있었습니다. 그날 밤, 수현이는 여러 번 속을 게워야 했습니다. 부모님은 수현이를 혼내지 않았습니다. 어른이 되어가는 과정이라 여겼고, 아빠는 오히려 즐거워했습니다.

"해장해야지, 아빠랑 한잔 더 할까?"

"아빠 그만 놀리세요. 에이, 괜히 술은 마셔서."

단원고등학교에 입학한 이후로 수현이는 바빠졌습니다. 목표가 분명해진 만큼 공부량을 점차 늘려갔습니다. 누나에게는 수학을, 엄마에게는 영어를 도와 달라는 이야기도 먼저 꺼내면서 달라진 마음가짐을 보였습니다.

누나가 활동하고 있던 학교 연극반에도 들어갔습니다. 다른 고등학교로 간 친구들도 있어, 이제 에이디에이치디는 학교 동아리로 할 수 없었습니다. 게다가 누나와 함께할 수 있는 동아리였습니다. 수현이가 연극 동아리를 마다할 까닭이 없었습니다. 덕분에 수현이와 누나는 사이가 더 애틋해졌습니다. 남매임을 모르는 선생님으로부터 연애 중이냐고 오해를 받아 크게 웃은 날도 있었습니다.

학교 밖에서는 일본어 학원에 더해 작곡을 배울 수 있는 학원도 등록했습니다. 수현이는 대학에 가서도 밴드 활동을 계속할 계획이었습니다. 물론 에이디에이치디도 꾸준히 연습을 이어갔습니다. 일본어와 밴드라는 두 가지 꿈을 위해 수현이는 스스로를 벼리고 벼렸습니다. 아이는 하루가 다르게 단단해지고 있었습니다.

"가고 싶어도 못 가는 친구들도 많잖아. 그래도 나는 하고 싶은 건 할 수 있어서 참 행복한 거 같아."

수학여행을 떠나기 며칠 전, 수현이가 엄마와 이모에게 지나가듯 말했습니다. 엄마와 이모는 수현이의 어른스러움에 놀라 새삼 아이를 바라봤습니다. 어느새 수현이는 스스로 가진 것에서 감사함과 행복함을 느낄 만큼 훌쩍 자라 있었습니다.

"엄마 아빠, 사랑해요."

수현이가 마지막 순간에 전한 문자 메시지입니다. 아이는 입버릇처럼 말했던 "사랑"을 세상에 남겼습니다. 허투루 끄집어낸 "사랑"은 흩날리는 소리로 그칩니다. 도타운 마음 씀씀이가 더불어 이르렀을 때야 "사랑"은 모자람 없이 전해질 수 있습니다. 마주한 이를 북돋우는 힘도 지니게 됩니다. 분명히 어렵고, 또 번거로워 누구나 쉽게 이뤄 내지 못하는 일입니다. 그런데도 수현이가 말하는 "사랑"은 늘 두텁게 사람들을 감싸 안았습니다.

그뿐만이 아닙니다. 수현이의 휴대 전화에서 발견된 동영상은 모두에게 숙제를 남겼습니다. 동영상 속에서 수현이와 친구들은 무서움을 마주했음에도 서로에게 구명조끼를 나누어 주고 있었습니다. 보이지 않는 친구와 선생님을 걱정하고 있었습니다. 그리고 친구들에게, 선생님에게, 가족들에게 "사랑"을 말하고 있었습니다. 아이들의 "사랑" 앞에서 우리는 오랫동안 부끄러워했습니다.

그러니 이제는 우리가 "사랑"을 더 말해야 할 때입니다. 수현이가 뚜벅뚜벅 걸어가던 꿈, 그리고 세상에 전하려던 음악을 아주 오랫동안 기억할 수 있도록 말입니다. 그리하여 박수현, 열일곱 살 소년과 우주보다 소중한 사람들의 "사랑"이 언제까지고 흩어지지 않게.

정든 포도나무, 박정훈

안산 단원고 2학년 4반 **박정훈**

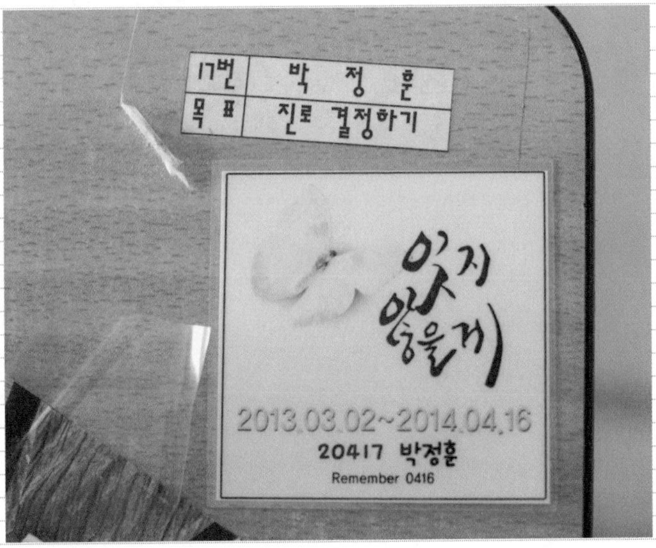

1. 엄마랑 누나랑 롯데월드에서.

2. 정읍에서 초등학교 다닐 때 전주 동물원에서 찰칵.

3. 전주에서 부안 가는 길 방파제에 들러서 누나 손 꼭 잡고 모델 워킹.

정든 포도나무, 박정훈

"엄마, 내가 남동생이 태어나게 해 달라고 기도를 했더니 정말 남동생이 태어났어!"

박정훈은 네 살 위인 누나 정희와 식구들의 축복을 받으며 1997년 11월 6일 전주에서 태어났다. 정희는 그해 겨울, 찬바람에 언 조그만 손을 비비며 제발 남동생이 태어나게 해 달라고 빌었다. 그녀의 간절한 바람 때문이었을까. 정훈은 그의 어머니가 포도를 먹고 있던 도중에 급하게 진통이 와서 세상에 나왔다. 맑은 빗물에 씻긴 포도 알갱이처럼 곱고 반짝거리는 얼굴이었다.

"정훈이는 포도를 먹다가 태어났잖아요. 나는 뭐였어요?"

어느 날 궁금해진 정희가 엄마에게 물었다.

"아마 고구마였을 거야."

세상에, 고구마라니. 정희는 자기가 못생기고 울퉁불퉁한 고구마를 먹다가 태어난 게 못마땅했다. 사과나 복숭아처럼 예쁜 과일도 많잖아. 그런데 하필 고구마일 게 뭐람. 그때 정훈이 태어날 때부터 그를 쭉 지켜보던 겨울의 여신 스카디가 정희에게는 보이지 않는 조그만 입술로 말했다.

"정희, 고구마가 어때서? 고구마꽃은 보는 이에게 행운을 가져다 준다는 설이 있어요. 수많은 사람이 주식으로 고구마를 먹는다는 사실을 아나요? 당신은 세상에 필요한 사람이 될 거예요."

정훈은 태어나면서 친할머니의 사랑을 독차지했다. 그의 아버지가 종갓집 맏아들이라서 손자를 더 좋아하셨다. 할머니는 손자가 제때 밥을 못 먹을까 봐 자고 있는 둘 가운데 어린 정훈만 깨워서 밥상 앞에 앉히곤 했다. 정훈이만 편애하는 할머니에게 정희는 내심 섭섭한 마음이 들었다. 한번은 구석에서 시무룩해 있는 그녀를 정훈이 불렀다.

"누나, 이리 와서 같이 먹자."

정훈은 맛있는 게 있으면 정희와 나누어 먹었고 혼자서 웅크려 있는 누나가 걱정이 될 때면 이거 하자, 저거 하자 하면서 정희를 먼저 다독이고 챙겨 주었다. 정훈은 나뭇가지에 탐스럽게 매달린 수많은 포도 알갱이를 혼자서 독차지하지 않고 주변에 나누어 주는 넉넉한 성품을 어릴 때부터 지니고 있었다.

정희는 자기를 먼저 생각해 주는 하나뿐인 동생 정훈이 그래서 더 예쁘고 사랑스러웠다. 정훈이 유치원에 갈 때면 초등학생인 정희는 그의 손을 꼭 붙잡고 데려다 주었다. 방과 후에는 바쁜 부모님을 대신해 집으로 데리고 돌아왔다. 그녀의 친구들에게 "내 동생이야!" 하고 자랑을 하기도 했다.

전라북도 전주에서 태어난 정훈은 초등학교 2학년 때까지 그곳에서 살다가 친할머니 댁인 정읍으로 이사를 했다. 남매는 버스가 세 대밖에 다니지 않는 동네에서 각각 초등학교, 중학교를 다녔다. 조그만 동네여서 외로움을 타기도 했지만 서로에게 의지하고 또 그만큼 누가 먼저랄 것 없이 챙겨 주었다. 집안 사정으로 남매는 전학을 자주 다녔고, 다시 경기도 안산으로 이사를 했다.

선일초등학교 재학 시절, 정훈은 수학과 과학을 좋아했다. 장난감 레고를 갖고 노는 걸 특히 좋아했는데 손재주가 뛰어나서 조립을 척척 해냈다. 웬만한 종이 모형 조립은 기본이었고 창의적인 솜씨로 원하는 걸 뚝딱 만들어 냈다. 그는 아버지를 닮아서 글씨도 매우 잘 썼다. 일기장을 보던 누나를 놀라게 할 정도였다.

대개는 유년 시절의 고운 성품이 사춘기에 접어들면서 다소 사그라지기도 하지만,

정훈은 누나를 먼저 챙기고 자기보다 주변을 먼저 생각하는 의젓한 모습을 보였다. 남매는 사소한 말다툼을 하기도 했다. 어렸을 때는 치고받고 싸웠다. 하지만 정훈은 커서 정희에게 단 한 번도 언성을 높이지 않았다. 투덜대면서도 누나가 상처받지 않을까 배려를 했다. 언젠가 너무 추워서 잠이 오지 않는 겨울날이었다. 조그만 방 안의 어린 남매는 밤잠을 이루지 못하고 바닥에서 올라오는 냉기를 견디며 누워 있었다.

"전기장판을 틀었는데도 춥네."

정희는 차가워진 손을 열이 많은 정훈의 옷 속에 쑥 집어넣었다.

"누나, 징그럽다. 하지 마라."

정훈은 느리고 조용조용한 말투로 정희에게 잔소리를 하면서도 누나가 감기에 걸릴까 봐 걱정했다.

"아, 정훈아, 너무 따뜻하다."

정희는 눈이 스르르 감겨서 그대로 잠이 들었다.

정훈은 모형 조립이나 다양한 기계를 만지는 것에 흥미를 느꼈고 활동적이어서 운동도 잘했다. 커서는 특히 축구를 잘하고 체육 시간을 좋아했다. 이렇게 활동성이 있는 아이들은 열정을 주체하지 못하고 한 번쯤 아이들을 괴롭히거나 친구들과 어울려 가출을 하기도 할 텐데 그는 단 한 번도 그런 적이 없었다. 늘 친구들 편이었고 집안사람들의 속을 썩이는 법이 없었다.

정희는 자기가 학창 시절에 많이 방황해서 정훈이가 그러지 않는 거라고 생각했다. 정훈은 정희가 우울해 있을 때면 그녀보다 먼저 듣고 온 인기 가요 신곡을 들려주었고, 어쩌다가 짜증스럽게 핀잔을 할 때면 넉넉하게 받아 주기도 했다.

운동을 좋아하는 아이들이 그렇듯 정훈은 친구가 많았다. 친구들과 축구공을 차느라 밤을 새는 일도 있었다. 운동이 끝나면 친구 집에 가서 잠을 자고 오기도 했다. 하지만 친구를 집에 데려온 적은 없었다. 집에 있는 어머니와 누나가 바쁘게 생활하고 있어서 지장을 주지 않고 싶다는 판단에서였다. 밤새 함께 운동을 하며 친해진 또래 아이들과 운동장에 모여서 축구를 하는 것이 그에게는 가장 큰 즐거움이었다.

정훈은 선일초등학교를 졸업하고서 안산의 원일중학교와 단원고등학교에 진학했다. 공부에 큰 뜻이 없어서 인문계보다 실업계에 가길 원했다. 그의 친구들이 모두 실업계에 진학해서 아쉬움이 더 컸다. 학교생활에 큰 재미를 붙이지 못했지만 방과 후에 축구를 하는 친구들과 만나서 함께 운동을 할 수 있었기에 시간이 가는 줄 몰랐다. 유럽의 축구 선수 이야기를 나누거나 자기가 좋아하는 팀을 서로 응원하는 것만으로도 행복했다.

운동을 하다가 쉴 때면 또래 친구들은 담배를 피웠다. 정훈은 그것이 늘 불만이었다.

"얘들아, 너희가 그렇게 담배를 피우러 가면 나 혼자 너무 심심하다."

"그럼 너도 한 대 피우는 게 어때?"

"건강에 안 좋은데 너희가 담배를 끊는 게 어떨까?"

평소 우애가 두터웠던 친구들은 정훈의 사려 깊은 말에 전부 담배를 끊었다. 정훈은 친구들을 어떤 기준을 두고 재거나 차별하지 않았다. 키가 작건 못생기건, 공부를 잘하건 못하건 친하게 지냈다. 초중고 친구를 두루 만났다. 혼자 있는 시간보다 친구들과 어울리는 시간을 훨씬 좋아하기도 했지만, 친구들이 먼저 우직한 성격의 그를 따랐다.

그중 정훈을 가장 좋아하는 친구는 까망이었다. 까망은 부모님이 까망노래방을 하셔서 친구들 사이에 불리는 애칭이었다. 정훈은 모든 친구를 소중하게 생각했다. 특히 까망이를 가장 좋아했고 스스로 절친이라고 여겼다.

정희는 밤새도록 전화도 받지 않고 축구를 하는 정훈이 걱정됐다. 사회생활을 하는 정희가 병원에서 일을 하고 돌아오는 밤이면 집에 혼자 있는 게 무서워서 얼른 정훈이 돌아오기를 기다렸다. 그것 말고는 크게 불만은 없었다. 하루는 정희 혼자서 술을 마시다가 정훈을 불렀다.

"우리 정훈이 술 마실 줄 알아?"

"누나, 나는 술을 절대로 입에 대지 않을 거야."

"정 궁금하면 해도 돼. 누나랑 한잔 마시는 건 괜찮아."

정훈은 담배뿐만이 아니라 술도 입에 대지 않겠다고 했다. '절대로'라고 한 게 혹시 주사가 있던 돌아가신 아버지 때문은 아닐까 염려되어 정희는 마음이 아팠다. 정훈은 담배를 피우는 친구들이 끊도록 도움을 주었고 술을 전혀 마시지 않았으며 오토바이도 타지 않았다. 사회생활에 지친 누나가 어느 날 속상해서 술을 마시고 주정을 하면 받아 주었고, 일 때문에 집을 자주 비우는 어머니가 어쩌다가 끼니를 챙겨 주지 못해도 짜증을 내지 않았다.

"정훈이도 혈기왕성한 청년인데 모든 유혹으로부터 어떻게 자유로울 수 있겠어요? 하지만 우리 정훈이라면 가능할 것 같지 않나요? 그는 포도의 기운을 타고난 사람. 신화에서 포도는 행운을 가져다 주고 포도주의 신 디오니소스는 두 번 태어난다는 뜻을 가진 이름이에요."

탄생과 동시에 그를 쭉 지켜보던 겨울의 여신 스카디는 잠들어 있는 정희에게 다가가 그녀가 겨우 들을 수 있는 목소리로 속삭이며 말했다.

"정말 그럴까요?"

정희는 잠결에 스카디에게 물었다.

"물론이죠. 의심하지 말아요. 그는 어디에 있든 행운을 가져다 줄 거예요."

그렇게 말하고 스카디는 사라졌다.

어려서 일찍 아버지를 여읜 정훈이네 가족은 어머니가 홀로 생계를 책임질 수밖에 없었다. 남매가 서로 의지하는 시간이 길었고 종종 식사를 함께했다. 손재주가 좋은 정훈은 요리도 잘했다. 정희가 밥을 먹지 않고 혼자서 우두커니 있으면 근사하게는 못해도 정성껏 누나가 먹을 토마토 스파게티를 만들어 주었다.

"정훈아, 맛있다!"

스파게티도 잘했고 떡볶이도 잘 만들었다. 찌개도 잘 끓였고 밥도 잘했다. 요리를 골고루 잘했고 요리하는 걸 그만큼 좋아했다. 정훈은 정희에게 오빠 같은 동생이었다. 정희가 늦게 들어오면 전화를 해서 언제 올 거냐고 물었다. 그리고 집에 올 때까지 잠을 자지 않고 기다리거나 어둑어둑해진 밤거리를 걸어올 누나가 걱정되어 마중을 나가기도 했다. 집안에 남자기 혼자밖에 없어서 어머니에게는 남편, 누나에게는 든든한 오빠가 되어 주었다. 남매 사이가 좋아서 네 살 차이인 누나와 함께 다닐 때면 사람들이 이렇게 물었다.

"혹시 이성 친구 아니에요?"

정훈은 부끄러웠지만 정희는 자기가 그만큼 어려 보인다는 말로 들려서 너무 좋았다.

자전거 타는 법도 정훈이 알려 주었다. 정희는 어렸을 때 아버지에게 자전거 타는 법을 배운 적이 있었다. 하지만 혼나면서 배우는 바람에 기가 죽어서 제대로 배우지 못한 아쉬움이 컸다. 정훈은 그녀가 자전거를 타는 동안에 뒤에서 넘어지지 않도록 잡아 주고 부족한 건 일일이 다정하게 설명해 주었다. 마치 친절한 아빠가 딸에게 자전거 타는 법을 알려 주는 것처럼.

사실 정훈의 마음속에는 아버지가 다하지 못한 것을, 엄마와 누나를 위해 성실히 해내야 한다는 책임감이 있었다. 힘들 때도 있었지만 정훈은 한 번도 내색하지 않았다. 힘들어서 한 번쯤 울기도 했는데, 식구들 앞에서는 눈물을 보이지 않았다. 말을 할 때 자기 감정을 쉽게 드러내지 않았던 정훈은 상대를 배려하는 습관이 몸에 배어 있었기 때문이다.

정훈은 체격이 좋았다. 키가 178센티미터였고 음식도 잘 먹었다. 가장 좋아하는 음식은 돼지고기였다. 딱히 가리는 음식이 없었지만 회는 못 먹었다. 정희는 정훈이가 졸업을 하면 남매끼리 회에 소주를 한잔 마시고 싶었지만, 그가 술을 입에 대지 않을 거라는 사실이 내심 아쉬우면서도 한편으로는 든든하고 남자다워서 멋져 보였다.

그는 한번 결심을 하면 반드시 이뤄낼 정도로 뚝심이 좋았다. 자기가 가장 좋아하는 축구도 잘했고 장차 축구 선수가 되겠다는 꿈도 가지고 있었다. 기계를 만지는 기술이 뛰어나서 컴퓨터 조립을 직접 해냈으며 컴퓨터 게임도 능숙하게 했다. 친구들과 운동을 하지 않는 날이면 집에서 '피파 온라인 2'라는 축구 게임을 했다. 정훈이는 한 가지를 시작하면 집중을 잘해서 게임을 해도 몰입했다. 한번 시작하면 시간이 가는 줄 몰랐다. 방학 때는 잠도 안 자고 게임을 해서 정희에게 전기세가 많이 나온다고 잔소리를 듣기도 했다. 게임에 너무 몰입하는 건 아닐까 염려가 됐지만, 평소 정훈의 성격을 잘 알고 있어서 정희는 큰 걱정은 하지 않았다.

평소 듬직하고 남자다운 모습의 정훈이었지만 그에게는 또래 아이들처럼 천진난만하고 귀여운 모습도 있었다. 정훈은 〈짱구는 못 말려〉, 〈도라에몽〉 같은 애니메이션을 좋아했다. 특히 〈명탐정 코난〉을 가장 좋아해서 극장에서 개봉하면 매번 챙겨 보았다. 정희가 퇴근 시간이 늦어지면 그녀에게 아이스크림이 먹고 싶다고, 아이스크림을 사다 달라고 연락을 하기도 했다. 그 속에는 정희가 늦게 오는 것이 걱정되는 마음이 깊이 담겨져 있었다.

필요한 것과 궁금한 것이 많은 나이지만 그는 어머니와 누나에게 무언가를 사 달라고 조르지 않았다. 어느 날 정희는 정훈이 주로 신던 축구화가 다 떨어진 것을 보고 깜짝 놀랐다.

"정훈아, 축구화가 다 떨어졌네?"

"아니야. 아직 멀쩡한데 뭐."

정훈은 발이 안 맞는 축구화를 신고서 운동을 했다. 게다가 그는 평발이었다. 정희는 신발을 맞춤 제작하면 평발인 동생이 축구를 하는 게 더 편할 거라는 말을 들었다. 비싼 값이었지만 축구를 가장 사랑하는 정훈에게 한 켤레 꼭 맞춰 주고 싶었다.

"하나 사자."

"에이, 그럴 필요 없어. 지금 신는 것도 좋아."

"너덜너덜한데 그런 걸 신고 무슨 축구를 해."

"누나가 정 사 주고 싶으면 같이 가서 기성품을 하나 사 주는 건 어때?"

정훈은 누나가 사 준 축구화를 신고서 기뻐했다. 물론 그 축구화 역시 운동을 격렬하게 해서 오래 신을 수 없었다. 축구화는 금세 닳았다. 축구공도 가죽이 다 벗겨졌다. 방 안에 있는 축구공은 깨끗했다. 축구 선수들의 사인이 새겨진 사인 볼이었다. 정훈은 그것을 애지중지 여겼다.

정훈은 훗날 축구 선수가 되어 자기처럼 축구 선수의 꿈을 키우는 아이들에게 멋지게 사인을 해 주는 모습을 상상했다. 축구 경기를 시청하면서 새로운 기술을 배우고 친구들과 운동장에서 시합을 하는 시간만큼 그를 흥분시키는 건 없었다.

한번은 이런 일이 있었다. 축구만큼은 아니었지만 그는 농구도 좋아했다. 농구 경기를 보려고 새벽부터 일어나서 친구들과 안산터미널로 갔다. 서울로 가는 시외버스와 지하철을 번갈아 타고 가서 경기를 관전하고 돌아왔다. 누나는 축구나 농구 같은 운동에 대해서 잘 몰랐다. 하지만 평소에 관심이 있는 분야에 푹 빠져 있는 정훈의 모습이 그래서 더 멋지고 대견스러웠다. 정희가 생각하기에 정훈은 장차 축구 선수가 될 것이 분명했다. 요리를 잘하니까 이탈리아 요리사가 될 수도 있다고 믿었다. 실제로 그가 만든 토마토 파스타는 정말 맛있었다. 모든 음식을 잘했지만 정작 정훈은 곁에 있는 누군가를 위해서 정성껏 음식을 해 주는 게 마냥 좋았다.

정훈의 아버지도 음식을 잘했다. 정희에게 단호박밥이나 옻닭을 해 주기도 했다. 부자가 서로 닮는다는 말처럼 정훈은 아버지의 글씨체, 요리 실력, 그리고 깔끔한 성격까지도 닮았다. 그의 주변, 특히 컴퓨터와 축구 장비가 있는 곳은 더 깨끗하게 관리했다.

"가만히 들어 보니 정말 대단한걸?"

겨울의 여신 스카디는 정훈의 방에 있는 사인 볼에 앉아서 웃으며 맞장구를 쳤다. 그러고는 말을 이었다.

"정훈에 관해 너무 멋진 얘기만 하는 건 아닌가요? 하지만 그는 제가 보기에도 드문 성품을 가진 사람. 엄마와 누나에게 남편과 오빠처럼 든든한 사람은 흔치 않으니까요. 친구들은 그를 좋은 벗으로 기억하고 있어요. 음, 그리고……"

잠시 말을 잇지 못하던 스카디가 다시 천천히 말했다.

"이건 비밀이지만 나는 언젠가 정훈이 우는 모습을 본 적이 있어요. 걱정하지 마세요. 그건 누군가를 원망하거나 힘겨워서 흘린 눈물이 아니에요. 그의 주변 사람들을 걱정하며 우는 모습에 감탄했어요."

스카디가 떠나자 그녀가 앉아 있던 사인 볼이 빙그르르 돌았다. 한 바퀴 회전을 하던 공이 천천히 멈추었다.

그곳에는 '박정훈'의 멋진 사인이 적혀 있었다.

제 별에서 여러분들을 보고 있을게요

안산 단원고 2학년 4반 **빈하용**

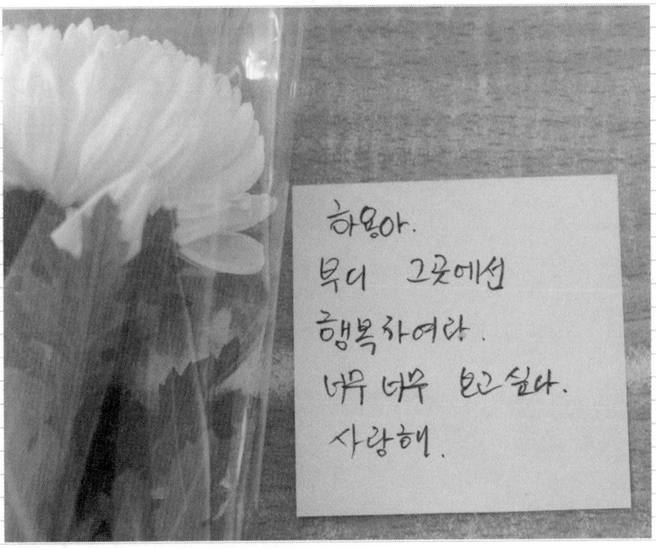

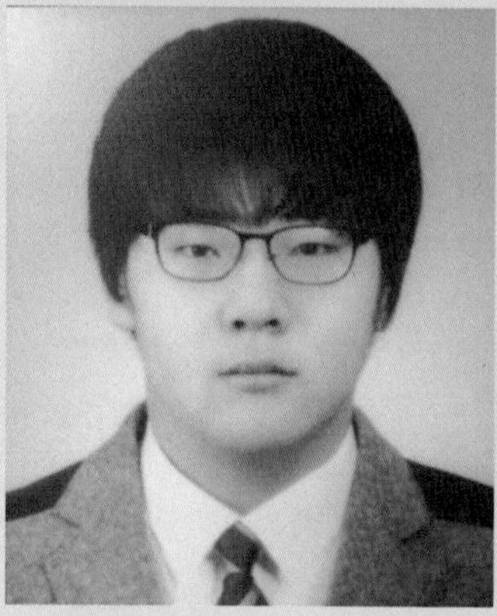

1. 빈하용과 형제들.
2. 하용이의 고등학교 학생증 사진.
3. 빈하용의 그림.

제 별에서 여러분들을 보고 있을게요

안녕하세요. 저는 단원고 2학년 4반 18번 빈하용이에요. 제 그림을 보러 오신 여러분께 얼마나 고마운지, 뭐라고 감사의 말씀을 드려야 할지 모르겠어요. 제가 이름난 프로 작가도 아닌데 말이에요. 저는 또 말주변도 별로 없고, 교실에서도 있는지 없는지 모를 정도로 조용한 아이예요. 그림 그리는 것 말고는 잘하는 게 없을 정도로 그림만 그려 온 아이지요.

그래서 이 자리가 너무나 고맙고, 떨리고, 그리고 무어라 말할 수 없이 영광스러워요. 무엇보다 제 그림에 대해 얘기할 수 있는 기회를 갖게 되어 너무나 기뻐요. 그래서 떨리는 것도 무릅쓰고 이렇게 여러분에게 말하고 있는 거예요. 오늘만큼은 제 그림에 관심을 보여 주시는 여러분에게 제 이야기를 들려드리려고 용기를 냈어요. 전 겨우 열일곱 살밖에 안 됐지만, 고작 17년밖에 살지 않았지만, 제 속에 얼마나 커다란 우주가 깃들어 있는지 여러분이 알아주신다면 더없이 기쁠 거예요. 저에게는 그게 전부니까요.

로봇 사 줘요, 비행기 사 줘요. 어린 저는 이런 말을 한 적이 한 번도 없었대요. 엄마가 해 준 말이에요. 책 한 권 사 주면 하루 종일 그걸 들여다봤다고 해요. 과학 얘기를 유아식 동화로 꾸민 책이 있었는데, 엄마가 그걸 전집으로 사 주셨대요. 책 내용이 녹음된 테이프도 딸려 있었는데, 그걸 계속 틀어 주셨대요. 그때 전 글씨도 몰랐는데, 계속 반복해서 듣고 보고 또 보고 그러다 보니 다음 페이지에 뭐가 나오는지 다 외워 버렸대요. 어느 날은 글씨도 읽더래요. 읽었다기보다는, 아마 글씨도 그림으로 인식했을 거예요. 물고기 그림이 나오고 테이프에서 물고기, 물고기 이런 말이 나오니까 이게 물고기라는 글씨구나, 그렇게 생각한 거예요. 그러다가 그걸 그린 거죠. 하도 많이 본 것이라서 보지 않고도 그릴 수 있었어요.

제 그림을 보신 첫인상이 어떠셨나요? 어떤 생각이 드시던가요? 좀 엉뚱한가요? 사람 머리에서 꽃과 풀이 자라고, 도시에서 물고기들이 헤엄쳐 다니고, 우주인이 나오고, 끝도 없는 광활한 우주에 있는 별 하나, 그 알록달록한 별에 곰돌이가 어린왕자처럼 앉아 있죠. 과학 동화를 많이 본 게 저의 잠재의식 속에 깔려 있는가 봐요. 그게 제 상상력의 뿌리가 된 거예요.

어릴 때부터 하도 그림을 그려대니까 장난감 사는 돈은 별로 안 드는 대신 종이랑 연필 사는 돈이 많이 들었을 거예요. 엄마는 스케치북 세일하는 데 가서 열 권, 스무 권씩 묶음으로 사 줬어요. 스케치북이랑 연필만 있으면 아무 장난감도 필요 없었어요. 그림 그리는 게 제일 좋았으니까요. 밖에 나가서 노는 것도, 친구들이랑 어울리는 것도 별로 좋아하지 않고, 말도 별로 없고, 하루 종일 집에서 그림만 그리는 거예요.

무성하게 자라난 꽃 그림 속에 무릎을 끌어안고 눈을 감은 채 깊은 생각에 잠겨 있는 아이, 그게 저냐고요? 글쎄요. 그건 저일 수도 있고 여러분 속에 있는 어떤 아이일 수도 있어요. 아이의 생각이 무성하게 꽃으로 자라난 것처럼 보이지는 않으시나요? 어쩌면 세상 모든 꽃들은 누군가의 생각을 거름으로 자라는 건 아닐까요?

이렇게 공상 속에서 그림만 그리는 제가 엄마 아빠는 좀 걱정스러웠나 봐요. 사내자식이 돼 갖고 종일 방에만 틀어박혀 있으니까 그러셨겠죠. 엄마 아빠가 한 번씩 말하셨죠. 하루 종일 집에서 심심하지 않니? 답답하지도 않아? 놀이터에 나가서 친구들이랑 어울리고 공도 차면 좋지 않겠니? 그런데 전 조금도 심심하지 않았어요. 심심할 새가 없었어요. 집에서 할 게 얼마나 많은데요. 그림도 그려야 되고 종이접기도 해야 되고 책도 봐야 되는데, 심심할 새가 어디 있어요? 밖에 나가면 오히려 저는 할 게 없는 걸요. 밖에서 뭘 하고 놀아야 될지도 잘 모르겠고요.

하지만 가족이랑 야외로 놀러 가는 건 좋았어요. 꽃이랑 풀, 나무랑 곤충, 메뚜기처럼 집이나 동네에서는 볼 수 없는 것들이 많거든요. 그런 것들을 보고 있으면 시간 가는 줄 몰랐어요. 가만히 들여다보면 그들만의 우주가 보이는 것 같았어요. 우리는 인간 세상만 대단하다고 생각하지만, 사실 우리가 사는 세상은 우리만의 세상이 아니잖아요. 우리 인간도 곤충이나 식물처럼 지구에서 함께 살아가는 하나의 존재일 뿐 아닌가요? 그런 세상이 우주에는 얼마나 많을까요? 쪼그려 앉아서 아주 조그만 곤충을 보고 있는데 머릿속에서 우주적인 상상력이 마구 자라는 것 같았어요.

제가 이렇게 차분하고 조용하니까 아빠는 낚시터에 가실 때 가끔 저만 데리고 가곤 했어요. 아빠가 잡은 물고기들은 너무나 아름다웠어요. 반짝거리는 비늘이랑 지느러미는 얼마나 멋지던지요. 녀석들은 물속에서 유유히 수초 사이를 헤엄쳐 다니다가 갑자기 육지로 끌려 나온 거예요. 물속에서는 한없이 자유롭게 숨 쉬던 녀석들이 육지로 올라오면 곧 죽고 말죠. 그건 사람도 마찬가지 아닌가요? 사람은 육지에서 한없이 자유롭게 숨 쉬며 살지만 물속에서는 살 수 없죠. 육지와 바다는 같은 지구에 있지만 너무나 환경이 다르잖아요. 물속 세상은 저에게 또 다른 우주처럼 신비롭게 느껴졌어요.

그래서 뭔가 키우는 걸 좋아했나 봐요. 강아지, 햄스터, 장수풍뎅이, 달팽이 같은 걸 키웠어요. 참새도 잡아다가 집에서 키웠는데 빌라가 마음에 안 드는지 비실거려서 밖으로 날려 보내 줬어요. 오리랑 토끼는 너무 커 버려서 할 수 없이 할아버지가 사시는 시골에 갖다 줬는데 어느 날 사라져 버렸더라구요. 할아버지가 저어기 갖다 줬다는데 저기가 어딘지는 말 안 해 주시더군요.

동생들도 돌봐야 했어요. 삼형제 중에 제가 장남이거든요. 아빠는 큰아빠랑 마트를 하시기 때문에 늦게 들어오시는 날이 많고, 가끔은 어머니도 거들어 드리러 나가세요. 그럴 때는 제가 동생들을 챙겨요. 밥도 차려 주고 숙제하는 것도 도와주고. 어머니가 피곤해하실 때는 동생들이랑 집 안 청소도 해요. 동생들이랑 구역을 나눠서 하는데, 동생들이 제 생각처럼 말을 잘 안 들을 때는 정말 속상해요. 바로 아래 동생은 저랑 두 살밖에 차이가 나지 않아요. 성격은 정말 달라요. 같은 엄마 아빠에게서 태어나도 이렇게 다를 수 있구나 생각하면 웃음이 나와요. 저는 조용히 혼자 집에 있는 걸 좋아하는데 걔는 외향적인 성격이라 밖에서 노는 걸 엄청 좋아해요. 어떻게 하루 종일 밖에서 놀 수 있는지 궁금하다니까요. 성격이 저랑 다르니까 둘이 톡탁거리는 일도 많아요. 어떨 땐 너무 속이 상해서 눈물이 날 때도 있어요. 좀 창피하긴 한데, 그렇다고 동생을 때릴 수도 없잖아요. 어쩌지 못하니까 그냥 눈물이 나는 거예요. 그럼 막내 녀석이 그걸 엄마한테 일러요.

막내는 저보다 일곱 살이나 어려요. 그러니까 제가 일곱 살 때 태어난 거죠. 지금도 생생하게 떠오르네요. 엄마 배가 점점 불러오다가 어느 날 병원에 가시더니 배는 홀쭉꺼지고 인형처럼 쪼그만 아기가 생긴 거예요. 얼마나 신기했는지 몰라요. 인형처럼 쪼그만 아기가, 손가락 발가락이 다 달린 인형 같은 아이가 꼬물거리고, 입을 오물거리고, 눈을 깜빡거리고, 오줌도 싸고, 똥도 싸고, 그리고 저를 보고 웃는데 그건 또 얼마나 신비롭던지요. 엄마 젖을 쪽쪽 빨아 먹고 무럭무럭 자라나더니, 어느새 형이 울었다고, 작은형 때문에 속상해서 울었다고 엄마한테 일러바치는 거예요.

그럼 엄마가 따끔하게 야단을 치시죠.

"형 말 잘 들어야 돼. 엄마 아빠 죽으면 형이 너희들 보호자인데, 왜 형 말을 안 들어서 형을 속상하게 만드니?"

엄마도 참, 동생 좀 야단치는데 '엄마 아빠 죽으면'이란 말은 왜 하시는지. 그렇게까지 엄포를 놓지 않으셔도 동생은 금방 또 저한테 잘하는데 말이죠. 왜냐면 만들기 숙제 같은 거 할 때 저의 도움이 절대로 필요하거든요. 그럴 땐 형, 이러면서 샐샐 웃어요. 형제들이 다 그런 거 아닌가요? 다툴 때도 있지만 또 금방 풀어지고. 아무리 심하게 싸우더라도 우린 피를 나눈 형제잖아요.

이래 봬도 제가 태권도를 좀 하거든요. 초등학교 4학년 때 2단을 땄고, 좀 쉬다가 중학교 1학년 때 다시 시작했어요. 제가 운동은 별로 하지 않고 늘상 집에서 그림만 그리고 앉아 있으니까 살이 좀 찌기 시작했거든요. 그래서 운동도 할 겸 또 아이들하고 어울리기도 할 겸 해서 엄마가 다니라고 했어요. 그렇게 다니다 보니 고등학교 1학년

까지 다닌 거예요. 하하하, 제가 안 해서 그렇지 했다 하면 이렇게 진득하게 끝을 보는 성격인가 봐요. 고등학생이 되고 나니까, 도장에서 사범님 다음으로 제가 제일 높은 사람이 돼 버렸어요. 그걸 교범이라고 불러요. 사범님 안 계시면 사범님 지시에 따라서 제가 아이들을 가르치기도 하고, 어디 나가게 되면 아이들을 인솔하기도 하고 그래요. 그때 동생이 같이 도장에 다녔어요. 그런데 제가 교범이 되니까 동생이 아주 으쓱해 하는 것 같더라고요. 내 형이 교범이다, 이거죠. 동생이랑 제가 부딪치는 건 성격이 달라서 그런 거지 저를 싫어해서 그런 게 아니라는 걸 저는 알아요.

엄마는 제가 순해서 어디 가서 말도 잘 못 하고 그러는 줄 알고 걱정하시지만, 꼭 그렇다고 할 수도 없어요. 저는 충분히 저를 표현하면서 살았거든요. 말이나 행동만이 다는 아니잖아요. 표현 방법은 다르지만 오히려 말이나 행동보다 더 내면 깊은 곳의 저를 드러냈다고 생각해요. 언젠가는 그런 걸 알아봐 줄 때가 있을 거라고 생각했어요. 그렇게 생각하면 외롭지도 않고 답답하지도 않았어요.

그런데 태권도는 더 이상 못 하겠더라고요. 아무래도 그건 저의 방식이 아닌 것 같았어요. 고1 여름 방학 때였어요. 말도 없이 도장을 빼먹었어요. 그때까지는 한 번도 무단결석한 적이 없었어요. 엄마는 야단을 치지 않고 가만히 지켜봐 주셨어요. 그렇게 사흘째가 되던 날, 엄마에게 말했어요.

"엄마, 저는 태권도가 적성에 안 맞아요. 저는 그림 그리는 게 좋아요. 미술 학원에 보내 주세요."

혼자서 그리는 것만으로도 충분히 행복했어요. 하지만 세상은 또 그런 게 아니잖아요. 고등학교에 가니까 진로니 적성이니, 이러면서 목표로 하는 대학이나 전공을 적어 내라고 하고. 그래서 생각해 보니까 저도 학원이라는 걸 좀 다니면서 세상의 화법을 익혀야 되는 게 아닌가 싶었어요. 그림 세상에서 서로 소통하고 싶다는 욕구가 생긴 거죠. 그림을 좋아하는 사람들하고는 말도 잘 통할 것 같았어요.

엄마 아빠는 좀 놀라셨나 봐요. 제가 그림을 좋아한다는 건 알고 계셨지만 미대를 가겠다고 할 줄은 예상 못 하셨나 봐요.

관장님에게는 좀 미안했어요. 솔직히 고백하면 태권도장 다니면서 제가 많이 달라졌거든요. 관장님이 제게 얼마나 잘해 주셨는지 몰라요. 저를 믿고 여러 가지 기회를 주시고, 책임감도 심어 주시고, 별일도 아닌데 크게 칭찬해 주시면서 저를 북돋워 주셨다는 거 잘 알아요. 그만큼 저에게 기대도 컸나 봐요. 그래서 관장님이 찾아오셔서 저를 설득하기도 했어요. 태권도로 체육대학을 가면 사범도 할 수 있고 나중에 도장도 차릴 수 있다고, 화가가 되는 건 힘들고 어려운 길이니 그냥 취미로 하라고 말이죠. 하지만 아무리 생각해도 그건 제가 원하는 게 아니었어요.

아빠가 걱정하시는 것도 이해할 수 있어요. 나중에 제가 힘들게 살까 봐 저를 생각해서 그러신다는 거 알아요. 아빠는 그림만 그려서는 먹고 살기 힘든데, 화가들은 가난하다는데, 어쩔 거냐고 하셨어요. 그리고 공부도 어느 정도 해야 원하는 대학을 갈 수 있고, 그래야 훗날 정 안 되면 미술 학원이라도 할 수 있지 않겠냐고 하시면서, 그래도 미술 학원을 가고 싶냐고 물으셨어요. 저는 고개를 끄덕거렸어요. 아빠는 다시 물었어요. 그럼 공부는 어떻게 할래? 그래서 저는 공부는 학원을 안 다녀도 된다고, 집에서 혼자 하겠다고 대답했어요. 그렇게 아빠의 허락이 떨어졌어요. 학원을 알아보라고 하신 거예요. 와우, 얼마나 기뻤는지 몰라요.

엄마가 저에게 물었어요. 학원을 어디 가서 알아봐야 되니? 엄마를 컴퓨터 앞으로 끌고 왔어요. 벌써 제가 몇 군데 점찍어 놓은 곳이 있었거든요. 그곳을 엄마에게 보여 드리면서 설명했어요. 원비는 얼마인지, 집에서 거리는 얼마나 되는지, 그리고 무엇을 위주로 가르치는지. 제가 배우고 싶은 건 일러스트였어요. 그중에 저에게 가장 적당하다고 생각하는 학원을 말하니까 엄마가 거기에 가 보자고 했어요.

원장님은 저를 테스트해 봐야 되는데, 시간이 좀 걸리니까 엄마는 먼저 집에 가시라고 하더군요. 저는 혼자 남아서 그림을 그렸어요. 그걸 보고 나서 원장님이 엄마에게 전화를 하셨어요.

"어머니, 하용이가 학원을 한 번도 안 다닌 거 맞아요? 고1인데, 이미 입시생 수준이네요. 다듬어지지는 않았지만 하용이만의 개성과 특징이 있어요. 조금만 기초를 다져 주면 금방 잘할 것 같아요."

미술 대회 같은 데 나가면 늘 상을 받아 왔지만, 이런 식의 평가를 받아 본 건 처음이었어요. 칭찬을 들으니까 기분이 좋았어요. 더 잘해야겠다는 생각이 들었어요.

다음 날부터 바로 학원에 다니기 시작했어요. 고등학교 1학년 여름 방학 지나고 2학기부터 다니기 시작한 거예요. 학교 끝나고 집에 와서 간식 좀 먹고 학원까지 걸어가요. 올 때는 셔틀버스를 타고 오고요. 얼마나 좋았는지 몰라요.

학교에서도 학원 갈 생각만 한 것 같아요. 아니, 눈 뜨자마자 학원 가서 그림 그릴 생각을 했어요. 하루하루가 너무 신났어요. 꼭 학원에 그림 그리러 가려고 학교를 가는 기분이었어요. 그동안 가르쳐 주는 사람 하나 없이 혼자 그렸는데, 옆에서 선생님이 조금씩 가르쳐 주시기도 하고, 제가 그린 걸 누군가 봐 주고 얘기도 해 주고, 그런 시간이 너무나 행복하고 충만했어요. 네, 그래요. 정말 충만한 기분이었어요. 골방에만 틀어박혀 있던 저에게 비로소 분명하게 미래의 모습이 보이는 것 같았어요. 제가 가야 할 길이 뚜렷하게 보이기 시작한 거죠. 그 길 끝에 멋진 모습으로 서 있는 제 모습도 보이는 것 같았어요. 멋진 화가가 되어 있는 제 모습 말이에요.

가야 할 길이 분명해지니까 하루하루 시간 가는 게 얼마나 아까운지 몰라요. 아빠하고 약속한 대로 공부도 열심히 했어요. 꼭 약속 때문만이 아니고 공부를 더 잘해서 더 좋은 미대를 가고 싶은 욕심이 생겼거든요. 미술 학원 안 다닐 때보다 더 열심히 공부했어요. 성적이 떨어지면 미술 학원을 못 다니게 할지 모른다는 불안도 있었어요. 그렇게 열심히 했더니 2학기 때는 반에서 4등까지 성적이 올랐어요. 너무나 간절히 원하던 것을 하니까 다른 것들도 술술 잘 풀리는 것 같았어요.

제 그림에 물고기가 무척 많지요? 도시의 빌딩 숲속을 헤엄쳐 다니는 물고기 어때요? 물고기는 물에서만 산다는 고정관념을 깨뜨리고 보니 자유로움이 느껴지지 않으세요? 그렇게 보니 답답하던 도시의 빌딩이 바닷속 수초처럼 하늘하늘 아름다워 보이지 않나요? 그림 속 세상은 이렇게 자유로워요. 제가 말도 없고 친구도 별로 없이 외로워 보인다는 건, 저의 겉모습일 뿐인 거죠. 제 깊은 내면의 세상은 이렇게 거침없이 자

유로운데 사람들 눈에는 그게 안 보이는 거죠.

저의 첫 전시회를 보러 와 주신 분들께 다시 한번 감사드려요. 그리고 보내 주신 선물들, 정말 고마워요. 제 그림이랑 똑같은 예쁜 퀼트 작품을 보내 주신 분도 있네요. 설탕공예로 똑같이 만들어 주신 분도 있고, 도자기에 제 그림을 넣어 주신 분도 있네요. 그리고 미숙한 저의 그림을 갤러리에 걸어 주신 대표님, 정말 고맙습니다.

어때요? 제 말이 맞죠? 저와 말 한마디 나눈 적 없지만, 제가 누군지도 모르지만, 저의 내면을 알아봐 주시는 분들이 이렇게 많이 있잖아요.

끝없는 우주에 알록달록 작은 별 그림 보이시나요? 별에는 나무도 자라고 이글루처럼 둥근 오두막도 있어요. 집 앞에 앉아서 쉬고 있는 뚱뚱한 곰은 바로 저랍니다. 작은 별은 저의 왕국이니까 머리에 왕관도 씌워 줬어요. 이렇게 저만의 작은 별에서 한가롭게 혼자 쉬는 게 제 소원이었어요. 그러니까 이 그림의 제목은 '나의 소원'이라고 해도 좋겠어요. 그리고 보이시죠? 꽃처럼 생긴 제 눈이 여러분을 보고 있는 거요. 저는 그렇게 여러분을 보고 있을 거예요. 나의 엄마 아빠, 그리고 내 동생들을 지켜볼 거예요.

주문을 외우면

안산 단원고 2학년 4반 **슬라바**

1. 아빠와 슬라바와 준성이.
2. 슬라바가 수영으로 받은 메달과 상장들.
3. 엄마 생일에 슬라바와 준성이.

주문을 외우면

스타트가 문제

슬라바는 아무도 없는 고등학교 수영장으로 걸어 들어왔다. 머릿속으로 대회장의 풍경을 그려 내는 것은 전혀 어려운 일이 아니었다. 7년 동안이나 봐 왔던 풍경이니까. 오른편 심판석의 기록관이 스톱워치를 손에 쥐고 외치는 소리가 들리는 것 같았다. 슬라바는 스톱워치를 셀프타이머로 맞춰 놓고 출발대에 섰다. 출발선에 서서 심호흡을 한 뒤 수영장의 잔잔한 물결을 내려다보며, 슬라바는 늘 하던 대로 주문을 외웠다. 우아하게 물살을 제치며 앞으로 치고 나가는 제 모습을 상상하면서.

'앞으로 빨리 나가면 모든 것은 아주 쉽게 뜰 수 있어.'

슬라바는 시작선에 올라 늘상 외던 주문을 중얼거렸다. 중학교 때 코치님이 입버릇처럼 '스타트만 고치면 선수 해도 될 놈이 집중을 안 해서 큰일'이라고 혀 차는 소리를 떠올리며, 슬라바는 신경을 곤두세웠다. 출발 신호에 집중하려 할수록 묘하게 다리 근육이 굳어지는 것을 어쩌란 말인가?

긴장을 풀기 위해, 슬라바는 동생 준성이를 떠올렸다. 준성이 생각을 하면 언제나 웃음이 나니까. 특히 엄마 배 속에 있어야 할 시간을 다 채우지 못하고 나온 까닭에 아주 조그맣고 빨갛고 쪼글쪼글하던 아기 때의 얼굴을. 준성이가 태어났을 때, 엄마는 '니가 나왔을 때의 딱 절반 무게'라며 걱정이 태산이었다. 시무룩한 엄마에게는 미안

했지만 슬라바는 그 쪼글쪼글한 얼굴이, 솔직히 말하자면 너무 웃겨서! 넋을 놓고 한참이나 바라봤더랬다.

슬라바는 허리를 굽혀 출발 자세를 잡았다. 도약대를 딛고 선 엄지발가락에 힘이 들어갔다. 슬라바는 문득 자신이 태어났을 때, 그러니까 엄마의 말대로라면 준성이의 딱 두 배 만한 크기였을 때를 떠올려 보았다. 외할머니의 얼굴이나 유치원 친구의 얼굴까지는 그럭저럭 흘러갔지만……

'삑!'

이런, 항상 이게 문제다. 스타트 신호를 놓치지 않으려면 긴장을 풀어야 하고 긴장을 풀기 위해 다른 생각을 하다 보면 곧 거기에 푹 빠져 정작 스타트 신호를 놓치는 이 악순환. 또다시 놓쳐 버린 스타트를 만회하기 위해 전력으로 물살을 가르며, 슬라바는 기억이 닿는 한 가장 먼 곳까지 가 보기로 했다. 안산에서 인천으로, 국경을 넘어 블라디보스토크로, 다시 열차를 타고 일주일을 쉬지 않고 달려 러시아 서남쪽 끝자락의 항구 도시 노보로시스크(Новороссийск)로, 마지막으로 외할머니가 초콜릿 케이크를 만들어 주던 고향 우스-제구다(Усть-Джегута)까지.

송유선과 우주선

"슬라바, 엄마는 블라디보스토크로 갈 거야. 외할머니 말씀 잘 듣고 유치원 빼먹지 말고 공부 열심히 하고 있어야 해."

청천벽력이었다. 여느 날과 다름없이 마을의 작은 도서관에서 '위대한 유리 가가린'의 전기를 읽다가 돌아온 슬라바는 자신이 가장 좋아하는 고기와 감자로 만든 스튜를 앞에 두고서도 쉽게 숟가락을 들지 못했다.

"블라디보스토크는 여기서 아주 멀어. 우리 집이 러시아의 남서쪽 끝에 있다면 블라디보스토크는 남동쪽 끝이야. 러시아가 세계에서 가장 큰 나라라는 것은 알고 있지?

엄마는 거기에 가서 큰 배를 타게 됐어. 다시 슬라바를 데리러 올 때까지 그 배에서 일하면서 돈도 벌고 영어 공부도 할 거야."

엄마의 일터가 큰 배라는 것은 이미 슬라바도 잘 알고 있는 사실이었다. 알다 뿐인가? 지난여름 엄마가 주방에서 일하던 여객선을 타고 외할머니, 엄마와 함께 흑해를 건너 터키의 이스탄불에 다녀온 것은 슬라바에게 잊을 수 없는 추억이었다. '검은 바다'가 실제로는 하나도 검지 않은 것은 좀 실망스러웠지만, 슬라바는 그때처럼 엄마가 자랑스러웠던 적이 없었다. 터키 말로 '지도'라는 이름을 가진 그 커다란 여객선도 멋있었다. 동시에 슬라바의 마음속에는 커다란 궁금증이 자라났다. '저렇게 커다란 쇳덩이가 물 위에 떠 있다니!'

처음에는 그 쇳덩이에 올라가는 것이 무서웠지만 일단 항해를 시작하자 슬라바의 기분은 날아갈 것만 같았다. 특히 뱃머리에서 엄마의 품에 안겨 내려다보는 풍경이 근사했다. 이 쇳덩이는 물에 떠 있는 것도 모자라 엄청나게 빠른 속도로 앞을 향해 나아가고 있었다. 바다와 맞닿는 곳에 돌기처럼 튀어나온 커다란 구상선수가 물살을 가를 때 생겨나는 파도 거품을 한참이나 바라보던 슬라바는 만약에 배가 가라앉으면 어떻게 되느냐고 엄마에게 물었다. 엄마는 웃으며 슬라바의 볼을 꼬집었다.

"배는 가라앉지 않아, 슬라바. 앞으로 빨리 나가면 모든 것은 아주 쉽게 뜰 수 있단다. 비행기를 생각해 봐. 배도 마찬가지야. 앞을 봐, 이렇게 빨리 나아가고 있잖아."

엄마는 이참에 슬라바에게 엄마가 하는 일을 설명해 주고 싶었다. 엄마는 슬라바를 품에서 내려놓고 눈높이를 맞추었다.

"만약에, 아주 만약에 배가 가라앉는다면 엄마는 일단 이 배에 탄 모든 사람에게 구명조끼를 입히고 널 포함한 어린아이들을 먼저 구명보트에 태울 거야. 그다음에는 할머니, 할아버지, 그리고 몸이 불편한 승객들을 태우고, 마지막으로 나머지 일반 승객들을 모두 구명보트에 태울 거야. 그게 엄마가 할 일이야. 엄마는 이 배의 선원이니까."

엄마와 떨어져야 한다는 생각을 하니 슬라바는 금세 낙담한 기분이 들었다. 엄마는 그런 슬라바의 표정을 금세 읽어 내고 슬라바를 안심시켰다.

"엄마도 물론 탈출할 거야. 아무도 배에 남지 않았다는 걸 확인한 다음에 엄마와 같이 일하는 동료들이랑 같이 타면 돼."

담담하고 지당한 엄마의 말투 때문이었을까, 슬라바는 엄마가 자기와 떨어져야 하는 이유를 더 캐물을 수 없었다. 그것은 아마 엄마가 사는 세상의 약속 같은 것인가 보다, 하고 슬라바는 다시 뱃머리로 고개를 돌렸다. 풀이 죽은 슬라바를 다시 안아 올리며 엄마가 말했다.

"슬라바, 한 사람이 아무리 뛰어나도 혼자서 이렇게 커다란 배를 만들 수는 없어. 하나의 목표를 위해 협력을 하는 건 오직 인간뿐이야. 또 하나 인간만이 할 수 있는 일은 약속을 한 뒤 그걸 지키는 일이고. 그 두 가지를 잊으면 안 돼. 그것만 알고 있으면 쇳덩이를 물에 띄울 수도 있고 배가 가라앉아도 무사히 탈출할 수 있어."

슬라바가 본격적으로 중력을 거스르는 쇳덩이들에 관심을 기울이게 된 것도 이 무렵의 일이다. 치타보다 빨리 달리는 쇳덩이, 물에 뜨는 쇳덩이, 하늘을 나는 쇳덩이…… 슬라바의 관심이 최종적으로 안착한 곳은 물론 우주를 향해 쏘아 올려진 쇳덩이였다. 여기는 가가린과 소유스의 나라가 아니던가? 슬라바는 누가 시키지 않았는데도 우주에 관한 모든 책을 다 찾아 읽겠다는 기세로 작은 마을 우스-제구다의 도서관을 섭렵하고 다녔다. 언젠가 충분히 그럴 만한 시간과 기회가 생기면 러시아 연방 항공우주국이 있는 모스크바로 가서 가가린을 태우고 최초로 지구 밖을 다녀온 보스토크 1호를 직접 눈으로 확인하고 싶었다. 그런데 난데없이 블라디보스토크라니! 엄마는 어느새 눈물이 그렁그렁하게 차오른 슬라바의 연한 밤색 머리를 가만히 쓸어 넘겼다.

"슬라바, 지난여름에 너 외할머니 집에 가 있을 때 엄마가 뭐라고 했지?"

"…… 헤어지는 게 아니라 잠시 다녀오는 거라고."

"그래. 이번에도 마찬가지야. 세계는 러시아보다 훨씬 넓어, 슬라바. 너도 언젠가 엄마를 떠나 어디로든 가게 될 거야. 그러면 엄마는 울지 않고 너를 다시 만나게 될 날을 가만히 기다릴 거고."

앞에서는 울지 않겠다고 약속을 했지만, 막상 엄마가 떠난 후 몇 주 동안은 약속을 지키기가 힘들었다. 특히 오줌이 마려워서 깨어난 밤에는 엄마 생각이 나서 바로 다시 잠들 수가 없었다. 잠든 자기의 모습을 보기 위해 조용히 방문을 열고 한참 동안 들여다보던 엄마의 그림자가 눈앞에 어른거릴 땐 어쩔 수 없이 눈물이 났다. 슬라바는 그렇게 가만히 방문을 열고 들어와 몇 분씩이나 자기 얼굴을 매만지고 이불을 바로 펴주던 엄마의 기운을 좋아했다. 그게 좋아서 몇 번이나 짐짓 잠든 척을 했는지 모른다.

떠난 지 일주일 만에 전화를 건 엄마는 한 번도 쉬지 않고 기차를 타고 달려 이제야 블라디보스토크에 도착했다고 했다. 슬라바는 그게 얼마만큼의 거리인지 잘 알 수 없었지만, 엄마가 떠나간 후에 자기가 겪었던 시간에 비추어 아마도 어마어마하게 먼 거리일 거라고 짐작할 뿐이었다. 수화기 너머의 목소리가 깨끗하게 잘 들려서 그런지 엄마가 그렇게 멀리 있다는 게 잘 와 닿지 않는 것도 같았다. 다행히 엄마는 자주 전화를 걸어왔다. 며칠 후면 기름을 실어 나른다는 큰 배에 탈 것이라고 말하는 엄마의 목소리는 어쩐지 유치원에서 만나는 수다쟁이 친구처럼 들떠 있었다. 아무래도 좋았다. 엄마의 목소리가 선명하게 잘 들리고 러시아가 아무리 세계에서 가장 큰 나라라고 해도 그 안에서 엄마와 연결되어 있다는 느낌이 들었으니까.

где? Корея ? 어디? 한국?

가쁜 숨을 몰아쉬며 수면 밖으로 나선 슬라바는 스톱워치를 낚아챘다. 이윽고 슬라바는 환호성을 지르며 수면을 두들겼다. 이제 됐다. 이제 이야기할 수 있다.

슬라바는 집으로 가는 길에, 수년 전 울먹이며 전화를 걸어왔던 엄마의 목소리를 떠올렸다. 어린 아들을 안심시킨다고 짐짓 가다듬은 목소리였지만 한참 동안 울다가 목소리를 낼 때의 먹먹함이 배어 있었고 무엇보다 감도가 선명하지 않았다. 어딘가 큰 벽 너머에서 들려오는 것 같은 목소리. 슬라바는 비로소 엄마가 아주 멀리 떨어져 있다는 실감을 할 수 있었다. 엄마는 지금 꼬레아에 있다고 했다. 꼬레아?

꼬레야, 언젠가 외할머니가 아빠의 나라라고 했던 곳. 슬라바는 재빨리 방 한쪽에 놓아둔 지구본을 돌려 꼬레야를 찾았다. 찾는 게 쉽지는 않았다. 러시아에 비하면 악어와 악어새, 아니 악어가 백 마리 정도 사는 늪과 새끼 악어새 정도의 차이가 나는 작은 나라였고, 그마저도 중간에 금이 그어져 둘로 나뉘어 있었다.

나중에 외할머니의 이야기를 들어 보니, 엄마에게 큰 배의 일을 제안했던 아저씨가 일을 그르쳐서 엄마가 꼬레야에 빈털터리로 혼자 남겨졌다고 했다. 슬라바는 엄마가 걱정되어서 또다시 약속을 어기고 며칠이나 펑펑 울어야만 했다. 그런데 곧 비행기 표를 구해서 오겠다고 하던 엄마의 겁먹은 목소리가 시간을 두고 점차 생기를 되찾아 가더니, 몇 주쯤 지나자 블라디보스토크에 도착한 직후처럼 밝아졌다. 그로부터 다시 얼마쯤 지나 슬라바가 외할머니의 손을 잡고 이 꼬레야 땅을 밟게 되었고……

그렇게 여기까지 온 거지, 문 앞에 서서 슬라바는 혼잣말을 했다. 정말 그랬다. 그렇게 슬라바는 아빠의 나라 꼬레야로 오게 되었다. 집에 들어가니 엄마와 아빠와 준성이가 마침 한자리에 모여 있었다. 슬라바는 폼을 좀 잡아도 될 것 같은 기분에 짐짓 목소리를 깔았다.

"나 오늘 200미터 2분 9초에 들어왔어."

"아들 거 봐라. 아빠가 하면 된다고 하지 않디!"

엄마도 준성이도 좋아했지만 정작 입이 귀에 걸린 것은 아빠였다. 사실 슬라바는 요 며칠 아빠와 서먹하던 참이었다. 이른바 '와동 자해 소동' 때문이었다. 슬라바는 다시 생각해도 얼굴이 화끈거리는 그날 밤을 떠올리며 가슴을 쓸어내렸다. 발단은 그놈의 게임방이었다. 공방전 끝에 승부를 보지 못하고 '마지막으로 딱 한 판만' 하던 것이 결국 통금 시간을 훌쩍 넘겨 자정을 향해 가고 있었다. 아파트 앞까지 도착한 슬라바는 한참 동안 서성이며 알리바이를 궁리했다. 독서실에서 공부하다가 잠들었다고 할까…… 자신이 아빠라도 그건 안 믿을 것 같았다.

'뚜두둑-' 슬라바는 자기 교복 와이셔츠를 거칠게 뜯어냈다. 단추가 아파트 화단 잔

디밭으로 후두두 흩어졌다. '짝! 짝!' 이어서 슬라바는 자기의 뺨을 때렸다. 세게 때려야 태가 날 텐데 제 얼굴을 때리려니 맘같이 되진 않았다. 그래도 발그랗게 볼이 부풀어 오르는 것을 느낄 수 있었다. 그렇게 완성된 것이 '와동에서 깡패 형들에게 걸려 기절할 때까지 맞고 정신을 차려 보니 이 시간이더라'라는 조악한 알리바이였다. 다시 생각해 보면 어처구니없는 발상이지만 당시에 단추를 뜯어내면서는 기가 막히게 설득력이 있다고 감탄을 했다. 그러나 20년 넘게 사업을 하며 산전수전 다 겪어 본 아빠는 단번에 '냄새'를 맡았다.

"저런 나쁜 놈들이 있나! 어서 가서 경찰서에 신고해서 이놈들을 잡아야겠다! 요샌 골목마다 CCTV가 있으니까 금방 잡을 수 있을 거야. 그놈들에게 끌려가는 장면이 분명 녹화되어 있을 거다. 어서 가자, 아들!"

아빠와 함께 와동 시시티브이를 훑은 지 채 한 시간도 안 되어서 자작극은 조용하고 다소곳한 고백으로 마무리되었다. 노발대발할 줄 알았던 아빠는 가만히 슬라바의 손을 잡고 슬라바가 소동을 벌였던 아파트 화단으로 향했다. 아빠는 쪼그려 앉아 슬라바의 교복 단추를 찾기 시작했다. '차라리 야단을 치시지……' 잔디 구석구석을 뒤지며 단추를 찾고 있는 아빠의 정수리를 내려다보고만 있을 수가 없어, 슬라바는 바늘방석에 앉는 심정으로 아빠와 함께 조금 전 자기가 뜯어낸 단추를 찾았다. 한 개, 두 개…… 그렇게 불편한 침묵이 열 개의 단추를 다 찾을 때까지 이어지나 싶더니 아빠가 입을 뗐다.

"아들, 너 반장 당선되었다고 했을 때 아빠가 왜 반대했는지 기억나냐? 반장은 명예로운 일인데 말이야. 지금도 아빠 생각은 같다. 친구들에게 모범이 될 수 없는 사람은 그렇게 명예로운 자리에 올라가면 안 된다고 생각해, 아무리 인기가 많더라도. 아빠는 네가 스스로 그런 사람이라고 자신 있게 말할 수 있을 때 그런 자리에 올라가길 바랐다."

슬라바는 아빠의 말에 대꾸할 수 없었다. 발이 저린 것도 있었지만 정말 창피한 기분이 들었기 때문이다. 기어코 단추 하나를 찾지 못하고 집으로 돌아갈 때 바라보았던 축 늘어진 아빠의 어깨가 마음을 더 무겁게 짓눌렀다. 그날 밤 이부자리에서 뒤척이며, 슬라바는 뭐든 정말 잘해 보고 싶다는 마음을 느꼈다. 창피한 아들이 되고 싶지 않았다. 처음 느껴보는 감정이었다.

수영을 그만둬야겠다고 마음먹은 것도 그즈음이었다. 수영에 투자한 7년이라는 시간이 아깝다면 아까운 것이지만, 자기가 정말로 수영을 사랑하는지 자신 있게 말하기 힘들었다. 진짜 좋아하는 일을 잘하고 싶었다. 지금 당장 드는 생각은 타고난 신체와 매력을 살려 모델이 돼 보는 것은 어떨까, 하는 것이지만 곰곰이 더 생각해 볼 작정이었다. 단, 그러기 위해서는 아빠의 말마따나 스스로 창피하지 않은 사람이 되는 것이 우선이었다.

2분 9초. 충분하지는 않지만 이것으로 됐다고 생각했다. 준성이가 배시시 웃고 있는 형의 다리에 엉겨 붙었다. 슬라바는 자기 머리 높이까지 번쩍 준성이를 들어 올렸다. 1미터도 더 차이가 나는 형의 머리 위로 날아오르는 이 장난을 준성이는 특히 좋아했다. 까르르 웃는 소리가 집 전체로 퍼져 나갔다. 준성이의 배꼽을 살살 간질여 웃음소리를 증폭시키며 슬라바는 생각했다.

'나머지는 천천히 생각하자, 천천히. 나는 아직 시작선에도 올라가지 않았으니까.'

주문을 외우면

"어이 슬 방장, 빨랑빨랑 좀 하지?"

덩치도 비슷하고 운동도 좋아해서 슬라바랑 자연스럽게 절친이 된 차웅이가 먼저 자기 방 인원 체크를 마치고 슬라바를 재촉했다. 차웅이와 슬라바는 나란히 이번 수학여행의 방장을 맡았다. 데크에 모인 아이들 중에는 이렇게 큰 배를 처음 타 본다는 아이들이 꽤 많이 있었다. 인원 체크를 마치고 선생님에게 보고하러 분주히 걸음을 옮기는 슬라바의 귀에 아이들이 웅성거리는 소리가 들려왔다.

"이 큰 쇳덩어리가 물 위에 떠서 가다니! 신기하지 않냐?"

슬라바는 하마터면 스타트 선에 올라서서 습관처럼 외우던 주문을 소리내어 외칠 뻔했다. '앞으로 빨리 나가면 모든 것은 아주 쉽게 뜰 수 있어.' 슬그머니 미소 짓던 슬라바의 눈에 맞은편 가장자리에서 고개를 쑥 내밀고 바다를 내려다보고 있는 아이가 들어왔다. 정무였다. 고개를 든 정무는 바닷물 속에서 무슨 좋은 구경이라도 했는지 기분이 좋은 표정이었다. 정무도 슬라바를 향해 고개를 돌렸다. 안 그래도 둘은 키가 비슷해서 이렇게 반 아이들이 모두 서 있을 때면 눈이 자주 마주치는 편이었다. 둘은 머쓱하게 웃었다. 저만치 앞서 나가던 차웅이 다시 슬라바를 재촉했다.

"아 빨랑 좀 오라니까. 우리도 놀아야지!"

"간다고 가!"

제주도 바닷가는 봄에도 따뜻해서 수영할 만하다던데, 이따가 도착하면 슬쩍 차웅이랑 빠져나가서 모처럼 기록 신경 쓰지 않고 바다 수영이나 한번 해 볼까? 절로 그런 생각이 드는 근사한 날씨였다.

착한 돼지가 아니면 안 '돼지'

안산 단원고 2학년 4반 **안준혁**

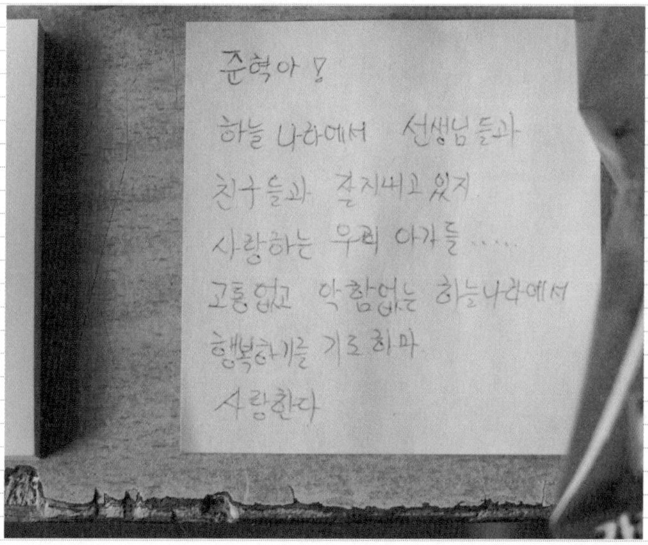

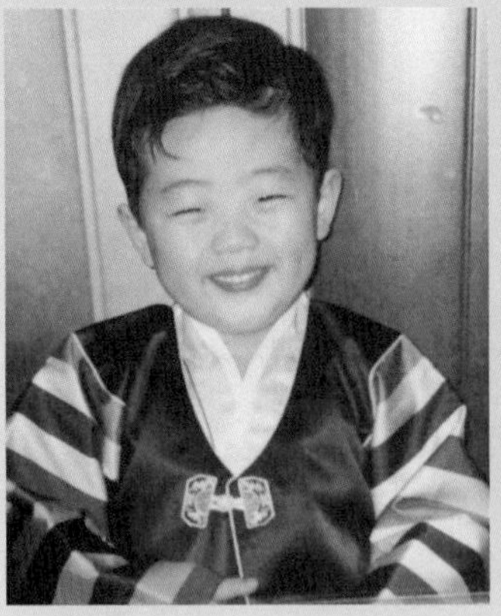

1. 세 남매의 모습.
2. 2003년 1월, 설빔을 미리 입어 보고 활짝 웃는 사진.
3. 준혁이가 아끼던 축구화.

착한 돼지가 아니면 안 '돼지'

장래 요리사, 아니, 고깃집 사장이 말하는 안준혁

안준혁은 누구인가? 그게 궁금하다면 단원중학교 3학년 8반 시절, 같은 반 친구들이 준혁이를 떠올리며 쓴 롤링페이퍼를 보면 된다. 친구들이 쓴 글에는 두 가지 표현이 자주 등장한다. 하나는 착하다거나 성격이 좋다는 것. 다른 하나는 돼지라는 것.

착한 돼지. 그게 바로 안준혁이다.

이 착한 돼지가 어른이 되면 뭘 할까? 그 답도 친구들이 말해 준다.

너 성격 정말 좋아 최고야!! 고깃집 차려서 동창회 한다는 약속 꼭 지켜. -홍주

고깃집 꼭 차려라. - -!ㅋ 맛나맛나 먹고 싶다. 큐큥. -수진

안준혁! 고등학교 가서 공부 열심히 하고~ 나중에 고깃집 하면 머그러 갈게. ㅋㅋㅋ -수빈

중학교 3학년 때, 준혁이는 친구들 앞에서 어른이 되면 고깃집을 차린 뒤 모두 초대하겠다고 포부를 밝혔다. 물론 그중에서 가장 많이 먹을 사람은 미래의 고깃집 사장인 안준혁일지도 모를 일이었지만, 친구들은 준혁에게 딱 어울리는 앞날이라고 생각했다. 준혁이에게 그런 꿈도 있었다는 사실을 알게 된 가족들은 어쩐지 그럴 듯하다고 생각했다. 그 이유를 말하면, 다음과 같다.

일단, 안준혁은 처음부터 너무 잘 먹었다!

1997년 2월 17일, 서울 제일병원에서 태어났을 때 준혁이의 몸무게는 3.39킬로그램이었다. 남아 신생아 표준체중은 3.4킬로그램이다. 이 사실은 무엇을 말하는가? 태어날 때부터 준혁이가 돼지였던 것은 아니었단 말이다. 그러나 그런 준혁이를 손꼽아 기다렸던 사람들이 있었으니, 바로 엄마, 아빠. 그리고 할아버지와 할머니였다.

아직 이십대 후반이었던 동갑내기 엄마와 아빠에게 준혁이는 첫아이였다. 할아버지와 할머니에게도 준혁이는 첫 손자였다.

네 사람은 이제 갓 태어난 준혁이에게 사랑을 퍼부을 만반의 준비가 되어 있었다. 갓 태어난 아이가 느낄 만한 사랑이라는 건 뭘까? 칭찬? 포옹? 돈? 컴퓨터? 모두 아니다. 정답은, 그렇다, 바로 그것, 먹을 것이다. 태어날 때 표준 아기였던 안준혁의 몸이 뚱뚱해졌다면, 그것은 바로 엄마와 아빠, 할아버지와 할머니의 사랑이 넘쳐흘렀기 때문이었다.

그 점에 대해서는 많은 의사 선생님들도 증언하셨다. 예방 접종을 받으러 병원이나 보건소에 가면, 의사 선생님들은 엄마들이 데려온 아이들 중에서 누가 가장 밥을 잘 먹을지 금방 알아봤다. 이쯤 되면 안준혁의 얼굴이 궁금하지 않은가?

설날이 머지 않았던 2003년 1월 하순의 어느 날, 엄마가 준혁이에게 설날에 입을 한복을 미리 한번 입혀 봤다. 그랬더니 눈썹이 웃었다. 눈도 웃었다. 코도 웃고 입도 웃었다. 귀도 웃고 턱도 웃었다. 온 얼굴이 다 웃었다. 그 웃음이 좋아서 엄마가 사진을 찍었다. 사랑을 듬뿍 받은 아이, 온 얼굴로 웃을 줄 아는 아이. 그러니 밥인들 맛있게 먹지 않겠는가. 그러니 이 사진을 보고 세상의 모든 의사가 합창하지 않겠는가.

"그 놈 진짜 밥 잘 먹게 생겼네!"

안준혁은 요리를 잘했다!

(정말?)

(준혁이가 정말 밥을 잘했나요?)

"네. 해 주는 대로 항상 맛있게. 반찬이 많든 적든, 좋아하는 게 있든 없든, 밥은 항상 두 그릇씩, 잘 먹었어요."

(잘 먹었다는 건 알겠는데요, 혹시 요리도 잘했나요?)

"글쎄요."

엄마는 생각에 잠겼다. 왜냐하면 엄마는 한 번도 준혁이가 한 요리를 먹어 본 일이 없기 때문이다.

하지만 동생들은 다르다. 동생들은 준혁이가 만든 음식을 먹어 봤다. 여기서 잠깐 동생들을 소개하면, 여동생 안주희는 2001년생, 남동생 안준석은 2003년생이다. 주희와 준석이 말하는 준혁이는 다음과 같다.

"방학하면 우리끼리 집에 있잖아요. 그러면 형이 이것저것 요리를 해 줬어요. 라면을 끓여도 집에 있는 재료를 이것저것 넣어서 퓨전식으로 만든다거나 전을 부치면서 치즈를 올린다거나. 물론 전이 얇아야 하는데 너무 두꺼워서 실패한 적도 있었지만, 엄마 없이 우리끼리 먹는 것이니까 재미있고 기억에도 남죠."

그러고 보면 엄마도 생각나는 게 있었다.

"준혁이가 간을 잘 봤어요. 와서 간 좀 봐. 그러면 와 가지고 싱거워요, 짜요, 뭐가 덜 들어간 것 같아요. 그런 건 잘하더라구요. 직접 요리를 시켜 보지는 못했지만. 아, 맞다. 중학교 2학년 때인가, 여름휴가 가서는 준혁이가 제육볶음을 해 준 적이 있어요. 뭐, 뭐, 재료 넣어 달라고 해서 넣어 줬더니 자기가 양념한 뒤 주물러서 볶았어요. 요리사에 관심은 있었던 모양이에요. 어디 보니까 가게 이름도 정해 뒀던데요. '안 먹어 보면 안 돼지'였던가?"

엄마 말도 잘 듣던 준혁이는, 그러니까 착한 돼지가 아니면 안 '돼지'.

그렇다면, 과연 미래의 안준혁은 고깃집 사장님이 될 수 있을까? 2012년에 단원중학교 3학년 8반이었던 학생들 모두가 그러길 바라겠지만, 만약 준혁이가 고깃집을 차린다고 해도 그 식당은 중국에 있을 확률이 높다. 왜냐하면 1학년이 끝날 무렵 어떤 분이 학교에 와서 진로에 대해서 얘기한 적이 있었는데, 그때 중국에 대한 관심이 크게 생겼기 때문이다. 중국은 땅도 크고 사람도 많기 때문에 장차 한국에 있는 것보다 할 수 있는 일이 엄청나게 많다는 것에 준혁이의 귀가 솔깃했다. 그 얘기를 했더니 엄마는 "네가 정말 하고 싶은 일이라면 해 봐"라고 말하면서 한자 공부를 많이 해야만 할 것이라고 충고했다.

그렇게 해서 2014년 2학년이 된 준혁이에게는 꿈이 또 하나 생겼다. 중국에서 일하는 꿈. 앞날에 대한 꿈이라는 건 언제나 좋은 것이니까, 그런 꿈이라면 많으면 많을수록 좋았다.

엄마가 말하는 준혁이

첫애니까 이런 사진들 다 모아 뒀어요. 탯줄, 병원에서 애 발 찍어 준 거, 이거는 손목에 차는 거, 요거는 애기 바구니. 아빠랑은 너무 똑같죠? 커 갈수록 더 닮아 갔어요. 그래서 아빠랑 서로 쳐다보는 거 싫다고 그랬어요. 서로 거울 보는 것 같다고. 외모는 그렇게 닮았는데, 성격은 좀 안 닮은 것 같아요. 제일 예뻤을 때는 아가 때? 5개월, 6개월 때? 잘 먹고 잘 크고. 그냥 말하기 시작하면서부터는 엄청 수다스러웠어요. 덩치가 이런데도 엄청 수다스러웠는데, 첫애니까 다 이뻤어요. 뭘 해도 다 예뻤어요.

준혁이 다섯 살 때, 동생 주희 낳느라고 직장 그만둘 때까지는 집 근처에 사는 할머니가 주로 키우셨어요. 둘째 주희하고는 네 살, 셋째 준석이하고는 여섯 살 터울이에요. 준혁이가 중학교 들어갈 때 막내는 초등학교에 입학했죠. 큰형이기도 했지만, 덩치도 차이가 많이 났어요. 준혁이가 키가 큰 편은 아닌데, 덩치는 좋았거든요. 저희 막내는 좀 왜소하구요. 완전 둘이 반대예요.

준혁이가 말이 많으니까 막내가 구박을 많이 받았는데도 형을 참 좋아했어요. 주희 태어났을 때는 무척 이뻐했어요. 샘 같은 건 전혀 없었어요. 항상 주희를 안고 있었어요. 물론 주희가 말하면서부터는 서로 싸우기 시작했지만.

네 살인가 다섯 살 때인가, 서울에서 도선어린이집을 다녔어요. 아마 2000년에 들어갔던 것 같아요. 그러다가 2004년에 무학초등학교에 입학했어요. 첫애니까 이것저것 많이 시켜 본 것 같아요. 수영 레슨을 같이 받은 친구 중에 안세원이라고 있었는데, 성이 같아서 안산 오기 전까지는 계속 친하게 지냈어요. 수영도 같이 다니고 피아노도 같이 배우고. 수영은 한 3년 배우면서 자유형 배영 할 것 없이 다 했어요. 대회도 한 번 나갔고. 피아노는 체르니까지 쳤어요. 또 미술도 배웠고, 줄넘기도 배웠고, 합기도, 특공 무술, 뭐 다 해 봤어요. 첫애라서. 초등학교 때, 여기 안산으로 이사 오기 전까지는요.

5학년 9월에 화랑초등학교로 전학 왔어요. 안산으로 이사하는 걸 좋아하진 않았죠. 맨날 어울려 다닌 사촌들, 친구들과도 헤어져야 하고 할머니와도 떨어져야 하니까. 근데 아빠 일 때문이라 준혁이로서는 어쩔 도리가 없었어요. 그런데 우리 애가 되게 밝아요. 낯가림도 심하지 않고요. 이사 와서는 금방 친구들 다 사귀었어요. 안산은 사람들이 이사도 많이 오고, 또 그만큼 많이 나가는 분위기예요.

그래도 그때부터 사귄 친구들이 지금까지의 친구들이에요. 초등학교 5학년 때 친구들이 중학교도 같이 가고, 고등학교도 같이 가고 그랬어요. 옥상에 올라가면 화랑초등학교가 바로 보여요. 학교가 가깝다고 해서 이 집으로 정했거든요. 신호등도 학교 앞에서 한 번만 건너면 되고. 거기를 졸업하면 당연히 단원중학교로 간다, 그런 분위기였죠.

사춘기는 거의 없이 지나갔어요. 그래서 다른 애들도 다 그런 줄 알았는데, 지나고 나서 들어 보니까 우리 애는 되게 쉽게 지나간 거더라고요. 딱 한 번, 중학교 때 선생님한테 전화가 온 적이 있었어요. 그때는 토요일에도 등교할 때였는데, 아침에 학교 간다고 나갔는데 학교에 안 왔다는 거예요. 그래서 제가 찾아보겠습니다, 말하고는 이 근처 피시방을 뒤졌어요. 금방 잡혀 왔죠. 그 길로 학교에 끌고 갔어요.

그거 말고는 크게 속 썩이거나 한 적은 없어요. 학교에 가기 싫어서 친구하고 한 학년 후배하고 셋이서 피시방에 갔다는 거예요. 게임을 좋아했거든요. 거의 끼고 살 정도로. 그것 말고는 싸우고 들어오거나 그런 건 없었어요. 우리 준혁이는 진짜 착했어요.

수학여행 가는 날은 애들이 수업을 하고 갔어요. 점심 먹고 2교시까지인가 다 하고서 네 시쯤 여기서 출발했어요. 그런데 아침에 집에서 나갈 때, 그때가 제일 가슴 아프게 기억에 남는데…… 저기서 나가는데, 다른 때 같으면 잘 갔다가 와, 재미있게 지내, 그렇게 말만 하고는 보냈을 텐데, 그날은 나가는 애를 내가 잡아나 끌었어요. 끌어가지고 꽉 안고 뽀뽀하면서 잘 갔다가 오라고, 그러고 갔거든요. 그런데 저는 그게 제일 후회스러웠어요.

(왜요?)

……

(그냥 보내 버려서요?)

아니요. 평소처럼 잘 갔다가 와, 그러면 그냥 가는 건데, 가는 걸 제가 붙잡았잖아요. 그래서 인사를, 마지막 인사를 내가 먼저 한 것 같아서. 그게 제일 후회스러워요.

목걸이와 축구화와 불꽃놀이와 편지가 말하는 안준혁

미아 방지 목걸이

준혁이가 다섯 살이 되던 무렵, 한번은 할머니가 집에서 준혁이가 자는 걸 보고는 일이 있어서 잠깐 나갔다. 그사이에 준혁이가 없어졌다. 혼자 문을 열고 나갔는지, 누가 데려갔는지, 애를 잃어버린 것이다. 할머니가 우시면서 직장에 있는 엄마에게 전화했다. 다행히도 준혁이 목에는 전화번호가 적힌 미아 방지 목걸이가 걸려 있었다.

전화는, 몇 시간쯤 있다가 걸려 왔다. 누구였는지는 기억나지 않는다고 할머니는 말한다. 전화가 왔기에 우리 애라고, 우리 손자 맞다고 말하고 나서 할머니는 거짓말을 했다. 혹시나 준혁이 데려가서 영영 안 돌려줄까 봐. 엄마 아빠 없이 크는 애라고. 내가 할머니인데, 엄마 아빠 없이 크는 불쌍한 애라고. 꼭 좀 돌려 달라고.

힐리스 신발

초등학교 들어가기 전 일곱 살 때, 엄마가 막내를 임신하고 있을 때, 준혁이에게 뒤축에 바퀴가 달린 힐리스 신발이 있었다. 할머니 댁 앞 골목이 약간 경사진 곳이었는데, 거기서 힐리스를 타고 놀다가 준혁이가 그만 넘어진 적이 있었다. 타고 내려가다가 멈추려고 했지만, 덩치가 있으니까 제 몸무게에 밀려서 넘어진 것인데 팔이 몸에 깔리면서 부러졌다. 애가 울면서 오는데, 엄마가 보니까 팔이 바깥쪽으로 완전히 꺾여 버렸다.

엄마가 바로 택시에 태워 병원으로 가서 엑스레이를 찍어 보니까 팔을 지탱하는 뼈 두 개가 모두 부러졌다. 그래서 철심 박는 수술을 해야 했는데, 그때가 저녁이라 수술은 다음 날이나 가능했다. 준혁이는 밤새 울었다. 진통제도 소용없었다. 웬만큼 아파서는 아프다는 소리도 안 하는 애인데, 열이 펄펄 나도 뛰어노는 애인데, 그때만은 밤새 울었다.

노란색 축구화, 준혁이의 첫 축구화

준혁이는 운동 중에서 축구를 가장 좋아했다. 친구들과 매일 축구하러 나갔는데, 그렇다고 축구 선수가 되겠다, 뭐 그런 건 아니고 친구들과 그렇게 뛰는 걸 좋아했다. 아빠하고도 시흥에 있는 옥구공원에 가서 축구를 하기도 했다. 어쨌든 주말에는 계속 축구를 했다. 그러다가 중학교 3학년 때 처음으로 자기 축구화를 샀다. 노란색이 반쯤 섞인 아디다스 축구화. 그전까지는 사촌 형 것을 물려받았기 때문에 새 축구화는 그게 처음이었다. 2년 정도 신었지만, 그 축구화는 여전히 깨끗하다. 이 축구화를 아끼고 또 아꼈던 모양이다.

불꽃놀이

고등학교 2학년이 될 때까지 준혁이는 한 번도 수학여행을 가지 못했다. 초등학교

6학년 때는 신종플루가 유행해서 수학여행이 취소됐다. 심지어 준혁이는 신종플루에 걸리기까지 했다. 일주일 동안 자기 방에 격리되어서 밥도 혼자 먹었다. 그렇다고 많이 아프거나 하지는 않았지만. 중학교 3학년 때도 무슨 이유에선가 수학여행을 가지 못했다. 그렇기 때문에 고등학교 2학년 때의 수학여행이 준혁이에게는 첫 수학여행이었다. 학교에서는 제주도까지 비행기를 타고 갔다가 비행기로 돌아오는 여정과 배로 갔다가 비행기로 돌아오는 여정, 두 가지를 제시했다. 가격 차이는 그다지 크지 않았지만, 다양한 경험을 해 본다는 측면에서 배로 갔다가 비행기로 돌아오는 여정을 택했다. 배로 가야겠다고 결정하게 된 데에는 수학여행 전 과정을 통틀어 바다 위에서 하는 불꽃놀이가 제일 기억에 남는다는 단원고 선배들의 이야기도 한몫했다.

그래서 이 불꽃놀이에 대한 기대가 다들 많았다. 불꽃놀이는 2014년 4월 15일 밤 10시 2분 47초, 갑판 위에 모인 단원고 학생들이 "3, 2, 1, 발사"라고 외치는 순간 세 개의 섬광이 바다 위 하늘로 솟구치면서 시작됐다. 전날 친구들과 외출해서 사 온 새 옷 후드집업을 입고 준혁이도 그 불꽃을 바라봤다. 하늘로 솟구친 작은 불덩어리들은 눈부신 불꽃을 터뜨렸다. 그 불꽃은 이내 어둠 속으로 사그라들었지만, 그 잔상은 오래도록 거기 모인 학생들의 마음에 남았다. 목걸이와 힐리스 신발과 축구화가 그러듯이, 그 바다 위의 불꽃 역시 영원히 준혁이를 기억할 것이다.

친구의 편지

준혁아, 안녕? 일단 정말 미안해. 애들하고 만날 때마다 너 보러 가기로 했는데, 아직 한 번도 안 갔네. 내일은 너의 생일이야!! 생일 축하해~ 정말 너한테 하고 싶은 말이 너무 많아. 방학이라서 글을 안 쓰니까 글씨 되게 못 쓴다.ㅠㅠ 이해 좀 해 줘!! 나 사실 엄청 고민했다. 너 보러 갈 때 너랑 수학여행 전날에 같이 쇼핑했던 옷을 입고 갈까, 아니면 그냥 입을까. 근데 너한테 멋진 모습 보여 주려고 그냥 입고 갈 거야. 멋진 모습 보는 게 더 좋지? 그리고 어머니랑 동생들은 걱정 마. 너네 어머니 잘 지내시는 거 같아. 처음엔 걱정돼서 나도 힘들었는데 어머니가 내 앞에서 밝으시고 자주 만나고 그래서 내 마음도 놓이는 것 같아. 내가 어머니께 커서도 아들처럼 뵈러 가고 선물도 드릴 거야! 그리고 동생들도 잘 다니는 것 같아. 어머니께 얘기 들었어. 너랑 놀러 가기로 했다고. 우리 날씨 풀리면 준석이 데리고 에버랜드도 가고 재밌는 영화 나오면 우리랑 같이 보러 가고 놀려고. 너는 항상 우리와 함께니까 너도 준석이랑 우리랑 다 같이 노는 거야. 약속도 지키고 좋지?? 곧 있으면 네 생일이다!!

(……)

(곧 있으면 2016년 2월 17일, 네 생일이네. 준혁아, 스무 살 생일을 축하해.)

천둥 치는 날, 꼭 와야 해

안산 단원고 2학년 4반 **안형준**

1. 중3 때 온 가족이 필리핀으로 가족 여행 중.
2. 형준이 백일 사진.
3. 형준이 일곱 살 때 중국 단동에 압록강 철교 앞에서.

천둥 치는 날, 꼭 와야 해

나의 아들, 형준.

너는 세상에 오던 순간부터 서프라이즈! 서프라이즈! 그 자체였단다. 의술의 눈부신 발달로 요즘은 웬만하면 태아 때부터 성별을 알게 되잖니? 네가 엄마 배 속에 있는 중에 엄마와 나는 병원으로부터 딸이라는 암시를 받았어. 아빠는 딸이든 아들이든 그저 모든 게 감사할 따름이었다. 서른여섯 늦은 나이에 내게 온 귀한 생명이었으니까.

“축하합니다. 아들이에요.”

초조하게 분만실 밖에서 서성이던 내게 간호사가 건네준 말을 듣는 순간, 나는 귀를 의심했다. 너를 처음 본 순간을 결코 잊을 수 없구나.

짜자아안! 아빠. 나야. 놀랐지? 나 아들이거든.

예상을 뒤엎은 너는 내게 아마도 그렇게 말하는 듯 울음소리도 우렁찼지.

더 놀라운 건 나를 빼다박은 외양이었다. 너는 엄마의 몸속에서 나온 것이 아니라 마치 나의 몸에서 나온 사내아이처럼 보였다.

아빠는 그때까지는 한 번도 경험한 적 없는 어떤 새로운 빛을 보았단다. 황홀하기도 하고 신비롭기도 한, 어둠을 뚫고 퍼지는 새벽빛 같은 그런 느낌이 나를 휘감더구나. 밖으로 나와 보니 하늘에 커다란 보름달이 네가 세상에 온 걸 반겨 주더구나.

1997년 한가위, 9월 16일에 너는 그렇게 나에게로 왔단다.

그때 엄마와 나는 그리 풍족하지 않은 형편이었단다. 네가 세 살 나던 해부터 엄마는 작은 식당을 차렸다. 그리고 너에게 우리의 모든 노력을 집중하기 위해 너 하나만을 키우기로 결정했어. 네게 좀 더 풍요로운 환경을 만들어 주고 싶어서 둘이 함께 일하기로 했단다.

학교에 입학하기 전까지는 누가 뭐래도 엄마 아빠의 품처럼 완전하고 따뜻한 놀이터가 어디에 있겠느냐? 그러나 너는 맞벌이 부모의 무릎에서 그리 오래 재롱을 피우지 못했구나. 어린이집, 유아원, 유치원을 두루 섭렵했다. 그런데도 탈 없이 잘 자라주어서 너무 고마웠다.

네가 일곱 살이 되어 학교에 입학해야 할 즈음에 엄마와 나는 깊은 고민을 오래도록 했단다. 열심히 맞벌이를 했음에도 네게 경제적으로나 시간상으로나 그저 빠듯하게 부모 노릇을 할 수밖에 없는 힘겨운 현실이 무척 괴로웠지.

그즈음에는 조기 유학 붐이 일던 때였다. 지구촌이라는 말이 익숙한 말이 되었지. 어차피 부모가 아이와 함께 많은 시간을 보낼 수 없는 처지라면 차라리 한 살이라도 어릴 때 유학을 보내는 게 더 낫지 않을까? 그것이 세계가 국경을 허물고 있는 시대에 더 유효한 방법일 수도 있겠다고 생각했지.

나는 중국을 선택했다.

21세기 들고부터 중국은 나날이 정치, 경제, 외교 등 여러모로 그 힘이 팽창 일로에 있는 나라였거든. 또한 우리나라의 고대나 중세 역사를 잠시만 생각해도 중국은 우리와 아주 가까운 나라가 아니겠느냐. 거기다 드넓은 중국 대륙의 동북 변방 일부가 고구려 시대에는 우리 영토였던 거 너도 알고 있지? 또한 일제 강점기에 조국 독립의 꿈을 다진 독립군이 말달리던 곳이기도 하지. 그래서 지금 지린성, 랴오닝성, 헤이룽장성에는 이백만여 명에 이르는 조선족 동포들이 살게 되었단다. 이들은 중국에 사는 55개 소수민족 가운데 유일하게 모국을 가진 민족이지.

그래서인지 나는 그곳이 낯선 이국이 아니라는 생각이 들더구나.

아빠에게는 꿈이 있었다. 네가 유창한 중국어를 구사하면서 한국과 중국을 자유로이 왕래하는 직업을 가지는 것이었지. 그것이 무역과 관련한 일이라도 좋고, 두 나라의 문화 교류와 관련한 사업이라도 좋았다.

또 한 가지 더 야무진 꿈도 있었는데, 네가 너무 어려서 말해 주지 못했다.

형준아,

지금 고백해도 될까? 중국 중앙정부가 기획한 긴 이름의 연구 사업인데 줄여서 우리나라에서는 '동북공정'이라고 불러. 연구 사업은 시한이 있어 비록 끝나기는 했지만 그 핵심 내용은 지금도 계속되는 중국의 강력한 생각이란다.

한마디로 그것은 우리 고구려 역사를 부정하는 거란다. 고구려를 중국에 수없이 많이 존재한 변방의 지방 정권 가운데 하나로 보는. 그러자면 자연히 백두산이 중국 영토가 되고 간도의 우리 역사도 지워지겠지?

네가 일곱 살 되던 즈음에 이 문제가 드디어 한국과 중국 간에 큰 외교 문제로 비화되었다. 우리 국민 중에는 분개하는 이들이 많았지. 독도를 자기네 땅이라고 얼토당토않게 생떼를 쓰는 일본도 밉지만 아무리 대국이라도 이웃 나라의 역사를 왜곡하면 안 되지.

이럴 때일수록 나보다 힘센 상대방을 잘 알아야 하고, 그런 사람이 많아질수록 대국이라고 함부로 우리 역사를 얕보고, 비틀고, 구부리는 일을 막을 수 있지 않겠니? 나는 네가 성인이 되어서 그런 일에 종사하면 좋겠다고 생각했다.

에이이이. 아빠! 갑자기 웬 애국자 코스프레?

네가 이렇게 받아칠 것만 같구나. 그래도 할 수 없지. 하지만 진심이란다.

일곱 살 어린 너를 데리고 엄마와 나는 우리 동포들이 많이 사는 연길로 갔단다. 그곳의 조선인 학교에 너를 두고 돌아설 때의 순간을 어찌 필설로 형언할 수 있겠니? 당장이라도 꿈이든 뭐든 간에 계획을 집어치우고 싶었다. 지금도 후회하고 있단다. 그때 왜 너의 손목을 잡아채어 돌아서지 못했을까 하고 말이다. 내 평생 잊지 못하는 날이란다. 못난 아빠는 오로지 너의 장래를 위한다는 모진 마음을 다독이며 돌아섰지. 그것이 이 험난한 세상살이에서 조금이라도 너의 힘이 되리라 여기면서.

집으로 돌아온 후에도 부모와 헤어지기를 거부하는 너의 울음소리가 귀에 오랫동안 남아 있었단다. 내가 그럴진대 엄마는 훨씬 더 힘들었겠지? 그래서 아빠는 내색도 하지 못한 채 한동안 끙끙 앓았단다.

"형준이가 이야기 대회 본선에 진출했습니다."

"형준이가 반 대표로 뽑혔습니다."

"형준이가 중국 아이보다 발음이 더 좋습니다."

"누가 봐도 중국 아이입니다."

형준아.

너는 그렇게 두 번째로 서프라이즈! 서프라이즈! 로 부모에게 다가왔다.

전화기를 울리는 선생님의 말을 들을 때마다 엄마와 나는 힘이 불끈불끈 솟는 것만 같았다. 우리는 더 억척스럽게 일을 하며 저축했다.

네가 3학년이 되었을 때, 우리는 드디어 너를 만나러 갔다. 너는 몰라보게 성장해 있었다. 그 사이에 아동에서 소년으로 변해 있었지. 어린 것이 얼마나 외롭고 힘들었을까? 아빠는 목이 메이고 가슴이 뜨거워졌다.

너 혹시 그날 네가 한 일을 기억하니?

저녁을 먹은 후에 너는 큰 대야에 따뜻한 물을 가득 받아 와서 엄마의 발을 씻겨 주었다. 그때 엄마는 고개를 옆으로 돌린 채 한참 동안 소리 없이 눈물을 흘리더구나. 지금 생각하니, 그날 그 길로 너와 함께 한국으로 돌아왔으면 좋았을 것을!

아빠는 생활 기반을 더 튼튼히 잡은 이후에 너를 데리고 올 심산으로 다시 너를 두고 왔구나.

그날 이후, 몇 달 더 지난 어느 날. 드디어 너는 집으로 전화를 했다.

"아빠, 엄마. 보고 싶어요"

전화기 너머로 나는 너의 짙은 그리움을 느낄 수 있었다. 우리는 더 이상 고민하지 않았다. 우리도 네가 너무너무 보고 싶었기 때문이지. 그렇게 너는 초등 4학년에 집으로 돌아왔다.

우리 세 식구는 그때서야 남들처럼 '가정'이라는 행복을 되찾을 수 있었다. 정말 기쁘고 반가웠단다. 두고두고 생각해도 잘한 선택이었다.

우리 아들 형준.

너는 적응력이 빼어났단다.

중국에서의 생활을 감쪽같이 잊은 듯이 너는 금방 학교에 잘 적응했다. 아빠는 적잖이 안심했단다. 너는 무럭무럭 자라서 선부중학교에 입학했다. 태권도를 무척 좋아했다. 열심히 학원에 다녔지. 마침내 그 어렵다는 3품을 획득할 수 있게 되었다. 그러면서도 너는 또한 방송반 일에 적극적이었지. 어떤 날은 등교 시간보다 훨씬 이른 새벽에 집에서 나가기도 하고.

이유를 알아 보니, 너는 자원해서 교실의 열쇠를 관리하느라고 그렇게 달콤한 새벽잠을 주저 없이 단축하기도 했어.

당연히 엄마가 제동을 걸었다. 소년기에 잠을 푹 자는 것이 성장과 건강에 으뜸이라고 엄마는 믿었거든. 그런데 너는 언제나 엄마를 설득하고 이기는 편이었다. 왜냐하면 평소에 엄마라기보다 친구처럼 가깝고 다정하게 지냈기 때문이지.

하루 일과를 엄마에게 모두 조잘조잘 일러바치는 걸 볼 때면 아빠는 더러 '저런! 사내자식이 돼 갖고선 계집애처럼 잔망스럽기는' 하고 못마땅하기도 했을 정도니까.

체구가 자그마하고 가녀린 네 엄마와 함께 마트에서 나란히 쇼핑을 할 때면 오히려 네가 엄마의 보호자처럼 보이기도 했지. 아빠와는 달리 너는 엄마에게 무척 세심하고 친절한 아들이었다.

엄마의 패션도 일일이 참견하면서 티셔츠와 바지를 코디해 주기도 했어. 그럴 때면 오히려 엄마가 어린아이같이 웃으며 좋아했지.

지금 생각해 보니, 엄마가 정말 유부초밥을 그리도 좋아해서 많이 먹었을까 궁금해진다. 그건 아마도 아들과 나란히 주방에서 요리하는 시간이 좋아서 그랬을 것 같아. 너는 유부초밥을 잘 만들어서 쟁반에 맵시 있게 진열하는 걸 즐겨 했다. 자칭 '야무진 초밥'이라고 이름 지어서.

아들과 주방에서 나란히 요리하던 그 시간이 아마도 엄마 평생 가장 행복한 시간이었을 거라고 아빠는 추측해 본다.

때로 엄마와 다투기도 했지. 흡사 친구처럼 말이지. 그런데 다툴 때조차도 엄마의 얼굴은 결코 어둡지 않았어. 그것은 이 세상 어느 누구도 줄 수 없는, 오로지 너만이 줄 수 있는 행복이었어. 그러니까 지구상 60억 명 중에 오직 아들인 형준이 너만 가진 능력!

그런데 너의 초능력은 정말 대단하더구나.

너 어떻게 엄마가 팽목항에 온 줄 알았니?

흐느낌과 울부짖음, 그리고 기진맥진과 혼절을 거듭하던 엄마가 형준이 있는 그곳으로 가자마자 너는 깊고 어두운 바다 아래에서 엄마에게로 왔다.

아들아.

너는 적응력이 뛰어나기도 했지만 남자로서 그 품이 또한 넓었지.

네 책상 위에 깜빡이고 있는 시계를 보니 네게 저 시계를 선물한 준이와 그 엄마가 생각나는구나. 준이는 친구가 없었다. 학교와 집만 오가는 준이는 외톨이를 자처하는 듯이 보였다. 컴퓨터만이 유일한 동무였던 준이를 너는 우리 집에 자주 데리고 왔다. 더러 방과 후 학교 운동장에서 친구들을 불러 모아 준이와 함께 공을 차기도 했다.

준이 엄마가 너를 불러내어 자기 집으로 데려가는 날도 많았다. 그럴 때마다 너는 조금도 싫은 내색 없이 준이 집으로 가서 같이 공부하고 게임도 했다. 그리고 두어 번 준이 엄마와 함께 시골에 있는 준이 외가에 갔다 오기도 했지. 준이 엄마는 붙임성이 좋고 활달하고 친구가 많은 너를 눈여겨보았던 게지. 그리고 준이를 네게 가까이로 데려간 거야. 이런 준이 엄마의 끈질긴 노력은 성공했지. 준이는 제법 친구들을 사귀기 시작했고 쾌활해졌지. 고마운 표시를 하느라 준이 엄마는 너희에게 피자와 치킨을 마구

마구 사 먹였다. 그 때문은 아니겠지만 너는 중학교 3학년 때 흡사 마법에 든 이처럼 키가 늘어나고 덩치가 불어났다. 무려 176센티에 몸무게도 엄청났지.

네 엄마는 이때부터 피자와 치킨을 제한하기 시작했단다. 지금 엄마는 그 일도 무척 후회하고 있단다. 그렇게나 좋아하는 걸 실컷 먹게 둘 걸 왜 못 하게 했을까 하고.

네가 고등학교에 진학할 무렵 아빠는 다시 고민을 좀 했단다. 아무래도 중국과 관련한 꿈을 지울 수가 없었거든. 나의 이런 마음을 헤아린 듯이 너는 해법을 제시했지.

중국어 특기를 살려서 중국어과에 진학하겠노라고. 해서 제2외국어로 중국어가 교과 과정에 들어 있는 단원고를 지망하게 되었지. 너의 계획은 꽤 구체적이었어. 아빠는 믿음이 갔단다. 중국어 국가고시 6급 자격을 따면 한양대학교 중국어과에 입학할 수 있다는 것이었다.

너는 1학년 때 중국어 국가고시에 도전했고 3급에 합격했다. 그것도 300점 만점에 294점이라는 높은 점수로. 가르치던 중국어 선생님도 깜짝 놀라셨지. 그렇게 차근차근 올라가면 3학년 초입에는 반드시 6급을 딸 수 있다고 너는 우쭐대며 호쾌하게 장담했지.

그래, 그때 엄마도 크게 기뻐했단다.

집에서 학교 가는 길이 위험하다고 자전거를 사 달라는 너의 끈질긴 요구에도 한사코 꿋꿋이 버티던 엄마가 맨 먼저 달려간 곳이 바로 자전거포였지. 너는 의기양양하게 마음에 드는 자전거를 골랐다.

막 움이 터서 신록이 연록색으로 나뭇가지마다 아우성치는 것 같은 가로수 아래를 달려서 넌 등교했다. 베란다에 서서 너의 뒷모습을 보면 꼭 망아지처럼 보였지. 교복 상의에 바람을 빵빵하게 부풀려서 페달을 신나게 밟고 달리는 게.

그런 좋은 성적으로 기세 좋게 올라가다 보면 너는 분명 6급을 거머쥐었을 거야. 그리고 대학생이 되었겠지.

한국의 고등학교는 오로지 입시 경쟁을 뚫기 위한 공부에만 집중해 있으니 너희도 때로 숨이 막혔겠지? 열심히 중국어에 매진하는 틈틈이 너는 농구를 즐겼다.

우리 아들이 무척 행복했던 시간이었던 거 같아.

와동체육공원에서 농구를 할 때의 너희는 정말 싱싱한 젊음을 발산했단다. 물살을 거슬러 오르는 물고기같이 퍼덕거렸지. 때로 휴일 밤늦은 시간에 체육공원 조명 아래서 보면 너희 다리가 말의 그것처럼 든든해 보이기도 했단다.

같은 반 동혁이와 경빈이를 제치고 네가 단독 드리블로 골대를 향할 때, 너의 머리카락은 마치 초원을 내달리는 말갈기처럼 나부꼈지. 농구팀으로 4반에 이름이 같은 민석이가 둘이었어. 김민석과 최민석. 주로 두 민석이가 수비 담당이었지. 전속력으로 달려와 제지했지만 우리 아들 형준이가 3점 라인 바깥에서 던진 공을 끌어내리지는 못했어. 공이 림 안으로 출렁거리며 꽂힐 때의 그 쾌감이라니!

아빠는 너의 늦은 귀가를 기다리는 엄마의 성화에 못 이겨 너를 데리러 갔다가 너희의 경기를 여러 번 지켜봤거든. 아니, 그 게임을 아빠도 즐기곤 했지.

시합이 끝나고 너희가 땀에 젖은 몸으로 코트 밖으로 몰려 나올 때면 젊은 청년들의 체취가 물씬 풍겼지. 너희의 젊은 비릿한 몸이 아빠는 한없이 부러웠단다.

엄마 아빠의 오직 하나뿐인 아들아.

그곳에도 간혹 준이와 같은 외톨이가 있겠지?

여기서 그랬던 것처럼 친구가 되어 잘 배려해 주리라고 믿는다.

2014년 4월 15일, 제주로 떠나기 전에 준 용돈 다 썼니? 부족하면 또 말하렴.

언제나 두둑이 준비하고 있을게. 엄마한테만 찾아오지 말고 내게도 가끔 들러 줘야 해. 늘 현관문 잠그지 않고 있을게. 혹 꿈에라도 문 잠겨 있으면 형준이 못 들어올지 모르니까 우리는 너를 다시 만날 때까지 문 잠그지 않을 거야.

아빠는 엄마가 무척 걱정되는 날이 있단다. 바로 천둥치고 폭우 쏟아지는 날이란다. 내가 출장 가서 집을 비우는 날이면 엄마는 혼자 자는 걸 무서워했어. 그러나 남편보다 더 든든한 아들이 와서 함께 자니 아무 걱정 없었지. 너는 그 큰 덩치로 엄마

옆에 스스럼없이 베개를 들고 와 누워서 온갖 시시콜콜한 얘기까지 나누며 엄마를 편히 잠들게 했지.

형준아.

모든 게 그대로 있단다. 보름밖에 타지 못한 너의 자전거, 네가 집중해서 공부하던 책상과 책들, 중국어 교본, 농구공, 농구화, 너의 몸 냄새가 그대로 배어 있는 옷 등등. 모두 주인을 기다리며 다소곳이 앉아 있구나.

여기 자주 들를 거지? 특히 천둥치는 날이면 꼭 와야 해. 엄마가 잠 못 드니까. 우리는 언제나 네가 오기를 기다릴 거야. 네가 집으로 오는 꿈길을 아빠는 매일 빗자루로 정갈하게 쓸어 놓을게. 우리 아들. 자주 올 거지?

2015년 초가을 아빠 씀

멋진 발차기 태권 소년 경빈이

안산 단원고 2학년 4반 **임경빈**

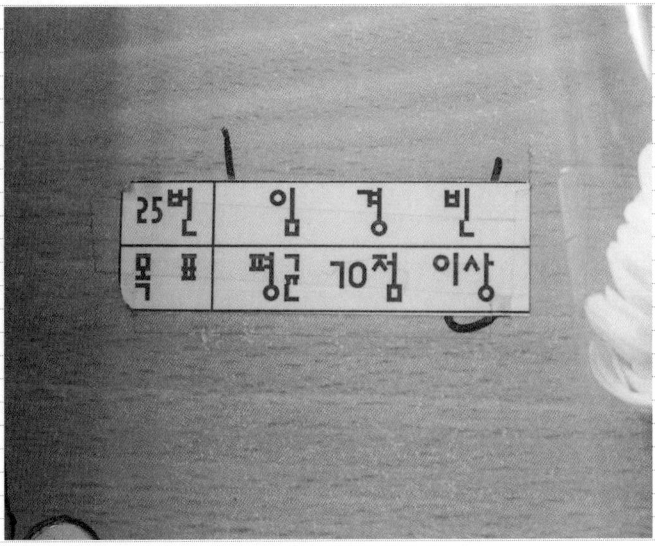

1. 고등학교 1학년 때 보성 녹차밭에서 동생 현희랑.
2. 중학교 때 경빈이 힘찬 발차기. 그 당시에는 이 정도 발차기를 하는 아이가 경빈이뿐이었다.
3. 초등학교 4학년 때 대부도에서 아빠랑 동생 현희랑.

멋진 발차기 태권 소년 경빈이

이모 가족이 등산 가자면서 왔다. 온 가족이 이모 가족이랑 수암산에 갔다. 친구들이랑 노는 것도 좋지만 가족이랑도 시간을 많이 보내고 싶다. 부모님 모두 직장을 다녀서 일요일밖에 시간이 없는데 바닷가에 놀러 가면 시간이 많이 걸려서 오후에 친구들이랑 축구를 할 수가 없다. 그래서 생각해 낸 것이 일요일 오전마다 가까운 산에 가는 것이다.

산에서 내려와 점심으로 먹자면서 이모부가 족발을 샀다. 족발만 사 가면 어머니가 밥을 해야 하니까 동영이네 집에서 김밥을 사 왔다. 집에서 가까운 김밥 집이 있지만 이왕 사 먹는 것 친구네에서 팔아 주고 싶었다. 의리 있다고 이모부가 칭찬을 했다.

집에 오자마자 부엌으로 갔다. 계란 프라이를 하나 해 가지고 어머니 앞에 놓아 주었다. 중학생밖에 안 된 남자애가 너무 예쁘게 계란 프라이를 했다고 이모가 놀렸다. 사실은 칭찬이라는 것을 아니까 기분이 하나도 나쁘지 않다.

현희가 먹으려고 젓가락을 댔다.

"엄마 드시라고 한 거야."

밀쳐 냈다. 엄마 아빠 직장에서 늦게 오면 짜파게티도 잘 끓여 주고 먹고 싶다는 것 잘 해 주니까 고기 못 먹는 어머니 먹을 거에 손대지 말라고 달랬다.

식사가 거의 끝나 가는데 어머니가 내일까지는 그동안 미루고 미뤄 왔던 결정을 하자고 했다. 며칠 전부터 송 관장님도 이제는 한길을 정해서 그 방향으로만 가야 한다고 했다. 운동을 할 것인가 공부를 할 것인가를 결정하라는 말이다. 여섯 살부터 태권도를 했는데 초등학교 6학년 때부터 한쪽 길을 정하라고 하는 말을 들어 왔다. 공부랑 운동을 같이 하면 둘 다 어중간해진다면서 되도록 빨리 한길을 정하라고 어머니도 아버지도 관장님도 채근했다. 하지만 태권도를 더 열심히 해서 올림픽에 나가고 싶다. 세계에서 가장 태권도를 잘하는 사람이 되고 싶다.

"둘 다 해 볼게요."

또 이 말을 하고 말았다. 중학교 3학년 수준이 아닌 말이다. 둘 가운데 하나를 고르라는데 둘 다 하겠다니까 말이다. 짜장면이나 짬뽕 가운데 하나를 고르라는데 둘 다 먹는다고 하면 멍청이 소리 듣기 십상이다. 둘 다 할 수만 있다면 무조건 그 길을 선택하고 싶다. 공부도 태권도도 둘 다 잘할 자신 있는데 왜 하나만 하라는지 모르겠다. 이런 생각은 투정에 불과하다. 대회에 나가는 날이 가까워지면 밤 열두 시까지 연습하는 날이 많아서 집에 가서 씻고 침대에 누우면 새벽 한 시가 넘기 일쑤다. 운동하다 보면 공부할 시간이 거의 없긴 하다.

축구를 하면서도 그 생각이 떠나지 않았다. 골키퍼지만 공이 어디로 가는지 눈을 떼지 않아야 하는데 자꾸 딴생각에 빠져들었다. 막을 수 있는 골을 두 골이나 먹고 말았다. 끝나고도 집으로 곧장 못 가고 동네를 괜히 어슬렁거렸다.

"무슨 생각을 그렇게 하냐?" 준혁이었다. "불러도 대답도 없고."

목에 팔을 둘렀다. 별일 아니라면서 머리를 숙여 팔걸이를 풀었다. 피시방 가자는 말에 에라 모르겠다, 일단 한 게임 하고 보자며 따라갔다. 오늘도 어김없이 축구 게임이다. 원래 있는 팀을 그대로 게임 속 팀으로 꾸리는 것을 좋아하는 아이들이 많은데 준혁이와 나는 좋아하는 선수를 마음대로 모아서 꾸리는 것을 좋아한다. 아무리 뛰어난 클럽이라도 포지션에 따라 최고가 아닌 선수가 있게 마련이다.

세계 최고 리그인 잉글랜드 프리미어리그에서 가장 잘나가는 맨체스터유나이티드라도 모든 선수가 세계 최고는 아니다. 포지션별로 최고 수준으로 짜야 게임에서 이길 수 있다는 것도 잘 알고 있고, 최고 선수로 짜면 최고 실력을 발휘하니까 강팀이 된다는 것도 인정한다. 그렇다고 모든 경기에서 다 이길 수는 없다.

게임하는 사람이 잘해서 경험치를 높이면 능력치가 좋아져서 강해지기도 한다. 새로 팀에 합류한 메시보다 내가 키운 선수들 능력치 레벨이 더 높다. 스타플레이어가 아니었는데 꾸준히 기용해서 게임에서 경험치를 높였기 때문이다.

준혁이는 패스를 잘하는 선수들로 팀을 꾸리는 것을 좋아하는데 나는 저돌적으로 드리블을 잘하는 선수를 좋아한다. 준혁이는 마블윈이라는 미국 선수를 무척 좋아한다. 몸놀림이 빠른 선수이기 때문이다. 나는 디르크카윗을 공격수로 쓴다. 페예노르트로테르담에서 공격수로 뛴다. 원래 최고 스타는 아니었지만 내가 잘 써서 능력치 레벨을 최고 수준으로 높여 놓았다. 그러니까 게임에서 내가 키운 선수다. 태권도를 열심히 연습해서 잘하게 된 것처럼.

첫 골은 준혁이가 넣었다. 준혁이 편 메시가 돌파로 치고 들어오는 것을 막지 못했다. 문전까지 거침없이 밀고 들어와서 슈팅까지 연결했다. 메시가 공격하는 루트에 키 큰 수비수를 전담 마크맨으로 보강했다. 전담 수비수가 뚫리면 다른 선수가 막을 수 있게 한 명 더 배치했다. 아무리 빠른 메시라도 밀집 수비를 뚫지는 못한다. 가로챈 볼을 미드필드에서 롱패스로 한 번에 크로스를 했다. 순식간에 동점을 만들었다.

전략을 바꾸어서 수비수들을 앞으로 전진 배치했다. 준혁이 팀 공격수들 약점을 무너뜨릴 선수들로 공격 루트를 봉쇄하고 미드필드에서 압박으로 밀어붙여서 역전에 성공했다. 첫 게임을 7대 5로 이겼다. 선수들 장점과 단점을 잘 파악하면 어떤 점을 다른 선수가 받쳐 주어야 하는지 보인다. 만약에 걸음이 느린 선수가 윙백이라면 주력이 좋은 수비형 미드필더를 앞에 배치해서 중원에서 압박으로 볼을 차단하는 전략을 세우면 된다. 공격수가 걸음은 빠른데 골 결정력이 떨어진다면 직접 슈팅하는 것보다 수비를 교란시키는 임무를 맡기면 된다.

"넌 어떻게 그렇게 선수들을 다 줄줄이 꿰고 있냐?"

준혁이가 뒷덜미를 긁적이며 입맛을 쩍 다셨다. 어느 팀에 누가 있는지 누가 어떤 능력을 가지고 있는지, 누가 언제 어디로 이적해 갔는지 등등을 잘 안다며 나중에 축구 선수 스카우트해도 되겠다고 했다. 미국 프로 야구팀에 빌리빈 단장처럼 잘 해낼 거라면서 엄지척도 한다.

그냥 스마트폰으로 뉴스 검색하거나 팀에 들어가서 보는 정도일 뿐이다. 좋아하는 선수들이니까 관심 가지고 보는 거고 기억하는 것뿐이다. 역사를 좋아하는 준혁이도 축구 역사에 관심을 가지게 되면 나보다 훨씬 더 잘 알게 될지도 모른다.

준혁이가 선수를 줄줄이 교체하고 두 번째 판에 들어갔다. 선수 교체 효과를 본 덕분에 5대 6으로 졌다. 세 번째 게임은 방심하는 바람에 막판에 두 골을 연달아 먹어서 5대 3으로 졌다. 역시 축구 게임은 준혁이가 한 수 위다. 좋은 선수가 많고 조직력이 좋아도 게임을 진행하는 사람이 능숙하지 못하면 경기에서 이길 수가 없다.

자꾸 지기만 하고 게임이 마음대로 안 풀리니까 싫증이 나 버렸다. 축구 말고 누구에게도 이길 자신 있는 스타크래프트를 하자고 했다.

"내가 지는 게임을 왜 하냐?"

하지만 준혁이는 콧방귀를 뀌었다. 처음에는 준혁이가 훨씬 잘했는데 요즘은 내가 더 세다. 하기 싫으면 관두라고 짜증을 내려는데 축구 한 게임 더 하고 스타하자고 했다. 게임에 빠져 있으면 머리 아픈 생각이 안 나서 좋다.

대회가 끝난 지 얼마 지나지 않았는데도 관장님은 긴장을 늦추지 말라고 다그쳤다. 지난 대회는 우리 체육관에서 열일곱 명이 나가서 서른 개나 되는 금메달을 땄다. 오십 명이 넘는 선수가 나온 체육관하고 몇 개 차이 안 나게 땄다. 출전 선수 인원으로 치면 가장 많이 딴 셈이라고 관장님도 다른 체육관 사람들도 엄지척을 했다. 개인전 금메달이랑 단체전 금메달을 같이 딴 나도 어깨에 힘이 좀 들어갔다.

대회 때마다 사람들이 지나가거나 관장님 친구들이 인사하러 오거나 하면 발차기를 해 보라고 시킨다. 그때마다 감탄하는 탄성을 어김없이 듣곤 한다.

"너처럼 차는 애는 없다."

관장님 친구들도 늘 감탄을 했다.

"팔을 귀에 붙이고 손드는 건 줄 알았잖아."

180도로 발을 차올리는 것을 보고 머리를 쓰다듬어 주는 사람들도 많다.

처음 태권도를 하던 여섯 살 때 관장님 이름이 임석빈이었다.

"내가 형일지도 몰라."

임씨가 흔치도 않은데 이름까지 비슷하다면서 좋아했다. 그 덕분이기도 하고 대회에 나가서 상을 척척 받게 되면서 태권도를 더 좋아하게 되었다.

이 동네로 이사를 올 때 임 관장님이 무척 아쉬워하면서 지금 다니는 체육관의 송 관장님을 소개해 주었다. 발차기 자세가 그 정도로 좋은 것은 타고난 재능이라면서 좋은 재료가 훌륭한 요리사를 만나면 멋진 요리가 된다면서 격려해 주었다.

"나는 욕심이 많은 사람입니다."

처음 체육관에 갔을 때 송 관장님이 어머니한테 나를 강하게 단련시켜서 최고 선수를 만들고 싶다고 했다. 그러기 위해서는 강하게 혼도 낼 것이라고 했다. 중학교 때까지 육상 선수를 했던 어머니도 운동을 할 거면 최대한 열심히 해야 한다면서 적극 찬성했다. 처음에 송 관장님은 힘을 빼라고 했다. 발을 높게 차려면 힘을 주지 않으면 안 되는데 어떻게 힘을 빼라는 말인지, 태권도를 춤추듯이 흐느적거리며 하라는 것인지 잘 이해가 되지 않았다. 시키는 대로 힘을 빼고 해 보았지만 제대로 되지 않았다. 이럴 때는 반복 연습만이 살길이다.

종목도 겨루기에서 품새로 바꾸자고 했다. 싸워서 상대방을 쓰러뜨리는 겨루기는 부상을 당할 위험도 높고 무엇보다 25세 정도면 거의 은퇴를 하게 되니까 선수 생명이 짧다고 했다. 학창 시절을 다 바쳐서 운동을 했는데 너무 빨리 운동을 멈추게 돼 버린다. 은퇴를 하면 지도자 생활로 살아야 하는데 그 생활은 그냥 직장인이랑 다를 바가 없다. 운동에 대한 목표도 없어지고 몸 관리도 안 된다.

그런데 품새는 겨루기에서 체급을 나누듯이 나이대별로 나누어져 있다. 나이를 먹어서도 자기 운동 목표가 없어지지 않으니까 평생 태권도를 직접 운동으로 하면서 살

수가 있다. 송 관장님은 힘을 빼야 품새 동작이 잘 나오고, 동작이 잘 나와야 좋은 성적을 낼 수 있다고 언제나 강조했다. 그렇다고 힘없이 하라는 뜻은 아니었다. 차기와 지르기에서 힘이 들어가야 할 때만 모아서 날카롭게 쓰라는 말이었다.

그 말을 이해하고 점점 몸에 익히게 되면서 대회에 나가서 발차기만 했다 하면 우리 체육관 신수들은 물론이고 관중석에서도 탄성이 터져 나왔다.

"수준이 다르다니깐."

관장님은 언제나 격려를 해 주었다.

기대했던 대로 개인전과 단체전에서 모두 금메달을 땄다. 모두들 엄지척을 해 주었다. 우쭐한 마음이 자동으로 들었다. 그때 관장님이 선수들을 불러 모았다.

"이겼을 때는 둘레 친구들을 먼저 보아라. 경기에 진 사람이 어떤 심정인지를 아는 사람이 진정한 승자다."

상대보다 월등하게 잘했거나 특별히 훌륭해서 이긴 것이 아니라 상대가 실수를 했거나 운이 안 좋아서 이긴 것일 수도 있다는 것을 깨우쳐 주었다. 오늘 이겼다고 다음에도 이길 수 있는 게 아님을 명심하라면서, 이겼을 때 진 사람을 무시하지 않고 같이 운동하는 친구로 여기는 마음을 가져야만 진정한 승리를 얻은 것이라고 당부했다.

"특히 경빈이는 금메달 여러 개 땄다고 잘난 척하지 말고."

콕 찍어서 주의를 주었다. 우쭐했던 마음이 푹 꺾였다. 목에 걸었던 금메달을 슬그머니 풀어 놓았다. 그날 집에 가서도 별로 기뻐하지 않는 것을 보고 어머니가 걱정을 했다가 관장님 전화를 받고는 진 사람한테서 존경을 받는 사람이 진짜 이긴 사람이라는 것을 깨우쳐 주려는 것이니까 너무 실망하지 말라고 했다.

며칠 뒤에는 관장님이 운동을 잘하는 사람은 다른 사람들을 이끌어 갈 줄도 알아야 한다면서 리더십을 배우라고 했다. 자기 운동을 열심히 해서 최고가 되는 것만이 목표가 되어서는 안 되며 최고가 된 다음을 위해서 꼭 필요한 것이 리더십이라고 했다.

오늘은 꼭 결정을 해야 한다는 말에 차로 집까지 태워다 주며 관장님은 "우리나라 최고 선수를 넘어서 세계 최고 선수가 되었으면 좋겠어."

늘 해 오던 기대를 또 말했다. 태권도를 잘할 수 있는 고등학교에 가고 대학교를 좋은 데 가서 올림픽에 나가 금메달을 따는 당당한 선수가 되라고 했다.

"경빈아, 꼭 태권도 해야 돼."

당부도 잊지 않았다. 체육관에서 20분도 더 걸리는 집까지 직접 태워다 주면서 날마다 했던 당부였다. 만약에 오늘 태권도를 안 한다는 결정을 내린다면 내일부터 체육관에 나오지 않게 될 것을 알기 때문에 그날따라 더 간절하게 당부를 했다.

차에서 내리는데 "이거 내가 입던 거야" 하며 관장님이 도복을 주었다.

태권도에 대한 꿈을 포기하지 말라고 주는 선물이라고 했다. 자기가 입던 도복을 준다는 것은 자기랑 한 몸이 된다는 뜻이라고도 했다. 멍하게 서 있는데, "내일 보자" 하고는 보통 때처럼 차를 쌩 달려서 사라졌다. 고맙다는 인사를 할 사이도 없이.

하루에 한 끼라도 온 가족이 모여서 먹어야 한다며 저녁밥만큼은 늦더라도 아버지를 기다렸다가 다 같이 먹는다. 아버지가 새벽에 나가니까 저녁이 아니면 온 가족이 얼굴을 마주 보고 앉을 시간이 없다. 그날 무슨 일이 있었는지 얘기하면서 밥을 먹다 보면 고민도 털어놓을 수 있게 되고 집안일을 다 같이 의논할 수도 있게 된다. 식사를 마치고 과일을 먹으면서 어머니가 결정했냐고 물었다. 더 이상은 둘 다 해 보겠다고 말할 수가 없다.

"운동할래요."

말이 떨어지자마자 아버지가 한숨을 길게 내쉬었다. 아무 말도 하지 않고 밖으로 나가 버렸다. 어머니는 아버지가 나간 현관문을 보면서 안절부절못했다. 아무리 생각해도 태권도를 포기할 수가 없다. 한참을 기다려도 아버지는 들어오지 않았다.

"아버지 생각이랑 달라서 좀 섭섭해서 그러시는 거야."

어머니가 그만 들어가서 자라고 했다.

운동하고 와서 공부를 하다 보면 금세 졸리고 침대에 누우면 바로 잠이 드는데, 그날은 머리가 하얗게 비는 느낌이 들면서 눈이 또랑또랑했다. 다음 날 저녁을 먹으면서

도 아버지는 아무 말도 하지 않았다. 먹는 둥 마는 둥 몇 숟갈 뜨다 말고 소파로 가서 텔레비전만 보았다. 밥알이 목에서 자꾸만 걸리는 느낌이었다.

"공부해 볼게요."

밥을 다 먹고 일어나면서 온종일 생각하고 굳힌 결심을 말했다. 그때서야 아버지 얼굴이 확 펴졌다. 회사에서도 온종일 사람들이랑 말을 안 했다고 했다.

"운동만 해서 선수로 반짝 성공하는 것도 좋지만 평생 태권도를 하면서 살았으면 좋겠어."

지도자 자격을 얻을 수 있을 정도로 해 두었고 품새는 나이가 좀 들어도 할 수 있으니까 지금 공부를 하면 미래에 더 많은 선택을 할 수 있는데, 운동만 한다는 말을 듣고는 얼마나 실망했는지 모른다면서 더 활짝 웃었다.

기분 좋으니까 옛날처럼 스타크래프트 한판 하자고 했다.

"아빠가 스타크래프트 스승님이니까 살살 좀 봐주면서 하자."

어깨에 팔을 올리고 컴퓨터 방으로 들어갔다. 5학년 때 아버지가 돈을 버느라 의정부에 가서 살게 되었을 때 가르쳐 주었다. 옛날처럼 '경빈1234'라는 방을 만들었다. 아버지랑 떨어져 살았지만 이 방에서 같이 게임을 하면서 채팅도 했다. 아버지는 의정부에 어머니랑 식구들은 안산에 떨어져 살았지만 게임을 하는 동안은 같은 집에서 같이 사는 것 같았다. 어머니도 같이 하는 날이 많았다. 게임을 하다 보면 아버지가 없어서 허전한 마음도 생기지 않았다. 몸은 떨어져 있어도 마음은 떨어진 게 아니라는 것을 스타크래프트 게임을 통해서 온 가족이 깨달았다.

"나중에 대학 가면 다시 태권도 해도 되죠?"

아버지가 바로 옆에 앉아 있지만 채팅창에 대화를 썼다.

"그럼, 대학 가면 공부도 하면서 운동도 할 수 있으니까. 3년만 공부에 집중하자."

곧바로 아버지가 답장을 날려 주었다. 그러고는 고개를 돌렸다. 눈이 마주쳤다. 아버지가 손바닥을 펼쳐 들었다. 그 손에 하이파이브를 했다. 공부를 하면서 관장님 말씀대로 리더십도 배워야겠다고 결심했다.

파랑새의 집

안산 단원고 2학년 4반 **임요한**

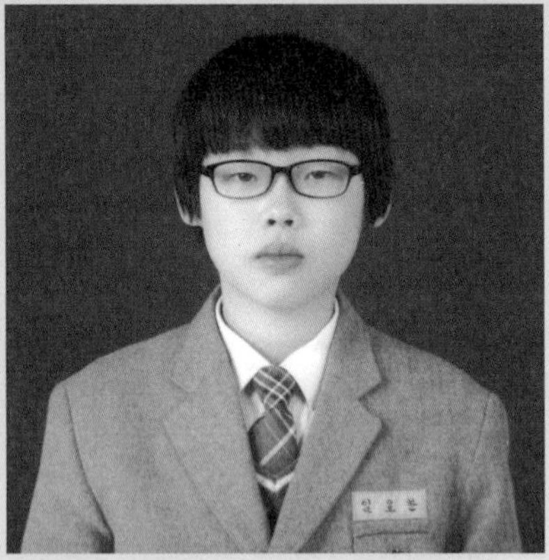

1. 여섯 살 때 외가 식구들과 시골에 놀러 갔다 돌아오는 길에 휴게소에서.
2. 고교 1학년 때 집에서 예배드리고 나서 목회자가 되고 싶다는 뜻을 아빠에게 말씀드린 후.
3. 고등학교 입학 후에 찍은 증명사진.

파랑새의 집

고교 2학년이 된 요한은, 선생님이 각자 책상 위에 자기 목표를 써 붙이라고 할 때 잠시 고민하다 '인생 평균 이상으로 굴곡 없이 행복하게 살기'라는 글귀를 떠올렸다. 그동안은 살면서 굴곡이 좀 있었지만 앞으로는 열심히 공부해 목사님이 되어 행복한 삶을 꾸려 가겠다는 꿈이 생겼으니까…… 꿈 많은 나이 열여덟이었으니까……

목회자를 꿈꾸며

"엄마! 나 나중에 아빠처럼 목사님 될래요."

"오, 그래? 정말 잘 생각했다. 우리 요한이는 틀림없이 그렇게 될 거야. 아빠처럼, 아니 아빠보다 훨씬 더 훌륭한 목사님이 될 거야."

"엄마 정말 그렇게 생각해요?"

"그럼! 그런데 요한아! 너 언제부터 그런 생각 했어? 전에는 경찰관이나 군인이 되고 싶다고 했잖아."

"에이, 그건 어렸을 때 얘기지. 아빠는 아픈 사람도 낫게 해 주시잖아요. 그런 훌륭한 일을 하시잖아요. 나도 아빠처럼 되고 싶어요."

엄마는 하마터면 눈물을 흘릴 뻔했다. 아들을 주시면 목회자로 키워 주의 종으로 삼겠노라는 간절한 기도가 이루어지게 생겼는데 어찌 기쁘지 않을까. 태중에 있을 때부터 신앙으로 키워 온 귀한 아들이었다. 하지만 그런 말이 마음의 짐이 될까 봐 그런 서원을 했다는 사실을 요한에게 말한 적은 없었다. 그저 부모의 뜻을 전할 그 '때'만 기다려 왔는데 요한이 스스로 그런 마음을 품으니 신통하기만 했다. 엄마가 기뻐하는 모습을 보자 요한도 흐뭇했다. 엄마의 기쁨은 곧 요한의 기쁨이었으니까. 그만큼 각별한 모자지간이었다.

아빠가 치유 집회를 열어 병자들에게 신유(神癒)의 은사를 베푸는 모습은 신비롭고 감동적인 장면이었다. 이는 요한에게 대중을 구원하는 목회자의 삶에 대해 깊이 생각해 보는 계기가 되었다. 하지만 요한이 어려서부터 아빠를 통해 보아 온 개척 교회 목사의 생활은 녹록한 것이 아니었다. 특히 요한이 고2 올라가던 해까지 수없이 이사를 다니며 짐을 쌌다 풀었다 했던 것은 추억치고는 씁쓸한 추억이었다.

때로는 집을 예배 장소로 삼기도 했고, 빈 상가에 교회를 열었다 상가 입주가 시작되면서 교회 문을 닫았는가 하면, 갈 곳이 없어 몇 달씩 창고에 교회 짐을 보관하는 일도 다반사였다. 요한은 초등생 때부터 아빠를 도와 이삿짐을 나르면서 장정 한 사람 몫을 해내곤 했다. 어디 그뿐인가. 예배를 드리다 보면 신도가 요한네 식구뿐일 때도 많았지만 요한은 정성스레 헌금함을 돌렸다. 요한은 어린 나이에도 몸가짐 마음가짐이 제법 의젓했다.

친구 없는 아이

요한이 이처럼 일찍 철이 든 것은 어쩌면 정신적 물질적으로 힘겨운 성장기를 보냈기 때문인지도 모른다. 실제로 잦은 이사와 전학은 열 살도 안 된 어린 요한에게 감당키 어려운 일이었다. 심지어는 부천에서 초등학교에 입학했다가 몇 달 후 서울로 전학 갔다가 2학기에 다시 안산으로 전학 왔을 정도니 말이다.

안산 고잔초등학교에 다니면서도 요한은 언제 또 이삿짐을 싸게 될지 모른다는 생각에 늘 마음이 허공에 떠 있는 것 같았다. 친구를 사귈 엄두도 나지 않아 "형! 형!" 하며 따르는 동네 조무래기들과 어울리는 것이 고작이었다. '친구 없는 아이' 요한은 학교에 가는 것이 그다지 즐겁지 않았다. 하긴, 친구가 있다 해도 다섯 명이 살고 있는 좁은 집에 데려올 수도 없었을 거다.

안산에서 요한의 가족은 할머니를 모시고 살았다. 할머니를 모시고 살았다고는 해도 사실상 할머니에게 얹혀산 거나 마찬가지였다. 할머니는 갑자기 좁은 집에서 3대가 같이 살게 된 것이 그리 내키지 않았다. 호젓하고 자유롭게 노후를 보내려던 계획이 어긋난 데다 생활의 불편함도 무시할 수 없었기 때문이다.

요한의 가족은 무의식적으로 할머니의 심기를 살폈지만, 할머니의 마음에 들었던 사람은 가족 중에서 요한이 유일했다. 인사 잘하고 살갑게 구는 손자가 어찌 예쁘지 않을까. 그런 할머니와 요한을 보며 엄마 아빠는 남몰래 안도의 한숨을 내쉬곤 했다. 하지만 학교에 마음을 붙이지 못했던 요한은 집에서조차 발 뻗고 쉴 수 없었다.

물론 아무에게도 내색은 하지 않았다. 단 한 번, 학교 선생님에게 집안 사정이 어렵다는 말을 한 적이 있을 뿐. 요한은 어린 나이에 이미 삶의 고달픔을 알아 버린 것 같았다. 요한의 가족은 가족끼리 오붓하게 살 수 있는 공간을 갈망하게 되었다. 곧 가족 기도회가 시작되었고, 엄마와 요한 남매까지 셋이서 손잡고 하루를 기도로 시작했다. 아빠는 교회 운영과 외부 활동으로 바빠 기도회에 빠질 때가 많았다.

우리 엄마가 만든 급식이야!

할머니 댁에 살면서 달라진 것은 또 있었다. 아빠를 도와 전도하고 기도하는 게 일상이던 엄마가 생활 전선에 뛰어든 것이다. 엄마는 가사도우미를 하며 틈틈이 식당 일까지 다니느라 늘 분주했다. 요한이 엄마 얼굴을 보는 때는 아침에 일어나 학교 가기 전까지의 15분 남짓한 시간이 전부였다.

요한은 매일 밤 동생과 함께 엄마를 기다리다 잠들곤 했다. 엄마의 보살핌이 절실한 나이에 요한은 스스로 엄마의 빈자리를 대신했다. 방 정리는 물론이고 설거지와 청소, 재활용품 분리수거에 이르기까지, 요한은 마치 소년 가장이라도 된 듯 집안 살림을 도맡아 했다. 때로는 엄마가 일하는 집에서 싸 준 음식을 받아 오려고 버스 정류장에서 엄마를 기다리기도 했다. 엄마는 다른 집으로 또 일하러 가야 해서 집에 들를 시간이 없었다. 요한은 엄마가 건네준 보따리를 안고 집에 돌아와 동생과 음식을 나눠 먹었다.

요한은 밤낮으로 일하며 피곤해하는 엄마를 어떻게든 돕고 싶어 지쳐 누워 있는 엄마에게 슬그머니 다가가 팔다리를 주물러 드렸다. 요한은 빼빼 마른 팔뚝으로 안마를 하다 보면 팔이 뻐근해 왔지만, 엄마가 "아유, 시원하다!"며 흐뭇해하는 것을 보면 하나도 힘들지 않았다.

어쩌다 한 번, 가뭄에 콩 나듯 엄마가 쉬는 날에는 같이 외식을 하는 게 큰 기쁨이었다. 치즈 돈가스를 가장 좋아한 요한은 "돈가스 먹으러 가자!"는 엄마의 말이 떨어지면 신나서 따라 나섰다. 돈가스 집에 가면 엄마는 늘 배가 안 고프다면서 요한과 동생 것만 주문하곤 했다. 맛있게 먹는 남매를 엄마가 흐뭇한 눈길로 바라보고 있노라면, 요한은 엄마 입이 심심할 거란 생각에 돈가스 한 조각을 썰어 엄마 입에 넣어 주곤 했다. "엄마, 먹어 봐!"

5학년 때는 매일 학교에서도 엄마를 볼 수 있어서 좋았다. '우리 엄마가 만든 급식'이라는 생각에 우쭐해져 점심시간이 더더욱 기다려졌다. 엄마가 급식실에서 일하는 것을 알고 일부러 급식 당번을 맡겨 주시는 담임 선생님이 고맙게 느껴지기도 했다. 학교 끝나면 동생과 급식실에 내려가 엄마 일이 끝나기를 기다리며 엄마 일하는 모습을 구경하는 것도 얼마나 재미있던지……

"엄마!" 하고 부르면 일하던 엄마가 고개를 들어 두리번거렸다. 그럴 때마다 급식실 아줌마들이 '다른 애들은 엄마가 급식실에서 일하면 창피해하는데 너희는 안 그런다'며 기특해했지만, 요한은 그게 왜 창피한 일인지 이해가 안 되었다.

이틀짜리 사춘기

요즘은 초등생도 하나씩 갖고 다니는 핸드폰을 요한은 중학생이 되고 나서야 처음으로 가져 봤다. 중학교 1학년 때의 어느 봄날, 엄마를 따라 처음으로 핸드폰 매장에 간 요한은 선뜻 물건을 고르지 못하고 머뭇거렸다. 핸드폰을 갖게 된 것만도 감사할 일이니 굳이 비싼 제품이 아니어도 상관없었다. 하지만 엄마는 그동안 풍족하게 못 키운 것도 미안한데 핸드폰까지 늦게 사 주는 것이 못내 미안했다.

그날부터 핸드폰은 요한에게 분신이나 다름없었다. 요한은 액정 화면이 닳을 정도로 핸드폰을 끼고 살았다. 요한이 먼저 핸드폰을 사 달라고 조른 것은 물론 아니다. 요한은 뭔가를 요구하거나 조르는 아이가 아니었다. 요한은 가끔 엄마 아빠가 먹고 싶은 것이 있으면 말해 보라고 해도 그저 씩 웃기만 했다. 친구들이 입고 다니는 유명 브랜드 옷이 부러울 법도 하건만 그런 말도 입 밖에 낸 적이 없었다. 어려서부터 초등학교 졸업할 때까지 내내 사촌들 옷만 물려받아 입었으면서도 불평 한마디 없었다.

요한은 부모에게 뭔가를 요구한다는 게 미안하고 마냥 죄송스러웠다. 들어주지 못하는 부모 마음은 더 아플 거란 생각에 갖고 싶은 것, 하고 싶은 것이 있어도 차마 입이 떨어지지 않았다. 어쩌다 용돈이라도 생기면 자기 몫 챙기는 게 우선일 나이에도 동생을 먼저 생각했다. "뭐 먹고 싶어? 오빠가 사다 줄까?"

보통 사춘기 남매는 사이가 안 좋다지만 요한이 남매는 달랐다. 엄마 아빠가 동생을 야단칠 때면 요한은 동생 편을 들었다. 동생은 마음을 알아주는 오빠를 믿고 따랐고, 요한은 동생의 속마음을 전해 주며 가족 간의 징검다리 역할을 해냈다. 동생이 사춘기를 잘 넘길 수 있었다면 그건 오빠 요한이 집에서 중간 역할을 잘해 준 덕분이라고 봐야 한다.

그만큼 요한에게는 가족의 화목한 삶이 첫 번째로 중요했다. 중학교 때 어느 날 미술 시간에 '미래에 나는 어떻게 살고 있을까'라는 주제가 주어졌을 때 요한은 큼지막한 건물부터 그려 넣었다. 그러고 나서 가운데에 엄마 아빠와 동생과 요한 자신을, 왼쪽에 외가 식구들을, 오른쪽에 친가 식구들을 그려 넣었다. 우리 집만 잘사는 것도 원치 않았다. 요한은 양가 친척들까지 다 함께 살면서 오순도순 행복한 삶을 꾸려 가기를 소망했다.

그랬던 요한에게도 중3 때 사춘기가 찾아왔다. 순하기만 하던 평소 모습은 온데간데없고 갑자기 신경질 가득한 '까칠 소년'으로 변해 버렸으니까. 그런데 누가 효자 아니랄까 봐, 요한은 사춘기도 참 짧게 앓고 말았다. 이틀짜리 사춘기였다고 하면 누가 믿을까?

고생시켜 드려서 죄송해요

"엄마! 우리 네 식구 여행 좀 가면 안 될까요?"

"여행? 그래, 가자."

"정말? 언제요?"

"그런데 당장은 시간 내기가 좀 어렵네. 요한아, 나중에 시간 될 때 꼭 가자."

유난히 가족을 좋아하고 가족을 챙기던 요한은 가족끼리 여행을 가 보는 게 소원이었다. 엄마는 그때마다 조금만 미루자면서 요한을 달래는 수밖에 없었다. 평일에는 일에 매달려 있느라, 주일에는 예배를 드리느라 도무지 시간을 낼 수 없었다. 정말 여행 갈 시간이 없기도 했지만, 그럴 시간에 한 푼이라도 더 벌어야겠다는 욕심 아닌 욕심 때문이기도 했다. 생각해 보면 아이들과 나들이를 떠나 본 게 언제였던가 싶다. 학교 급식실에서 일할 때는 그래도 방학에 일을 쉬니 사정이 좀 나았다. 요한의 외가 식구들과 함께 여행을 간 적도 있었으니까. 하지만 네 식구만의 단란한 여행은 역사에 없는 일이었다.

요한은 집집마다 거실에 한 장씩 걸려 있는 가족사진도 부럽기만 했다. 엄마 아빠는 '우리도 가족사진이 있었으면 좋겠다'는 요한의 바람을 알고 있었지만, 역시 당장 급한 일이 아니라는 생각에 나중으로 미뤄 두었다. 물론 요한이 가장 절실하게 원한 것은 '우리 집'과 '나만의 방'이었지만 이 또한 쉽게 이루어질 수 있는 소망이 아니었다.

만약 집안 형편이 좋아져서 엄마가 직장을 그만둬도 된다면 얼마나 좋을까. 요한은 만약 그렇게 된다면 매일 아침 다른 반찬으로 밥상을 차려 달라고 할 생각이었다. 이제는 그런 호사도 좀 누려 보고 싶었다. 하지만 그런 날이 대체 언제쯤이나 올까……

요한은 부모가 고생하는 것이 마치 자기 탓인 것만 같았다. 어버이날마다 편지에 '엄마 아빠! 우리 둘 키우시느라 힘드시죠? 고생시켜 드려서 죄송해요'라는 말을 빼놓지 않은 것도 그 때문이었다. 중학교 때 일부러 자원봉사를 학교 급식실에서 했던 것도 그런 죄송스러운 마음을 덜어 보기 위함이었다. 요한은 식당에서 힘들게 일하는 엄마를 생각하며 급식실을 쓸고 닦았다. 급식실 일이 좀 고되기는 했다. 급식실 봉사가 있는 날에는 집에 돌아오자마자 지쳐 쓰러졌으니까. 마음만 먹으면 적당히 일하며 봉사 시간을 채울 수도 있었지만 요한은 그러지 않았다. 식당에서 고생하는 엄마를 생각하면 차마 그럴 수 없었다.

요한은 행여 엄마가 일하다 다치지는 않을까, 과로로 쓰러지지는 않을까, 늘 노심초사했다. 하지만 요한이 할 수 있는 일이라고는 문자에 마음을 담아 전하는 것이 전부였다. '엄마, 저 엄마 아프시지 말라고 기도하고 있어요!' '엄마 힘내세요!' '엄마 사랑해요!' 요한은 가끔 엄마에게 위로의 말을 건네기도 했다. "엄마! 조금만 기다려요! 아빠가 하시는 부흥회도 잘될 거니까 조금만 더 고생해요!" 요한은 마치 앞일을 다 알고 있다는 듯이 호기롭게 큰소리를 쳤다.

마지막 수업

요한은 궁리 끝에 한 가지 결심을 했다.

"엄마, 저 아르바이트할래요."

"갑자기 무슨 아르바이트?"

"친구들도 많이 한단 말예요. 아르바이트해서 엄마 아빠도 도와드리고 제 용돈도 벌고 싶어요."

"요한아, 너희 고교생이 할 수 있는 아르바이트라면 식당 서빙 같은 일밖에 없을 텐데, 엄마가 보니까 알바 학생들이 고생을 많이 하더구나. 인격적인 대우를 못 받는 경우도 많고."

"괜찮아요. 엄마, 허락해 주세요."

"돈을 버는 일은 어른이 되면 어차피 평생 해야 해. 그러니 지금은 그런 생각 말고 공부나 열심히 하렴."

부모의 반대로 뜻은 이루지 못했으나 '공부에 집중하라'는 말뜻을 모르는 것도 아니었다. 목회자가 되기로 마음먹은 이상 이제는 신학대학을 목표로 입시를 준비해야 하는 상황이었다. 그래서 아빠만큼, 아니 아빠보다 더 훌륭한 목회자가 되는 것이 부모의 헌신에 진정으로 보답하는 길이라는 것도 알고 있었다.

요한은 아르바이트를 단념하고 책을 펴 들었다. 요한이 학교에서 우등생 소리를 들었던 적은 없지만, 그건 공부에 대한 욕심이 없어서가 아니었다. 만약 공부에 집중할 수 있는 환경이 주어졌더라면 우등생 자리도 놓치지 않았을 요한이었다. 고등학생이 될 때까지 아직 자기 방조차 가져 본 적 없는 요한으로서는 학교에서 공부로 이름을 날리는 애들이 부럽기도 하고 신기하기도 했다. 혼자만 간직하고 있던 그 마음을 부모에게 내보인 적이 중학교 때 딱 한 번 있었다. 생전 요구라고는 할 줄 모르던 요한이 어느 날 불쑥 '공부를 잘하고 싶다'며 과외를 시켜 달라고 했을 때 엄마 아빠는 얼마나 당황했던가.

그때 못 한 과외를 요한은 마침내 고2 올라가면서 하게 되었다. 요한의 동생이 과외를 시켜 달라고 했을 때 엄마 아빠는 입시를 앞둔 고등학생 요한이 더 마음에 걸렸다. 2014년 1월 요한에게 드디어 두 분의 과외 선생님이 생기자 '공부 잘하는 아이'가 되고 싶던 요한은 뛸 듯이 기뻤다. 과외를 시작한 지 몇 달 안 되어 바로 성적이 오르기 시작한 데다 그 무렵 아빠의 교회도 비로소 자리를 잡아 가기 시작했다. 집에서나 학교에서나 모든 것이 순조로웠다. 특히나 고1 때 시작한 연극부 활동은 요한의 학교생활에 활기를 불어넣어 주고 있었다. 한동안 배우를 꿈꿨을 정도로 연극에 푹 빠진 요한은 동기, 선후배 등 연극부원들과 폭넓게 어울리며 성격도 더욱 활달해졌다. 요한은 고교 입학 후 부쩍 자란 키만큼이나 나날이 성숙해지고 의젓해졌다.

수학여행을 떠나기 전날, 그날도 과외 수업이 있었다. 하지만 요한은 마음이 들떠 도무지 책이 눈에 들어오지 않았다. 과외 선생님도 이런 날에는 수업 분위기가 안 잡힌다는 것을 경험으로 알고 있었다. 요한이 가장 궁금했던 것은 과외 선생님의 고교 시절 수학여행의 추억.

선생님이 가고 난 후 요한은 엄마의 꾸중을 들어야 했다.

"어려운 형편에 비싼 수업료 내가며 과외하는 건데, 공부는 안 하고 그렇게 이야기만 하면 어떡하니?"

"엄마, 저 내일 수학여행 가잖아요! 수학여행 전날이라 들떠서 그런 건데, 엄마는 그것도 이해 못 해 줘요?"

요한은 볼멘소리로 엄마에게 말대꾸를 하고 말았다. 요한은 자기 마음을 몰라주는 엄마가 야속하기만 했다. 이런 날 공부 한 시간 빼먹으면 좀 어떻다고…… 요한은 묵묵히 여행 짐을 챙겼다. 왠지 불길한 생각이 좀 들긴 했지만 제주도에 가서 치킨과 콜라를 사 먹기로 한 친구들과의 약속을 떠올리니 기분이 좋아졌다.

"요한아! 가방은 다 쌌어? 엄마가 용돈 얼마나 주면 될까?"

"음…… 할머니가 3만 원 주셨으니까 2만 원만 주세요."

5만 원, 그 정도면 충분했다.

기다리고 기다리던 수학여행 전날이었다. 네 식구만의 가족 여행은 한 번도 못 가봤지만 가족 여행 전날에도 이만큼 설레고 흥분될까 싶었다. 요한에게는 그만큼 기대되는 여행이었다. 그런 여행이었다, 요한에게는……

쾌남, 주니어

안산 단원고 2학년 4반 **장진용**

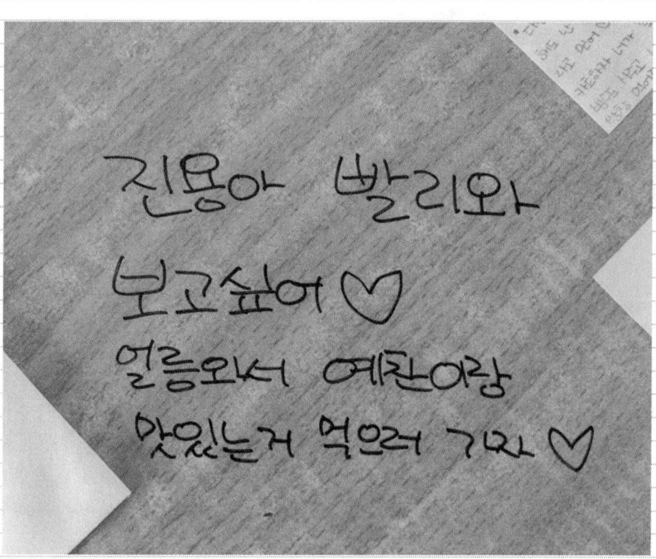

1. 진용이와 누나. 함께 쇼핑 가면 커플로 오해해서 꼭 커플티 추천을 받았다고 한다.
누나에게 남자 친구의 필요성을 못 느끼게 한 동생.
2. 친구가 힘들어하는 걸 그냥 지나치지 못했던 진용이.
덕분에 100여 명 친구들이 사흘 동안 장례식장에서 함께했다.
3. 당당한 쾌남, 멋진 소년 진용이.

쾌남, 주니어

저 정도면 꽤 혼나는 거다. 책임지지 못할 행동이라고 할 정도면 진용이가 뭔가 크게 잘못한 거다. 아빠가 직접 진용이한테 저 정도 잔소리를 하는 것도 아주 드문 일이다. 진용이 어깨에 팔을 걸치고는,

"남잔 자기 행동에 책임을 져야 하는 거잖아."

이렇게 '책임'이라고 콕 찍어서 얘기까지 하는 경우는 일 년에 한 번 있을까 말까다. 진용이와 아빠 사이에는 갈등 생길 일이 거의 없기 때문이다. 화를 내지 않아도 아빠 말에는 늘 힘이 실려 있다. 짧지만 명료하다.

"옛날처럼 하고 싶은 걸 금지당할 나이는 아니잖아."

어제 축구 하고 늦게 온 것 때문이다. 원래는 두 게임만 하고 다섯 시 안에 오기로 했는데 한 게임을 더 뛰고 일곱 시가 넘어서 들어왔다. '토요일은 다섯 시'로 정해진 귀가 시간을 지키지 않았다. 옛날 같으면 그 벌로 토요일에 축구 하러 나가는 것을 한동안 금지시켰겠지만 아빠는 이제 진용이도 스스로 절제할 나이가 되었다고만 했다.

자기 팀 경기가 아닌데 뛸 사람이 모자란다는 친구 부탁을 거절하지 못한 탓이다. 하여튼 친구 배려 잘하는 건 알아주어야 한다. 엄마 아빠랑 한 약속은 어기는 법이 없고 통행금지 시간 하나는 철저하게 지키는데 보나마나 '어떡하니?' 한마디에 가족들이랑 한 약속 같은 건 순식간에 까먹어 버리고 경기장 안으로 뛰어들었을 녀석이다. 친구 부탁을 거절하는 것은 멋진 남자가 되고 싶은 진용이에게는 아주 어려운 일일 테니까.

친구들에게 얼마나 인기가 좋은지는 집에 놀러 오는 아이들을 보면 알 수 있다. 여자아이 남자아이 할 것 없이 많이도 온다. 친구 좋아하는 아빠를 쏙 빼닮았다. 아빠가 집에 있을 때는 아이들에게 라면도 끓여 주고 맛있는 것도 많이 만들어 주곤 했다. 요리사 실력 발휘를 제대로 하는 것이다. 그때마다 친구들한테 부러움을 샀다.

상황이 정리되자 엄마가 얼른 나가자고 재촉했다. 오랜만에 온 가족 나들이다. 제부도로 바람 쐬러 가기로 했다. 엄마는 약국을 하고 아빠는 초밥집을 한다. 둘 다 아홉 시가 넘어야 문을 닫는 업종이고, 일요일 하루만 가게 문을 닫으니까 2박 3일씩 자고 오는 그런 여행을 가 본 적이 없다. 그래도 가끔 이런 나들이도 즐겁다.

주차장으로 나오는데 윗집 지연이네 아줌마랑 아저씨가 외출에서 돌아오고 있었다. 진용이가 꾸벅 인사를 했다. 다른 아이들은 그냥 지나치는 게 예사인데 인사 잘한다고 아저씨가 칭찬을 했다. 아빠는 둘레 사람들에게 멋지게 보이려면 좋은 관계를 맺어야 한다면서 어른들 만나면 인사 잘하라고 늘 강조했다. 그 덕분에 나도 진용이도 동네 어른들한테 인사하는 게 몸에 붙었다.

바닷물이 들어오면 길이 막히는 제부도인지라 시간을 잘 맞춰야 한다. 마침 물이 빠지는 중이라서인지 길이 드러나기 시작했다.

"모세의 기적이다."

진용이가 소리를 치자 아빠도 맞장구를 쳤다. 시멘트로 난 길만 물 위로 드러났고 바닷물이 양쪽으로 밀려 나가고 있었다. 길이 열리기를 기다리던 차들이 줄줄이 들어가고 있었다. 실컷 놀아도 바닷물이 다시 들어오지 않겠다면서 엄마도 좋아했다. 정신없이 놀다가 물 들어오는 시간을 놓치면 길이 물에 다시 잠겨 버리니까 꼼짝없이 섬에 갇힌다.

제부도에서는 역시 조개구이가 제격이다. 백사장 옆으로 늘어선 집들마다 무한 리필 조개구이를 판다.

"어느 집이 맛있을까?"

엄마가 고르려고 하자 아빠가 다 같이 서해 바다에서 가져다가 다 같은 불에 굽는 거니까 맛있고 맛없고를 고르는 게 무색하다고 했다. 엄마는 그래도 이왕이면 차 많이 서 있는 집으로 가자고 했다. 차 많은 집이 실패 확률이 적다면서.

여러 집 가운데 중간쯤에 있는 집에 들어갔다. 키조개와 굴을 비롯해서 크고 작은 조개들이 바구니 가득 나왔다. 아빠가 장갑을 끼고 조개를 구웠다. 진용이도 아빠를 따라서 장갑을 끼었다. 아빠가 하는 대로 집개를 들고 조개를 불 위에 올리고 불기운에 맞추어서 이리저리 자리를 잡아 구웠다. 할 줄도 모르면서 왜 덤비나 했는데 아빠가 하는 걸 보고 금방 따라 배웠다. 조개 굽는 걸 보니 어른 다 되었다고 아빠가 칭찬을 했다.

"시계 풀어 놓고 해라."

엄마는 시계 걱정을 했다. 30만 원도 넘는 스위스 시계다. 지난여름에 사 달라고 했는데 고등학교 1학년밖에 안 된 녀석이 그렇게 비싼 시계를 왜 차려고 하냐면서 사주지 않았다. 그랬더니 반년 넘게 용돈을 아껴 쓰고 모아서 기어이 샀다. 집념 짱이다.

"그거 하나 사 줄 돈이 없겠니?"

엄마는 비싼 시계 차고 다니다가 혹시라도 나쁜 형들한테 부잣집 아들로 알려질까 봐 걱정을 했다. 진용이네 학교에는 그런 아이들이 없지만 좀 노는 아이들한테 부잣집 아이로 찍히면 돈을 갖다 바치라고 한다는 얘기를 텔레비전에서 본 적이 있다.

엄마는 친구를 좋아하는 진용이가 혹시라도 나쁜 친구들이랑 어울리게 되지나 않을까 늘 걱정을 했다. 둘레에 그런 아이는 없는 것 같다고 말을 해도 혹시 모르는 일이라면서 손가락 끝에 코를 대고 냄새를 맡아 보기도 했다. 혹시 담배를 피우는 것은 아닌지 염려하는 것이다.

"그런 거 안 해 엄마, 걱정 말아요."

진용이는 난감해하면서도 그때마다 웃음으로 넘겼다.

조개가 입을 벌리면서 김이 나기 시작했다. 열린 틈이 더 벌어지면서 국물이 부글부글 끓어올랐다. 아빠가 진용이한테 맥주잔을 건네주었다.

"술은 어른한테 배워야 취해도 조심하는 사람 된다."

잔 가득 맥주를 따라 주었다. 진용이한테 병을 넘겨 주면서 아빠 잔에도 따르라고 했다. 진용이가 두 손으로 따라 주는 맥주가 잔에 가득 담기는 것과 동시에 아빠 표정에도 흐뭇함이 가득 담겼다. 아빠와 진용이가 건배를 했다.

"다 컸네. 아빠랑 대작도 하고."

엄마도 흐뭇한 표정으로 진용이를 보았다. 아빠는 자신이 술을 좋아하니까 진용이도 좋아할 것이 분명하다면서 술에는 사교와 성공이 들어 있지만 질병과 패가망신도 들어 있다고, 그러니 절제할 줄 알아야 한다고 가르쳐 주었다.

"아빠 닮아서 책임감이 강한 아이니까 아빠처럼 술 같은 건 잘 지배하게 될 거예요."

엄마는 아무 걱정 말라고 아빠를 안심시켰다. 멋진 남자로 살아가고 싶은 진용이한테 건네는 격려이기도 했다.

아빠가 10년도 더 넘게 초밥집을 잘 운영해 온 것도 가족들이랑 가게 직원들에 대한 책임감이 강하기 때문이라고 엄마가 아빠 칭찬을 했다.

"아빠가 가진 것은 별로 없는 사람이었지만 책임감 하나는 확실했다."

엄마도 책임감이 강한 아빠한테 반해서 결혼한 거라는 말을 입에 달고 살았다. 아빠는 쾌남이 되려면 술도 잘 마시고 책임감도 강해야 한다고 강조했다. 진용이도 멋지게 살려면 좋은 대학에 가야 한다는 것과 그러기 위해서는 공부도 잘해야 한다는 것을 잘 알고 있었다.

옆구리를 슬쩍 찌르며 물었다.

"여친이랑 헤어진 거 괜찮아?"

얼마 전에 1학년 때부터 사귀던 여친이랑 헤어졌다.

"공부에 집중하려고."

헤어졌을 때도 딱 이 말만 했다. 아무리 그래도 마음에 아무 동요도 일어나지 않았을 리가 없을 텐데 아무 내색도 하지 않았다. 처음에는 "혹시 차이고 공부 핑계 대는 것 아냐?" 놀리기도 했지만 내 동생이라서 그런 게 아니라 여자한테 차일 아이는 아니라는 확신을 자신 있게 가질 수 있다.

중학교 때 사귄 여친이랑은 200일 기념으로 기념 카탈로그 책자를 만들기도 했다. 사진도 콜라주로 붙이고 그림도 그려 넣어서 꾸민 것이었다. 보는 사람은 손이 오그라드는 것이지만 둘이는 아주 좋아했던 책자였다.

여친이랑 사이가 좋으면 사실 내가 피곤하다. 여친한테 선물로 줄 종이학이나 하트 접기를 하다가 제대로 모양이 안 나오거나 지겨워지면 나에게 떠밀었다. 모른 척할 수 없으니까 귀찮다는 내색 않고 늘 해 주었다. 여친에게 주는 선물 포장도 제대로 못 해서 내가 대신 해 주어야 했다.

둘이 길에 나가면 모두 내가 여친인 줄 안다. 진용이 옷을 사러 가도 주인 아줌마가 커플티를 권하기 일쑤였다. 진용이 친구들을 만나도 누나라는 말을 믿지 않는다. 여친인데 창피하니까 누나라고 거짓말 한다면서 화를 내는 친구도 있었다. 하나도 안 닮았다면서.

얼마 전에 헤어진 그 여친도 처음 봤을 때, "완전 달라요"라고, 진용이는 길쭉길쭉한데 누나는 동글동글하다면서 아무리 봐도 남매처럼 보이지 않는다고 했다. 진용이는 아빠 닮아서 훤칠하고 키가 큰데 나는 작다. 어깨에 팔을 척 걸치고는 누나가 아니라 여동생 하라고 핀잔을 주곤 했다. 자기가 더 듬직하니까 오빠 한다고 큰소리도 쳤다.

"다른 건 몰라도 태어난 순서를 바꾸지 않는 한 네가 오빠가 될 순 없어."

태어난 순서는 바꿀 수 없는 것이니까 하늘이 두 쪽 나도 진짜 오빠는 될 수 없다. 그렇지만 오빠가 있었다면 이랬을 거다 싶을 정도로 늘 든든하다. 진용이가 있으니까 남친도 필요가 없다. 귀찮은 남친보다 훨씬 낫다.

"나중에 더 멋진 여친 생길 거니까 힘내."

엄마가 위로해 주었다.

좋은 대학에 가야 멋진 남자로 보일 수 있으니까 좋은 대학에 가려면 공부를 아주 열심히 해야 하고, 공부에 집중하려면 당분간 여친 사귀는 것은 접어야 한다는 결단을 내린 것에 대해서 잘했다고 칭찬도 해 주었다. 공부보다는 일단 건강해야 나중에 공부도 잘할 수 있다고 그동안 공부 타령을 하지 않았는데도 알아서 자기 자리를 찾아가는 게 대견했다.

좀 매정하다고도 생각했지만 남자는 결단을 잘 내려야 한다는 아빠랑 붕어빵처럼 닮았다. 우리 집 남자들은 이럴 땐 좀 무섭다.

조개를 더 시키자 아저씨가 듬뿍 가져다주면서 "돌도 씹어 먹을 나이잖아요" 하고는 진용이를 가리키며 아빠를 보고 씩 웃었다. 많이 먹으라고 진용이 어깨를 톡톡 쳤다. 폭풍 흡입을 하는 진용이를 보고 하는 말이다. 엄마가 "저렇게 많이 먹는데 다 어디로 간다니?" 하며 조갯살을 집게로 집어서 진용이 앞에 놓아 주었다.

"축구 하느라 에너지를 다 써 버려서 미처 살까지 갈 영양분이 없는 거다."

오이랑 당근 같은 채소 접시도 밀어 주었다.

어릴 때부터 운동을 아주아주 좋아했다. 더욱이 축구라면 사족을 못 썼다. 축구를 한다면 땡볕이거나 비가 오거나 아랑곳하지 않았다. 온종일 운동장에서 지치지도 않고 뛰었다. 덕분에 새까만 아이가 되어 버렸다.

"누난 완전 하얀데 난 이게 뭐야."

거울을 볼 때마다 투덜거렸다. 그렇다고 축구를 포기할 아이는 아니다.

"엄마 피부약 좀 줘요."

약사인 엄마가 좋은 피부약을 잘 알 테니까 해결을 해 달라는 말이다. 엄마는 피부약이 키를 안 자라게 한다면서 주지 않았다. 피부 좋아지는 것보다 성장 멈추는 부작용이 더 무섭다고 했다. 피부는 나중에 해도 되지만 키는 고등학생인 지금 안 자라면 영원히 자라지 않는다면서 일단 많이 먹고 키를 키워야 멋진 쾌남이 된다고 피부 걱정은 하지 말라고 달랬다.

양약으로 안 되면 한약이라도 해 주라고 떼를 썼다. 절박하긴 진짜 절박한 모양이다. 까만 피부에다가 요즘은 여드름까지 겹쳐서 더 예민해졌다. 거울 보기가 싫다고 짜증도 냈다. 좋다는 여드름 약을 아침저녁으로 열심히도 바른다. 엄마가 약사 아니었으면 어떡할 뻔했냐고 놀리면 자기 용돈으로 사서 발랐을 거라고 큰소리를 쳤다.

다른 데는 완벽한데 피부가 옥에 티라면서 "피부 이상하면 안 멋있단 말야" 하며 거울을 볼 때마다 고개를 갸웃거렸다.

피부에 좋다는 화장품도 한두 가지가 아니다. 여대생인 나보다 피부에 더 신경을 쓴다. 그러면서 땡볕에서 축구는 또 한다. 햇볕에 안 나가야 피부가 스트레스를 받지 않고 화장품 바른 약발도 더 잘 받을 텐데. 하긴 안 바르고 햇볕에 나가는 것보다는 바르고 나가는 게 훨씬 낫긴 할 거다.

"고등학교 졸업할 때쯤 되면 자연스럽게 다 없어지니까 걱정 마라."

아빠도 그 나이에 여드름 많이 났다면서 안심시켰다. 엄마 피부 닮았으면 안 났을 여드름이 아빠 닮는 바람에 많이 났다고 입을 삐죽 내밀었다.

"그럼 네가 엄마 아빠한테서 나왔지 어디서 나왔겠냐?"

아빠가 허허허 웃었다.

아빠는 자연스럽게 없어졌지만 자기는 안 없어지면 어떻게 하느냐고 걱정이 태산이다. 갑자기 몸이 커지느라고 호르몬 분비가 혼란스러워서 생기는 것이니까 성장이 멈추면 자연스럽게 없어진다고 엄마가 의학 지식을 동원해서 설명해 주었다. 가렵다고 손으로 쥐어뜯으면 감염되어서 흉터 생기니까 억지로 짜거나 손톱으로 자극하지 말라고 주의를 주었다. 꼭 만져야 한다면 손을 깨끗하게 씻으라고 당부했다.

"갑자기 넓어진 제국을 다스릴 국가 체제가 미처 갖춰지지 않아서 그런 거야."

청소년을 질풍노도라고 하는 것도 다 그런 이유 때문이라고 아빠가 일깨워 주었다. 몸도 마음도 급격하게 성장하는 시기라서 마음 갈피를 잡지 못하고 방황하거나 몸에 변화가 마구 일어나는 것인데, 갑자기 넓어진 제국 구석구석으로 유능한 관리를 파견해서 백성을 잘 어루만지도록 해야 하는 체계가 미처 만들어지지 않아서 혼란스러워하는 거라고 멋지게 비유를 했다.

그 과정을 지나온 엄마 아빠는 여유롭게 얘기를 하지만 진용이는 아무리 들어도 안심이 안 되는 모양이었다. 엄마가 한약을 지어 주겠다고 하자 그때서야 얼굴이 확 펴졌다.

조개구이 집을 나와서 매바위 쪽으로 산책을 갔다. 매바위 너머로 해가 지고 있었다.

바다로 들어가는 해가 비쳐진 파도가 마치 생선비늘처럼 보였다.

"지난번에 친구들이랑 놀러 왔을 때도 석양이 이렇게 멋있었는데."

진용이가 그때 찍은 사진을 보여 준다면서 전화기를 뒤적였다. 한참을 찾더니 석양 사진은 없고 놀 때 찍은 사진이라면서 바다를 등지고 찍은 걸 보여 주었다. 석양도 찍어 두었으면 좋았을걸 후회를 했다.

"마음에 담아 두는 게 사진보다 더 오래가는 거다."

아빠가 그런 일로 너무 후회할 것까지는 없다고 달랬다. 마음에 남아 있으면 영원히 기억되는 거니까 걱정 말라고도 했다.

바닷물이 밀려 들어오는 걸 보니 곧 길이 물에 잠기겠다면서 진용이가 시계를 보았다. 들어올 때 본 안내판에 적혀 있던 시간에서 30분 남았다면서 서둘렀다. 그 덕분에 나가는 시간 안 놓쳤다. 자칫 부모님 볼링 모임 약속 못 지킬 뻔했다.

집에 돌아와서 방에 있는데 욕실에서 면도기 소리가 났다. 외출하려고 아빠가 면도를 하는 모양이었다.

"그걸로 깎이니?"

아빠 목소리가 들렸다. 진용이가 아빠 면도기로 수염을 밀고 있었다. 쓴다는 말도 안 하고.

"전기면도기는 수염이 좀 거칠어야 깎여."

면도날을 감싼 덮개 망 사이로 들어간 수염 털을 빙빙 도는 면도날이 잘라 주는 원리다. 진용이 수염은 아직 솜털 수준이라 망 안으로 잘 안 들어간다. 면도기를 톡톡 치듯이 대서 수염 끝이 들어가도록 하라고 아빠가 가르쳐 주었다.

"우리 아들 다 컸네, 면도도 하고."

외출 준비를 하고 나오던 엄마도 빙그레 웃었다.

아들 면도기는 아버지가 사 주는 거라면서 아빠를 보고 좋은 면도기 하나 사 주라고 했다. 나가는 길에 당장 백화점 들러서 사 오자고 아빠가 외출을 서둘렀다.

엄마 아빠가 나가고 나자 내 방 침대에 와서 벌렁 누웠다. 드디어 자기 면도기가 생긴다고 무척 좋아했다. 이제 막 깎은 턱을 쭉 내밀고는 손바닥으로 살살 어루만졌다. 파르라니 깎인 수염자리가 귀엽게 보였다.

"친구들 놀러 온다는데."

슬쩍 물어 온다. 친구들이 놀러 와서 집을 어지럽힌다고 잔소리를 좀 했더니 이젠 눈치도 좀 볼 줄 알게 되었다. 점점 어른이 되어가는 증거다.

"귀찮아, 나가서 놀아."

여유로운 일요일 오후를 고요히 만끽하고 싶다. 두말없이 옷을 갈아입고는 앞에 척 섰다. 지난번에 둘이 나가서 산 옷이다. 내가 골라 준 옷이지만 다시 봐도 멋있다.

"갔다 올게."

뒷모습이 듬직하다. 열두 시 전에 들어오라는 잔소리를 할 필요는 없다. 분명히 그 전에 "다녀왔습니다" 하며 현관문을 활짝 열어젖히고 해맑은 얼굴로 아빠를 쏙 빼닮은 쾌남아가 돌아올 것이기 때문이다.

열여덟, 연둣빛처럼

안산 단원고 2학년 4반 **정차웅**

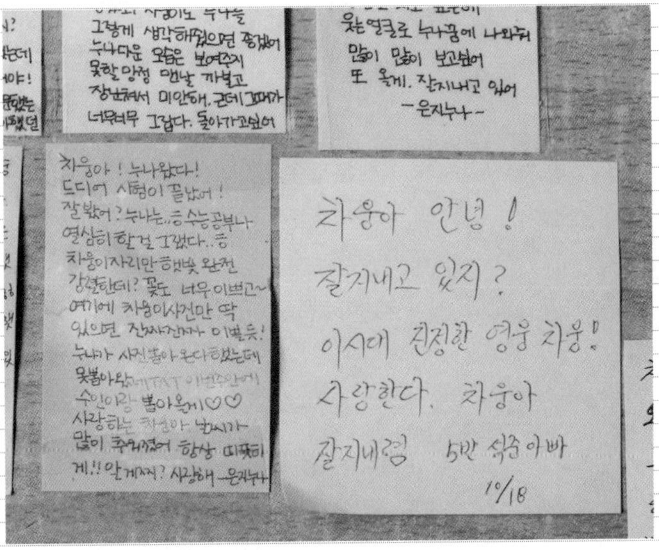

1. 중3 때 외할아버지 생신 잔치로 목포에 갔다가 유달산에서 형과 사촌 누나와 함께.

2. 광화문광장에 있는 차웅의 사진과 노란 리본들.

3. 수학여행 일주일 전 엄마 생신 때 가족과의 외식.

열여덟, 연둣빛처럼

2013년 12월 31일 안산 화랑유원지 단원각. 해마다 제야의 종소리를 들으러 온 가족이 출동하는 곳이다. 오늘도 여전히 광장은 왁자지껄한데, 차웅은 오늘따라 형의 빈자리가 크게 느껴졌다. 스무 살의 마지막 날이니만큼 올해는 친구들과 보내겠다며 가족 행사에 불참한 형이 부럽기도 하고 야속하기도 했다.

2014년으로 해가 바뀌는 순간 종소리가 울리고 불꽃놀이가 펼쳐졌다. 엄마가 소원을 빌라고 하자 차웅은 기다렸다는 듯 두 손을 모으고 외쳤다.

"올해에는 여자 친구 좀 생기게 해 주세요!"

"차웅아! 지난번 네 생일 때 선물 준 그 검도장 여학생 말이야. 너한테 관심 있는 것 아닐까? 사귀어 보지그래?"

"에이, 엄마! 걔는 그냥 동생이야. 나보다 두 살이나 어린데 어떻게 여자 친구가 돼? 일단 나이가 같아야지."

"호호, 그런 거야? 여자 친구 생기면 뭐 하고 싶은데?"

"음…… 같이 맛있는 것도 사 먹고, 선물도 해 주고, 커플링도 하고, 기념일도 챙기고."

차웅은 지금껏 여자 친구가 한 번도 없었지만, '여자애들이 사람 보는 눈이 없다'며 안타까워하는 엄마와 달리 담담하기만 했다. 자신이 개구쟁이라 여자애들이 자신을 듬직하게 여기지 않나 보다고 생각할 뿐이다. 그러고 보니 지금까지 여자애들은 늘 자신을 '애기' 취급했던 것 같기도 하다. 빨리 형처럼 '멋진 남자'로 변신하고 싶은 차웅은 오늘 아침에도 형의 수염과 자신의 수염을 꼼꼼히 들여다보며 비교해 본 참이다.

"아빠! 저도 면도기 하나 사 주세요!"

"수염도 별로 없는 놈이 면도기는 무슨."

"저도 면도하고 싶단 말예요!"

아빠를 졸라 전용 면도기를 장만했지만 두어 번이나 썼을까. 중1 때 면도를 시작한 형처럼 수염도 많고 팔다리에 털도 많은, 남성미 넘치는 '상남자'가 어서 되고 싶은데 말이다.

2014년 1월 겨울 방학의 어느 날, '상남자'를 꿈꾸는 차웅은 오늘도 애니메니션 티브이에 시선 고정 중이다. 개구쟁이 짱구의 맹활약을 보는 차웅의 얼굴에 환한 웃음이 번졌다. 애니메이션 마니아인 차웅에게 짱구, 스펀지밥, 도라에몽과 라바는 둘도 없는 친구들.

"차웅아! 또 짱구 보는 거야? 방학 끝나면 고2 올라가는데, 이제 책 좀 봐야 하지 않을까? 엄마는 좀 걱정되네?"

"엄마, 제가 알아서 할게요."

알아서 하겠다는 말에 대답이 궁해진 엄마는 이제껏 그래 왔듯 조용히 '때'를 기다리기로 했다. 차웅은 어려서부터 뭔가 강요당한다 싶거나 납득이 안 되는 상황에선 고무공처럼 튀어오르는 아이였으니까.

"버스 왔다! 차웅아, 너 초등학교 안 다닌다고 해라, 알았지?"

"아빠, 내가 왜 그래야 돼? 나 초등학생 맞는데?"

뷔페 식당에 가서도 비슷한 상황이 벌어지곤 했다. 유치원생 행세를 하라는 엄마의 지시를 차웅은 고분고분 따르지 않았다. 엄마를 따라 여탕에 가기를 거부하고 아빠와 형을 따라 남탕에 가기 시작한 것도 서너 살 무렵이다. 두 살 터울의 형과 지하철을 탈 때도 개찰구 앞에서 작은 소란이 벌어지곤 했다. 무임승차 연령이니 개찰구 아래로 지나가라고 하면 '형은 표를 사 주면서 나는 왜 안 사 주느냐'고 울며불며 떼를 써 결국 승차권을 쥐고 개찰구를 통과했다.

"엄마, 저 검도장 갔다 올게요!"

"그래 다녀와! 우리 차웅이, 누구 아들?"

"엄마 아빠 아들!"

도복을 어깨에 둘러멘 차웅은 여느 때처럼 코맹맹이 소리를 내며 엉덩이를 흔들었다. 차웅이 싱크로율 99퍼센트의 몸짓으로 소화하는 짱구의 훌라훌라 춤에 엄마는 매번 웃음을 참지 못했다.

차웅은 한 손을 호주머니에 찔러 넣고 맨발에 슬리퍼 차림으로 집을 나섰다. 검도장에 도착해 도복으로 갈아입자 꼬마들이 주변으로 모여들었다. "와! 차웅이 형이다!" 초등학교 2학년 때부터 10여 년째 안방처럼 드나드는 검도장이다. 사부(사범)를 보조하는 교범이자 검도장의 유일한 고교생 차웅에게는 유치원생, 초등생, 중학생 동생이 수두룩했다. 동생들은 '사부님'보다 '차웅이 형'을 먼저 찾곤 했다. 특히 꼬마들에게 차웅은 어쩌면 교범 이상의 존재였다. 도장 다니기 힘들다면 힘내라고 격려해 주고, 검법 동작이 서투르면 보충 지도를 해 주고, 배고파하는 기색이면 용돈을 털어 간식을 사 먹였다. 간혹 다툼이라도 나면 교범으로서 군기를 잡았지만 아이들이 심심해하는 것 같으면 먼저 다가갔다. "얘들아, 뭐 하고 싶어?" 차웅은 오늘도 10여 년 아래의 꼬마들과 어울려 눈높이를 맞춰 가며 '얼음땡!' 놀이를 했다. 정말 형처럼 오빠처럼 그렇게.

이어서 시작된 검도 수업. 차웅은 사부님의 지도에 따라 뛰고 구르며 목검을 휘둘렀다. 어느새 도복이 땀에 젖고 발바닥이 새카매졌다. 몸이 약해 시작한 검도는 어느새 일상이 되었고 꿈이 되었다. 같이 시작한 또래들은 고학년이 되면서 점점 운동을 그만뒀지만, 차웅은 끝까지 해보겠다고, 그래서 체대에 진학해 검도 사부가 되겠다고 마음먹었다.

"얘들아, 집에 가자!" 수업이 끝나자 차웅은 여느 때처럼 꼬마들과 함께 도장 문을 나섰다. 집이 가까워 검도장 차량을 이용하지 않는 꼬마들은 차웅의 보호를 받으며 귀

갓길을 서둘렀다. 차웅은 꼬마들을 한 명 한 명 현관문까지 데려다주고 나서야 집으로 향했다. 누가 시킨 것도 아닌데 왠지 그렇게 해야만 마음이 놓였다.

지치고 허기진 상태로 돌아온 차웅을 엄마는 일단 욕실로 밀어 넣었다. '운동하고 오면 무조건 샤워부터!'가 엄마의 규칙이기 때문이다. 그래 놓고 장난기가 발동한 엄마가 욕실의 불을 꺼버리자, 온몸에 거품을 뒤집어쓴 차웅은 당황하지도 않고 엄마의 방문을 예를 갖춰 맞이한다. "아이고, 어머니 오셨어요?" 그 엄마에 그 아들이다.

욕실에서 나온 차웅의 발길이 향한 곳은 부엌.

"킁킁! 맛있는 냄새 난다! 난 엄마가 만들어 주는 게 세상에서 제일 맛있더라!"

"호호, 그래? 이거 간 좀 볼래?"

"응, 간은 내가 잘 보잖아."

잠시 후 현관문을 들어서는 아빠를 차웅은 뜨거운 포옹으로 맞이했다. 아빠는 덩치 큰 아들의 스킨십에 휘청거리면서도 하루의 피로가 싹 풀리는 느낌이다.

"아빠, 주급 빼먹고 안 주신 것 얼른 주세요!"

"줬지, 뭘 안 줬어."

"와, 진짜! 두 번이나 건너뛰셨거든요?"

"허허. 내가 두 번이나 안 줬다고? 그럼 적립된 걸로 하면 되겠네!"

"에이 아빠! 치사하게 또 그러실 거예요? 얼른 주세요!"

차웅은 적립된 걸로 치자는 아빠의 꼬임(?)에 넘어가지 않았다. 유독 용돈으로 약 올리고 장난 걸기 좋아하는 아빠와 실랑이를 해서라도 반드시 받아 냈다. 주급으로 5천 원을 받았지만 액수가 적다고 생각해 본 적은 없었다. 돈이 없으면 없는 대로 지내면 되었고, 더 달라고 할 일도 없었다. 혹시라도 부족하면 집안일을 도와 조달했다. 부모님께 안마를 해 드리고, 현관 신발을 정리하고, 저녁 설거지를 하고, 쓰레기를 내다 버리고 오면 총 2천 원을 벌 수 있었으니까.

2014년 1월 말 차웅은 설을 쇠러 가족과 함께 큰집으로 향하며 자기도 모르게 가슴이 콩닥거렸다.

"차웅아, 이번에 가면 꼭 형수님이라고 불러 봐!"

"어우, 왜 그런 걸 시키고 그래!"

"호호. 형수님한테 형수님이라고 못 부르니까 이상해서 그러지!"

"맞아. 너 이상하게 그 형수님 앞에서는 고개를 못 들더라!"

"허허. 차웅이 그만 놀려야겠다. 차웅아! 너 좋아하는 떡국 실컷 먹고 오자!"

"응. 난 떡국도 많이 먹을 거고, 떡국에 들어 있는 계란 지단도 많이 먹을 거야!"

큰집에 도착해 친척 어른들께 씩씩하게 인사하던 차웅은 첫째 사촌 형수를 보고는 또 고개를 푹 숙이고 말았다. 이상하게도 그 형수님만 보면 가슴이 설레고 말이 제대로 나오지 않았다. 벌써 10년째다. 초등학교 1~2학년 무렵, 사촌 큰형의 결혼을 앞두고 예비 형수를 처음 만난 자리에서 차웅은 입이 함박만 해졌다. 세상에서 엄마가 제일 예쁜 줄 알았는데, 엄마만큼 예쁜 사람이 또 있었다. 몇 년 후 그 예쁜 형수님이 낳은 아기는 또 얼마나 예쁘던지. 길거리에서도 아기만 보면 예뻐 어쩔 줄 몰라 하던 차웅은 어린 조카한테서 눈을 떼지 못했다. 둘째 형수, 셋째 형수로부터 조카들이 연이어 태어났지만 자신을 처음 '삼촌!'이라고 불러 준 큰조카가 가장 예뻐 보였다.

차웅이 조카들의 성장을 지켜봤다면, 형수들은 차웅의 성장을 지켜본 산증인이다. 어느새 목소리가 굵어지고 콧수염까지 났지만 형수들 눈에는 아직도 귀엽기만 한 '차웅이 삼촌'이다. 또한 바쁜 명절날 아이들을 믿고 맡길 수 있는 고마운 시동생이기도 했다. 안 그래도 '막내 삼촌' 차웅이 도착하자 어린 조카들은 새끼 오리들이 엄마 오리 따라다니듯 차웅을 졸졸 따라다녔다. 아이들을 예뻐하고 아이들과 몸 사리지 않고 놀아 주는 차웅은 여기서도 인기 짱이다.

2014년 2월 온 가족이 외출 나왔다가 들른 쇼핑몰. 신학기를 앞두고 차웅에게 옷과 신발을 사 주려던 엄마 아빠는 10대에게 인기 있다는 브랜드를 권했다가 머쓱해지고 말았다.

"에이, 그런 것 필요 없어요. 다 부모님 등골브레이커라니까!"

결국 실용적인 중저가 제품으로 낙착을 봤다. 차웅은 굳이 값비싼 제품을 고집하는 아이들이 잘 이해되지 않았다. 차웅은 고교생이 호기심을 가질 법한 술이나 담배, 커피도 질색을 했다. 친구들과의 메신저 대화방에서도 누군가 욕설이라도 할라치면 "애들아, 욕하지 마!"라며 분위기를 다잡았다. 친구들은 대화방에서 남학생들 특유의 짓궂은 농담을 주고받다가도 차웅을 의식해 표현 수위를 조절해야 했다.

차웅은 운동을 오래 했어도 싸움 같은 것에 휘말려 본 적 없었다. 아니, 운동을 한다는 것을 굳이 밝히려 하지도 않았고, 오히려 누가 맞을 일이 있으면 대신 맞는 쪽이었다. 언제던가 차웅이 밖에서 맞고 들어온 날, 평소 너그러운 엄마도 그날만은 분하고 속상해 어쩔 줄 몰랐다.

"차웅아! 너도 가서 때려! 너 운동도 했잖아! 엄마가 치료비 물어줄게!"

"엄마! 검도는 누구 때리려고 배운 게 아니야."

운동 실력을 뽐내지는 않았지만 혹시 누가 괴롭힘을 당하기라도 하면 먼저 나섰다. 중3 때, 1학년 여학생이 어떤 학생들한테 괴롭힘을 당하는 것을 본 차웅은 근처 교실에 달려가 빗자루를 들고 돌아왔다. 덩치 큰 차웅이 빗자루를 휘두르자 사태는 싱겁게 끝나고 말았는데, 차웅이 빗자루를 휘둘렀다는 이유로 엉뚱하게 가해자로 몰리게 되었다. 다행히 여학생이 자초지종을 잘 설명한 덕분에 학교폭력대책위원회는 소집되지 않았고 차웅은 누명을 벗을 수 있었다. 그 일로 인해 여학생은 차웅을 멋진 선배로 기억했고 남몰래 좋아했지만, 차웅은 그런 줄도 몰랐다.

초등학교 때 친구들을 집에 데려와 밥이고 반찬이고 인심 좋게 먹이는 바람에 저녁마다 밥솥이 텅 비었던 것도 그래서였다. 몰래 돼지저금통에 손댔다가 호되게 야단맞고 절절한 반성문을 쓰게 된 것도 먹성 좋은 친구들의 군것질 비용을 대느라 그렇게 된 거였다.

2월 17일, 경주리조트 붕괴 사건으로 온종일 티브이와 인터넷이 시끄럽던 날, 형이 소파에 누워 있는 것을 본 차웅은 여느 때처럼 냉큼 달려가 형 위에 드러누웠다.

"으윽!"

"형, 내가 온몸으로 지압해 주는 거야."

때마침 후배들을 구하려다 변을 당한 어느 학생의 사연이 전파를 타고 있었다. 형은 차웅의 정 많고 선한 성품을 아는지라 문득 걱정스러운 기분이 되었다. 형은 지금 자기 몸을 내리누르고 있는 장난꾸러기 동생에게 왠지 한마디 해 둬야 할 것 같았다.

"차웅아! 넌, 혹시라도 저런 일 생기면 너부터 챙겨! 남 돌보지 말고!"

"알았어. 걱정하지 마!"

"차웅아! 형 배고파!"

형의 말에 차웅은 부엌으로 가 익숙한 자세로 뭔가를 뚝딱거리더니 잠시 후 김이 모락모락 나는 볶음밥을 식탁에 척 올려놨다.

"형, 먹어!"

"야, 너는 어쩌면 나보다도 내 입맛을 더 잘 맞추냐?"

차웅의 조리법은 눈에 보이는 재료는 다 갖다 넣는 것이다. 특히 일품은 김치볶음밥. 차웅은 부드러운 맛을 살리기 위해 '토마토케첩 살짝 넣기'라는 특급 레시피를 개발하기도 했다.

맛있게 먹는 형을 바라보며 차웅은 침을 꼴깍 삼키며 앉아 있었다. "넌 살만 좀 빼면 진짜 멋있겠다!"는 친구들의 말에 자극받아 시작한 다이어트였다. 운동하고 돌아와 허기질 때도, 형에게 음식을 만들어 주면서도, 독하게 마음먹고 참았다. 차웅이 외모에 자신감을 잃기 시작한 것은 검도를 시작한 후 체형이 달라지면서부터. 운동 후의 허기를 채우려 이것저것 먹다 보니 살집이 붙고 얼굴선도 둥그스름해졌다. '애기'라는 별명에 '돼지'라는 별명이 더해진 것이 그때 즈음일까. 학교에서도 검도장에서도 놀림을 많이 받았다.

늘 씩씩하게 대처하던 차웅도 사춘기가 시작되던 중2 때 딱 한 번 눈물을 보였다. 어느 날, 운동 끝나고 엄마와 갔던 치킨집에서 차웅은 허겁지겁 치킨을 먹다 갑자기 서럽게 울기 시작했다. 안쓰럽게 바라보던 엄마는 정 힘들면 도장에 그만 다니라고 했지만, 차웅은 그런 이유로 운동을 그만두기는 싫었다.

통통한 외모로 내내 놀림을 당하던 차웅은 고등학교 입학하면서부터 열등감에서 조금씩 벗어났다. 쉬는 시간이면 '귀여운 애'를 구경하러 온 아이들로 복도가 시끌시끌했다. 귀엽다며 밤송이머리를 만져 보고 가는 애들도 부지기수. 짧은 머리와 귀염성 있는 얼굴로 주목받더니 볼링부 선배들의 귀여움까지 독차지하며 학교에서 스타로 떠올랐다.

2014년 3월 꽃샘추위가 이어지는 쌀쌀한 봄날이었다. 2학년이 된 차웅은 아침에 엄마가 깨우자마자 비틀거리며 식탁에 앉았다. 잠이 덜 깨 연신 하품을 하면서도 밥 한 그릇을 뚝딱 비웠다. '선(先) 식사 후(後) 세수'는 차웅이 고수해 온 원칙 중의 하나다. 교복으로 갈아입은 차웅은 콧노래를 흥얼거리며 집을 나섰다.

차웅은 요즘 들어 학교 가는 것이 즐겁고 행복했다. 새 담임 선생님이 젊고 어여쁜 여자 선생님인 데다가 차웅이 좋아하는 수학 담당인지라, 이야말로 금상첨화에 일석이조, 일거양득이다 싶었다. 언제부턴가 책상에 오래 앉아 있어도 지겹지 않았고 학교 책상 위에 써 붙여 두는 '한 해 목표'를 정할 때도 전혀 고민되지 않았다. 공부 열심히 하기!

2014년 4월 봄꽃이 흐드러지게 피어나고 있었다. 난생처음 학교에 남아 '야자'라는 것을 해 본 차웅은 이제야 비로소 고등학생이 된 것 같았다. 야자 끝내고 돌아올 때의 밤공기는 검도 마치고 돌아올 때의 밤공기와 다른 것 같기도 했다.

게다가 일요일(13일)에 선생님과 친구들과 튤립 축제에 가기로 한 차웅은 설레어 밤잠을 이루지 못했다. '가서 선생님과 사진도 많이 찍고 맛있는 것도 먹어야지!' 올해 들어선 계속 좋은 일만 생기는 것 같았다. 결국 약속이 흐지부지되는 바람에 허탈해졌지만, 그래도 그보다 더 큰 이벤트 수학여행이 기다리고 있으니 괜찮았다.

다음 날 학교에서 돌아온 차웅은 여행 짐을 챙기기 시작했다. 형의 방에 들어가 헤어드라이어를 얼른 집어와 가방에 넣었다. 밤송이머리에는 필요 없는 물건이어도 멋내기에 한창인 친구들에게는 필수품이니까. 차웅은 문득 수학여행을 가면 신나게 노느라 때맞춰 안부 전화를 못 할 수도 있겠다는 생각이 들었다.

"엄마, 내가 혹시 여행 가서 전화 못 하더라도 뭐라 하지 마세요."

"무슨 소리야? 무조건 전화해야지! 아무리 재미있어도 엄마한테 전화해야지!"

평소 엄마 아빠에게 자주 전화하던 차웅이라 엄마에겐 차웅의 그 말이 왠지 서운하게 들렸다. 다음 날 아침, 차웅은 엄마가 깨우지 않아도 저절로 눈이 떠졌다. 몸과 마음이 마치 풍선처럼 가벼웠다. 보통 때보다 훨씬 이른 시간에 집을 나선 차웅은 날아갈 듯한 발걸음으로 학교에 도착했다. 그날 저녁 차웅은 엄마에게 전화를 걸었다. 그것이 마지막 통화가 될 줄은 알지 못했다.

"엄마, 인천항에 도착했어!"

"그래, 별일 없지? 잘 놀다 와!"

"응!"

"우리 차웅이, 누구 아들?"

"응, 엄마 아빠 아들!"

886번째 수요일부터 그다음 수요일까지

안산 단원고 2학년 4반 **정휘범**

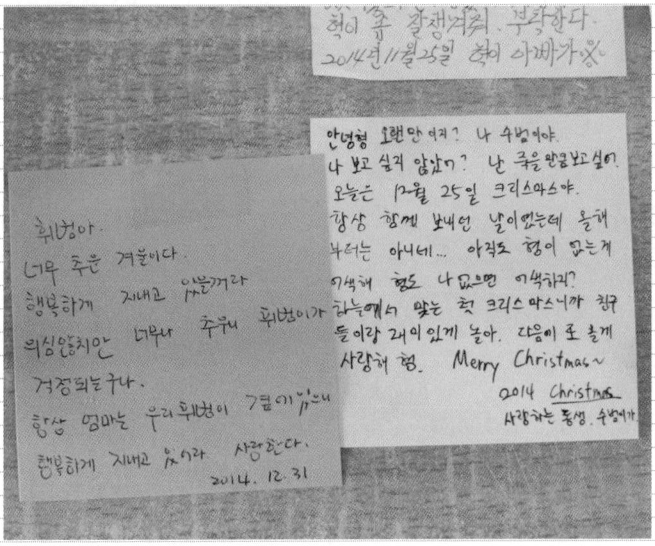

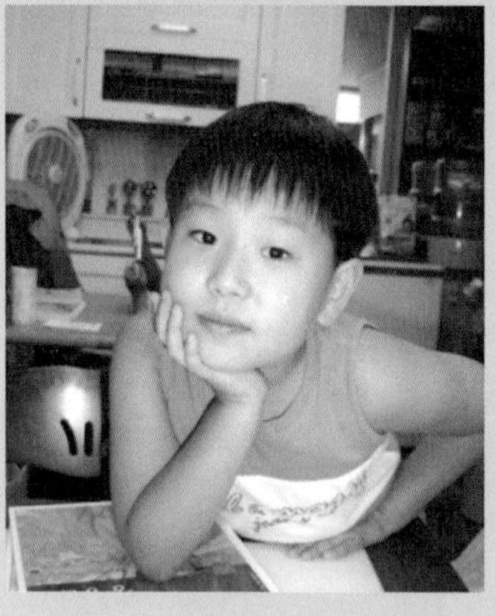

1. 단원고 입학 기념.
2. 초등학교 4학년 여름 방학 때 아빠 가게에서.
3. 노적봉 인공폭포에서 동생 수범이와 함께.

886번째 수요일부터 그다음 수요일까지

1997년 4월 3일 목요일, 휘범이가 태어났다. 1997년 4월 9일은 휘범이가 이 세상에 태어나 맞이한 첫 번째 수요일이었다. 이 이야기는 휘범이가 886번째로 맞이한 수요일인 2014년 4월 9일부터 시작된다.

2014년 4월 9일 수요일

그리 특별할 것 없는 아침이었다. 휘범이는 여느 때처럼 일찍 일어나 기지개를 켰다. 엄마는 아직도 곤히 잠들어 계셨다. 엄마는 휘범이랑 두런두런 수다를 떨다 잠드는 걸 좋아해서 휘범이 방에다 요를 두 개 깔고 나란히 누워 주무신다. 그리 대단한 얘기랄 것도 없다. 급식에서 무슨 반찬이 나왔는지, 학원 가기 전엔 뭘 사 먹었는지 같은 소소한 얘기들이다. 휘범이는 코를 골며 주무시는 엄마를 보자 저도 모르게 웃음이 나왔다.

"엄마, 일어나셔야죠. 식사 준비해 주세요."

휘범이의 말투는 누가 들어도 공손한 편이었다. 휘범이는 엄마를 깨우고 세수를 하러 갔다. 학교 가는 날 아침을 거른다는 건 휘범이에게 있을 수 없는 일이다. 엄마는 분주하게 움직이며 아침상을 차려 주셨다. 인테리어 사무실을 운영하는 아빠도, 휘범이보다 세 살 어린 동생 수범이도 한자리에 앉았다. 휘범이는 엄마가 끓여 준 된장찌개를 푹푹 떠서 먹음직스럽게 밥을 먹었다.

"휘범아, 사람들이 너 먹는 거 보면 엄마가 음식 엄청 잘하는 줄 알 것 같아."

엄마가 킥킥 웃으며 핀잔을 주셨다.

"아니에요, 진짜 세상에서 제일 맛있어요!"

엄지까지 치켜들며 환하게 웃는 휘범이의 미소에 엄마 얼굴이 더없이 환해졌다. 딸이 없는 휘범이네 집에서 휘범이는 딸처럼 섬세한 아들이자 엄마 마음을 누구보다 잘 이해해 주는 큰아들이었다.

남들은 중2병이다, 사춘기다 하지만 휘범이는 사춘기다운 사춘기를 겪어 본 적도 없다. 워낙 엄마를 좋아하기도 하고, 엄마 마음을 아프게 하거나 울게 하고 싶지 않았기에 엄마한테 크게 반항해 본 적이 없다. 유일하게 엄마 말을 안 들었던 일이 있다면 중학교 때 앞머리를 내리고 다녔던 거라고 할까?

휘범이는 친구들이 욕을 많이 하는 것도 싫어했다. 친구가 아무리 악의 없이 한 욕이라고 해도 듣고 나면 마음이 아프고 상처가 되었기 때문이다. 가끔 엄마가 화가 나서 욕을 할 때에도 휘범이는 큰 상처를 받았다.

"왜 엄마는 나한테 욕을 하세요?"

그러면 엄마는 엄청 미안해하며 사과를 했다.

"휘범아, 미안해. 엄마가 속상해서 나도 모르게 나왔나 봐. 근데 네가 미워서 그런 건 아니야."

엄마는 마음이 여리디 여린 휘범이가 험한 세상에서 상처를 받으며 살아갈까 봐 걱정을 많이 했다.

2014년 4월 10일 목요일

아빠는 인테리어 사무실에 출근하는 길에 휘범이를 학교까지 태워다 주셨다.

아빠는 눈썹도 짙은 편이고 눈매도 부리부리해서 남자답게 보인다. 휘범이는 아빠보다는 엄마를 많이 닮은 편이다. 오히려 동생 수범이가 아빠를 많이 닮았다.

"휘범아, 네 이름이 무슨 뜻인지 알지?"

"알아요, 휘두를 휘(揮) 자에 법 범(範) 자잖아요."

"그래. 법을 정당하고 좋은 데 쓰라고 지어 준 이름이다. 모름지기 법을 휘두르는 사람은 올바르고 정직해야 하는 법이거든."

휘범이가 태어나던 1997년은 우리나라가 아주 힘들고 시끄럽던 시절이었다고 했다. 아빠는 회사 분들에게 휘범이 이름에 들어갈 한자를 추천받았다고 했다. 휘범이는 판사나 검사가 되고 싶은 마음은 없지만 '휘범'이라는 이름만큼은 마음에 들었다. 나라를 다스리고 법을 휘두르는 사람들이 올바르고 정직하다면 이 세상은 좀 더 살기 좋은 곳이 될 테니까. 이름 때문인지는 몰라도 휘범이는 어른들에게 예의가 바르다며 칭찬을 받는 일이 많았다. 휘범이는 엘리베이터를 탈 때 누군가 현관으로 들어오고 있으면 꼭 열림 버튼을 누르고 기다렸다. 걸음이 느린 할아버지나 할머니가 타실 때도 마찬가지였다. 엄마가 바쁘다며 그냥 올라가자는 적도 있었지만 휘범이는 그러면 안 될 것 같아 꼭 기다렸다.

"몇 층 가세요?"

휘범이가 여쭤 보고 층 버튼을 눌러 드리면 어르신들은 예절 바르다며 칭찬을 해 주셨다. 칭찬을 듣고 싶어 한 일은 아니라 얼굴이 빨개지곤 했다. 그래도 그렇게 하고 나면 기분이 좋았다.

"휘범아, 남자는 말이야, 나중에 사회생활 잘하려면 이런저런 운동을 해 봐야 되는 거야."

아빠는 이번 주에 출장을 가신다고 했다. 다음에 아빠랑 수범이랑 같이 등산도 가고 배드민턴도 치기로 했다. 아빠는 운동을 무척 좋아하셔서 일요일만 되면 휘범이랑 수범이를 데리고 나가 야구랑 축구도 가르쳐 주셨다. 야구를 좋아하는 아빠를 위해 생신 날 휘범이랑 수범이랑 용돈을 모아 글러브를 사 드린 적도 있다. 운동을 하고 나면 시원한 아이스크림이나 음료수를 사 먹으며 집에 돌아왔다. 피자를 사서 집에 가져가 엄마랑 같이 먹기도 했다. 아빠랑 목욕탕에 들러 시원하게 때를 밀고 가는 날도 있었다. 아빠와 두 아들이 깨끗이 씻고 들어가면 엄마는 무척 좋아했다.

동생 수범이는 반장을 놓친 적이 거의 없고 공부도 잘했다. 휘범이는 그런 수범이를 부러워했다.

"수범이는 좋겠다. 반장도 하고, 공부도 잘하고."

사실 휘범이도 반장을 했던 적이 있었다. 중학교 3학년 때 반장이었는데 수련회 때 선생님이 아무도 장기 자랑을 안 한다고 하니 반장이라도 나와서 춤을 추라고 해서 춤을 췄던 적이 있다. 하지만 낯가림이 심한 편이고 소심한 휘범이에 비하면 수범이는 훨씬 활달하고 친구도 많고 리더십도 있었다. 휘범이는 그런 수범이를 부러워했지만 수범이는 수범이대로 반듯하고 예의 바른 형 때문에 나름대로 스트레스를 받기도 했다. 하지만 휘범이랑 수범이는 많은 말을 하지 않아도 저절로 마음이 통하는, 누가 뭐래도 사이좋은 형제였다.

2014년 4월 11일 금요일

수업이 끝난 뒤 휘범이는 버스를 타고 학원으로 갔다. 휘범이는 버스 타는 걸 정말 좋아했다. 도로를 지나는 자동차를 실컷 볼 수 있기 때문이다.

'저게 소렌토 신형이구나!'

'어? 저건 무슨 기종이지? 처음 보는 건데.'

눈앞을 지나는 자동차들을 보고 있으면 휘범이는 심장이 두근대는 걸 느낄 수 있었다. 초등학교 때부터 다니던 미술 학원을 애니메이션 반에서 디자인 반으로 바꾼 것도 자동차 때문이었다. 집에서도 컴퓨터로 자동차 회사 사이트를 드나들며 마음에 드는 자동차를 골라 그려 보곤 했다. 외국의 유명한 스포츠카도 멋졌지만 휘범이 마음에 드는 건 투싼이나 소렌토 같은 SUV 차들이었다. 휘범이는 자동차 홍보 동영상을 보며 자동차의 겉모습뿐 아니라 내부까지 스케치하고 색칠도 했다. 그러다 보면 마치 진짜 자동차 디자이너가 된 것 같은 기분이 들었다. 아직 부모님한테는 정확하게 말씀드리지 않았다. 그래서 엄마가 스케치북을 보려고 하면 쑥스러워 덮어 버리곤 했다.

"휘범이 왔니?"

미술 학원 선생님이 반갑게 맞아 주셨다.

"안녕하세요."

휘범이는 꾸벅 인사를 하고 익숙한 자리에 앉아 연필을 들었다. 집중해서 그림을 그리는 순간에는 아무 생각도 나지 않았다. 오로지 연필로 슥슥 선을 긋는 소리만 들렸다. 한참 몰입해서 그림을 그리다 보면 자기도 모르게 지우개 똥이 한 무더기 쌓여 있곤 했다. 미술 학원에서 쓰는 휘범이의 필통에는 몇 년 동안 조금씩 닳아 없어진 몽당연필들이 가득했다. 미술 학원은 휘범이에게 또 하나의 학교였다.

2014년 4월 12일 토요일

휘범이는 밖에 나가는 것보다 집에 있는 걸 더 좋아했다. 컴퓨터로 좋아하는 애니메이션이랑 〈1박 2일〉 같은 예능 프로그램을 보거나 자동차 동영상을 보며 스케치를 하기도 했다. 컴퓨터가 한 대뿐이라 시간을 정해 놓고 수범이랑 번갈아서 썼다. 수범이는 컴퓨터 게임을 좋아했지만 휘범이는 그다지 흥미가 없어 자기 시간을 수범이에게 양보해 줄 때도 많았다. 무엇보다 집에 있으면 엄마가 해 주는 맛있는 음식을 먹을 수 있어서 좋았다. 엄마는 음식을 하면 늘 넉넉히 만들어 주변 이웃들에게 나눠 주시곤 했다. 레몬청, 곶감 같은 것도 사다 먹지 않고 레몬이나 감을 잔뜩 사다가 일일이 다듬어 직접 만드셨다.

휘범이는 엄마가 해 주는 음식이면 뭐든지 좋아했지만 그중에서도 된장찌개랑 제육볶음, 육개장 같은 걸 좋아했다. 특히 제육볶음은 고기도 맛있지만 거기 들어가는 양파랑 파도 맛나서 꼭꼭 골라 먹었다. 엄마가 해 준 육개장을 먹을 때면 늘 고기 한 점을 마지막까지 남겨 뒀다가 밥까지 다 먹은 다음 꿀꺽 삼키는 것도 별미였다.

"휘범아, 그걸 뭘 남겨 두니? 더 줄게 그냥 먹어."

"아니에요. 이렇게 먹어야 더 맛있다고요."

엄마는 마지막 고기 한 점을 맛나게 먹는 휘범이를 보며 행복해하셨다. 휘범이는 떡갈비나 등갈비찜 같은 것도 좋아했지만 특히 엄마가 해 주는 전을 좋아했다. 그래서 엄마는 명절이 아닌데도 동태포를 사다가 동태전을 구워 주거나 고기로 만드는 육전, 두부에 밀가루랑 계란을 묻혀 굽는 두부전을 자주 해 주셨다. 엄마가 해 주는 음식은 생각만 해도 침이 고일 정도로 맛있었다.

2014년 4월 13일 일요일

휘범이는 일요일이 되자 어김없이 라면을 먹었다.

라면은 휘범이에게 일요일에만 허락되는 특별한 음식이다. 휘범이는 원래 라면을 무척 좋아하지만 얼굴에 여드름이 나서 한약까지 먹고 난 뒤로 일요일에만 라면을 먹기로 했다. 그래서 일요일 아침에는 아무리 맛있는 음식이 있어도 꼭 라면을 먹었다. 그중에서도 휘범이가 가장 즐겨 먹는 라면은 단연코 신라면이었다. 매콤한 국물에 쫄깃한 면발을 후루룩 짭짭 먹다 보면 행복이 따로 있나 싶었다.

나른한 일요일 오후, 휘범이는 소파에 편하게 앉아 엄마랑 같이 텔레비전을 봤다. 엄마가 좋아하는 김제동이 나오는 프로그램이었다.

"김제동은 어쩜 저렇게 말을 잘한다니?"

엄마는 김제동이 말하는 걸 보며 웃음을 터뜨렸다. 휘범이는 엄마의 웃음소리가 좋았다. 늘 유쾌하고 많은 사람들 사이에서도 분위기 메이커 역할을 해서 돋보이는 사람이 엄마였다. 휘범이는 엄마가 예쁘게 화장하고 꾸미는 걸 좋아했다.

2014년 4월 14일 월요일

「엄마 저 버스 탔어요.」

「지금 도착했어요.」

어김없이 휘범이의 문자가 도착했다. 휘범이는 어디에 가든 엄마에게 조곤조곤 알려주는 걸 좋아했다.

"다녀왔습니다!"

월요일 밤 열 시 반, 휘범이가 미술 학원에 갔다가 집으로 왔다. 엄마는 식탁 가득 맛있는 음식을 차려 놓고 휘범이를 맞았다.

"배고프지? 손만 씻고 와서 얼른 먹어."

"네, 엄마."

엄마가 해 준 음식은 여전히 맛있었다.

"휘범아. 밤 되면 좀 썰렁할 수 있으니까 갑판에 올라갈 때는 바람막이라도 입어. 보라색 티 입을 때는 반팔 면티 속에다 입고. 엄마가 다 챙겨 넣었어."

엄마는 작년에 세월호를 타고 제주도에 다녀오신 적이 있었다. 휘범이도 엄마처럼 배를 타고 제주도에 갔다가 비행기를 타고 돌아올 예정이었다.

"엄마가 타 보니까 방도 좁고 답답해서 별로던데. 아, 그리고 가방이 푹신하니까 다른 데다 놓지 말고 베개 대용으로 쓰면 좋아. 엄마도 그렇게 했어. 휘범아, 올 때 비행기 타면 신발 벗고 타야 되는 거 알지? 신발 벗어서 탈탈 털고 들어가."

엄마는 웃으면서 말했다. 휘범이는 비행기를 한 번도 타 본 적이 없어 엄마 말을 그대로 믿었다. 휘범이는 제주도도 처음 가 보는 데다 3박 4일 동안 집을 떠나 본 적도 없었다. 무사히 다녀올 수 있을지 걱정이 됐다. 자기도 모르게 이런 말이 튀어나왔다.

"아, 두렵다."

"두렵긴 뭐가 두려워? 친구들이랑 좋은 추억 쌓고 재밌게 다녀오면 되지."

엄마가 따뜻하게 말해 주셨지만 휘범이는 왠지 모르게 불안하기만 했다.

2014년 4월 15일 화요일

엄마는 출장 간 아빠 대신 휘범이를 학교에 태워다 주었다.

"이따가 수업 몇 시에 끝난다니? 엄마가 수업 마치는 시간에 맞춰서 여행 가방 가지고 학교로 갈게."

"아직 모르겠어요. 선생님한테 여쭤보고 알려드릴게요."

차창 밖으로 익숙한 풍경이 스쳐 지나갔다. 운전하는 엄마를 보니 기분이 좋으면서도 눈물이 날 것 같았다. 문득 휘범이는 이 모든 게 사라질까 봐 겁이 났다.

"아, 두렵다."

휘범이는 차창 밖을 내다보며 자기도 모르게 중얼거렸다.

"휘범아, 너 또 그런 말 하니? 그렇게 겁이 많아서 나중에 군대는 어떻게 가려고?"

엄마가 놀리듯이 말하자 휘범이는 씩 웃었다.

하루 종일 마음이 들떠 수업 내용이 머리에 들어오지 않았다.

「엄마, 정상 수업 한대요. 7교시까지 하고 3시 40분 정도에 끝난대요.」

「그래. 엄마가 그때까지 가방 들고 갈게.」

엄마랑 문자를 주고받았다. 운동장에 버스 열 대가 차례차례 들어오기 시작했다. 배가 떠나는 인천항까지 학생들을 데려다줄 버스였다. 수업이 끝나자 휘범이는 엄마를 만나러 나갔다. 엄마가 여행 가방을 들고 서 있었다.

"휘범아, 책가방은 안 가지고 나왔어?"

"아, 맞다. 아직 종례를 안 했어요."

"그럼 종례하고 나와. 엄마가 가방 갖고 있을게."

그래서 휘범이는 다시 교실로 들어갔다. 종례를 마치고 책가방을 가지고 나오니 엄마가 친구네 엄마랑 얘기를 나누고 있었다.

"엄마!"

"응, 휘범아. 책가방 엄마 줘. 엄마가 가방에다 홈런볼이랑 포카리스웨트 넣어 뒀어. 이따가 가면서 먹어."

포카리스웨트는 휘범이가 가장 좋아하는 음료수였다. 휘범이는 엄마한테 책가방을 건네주고 여행 가방을 받아 들었다. 이상하게 마음이 무거웠다. 휘범이는 엄마 눈치를 보며 한숨을 쉬듯 말했다.

"아, 두렵다."

혹시라도 엄마가 그렇게 걱정되면 안 가도 된다고 말해 주지 않을까 싶었다. 하지만 엄마를 걱정시키기는 더 싫었다. 엄마가 울거나 슬퍼하는 건 휘범이가 세상에서 가장 싫어하는 일 중 하나였다.

"근데 잘 다녀올게요, 엄마. 다녀오면 맛있는 거 해 주세요."

"당연하지! 잘 다녀와, 휘범아."

엄마는 밝은 얼굴로 손을 흔들었다. 휘범이는 여행 가방을 들고 4반 버스에 올라탔다. 친구들이랑 홈런볼을 나눠 먹고 출발하기를 기다리고 있는데 엄마한테 전화가 왔다.

"휘범아, 잘 가고 있어?"

"아직 출발 안 했어요. 친구들이랑 홈런볼 먹었어요."

"그래, 잘 다녀와."

휘범이는 인천항으로 가는 버스 안에서 엄마에게 문자를 보냈다.

「사진 많이 찍어서 엄마한테 보내 드릴게요. 사랑해요, 엄마.」

2014년 4월 16일 수요일

사람이 보통 80년을 산다고 하면 대략 4,160번의 수요일을 맞이하게 된다. 2014년 4월 16일은 휘범이가 887번째로 맞이한 수요일이었다. 하지만 우리는 휘범이가 888번째 수요일을, 889번째 수요일을, 그다음 수요일을, 그다음, 또 그다음 수요일들을 어떻게 보냈을지 알 수 없게 되었다.

그림, 라면, 게임, 우혁이를 표현하는 세 단어

안산 단원고 2학년 4반 **진우혁**

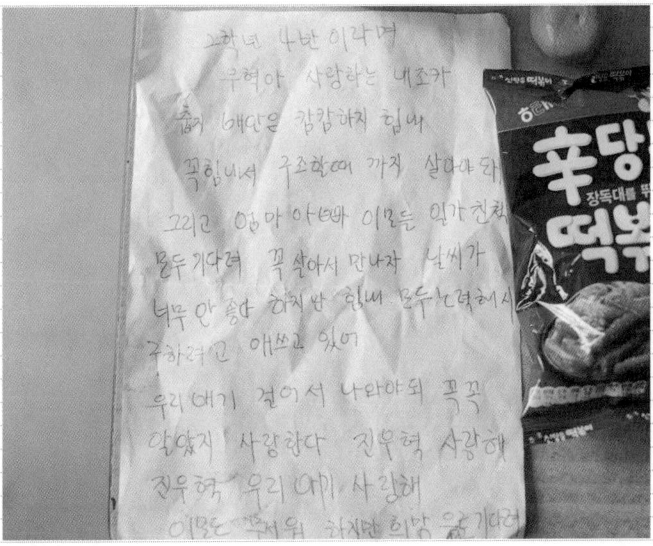
2학년 4반 이라며
우혁아 사랑하는 내조카
춥지 배안은 캄캄하지 힘내
꼭힘내서 구조할때 까지 살아야 돼
그리고 엄마 아빠 이모는 외가 친척
모두 기다려 꼭 살아서 만나자 날씨가
너무 안 좋다 하지만 힘내 모두 노력해서
구하려고 애쓰고 있어
우리 애기 걸어서 나와야되 꼭꼭
알았지 사랑한다 진우혁 사랑해
진우혁 우리 애기 사랑해
이모는 무서워 하지만 희망을 기다려

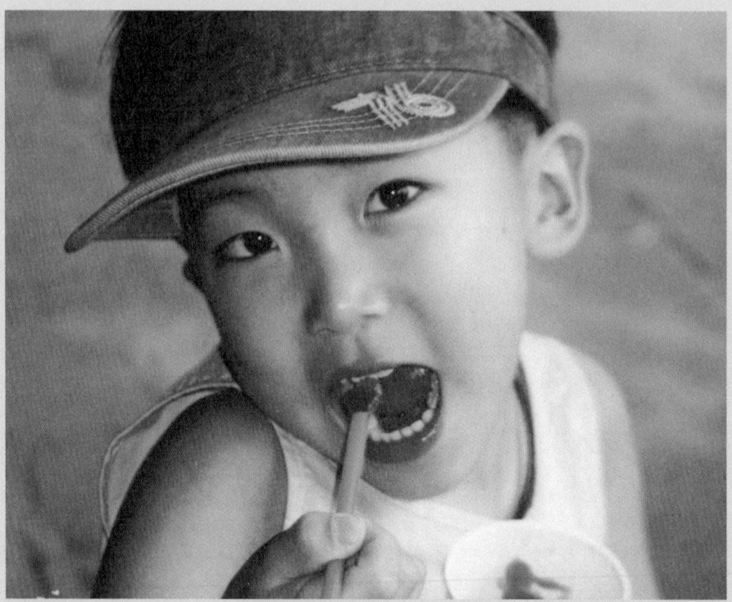

1. 일곱 살 때 가족과 함께한 제주도 여행에서.
2. 초등학교 3학년 때 처음 안경을 쓰기 시작한 우혁이.
3. 고등학교 1학년 때 경기도 사격장. 베테랑 권총 10점 만점을 받던 날.

그림, 라면, 게임, 우혁이를 표현하는 세 단어

라면이나 인스턴트 음식은 몸에 좋지 않다고 되도록 먹지 못하게 했어요. 어쩌다 라면을 끓여 주면 기분이 좋아서 '사랑합니다' 그랬어요. 마음껏 라면을 먹게 할걸. 왜 그랬나 후회가 돼요. -어머니

우혁이가 제일 좋아한 음식이요? 라면이요. 먹기도 잘 먹고 끓이는 것도 아주 잘했어요. 진우혁이라서 진라면이라고 불렀어요. 새로 나온 라면은 다 먹어 봤을걸요. 라면을 하도 좋아해서 라덕이라고 놀린 적도 많아요. 신상품 나오면 기다렸다가 바로 찾아서 먹는 그런 진짜 중독자는 아니었고 편의점 가면 안 먹어 본 라면은 꼭 맛을 봐 주는 정도? 서로 많이 먹기 내기해서 둘이서 라면 일곱 개를 먹은 적도 있어요. -친구 이규정(이하 이규정, 유도 국가 대표)

어려서부터 많이 먹지를 않아서 그것만 걱정이었지요. 언제나 엄마 아버지의 마음을 헤아려 준 착한 아들이었어요. -아버지

우리 또래는 그렇잖아요. 남자들끼리 자존심 싸움이 먹는 거에도 걸려 있어서 원래 먹는 양보다 일부러 더 먹는 거죠. 친구들이랑 고기 뷔페도 자주 가고. 우혁이는 먹으면 정말 잘 먹었어요. 원래도 다른 애들보다 우혁이가 많이 먹어요. 중학교 때는 팔씨름도 제가 졌어요. 고등학교 와서 제가 유도 선수가 된 다음에 힘이 세져서 우혁이네 집 앞에서 팔을 꽉 잡고 집에 못 들어가게 장난친 적이 있지요. 고등학교는 달라도 주말이면 자주 만났으니까요. 국가 대표가 된 걸 알면 우혁이가 제일 좋아했을 텐데…… -이규정

중학교 1학년 때인가, 물고기를 키우는 걸 제가 부러워하니까 다음 날로 병에 담아서 가져다 주었어요. 참 착했어요. -중학 동창 김경민

수업을 빼먹거나 청소 당번에서 도망간 적이 없어요. 규칙을 정말 잘 지켰어요. 남학생들은 수행평가를 게을리하는데 우혁이는 그것도 빠진 적이 없고. 조용하고 성실한 학생이었어요. -중3 때 담인 권미례

학급에서 하는 일은 늘 잘 따라 주어서 고마운 친구, 워낙 조용해서 특별한 기억은 별로 없어요. 몸이 약해 보여서 합기도가 2단인 걸 알고는 여자애들끼리 의외라고 놀랐던 기억이 나요. -중3 때 반장 김다현

잘 모르는 친구들은 소극적인 줄 아는데 친한 친구들하고는 정반대였어요. 말 듣고 끌려다니는 타입이 전혀 아니라 자기가 끌고 다니고 말 시키는 타입? 저하고 친해진 것도 중학교 2학년 때 제가 전학 가서 친구가 없었는데 우혁이가 먼저 말을 걸었어요. 그러고는 학교고 학원이고 늘 붙어 다녔어요. 규칙이야 당연히 지켰지요. 워낙 잘 지켰어요. -이규정

여기 참 행복했던 한 청년이 있다. 진우혁.

남은 이들의 기억은 조금씩 달랐다. 때론 전혀 달리 보기도 했다. 다만 똑같이 일치하는 것이 있었다. 그는 늘 그림을 그리고 있었다는 것. 그리고 언제나 밝고 착했다. 규칙을 잘 지켰다. 사진 찍기를 싫어했다.

부정 교합이 있어서 초등학교 3학년 때부터 교정기를 했어요. 그것 때문 아닐까요? 용모에 신경 쓸 나이잖아요. -어머니

에이, 우혁이가 그걸로 고민하는 건 한 번도 들어본 적이 없어요. 우혁이는 늘 재미있었어요. 사진 찍는 걸 싫어한 거 맞아서 몰래 찍었어요. 흠잡을 게 별로 없기 때문에 일부러 못생긴 각도로? 하하. -이규정

우혁이는 그를 잘 모르는 친구들은 그저 씨익 웃어 주는 모습으로만 기억할 만큼,

그래서 소극적이고 내성적이라고 생각할 만큼 조용했지만 친한 친구들과 어울릴 때면 무엇이든 앞장서서 끌고 나가고 엉뚱한 장난을 쳐서 친구들을 웃게 만드는 유쾌한 대장에 가까웠다.

학교 운동장에서 배드민턴을 치다가 공이 문 잠긴 옥상으로 넘어가니까 언덕으로 올라가서 옥상으로 건너뛰어 주워 오겠다는 거예요. 전에 학원 옥상에 몰래 올라간 적이 있는데 난간도 없는 거기서 앞구르기를 했어요. 정말 겁 없는 짓을 잘했어요. 그래서 진짜로 할까 봐 막 말리고. 우혁이랑 지내면 웃을 일이 정말 많았어요. 고기 뷔페에 갔는데 푸딩을 구워 먹으면 어떤 맛인가 궁금하다고 그걸 하더니 이것저것 다 구워 먹어 보고 친구들도 다 같이 따라 하고. 엄청 웃었지요. -이규정

우혁이는 1997년 12월 13일 경기 군포시의 서울모자병원에서 3.3킬로그램의 건강한 아기로 태어났다. 진기영 씨와 김서현 씨의 첫아이이자 외동아이였다.

진기영 씨와 김서현 씨는 같은 회사의 동료로 만나 사랑에 빠졌고 연애 1년 만인 1995년에 결혼했다. 우혁이를 가졌을 때는 고향인 안산에 살고 있었고 가까운 동네 병원에 다녔는데, 의사가 머리가 커서 난산이 될 수도 있으니 큰 병원에 가라고 권유해서 군포의 병원에 검사를 받으러 갔다.

출산 예정일이 12월 14일이었는데 하루 전인 13일 병원으로 갔더니 양수과소증이라며 곧바로 수술을 해야 한다고 했다. 그날로 제왕절개수술을 받았다. 혹시 무슨 일이 있을까 걱정했지만 건강한 아들 우혁이가 태어났다.

우혁이를 가졌을 때 엄마와 아빠는 딸을 기다렸다. 병원에서는 아들이라고 언질을 했지만 딸에 대한 기대를 접을 수 없어서 혜빈이라는 예쁜 이름으로 태명을 지어 불렀다. 우혁은 아들이었지만 딸 못지않게 애교도 많고 다정한 성품이었다고 아버지는 기억했다. 엄마의 기억에도 우혁은 늘 엄마의 마음을 헤아려 준 섬세한 아들이었다. 유치원생일 때도 엄마가 몸이 안 좋다고 누워 있으면 고사리손으로 뜨거운 물수건을 만들어다 이마에 대 주는 아들이었다. 아파트 아래층 집에 시끄러우니까 발꿈치를 들고

다니라고 하면 그 말을 꼭 들었다. 장난감을 갖고 싶어도 사 달라고 조르지 않았다. 그저 만지작거리기만 했다.

우혁은 도울 우(佑)에 빛날 혁(赫)으로 사회에 도움이 되는 사람으로 자라라는 뜻으로 지어준 이름이었다. 정직하고 바르고 남에게 피해 주지 않는 사람이 되라고 집에서는 늘 가르쳤다. 학교 친구나 교사 말을 들어 보면 우혁이는 실제로 그런 사람이었다. 친한 친구들 사이에서는 엉뚱한 장난도 심하게 쳤지만 단체 생활에서는 남들 말을 잘 들어줬다.

아기 때부터 우혁이는 순했다. 물을 아주 좋아해서 목욕만 시키면 방긋방긋 웃었다. 물을 좋아한 것은 자라서도 여전해서 하루에도 몇 번씩 샤워를 하곤 했다. 아침에 샤워를 하고 학교에 갔다가 돌아오면 또 했다. 집에 있을 때 심부름을 시키면 꼭 샤워를 하고 나가곤 해서 아들을 너무 성가시게 하는 게 아닌가 싶어 어지간한 심부름은 아버지가 직접 가는 적이 많았다고 한다.

우혁이는 아기 때 목감기가 자주 걸렸다. 열이 날 때는 엄마한테 기어 와서 안겨 있다가 열이 내리면 나가 놀았다. 아파도 부모 손을 타는 아이가 아니었다. 떼도 쓰지 않았다. 다만 먹는 양이 적어서 조금 걱정이었다. 젖도 많이 먹지 않았다.

중학교 가서야 먹는 것이 조금 늘었다고 부모는 생각하지만 이때부터 아주 잘 먹게 되었다는 것은 절친의 증언. 덕분에 중학교 때까지도 늘 제일 앞줄이던 키가 고등학교 가면서 컸다. 대신 몸은 아주 말라서 활발하고 건강 체질인 것을 알아채는 사람들은 적었다. 고2 때 그의 키는 172센티였고 몸무게는 56킬로그램이었다.

겉으로는 표시가 안 났지만 우혁이 복근도 약간 있었어요. -이규정

우혁이는 다섯 살 때부터 합기도를 했다. 또래보다 체구가 작은 아들이 혹시라도 거친 사내애들 사이에서 다치기라도 할까 봐 아버지가 자기를 지키는 운동으로 권해서였다.

우혁이는 안산의 본오초등학교에 입학했는데 3학년 때 가족이 화성으로 이사를 가면서 봉담초등학교로 전학을 갔다. 텃세 때문인지 초등학교 고학년 때는 맞아서 집에 온 적도 있었다. 어려서부터 "절대로 남을 때리지 마라. 싸움 나면 피하고 차라리 맞아라"고 가르쳤던 아버지였지만 이때는 울컥해서 "너는 운동도 할 줄 아는데 왜 맞니. 무슨 일이 생기면 아빠가 다 책임질 테니 너도 싸울 때는 싸워"라고 했다. 그때 우혁이는 이렇게 대답했다고 한다. "다치잖아요."

초등학교 4학년 때 보습 학원에 다니다가 보름 만에 그만두었는데, 이때도 학원 강사들이 강압적으로 공부를 시키고 학생들에게 모욕을 주는 것을 참지 못해서였다고 한다. 사람들이 남에게 무례하고 거칠게 구는 것을 우혁이는 좋아하지 않았다.

우혁이의 집은 넉넉했고 부모는 외둥이인 우혁이를 각별하게 키웠다. 친가로는 딸 넷 본 후 얻은 첫아들이자 외아들의 아들이었고 외가로는 7남매 중 막내인 딸의 아들이었으니 양쪽 모두에서 귀하고 귀한 손주였다. 부모가 사 주지 않아도 집에는 장난감이 넘쳤다. 특히 우혁이 큰이모의 첫딸인 영화 누나는 우혁이 돌 무렵에 결혼했는데 자형까지 합세해서 친부모만큼이나 우혁이를 아껴 주었다. 사촌 자형은 외국 출장을 가면 우혁이 장난감은 빼놓지 않고 챙겼다. 우혁이의 할머니는 농사를 짓다가도 우혁이만 생각하면 힘이 난다는 말을 달고 사셨다. 아파트에 오실 때마다 업어 주고 안아 주고 우혁이 해 달라는 대로 해 주니까 할머니가 오시면 우혁이는 우리 집에서 살자고 잡고 놓지 않곤 했다. 할머니는 우혁이 열 살이 될 때까지는 생일 수수팥떡을 해 주겠다고 일부러 수수 농사를 지었고 수수팥떡을 손수 만들어 오셨다.

엄마는 우혁이를 아침에 깨울 때 소리를 질러 본 적이 없다. 뽀뽀해 주고 마사지해 주면서 깨웠다. 차에서 잠이 들면 집에 도착해도 깨워서 데려가지 않고 아버지가 안아서 데려갔다.

공부를 잘하길 바랐지만 학원을 다니기 싫다고 하면 굳이 보내지 않았다. 공부를 잘하는 것보다는 자기가 하고 싶은 것을 하는 게 낫다고 생각했다. 초등학교 때는 글짓기나 그림으로 상장을 많이 받아 왔는데 엄마는 그게 공부로 상을 받는 것보다 좋았다. 초등학교 때 학원을 다니기 싫다고 하면 그만두게 했고 중학교 때 친구 따라 학원을 다니겠다고 하니 또 그러라고 했다.

고등학생 때에도 주말이면 아침마다 침대에서 세 식구가 아들 팔베개를 해 주면서 뒹굴뒹굴했다. 그 10분간이 세상에서 가장 행복하고 즐거운 시간이었다. 매일매일이 행복하길 바라서 그렇게 살려고 했다.

가족 여행도 많이 했다. 우리나라 방방곡곡 안 다녀 본 데가 없다. 제주도도 네 번 이상 갔다. 우혁이가 제일 좋아한 곳도 제주도였다.

유치원에 들어가기 전에는 두 달에 한 번씩은 꼭 가족 여행을 갔고 유치원에 다니면서부터는 방학마다 여행을 다녔다. 주말에도 시간만 나면 여행을 다녔다. 중학생이 되면서부터 주말에는 친구들과 좀 보내야겠다고 시간을 달라는 우혁이의 요구로 주말 여행을 줄였을 정도였다.

가족 여행을 너무 오래 못 했다고 수학여행을 가기 2주 전에 온 가족이 동해안으로 여행을 다녀왔다. 가는 길에 횡성 한우도 먹고 속초의 낙산사도 보고 고성에서 회도 먹고 튀김도 먹었다. 우혁이는 처음으로 부모 앞에서 맥주도 마셔 보았다.

비록 고등학교 2학년 우혁이의 책상에는 목표가 '공부하기'라고 쓰여 있었지만 우혁이는 공부에 치여서 사는 고등학생은 아니었다.

우혁이는 공부하기를 즐기는 편은 아니었다. 그렇다고 공부를 못한 편도 아니었다. 초등학교 때 석차는 중상이었고 중학교 때는 중간쯤이었다. 컴퓨터 게임을 즐기고 피시방 가는 걸 좋아하는 평범한 아이였다. 고등학교 2학년 때까지도 스타크래프트 2와 리그오브레전드를 즐겼다.

우혁이를 표현하는 단어 세 개를 고르라면 라면, 게임, 그림이죠. 셋 중에 하나를 고르지는 못하겠어요. -이규정

우혁이는 그림 그리는 일을 그 무엇보다 좋아했다. 우혁이는 책상에 앉으면 늘 무엇

인가를 그렸다. 어렸을 때는 졸라맨 캐릭터에 빠져서 종이로 만화책을 만들기도 했다. 쉬는 시간에도 뛰어나가 놀지 않고 만화를 그린 적도 많았다. 커 가면서는 만화 캐릭터보다는 무늬를 디자인하기를 좋아했다. 물론 또래들이 그렇듯 강풀이나 조석, 귀귀 같은 작가의 웹툰은 빼놓지 않고 챙겨 보았다.

우혁이는 좀 특이하게 펜을 돌렸는데 펜을 돌리지 않으면 늘 그림을 그리고 있었어요. 펜을 돌리는 건 무슨 그림을 그릴까 생각을 하는 거였을까요? 저랑 이야기를 하면서도 학원에서도 수업 중에도 늘 그림을 그렸어요. -이규정

우혁이가 전에 살던 화성을 떠나 안산의 단원고등학교에 오게 된 것도 공부보다는 하고 싶은 그림을 계속하게 해 주고 싶다는 부모님의 뜻이 반영된 거였다. 중3 담임이었던 권미례 교사에 따르면 우혁이는 본인의 희망도 그랬고, 적성 검사나 능력 검사에서도 색채 감각과 과학 분야 적성이 상대적으로 높게 나타났다.

만화가나 시각 디자이너가 될 꿈을 세우고 화성에 새로 생긴 디자인고등학교에 응시했으나 떨어졌다. 그러자 우혁이 부모는 고교 입학 시험이 남아 있는 화성보다는 평준화가 된 안산으로 가는 것이 공부 압박도 덜 받고 디자인이나 애니메이션을 전공하고 싶은 우혁이 적성에도 더 맞겠다 생각했다.

단원고등학교에 배정된 후 바로 화성에서 안산으로 이사하려고 했으나 집이 곧바로 팔리지 않았다. 직장이 안산에 있는 아버지 진기영 씨가 아침저녁으로 우혁이를 차로 데려다주고 데려 왔다. 덕분에 아버지와 아들은 매일 30분간 진지한 대화를 할 수 있었다.

우혁이가 그림 다음으로 좋아한 것은 기타였다. 아버지를 졸라서 통기타(어쿠스틱 기타)도 전자 기타도 갖고 있었다. 어렸을 때는 피아노를 쳤다. 중학교에 들어가자 피아노를 그만두고 드럼과 기타 치는 것을 배우고 싶다고 했다. 한동안 두 가지를 다 하더니 어느 날부터 드럼은 그만두고 기타만 즐겼다.

일본의 기타리스트인 오시오 코타로를 매우 좋아했다. 오시오 코타로는 손가락으로 기타줄을 튕겨 고난도의 음악을 선보이는 핑거 스타일 연주자이자 작곡자로 유명하다. 우혁이는 시간이 나면 오시오 코타로의 〈황혼〉과 〈윈드송〉을 연습하곤 했다. 노래 듣기도 좋아해서 우리나라 래퍼인 산이와 미국의 싱어송라이터인 제이슨 무라즈를 귀에 꽂고 살았다. 운동신수가 될 정도는 아니었지만 운동도 잘했다. 공으로 하는 운동은 못했지만 다른 운동은 다 잘하는 편이었다. 스키도 잘 탔고 자전거도 잘 탔다. 뿐만 아니라 엄마를 가르치기도 했다.

> 어렸을 때 우혁이한테 공부를 직접 가르쳐 보려고 한 적이 있어요. 그런데 자꾸 화를 내게 되어서 그만두었어요. 가족끼리 가르친다는 게 참 힘든 일이에요. 그런데 우혁이는 저한테 가르칠 때 한 번도 화를 낸 적이 없어요. 너는 스키 잘 타니까 고급 코스에 가서 타라고 해도 저를 위해 초급에 남아서는 가르치고 또 가르치고, 제가 잘할 때까지 기다려 줘요. 자전거도 그랬어요. 잘하지 못하면 짜증을 낼 만도 한데 똑같은 내용을 몇 번이고 되풀이해도 절대로 짜증을 내지 않았어요. -어머니

수학여행을 떠나기 전날, 우혁이는 엄마와 오랜만에 드라이브를 했다. 수학여행 전날이라 단축 수업을 했기 때문에 아버지가 데리러 갈 수 없어서 엄마가 갔다. 엄마가 려 갈 때면 풍광이 좋은 어천 저수지길로 돌아서 왔다. 그 길을 두 사람은 드라이브길이라 불렀다. 집으로 돌아오면서 두 사람은 끊이지 않고 이야기를 나눴다. 엄마와 이렇게 진진하게 이야기해 본 것은 오랜만이었다.

그때 우혁은 아버지가 담배를 많이 피우는 것과 살이 찐 것을 걱정했다. 엄마도 좀 더 신경 써서 아버지 건강을 챙기라고 권했다. 엄마에 대해서도 무슨 말인가를 했는데, 엄마는 또렷이 기억이 나지 않는다고 했다. 어렴풋이는 엄마가 우혁이를 닦달하는 것으로 엄마 스스로 힘들어할까 봐 걱정했던 것으로 기억하고 있다. 느긋해져야 엄마가 편안하지 않겠느냐고, 자기 걱정이 아니라 엄마 걱정을 먼저 했다. 엄마는 잔소리 때문에 우혁이가 엄마에게 짜증을 내고 있지 않았나 하는 생각이 마음 한편에 있었는

데, 우혁이는 전혀 그렇지 않았다는 걸 나중까지 두고두고 생각했다.

우혁이는 21일 가족의 품에 안겼다. 그의 유해는 안산 하늘공원에 모셔졌다.

아버지 진기영 씨는 가족들이 슬픔에 빠져 있어 부의금을 거절한다는 의사를 채 밝히기 전에 이미 들어와 버린 부의금으로 10킬로그램들이 쌀 50포대를 사서 안산의 가난한 사람들에게 써 달라고 일동주민센터에 기탁하고 100만 원은 지역 단체에 기부했다.

우혁이네 집 베란다에는 꽃을 좋아하는 엄마에게 우혁이가 생일 선물로 드린 카랑코에가 화사한 꽃을 피우고 있다. 색채 감각이 뛰어났다는 교사의 말처럼 주홍도 주황도 누렁도 아닌 오묘한 노을빛의 카랑코에였다.

벚꽃엔딩

안산 단원고 2학년 4반 **최성호**

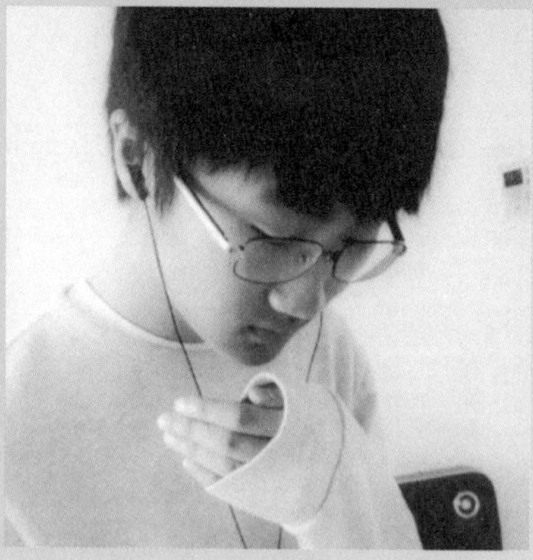

1. 아빠가 말레이시아 가기 전 배웅하면서 찍은 사진.

2. 성호가 즐겨 치던 피아노.

3. 수학여행 가기 이틀 전 이발한 모습이 예뻐서 찍은 사진.

벚꽃엔딩

"여덟 시가 가장 아름다우니까 그때 보세요."

올봄에는 유난히 벚꽃이 예쁘다고, 그런데 관찰한 결과 저녁 여덟 시가 가장 아름답더라고 시간까지 정해 주면서 너는 말했다.

우리가 사는 동네에는 유난히 벚나무가 많다. 화정천 물길을 따라서 네가 다니던 학교에 이르는 길에도, 고잔동이랑 초지동 개천 길에도, 와동 쪽빛공원이랑 물왕리 저수지에도, 그리고 미술관이랑 저수지를 끼고 있는 화랑유원지에도…… 벚나무가 얼마나 많은지, 아기 잇몸처럼 붉게 물오른 꽃망울이 터지기 시작하면 퐁퐁퐁 소리마저 들릴 것 같았다. 벚꽃이 절정에 이르면 뭉게뭉게 피어오른 꽃구름이 온 동네를 숨 막힐 듯 덮어 버렸다.

네가 그렇게 말할 때 엄마는 크게 주의를 기울이지 않았다. 너무 많으면 귀한지 모르기도 하고, 사는 일에 치이다 보면 감정이 메마르기도 해서, 겨울 지나니 봄이 오고, 봄이 왔으니 꽃이 피고, 꽃이 피니 벚꽃도 피고, 그렇게 해마다 피는 꽃인걸, 그랬을 것이다. 그래, 그랬다. 그런데 너는 꼭 집어서 말했다.

"집에 들어오는 길 있잖아요? 거기 벚꽃이 제일 예뻐요. 그중에서도 여덟 시가 가장 아름다워요."

너는 그렇게 섬세한 아이였다. 어떨 때 보면 엄마보다 더 곰살궂고 여성스럽다 싶을 때도 있었다. 엄마가 늦게 들어오는 날이면 네가 잘하는 어묵탕을 끓여 놓고, 언제 들어오냐, 빨리 들어와라 재촉하곤 했다. 어딘가에서 칼칼한 국물을 먹어 보고는 그게 청양고추 때문이란 걸 알아내고 곧바로 따라 했다. 중학생 때는 재량 학습 시간에 요리부에 들어 춘천 닭갈비며 스파게티까지 해 주던 너였다. 네가 만들어 온 케이크는 또 어떻고? 그렇게 맛있는 케이크는 지금껏 먹어 본 적이 없었다. 엄마가 팔불출이라서가 아니라 그때 같이 먹은 사람들 모두 입을 모아 칭찬했던 거, 너도 알지? 엄마가 이런 얘기를 하면 아빠가 뭐라고 하는지 아니?

"엄마가 뭘 잘 안 해 주면 아들이 그렇게 하게 되는 거야."

엄마도 인정한다. 양말에 구멍이 나면 엄마는 쓰레기통에 버리는데, 너는 그걸 기워서 신는 아이였으니까. 너를 바느질 공방에 데리고 다닌 건 네가 중학생 때였다. 사춘기를 어떻게 하면 잘 넘길 수 있을까 궁리하던 끝에 데려간 거였다. 그런데, 이럴 수가! 네 바느질 솜씨를 본 공방 선생님이 엄마보다 네가 바느질을 더 잘한다고 말하는 거였다. 인사치레로 하는 말이 아니었다. 사실 다른 남자애들 같으면 애초에 따라가지도 않았겠지. 창피하게 그런 델 왜 가냐고 펄쩍 뛰었을 것이다. 그런데 너는 몹시 흥미를 보였다. 무엇보다 손재주가 있었다. 한번 가르쳐 주면 금방 따라 했다. 배운 걸 응용해서 새로운 걸 만들어 내기도 했다. 그렇게 애써 만든 걸 친구들이랑 선생님, 그리고 엄마에게 선물했다. 네가 만들어 준 머리핀이랑 머리끈, 그건 세상에서 단 하나뿐인 머리핀이고 머리끈이다. 마치 너처럼.

재욱이랑 코스프레에 푹 빠졌을 때, 너는 거기에서 입을 의상까지 직접 만들었다. 한 달 동안 용돈을 아껴서 모은 돈으로 시장에 가서 부직포랑 부재료를 사다가 재단을 하고 바늘로 꿰매고 수도 놓았다. 재욱이는 간호사 엄마의 직업에서 아이디어를 따와 환자복 코스프레를 했고, 너는 음료수 캔 코스프레를 했다. 부직포로 동그란 원통 모양을 만드는 게 난관이었다. 너는 이리저리 고민을 하더니, 앞에서 보면 둥근 원통처럼 보이게 타원형의 베개처럼 만들어 냈다. 처음에 만든 건 포카리스웨트 캔이었고, 두 번째 만든 건 2프로 캔이었다. 음료수 캔이라니, 좀 생뚱맞다고 엄마는 생각했다. 그런데 그게 히트를 쳤고, 포카리스웨트 코스프레 사진이 인터넷에 올랐다. 사람들은 포카리스웨트를 보았겠지만, 엄마 눈엔 그 속에서 웃고 있는 네 모습이 보였다. 그리고 뭐든 한번 시작하면 폭 빠지는 너의 열정을 엄마는 보았다.

한여름이었다. 가만히 있어도 땀이 배어 나는 더운 날이었다. 너는 러닝셔츠만 입고 바느질에 열중하고 있었다. 앞머리가 자꾸 흘러내리는지 머리핀까지 꽂은 네 모습이 얼마나 사랑스럽던지, 엄마는 얼른 옆에 있던 휴대폰으로 사진을 찍었다. 지금도 그 사진 속의 너를 보면 아직도 그 방에 꼼짝 않고 앉아 진지하게 바느질을 하고 있을 것만 같다. 그 모습이 아직도 너무나 생생하다.

너의 가늘고 긴 손가락이 떠오른다. 바느질은 그 손가락이 했던 일 가운데 아주 작은 부분에 지나지 않았다. 그 손가락으로 너는 어릴 때부터 뭔가를 만지고 있었다. 천 피스가 넘는 퍼즐을 꼼짝 않고 앉아서 맞추었고, 플라스틱 모형 맞추기를 좋아했다. 그러고 보니 너는 뭔가 만드는 걸 유독 좋아했다. 너는 그렇게 차근차근 자신만의 미래를 향해 한 걸음 한 걸음 나아가고 있었다. 손가락이 가지고 있는 본능에 이끌려서.

초등학교에 들어가더니, 퍼즐과 프라모델은 로봇 과학으로 발전했다. 선생님도 그걸 알아보고 로봇 대회에 너를 출전시켰다. 학교에서는 이미 금상을 땄으니, 시 대회에 내보내자고 한 건데 거기에서도 너는 동상을 받았다. 학교 신문에 네 얼굴이 커다랗게 실렸다. 기사 제목은 '학교를 빛낸 아이들'이었다. 그때 너의 꿈은 과학자였다.

중학교에 들어가자 너는 갑자기 피아노 학원에 보내 달라고 했다. 피아노를 치는 과학자? 흠, 상상만 해도 멋진걸. 아니면 과학에 취미가 있는 피아니스트? 아니면 과학적 피아니스트? 뭔들 어떻단 말이냐. 너는 이제 막 돋아난 새싹인걸. 꽃으로 치면 아직 눈도 뜨지 않은 꽃눈인걸. 어쨌든 엄마가 피아노 학원에 가라고 등 떠민 게 아니고 너 스스로 하고자 원했다는 것이 엄마는 기뻤다. 길고 가느다란 너의 손가락이 시킨 일이었을 것이다.

너는 어른이 시키는 대로 세상의 고정관념이나 편견에 따라 움직이는 아이가 아니었다. 바이엘, 체르니, 하농…… 누구나 하는 식의 피아노 교습 과정을 너는 따라 하지 않았다. 피아노의 기본을 배우고 나자 학원을 그만두고 인터넷으로 악보를 구해서 집에서 혼자 연습했다. 네가 하고 싶은 건 클래식이 아니었으니까. 가요도 좋아하지 않았다. 그럼에도 〈해를 품은 달〉의 OST를 연주한 건 오직 한 사람, 엄마를 위해서였다. 너는 그걸 악보도 없이 몇 번 들은 기억으로 쳐 냈다. 그런 걸 절대음감이라고 한다지?

네가 좋아하던 피아노곡의 음률이 귓가에 소용돌이친다. 곡명은 〈Night of Nights〉. 엄청나게 빠른 곡이다. 피아노 연주 소리가 마치 소낙비가 유리창에 부딪치는 것처럼, 폭포가 떨어지는 소리처럼 거침없고 돌풍이 소용돌이치는 것처럼 격정적이다. 그 연주자의 손가락 놀림이 얼마나 빠른지 악마의 왼손, 신의 오른손이라는 별명이 붙었다지? 네가 그 곡을 연습할 때면 집이 거대한 소용돌이에 휘말리는 기분이었다. 처음에는 사실 들어 주기가 괴로웠다. 멜로디라고 할 수 없는, 불협화음의 연속이었다. 아마 엄마 같으면 포기하고 말았을 것이다. 아니, 시작도 하지 않았을 것이다. 엄마는 듣는 것만으로도 숨이 턱에 찼으니까. 도저히 넘을 수 없는 까마득한 절벽을 마주하고 있는 듯한 기분이었다.

그러나 너는 끝내 그 벽을 넘어섰다. 사납게 날뛰는 야생마 같던 불협화음들이 마침내 온순하게 길들여졌고, 대신 네 손가락이 야생마처럼 건반 위를 날아다녔다. 산만한 것 같고 한없이 어리기만 한 것 같은 네 속 어디에 그런 열정과 끈기가 숨어 있는지, 놀라웠다.

어릴 때부터 너는 책을 많이 읽는 아이였다. 부모가 책 읽는 모습을 보여 주면 자녀도 책을 많이 읽게 된다는 말을 들었다. 그래서 엄마 아빠는 네가 어릴 때 책 읽는 모습을 많이 보여 주려고 노력했는데, 신통하게도 그 말이 맞았다. 너는 정말로 책 읽기를 좋아했다. 나중엔 엄마 아빠보다 더 책을 많이 읽었다. 언젠가는 네가 점잖게 엄마에게 한마디 했다.

"엄마, 책 좀 읽으세요."

그리고 언젠가 너를 좀 야단친 날, 너는 도서관에서 빌려 온 거라면서 책 한 권을 내밀었다. 제목은 《학대받는 아이들》이었다.

"엄마가 널 학대한다는 거니?"

어이가 없어서 쏘아붙였더니, 너는 능청스럽게 웃으며 말했다.

"학대가 어떤 건지 알아보려는 것뿐이에요."

너는 다양한 분야의 책들을 두루 읽었는데 그중에서도 소설 창작집이 유독 많았다. 뭔가에 몰두하면 늘 그렇듯 그즈음에는 혼자 책 읽는 시간이 많았다. 그렇게 책을 파고들더니 너의 꿈은 소설가로 바뀌었고 국문학을 전공하고 싶어 했다. 어느덧 꿈과 멀어져 버린 부모는 너를 힘들게 할 현실이 두려웠다. 국문과를 나와서는 취직하기도 어려운 데다 소설을 써서는 먹고살기도 어렵다고 아빠가 반대를 했다. 공대 출신인 아빠는 너도 공대를 가기를 바랐다. 하지만 너는 공대 체질은 아니었다.

어릴 때는 과학자가 꿈이었고 한때 카이스트를 가고 싶어 하기도 했지만, 자라면서 바뀐 것이다. 학교에서 상담을 하거나 적성 검사를 해도 문과 성향으로 나왔다. 하지만 너는 아빠가 반대하니까 막무가내로 밀어붙이지는 못하고 한동안 궁리하더니, 소설은 나중에 여러 가지 경험을 쌓은 후에 쓰고 대학에서는 심리학을 공부해 보겠노라고 했다.

어쩌면 아빠는 네가 성장하고 변화하는 과정을 잘 몰랐을 수도 있다. 아빠는 직업 때문에 지방 근무가 많았다. 그래서 네가 초등학생 때는 경북 영주로 전학하기도 했었다. 그곳 아이들이 너를 괴롭혔다는 걸 엄마는 나중에야 알게 되었다. 알고 보니 녀석들은 네가 좋아서 가깝게 지내고 싶은 마음을 그런 식으로 표현한 것이었다. 네가 로봇 과학을 잘해서 큰 상을 받은 후에는 녀석들과 친하게 되었다. 너는 그런 걸 누구에게도 말하지 않고 참아 냈다. 하지만 참을성 없는 엄마는 그 학교와 아이들에게 너무 화가 나서 너를 데리고 안산으로 돌아와 버렸다.

그렇게 엄마와 너, 둘만의 생활이 시작되었다. 둘만의 생활은 대개는 조용했지만, 가끔은 깔깔거리고 왁자지껄했으며 때로는 큰소리가 오가기도 했다. 다른 집도 다 그러지 않나? 우리 집만 유별난 건 아니라고 생각하고 싶었지만, 아빠의 빈자리가 엄마에게는 유별난 것이었다. 아빠 없이 혼자 자란 아이 티가 날까 봐 좀 겁이 났다. 외아들이라서 더 그랬을 것이다.

그런데 너는 엄마보다 그릇이 컸다. 무슨 일인가로 우리가 큰소리를 낸 날, 가방을 싸서 집을 나간 건 엄마였다. 후후, 다른 집은 대개 자식이 집을 나가던데 말이다. 홧김에 겁이나 주자 싶어 나오긴 했는데, 마상 갈 데가 없었다. 밤에 살그머니 집에 돌아가니, 안방에 이부자리가 깔려 있었다. 그때 네가 자는 척하는 거 엄마가 다 알고 있다는 거, 너도 알았을 것이다. 너는 그런 애였다. 네가 화가 나서 획 밖으로 나가도, 돌아올 때는 삼각 김밥이랑 캔 커피 같은 걸 사 와서 슬그머니 엄마 앞에 밀어 놓았다. 흥, 내가 먹을 줄 아니? 엄마는 새침하게 쏘아붙이면서 그걸 먹었다.

이런 우리를 꼭 부부 같다고 사람들은 말했다. 그래, 사실 우리는 참 좋았다. 너무나 친밀했다. 아빠가 없기 때문에 너는 엄마에게 남편이고 아빠이고 아들이었다. 휴일이면 우리는 아베크족처럼 손을 꼭 잡고 놀러 나갔다. 영화도 보고, 홍대 앞에 가서 네가 좋아하는 만두랑 면 요리도 먹고, 네가 갖고 싶어 하던 헤드셋도 사고, 예쁜 가방도 샀다. 언젠가는 네가 적극적으로 나서서 검색한 맛집을 찾아간 적도 있었다. 일식 우동이랑 돈가스를 하는 집이었다. 음식도 맛있었지만, 먹는 것에 통 관심이 없어서 늘 괜찮아, 됐어, 하던 네가 어딜 가자고 한 게 처음이라 엄마는 몹시 반가웠다.

그 무렵 아빠는 순천으로 전근하게 되었다. 엄마 아빠는 더 이상 가족이 이렇게 떨어져서 살 수는 없다고 생각했다. 네가 단원고 1학년 2학기 때였다. 너에게는 형제처럼 가까운 친구들이 생겼고, 그 친구들과 밴드를 만들 생각에 들떠 있었고, UCC 동영상을 만들 구상도 하고 있었다. 고등학생이 되었으니 나름대로 너의 계획, 너의 세계가 만들어지고 있을 무렵이라 갑작스런 전학은 큰 충격이었을 것이다.

게다가 경기도에서 전라도는 별나라처럼 낯선 환경이었을 것이다. 너는 한동안 적응하지 못했다. 학교생활도, 그리고 오랫동안 떨어져 지내던 아빠와도. 그렇지만 어떻게든 가족이 함께 살아야 한다는 생각 하나로 우리는 조금씩 양보하고 이해하며 맞춰 나갔다. 마치 이인삼각 경기를 하듯이 함께하는 법을 배웠고, 함께하는 기쁨도 알아갔다. 그런데 누구의 질투일까. 순천으로 내려간 지 반년쯤 지났을 때, 갑자기 아빠가 해외 지사로 발령받았다.

어쩔 수 없이 엄마와 너는 다시 안산으로 돌아왔다. 다시 단원고 2학년 1학기에 복학해 영영 이별인 줄 알았던 절친들을 다시 만난 너의 기쁨은 이루 말할 수 없었다. 너의 얼굴에는 생기가 돌았다. 잃어버린 왕국을 다시 찾은 왕자처럼 안산을 누비고 다녔다. 음악을 좋아하는 친구들이랑 모여서 밴드 연습도 하고 베이스 기타도 배웠다. 바이올린도 배우고 싶다고 해서 수학여행을 다녀오면 사 주기로 약속했다.

너는 이미 순천에서 1학년 2학기 때 수학여행을 다녀왔다. 한 번 갔다 왔으니 이번에는 안 가면 안 되겠냐고 엄마가 물었다. 너는 말했다.

"이 여행은 내가 좋아하는 친구들이랑 가는 거잖아."

떠나기 전날, 우리는 여행 가방을 같이 꾸렸다. 그런데 이상했다. 네 여행 가방을 꾸리는데, 엄마는 너의 옷보다는 엄마 아빠 옷을 더 많이 챙기고 있었다. 엄마의 곰돌이 추리닝이랑, 배에서 추우면 입으라고 아빠의 바람막이 점펀를 넣었다. 추리닝이나 바람막이 점퍼는 네 것도 있지만, 너를 지켜 주고 싶다는 생각으로 챙긴 것이다. 참 막연해서 설명하기 어렵지만, 그랬다.

너는 절친들과의 여행에 대한 기대로 잔뜩 부풀어 있었다. 가방을 다 싸고 우리는 뒤로 벌렁 누웠다. 나란히 누워 있던 네가 갑자기 엄마를 꼭 안았다.

"왜 이래?"

엄마가 공연히 심통을 부리며 밀치자 너는 애교를 부리면서 더 꼭 안았다.

"내가 언제 또 엄마를 안아 주겠어."

그러면서 너는 오히려 엄마 걱정을 했다.

"엄마는 내가 없으면 밥을 잘 안 먹는데 어쩌지?"

엄마는 별생각도 없이 대답했다.

"너 갔다 오면 먹지 뭐."

엄마가 너 없는 나흘 동안 밥을 안 먹을 리 없지만, 너는 오히려 어른처럼 애정을 담아서 걱정하고, 엄마는 공연히 어깃장을 놓으면서 투정을 부린 것이다.

그리고 우리는 재미 삼아 설문지를 풀었다.

너는 엄마의 꿈이 무엇인지 아니? 엄마의 꿈은 말이야, 좋은 엄마가 되는 거였다. 그래서 시작한 게 상담 공부였다. 너를 잘 키우고 싶은 욕심만 앞서서 너무 엄하게 야단치는 건 아닌지, 우선은 엄마가 멋진 엄마가 되어야 너를 잘 키울 수도 있을 것 같다는 생각으로 시작한 것이다. 그날은 엄마가 공부를 시작한 첫날이었고, 거기에서 받아 온 설문지가 있었다. 사람의 성향을 알아보고 성향에 따라 어떻게 대하는 게 좋은지를 알아보는, 뭐 그런 내용이었다. 그걸 너랑 해 보고 싶었다. 잘 지내고 싶은 사람은 다름 아닌 너였으니까. 그런데 그게 오히려 문제를 일으켰다. 네가 뭔가 체크를 잘못해서 그걸 지적하자 네가 신경질을 냈고, 그냥 넘어갈 수도 있었는데 엄마까지 화를 내 버렸고, 그래서 속상한 얘기를 마구 해 버렸다.

너와 엄마는 다음 날 아침까지 냉랭했다. 네가 현관을 나서는데 신발주머니가 보였다.

"이거 가져가."

너는 엄마가 건네주는 신발주머니를 받으며 말했다.

"다녀오겠습니다."

그러고는 먹던 토스트를 다 먹지 못하고 엄마에게 내밀었고, 엄마는 그걸 받아 먹었다. 뭐, 다 있을 수 있는 일이었다. 일어나지 않았으면 더 좋았겠지만, 그게 우리를 영영 등 돌리게 할 일은 아니니까. 그러고도 금방 볼 부비는 게 우리니까. 우리는 엄마와 아들이니까.

아무리 그래도 수학여행 떠나는 너를 그렇게 보내고 마음이 좋을 리 없었다. 공연히 툭툭 치고 건들면서 장난치다가 알지도 못한 새 스르르 풀어지는 그런 날도 많았는데, 그날은 왜 그게 안 됐는지 속이 상했다. 후회가 됐다. 왜 엄마가 먼저 네 어깨를 툭툭 두드려 주지 못했는지, 잘 다녀오라고 왜 먼저 말 건네지 못했는지, 후회가 됐다. 돌아오면 더 잘해 줘야지 생각했다. 너도 엄마랑 똑같은 마음이었을 것이다.

그날 밤, 말레이시아에 있는 아빠와 전화 통화를 했다. 엄마 얘기를 다 들은 아빠가 말했다.

"내가 오랫동안 생각해 봤는데, 아무래도 내가 이 회사를 그만둬야 될 것 같다. 그렇게 알고 있어라."

그건 여름 방학 때 네가 말레이시아에 다녀온 후가 될 것이었다. 아빠는 너에게 좀 더 넓은 세상을 보여 주고 싶어 했고, 그래서 이미 티켓팅까지 해 두었으니까. 너도 그날을 손꼽아 기다리고 있었다.

그런데, 성호야.

말레이시아 행 비행기는 너를 태우지도 않은 채 날아가 버렸다. 아빠가 공항에 가서 너의 티켓으로 보딩 패스를 발부받았으니 어쩌면 그 자리에 네가 앉았을까? 아빠는 이제 그곳에 없는데. 이제 회사도 다니지 않고, 그래서 우리 가족이 함께 살 수 있는데. 하루 종일 부대끼며 살 수 있는데……

세월은 흘러 네가 떠나던 그날이 돌아오고 있다. 겨울 가면 봄이 오고, 봄이 오니 꽃이 피고, 꽃이 피니 벚꽃도 피고, 그렇게 해마다 피는 꽃이라고 생각하던 그 꽃, 그 꽃이 올해도 필까?

밤 여덟 시, 벚꽃을 볼 수 있을까.

너도 없이……

충분히 좋은 기억

안산 단원고 2학년 4반 **한정무**

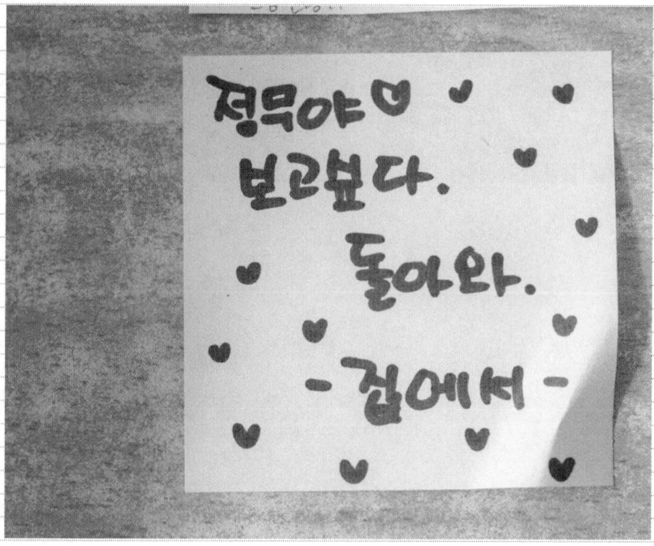

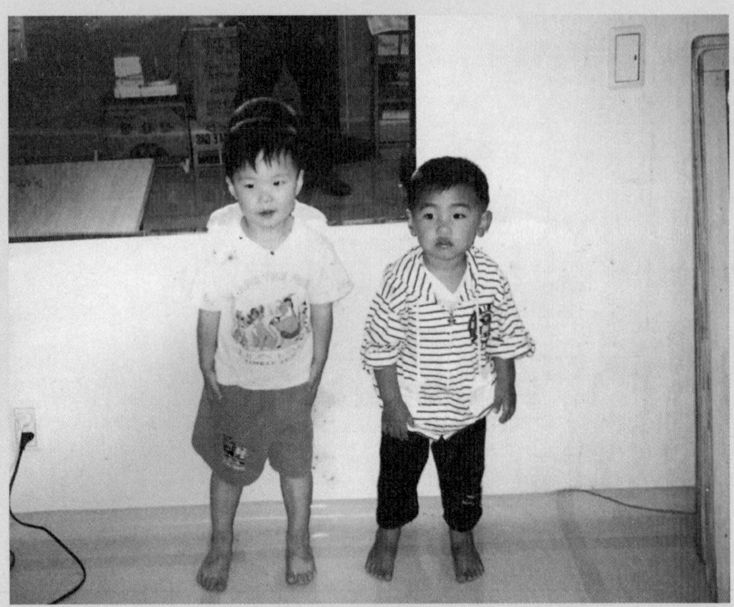

1. 금진 삼총사 중 한 친구와. 왼쪽이 정무.
2. 금진 바닷가에서 정무.
3. 중학생 정무 그리고 엄마와 외할머니.

충분히 좋은 기억

금진 국화꽃

정무의 배꼽 왼쪽에 새겨진 국화꽃 이야기를 들려줄까? 강원도 동해에서 출발해 바닷길을 따라서 묵호를 지나고 망상도 지나 옥계까지, 기원이 궁금한 예쁜 이름의 마을들을 줄줄이 지나치면 비로소 자그맣고 고운 백사장 하나가 보일 텐데, 그 작은 바닷가 마을의 이름은 금진이야. 기회가 된다면 너희 모두 여기 금진에서 이어지는 바닷길을 따라 여행해 보길 바라. 사람들은 자꾸 나라 밖 먼 데 있는 좋은 길들을 찾아 떠돌지만, 여기 이 바닷길도 세상 어디에 있다는 어느 좋은 길 못지않게 아름답거든. 우린 가까이에 있는 좋은 것들을 종종 못 본 채 지나치곤 하니까 말야.

이 금진 마을엔 옛 모습을 잃지 않은 부두가 하나 있는데, 이야기는 여기 금진항에서 시작하지. 동해는 물이 깊고 파도가 세기 때문에 금진항에는 우리가 흔히 '삼발이'라고 부르는 커다란 콘크리트 테트라포드가 엄청나게 많이 쌓여 있어. 부모님이 낚시를 좋아하신다면 바다에 낚싯대를 드리우고 한없이 기다리는 부모님의 눈을 피해 이 테트라포드 사이사이를 뛰어다녀 본 경험이 있을 거야. 그렇다면 그게 꽤 스릴 있는 놀이라는 것도 이미 알고 있겠지?

횟집을 운영하는 외할아버지 외할머니와 가게 일을 돕는 엄마까지, 특히 손님이 몰리는 여름철 성수기가 되면 어른들은 그야말로 눈코 뜰 새 없이 바빠졌어. 식사 시간이 되면 혼자 바닷가로 나와 놀던 정무는 곧 방파제 놀이의 재미를 알게 되었지. 정무에게 방파제는 놀이터의 정글짐이었다가, 따닥따닥 붙어 있는 따개비를 따거나 구석구석 돌아다니는 갯강구를 사냥하는 채집장이었다가, 가끔 깊이를 알 수 없는 어둠을 드러내 놀라게 하는 무서운 동굴이기도 했으니까. 물론 정무가 혼자서 방파제 탐험에 나섰던 건 아니야. 정무 곁에는 사정이 비슷한 친구 둘이 있었는데, 이 셋을 금진의 어르신들은 '방파제 삼총사'라고 불렀어.

무엇보다 정무가 좋아했던 것은 삼총사들과 함께 테트라포드 사이에 괸 바닷물 사이로 잔망스럽게 돌아다니는 물송사리 떼를 지켜보는 일이었어. 파도가 잔잔하면 잔잔한 대로, 거칠면 거친 대로 물결을 타고 날아다니는 것처럼 일렁이는 물송사리 떼를 하염없이 바라보느라 밥시간을 놓치기 일쑤였지.

"정재야 이놈아, 작작 좀 뛰어다녀!"

정재는 정무의 어린 시절 이름이야. 뾰족하게 날이 선 외할머니의 불호령을 듣고 나서야 정무는 아랫배에서부터 짜하게 올라오는 허기를 느꼈어. 외할머니의 잔소리가 정무의 배꼽시계였던 셈이지. 그렇게 들어와서는 손님 치르느라 먹을 때를 놓쳐 퉁퉁 불은 짜장면 그릇에 코를 박고, 외할머니의 표현에 따르자면 '짜장으로 목욕하듯이' 한 그릇을 뚝딱 비워 낸 후에 식당 한편에서 기절한 듯이 곯아떨어졌어. '복스럽게 먹는다'는 말이 있잖아? 그렇게 난장을 피우며 밥을 먹어도 그 모습이 하도 복스러워서, 밥벌이에 진이 빠진 어른들도 정무가 먹는 모습을 보며 그럭저럭 고된 하루를 위로받았대.

정무가 잘 먹는 걸 유난히 좋아했던 외할머니가 정무에게 '세상에서 제일 맛있는 소고기'라며 보양에 좋다는 개고기를 슬쩍슬쩍 먹였던 것은 엄마에겐 비밀이었지. 정무는 시간이 지난 후에 그게 소고기가 아니라는 사실을 알게 되었지만, 어쨌든 맛있는 고기라는 사실을 부정할 수는 없었대. 그런 정무가 이 맛있는 고기를 뚝 끊게 된 사연이 있는데, 그건 잠시 후에 들려줄게.

눈치 빠른 사람은 알아차렸겠지만 어린 정무는 안산에서 사업하는 아버지와 떨어져 외가에서 살고 있었어. 정무 엄마가 워낙 젊은 나이에 정무를 낳아 모르는 사람들에게 정무가 외할머니 외할아버지의 늦둥이처럼 보였던 것도 무리가 아니었지. 외할머니가 정무에게 '뭘 먹이는 담당'이었다면, 외할아버지는 정무를 '어디로 나르는 담당'이었어. 무슨 말인고 하면, 외할아버지가 어딜 가든 정무와 함께 다니는 걸 좋아해서 아침에 고기를 떼러 어시장에 나갈 때도, 단체 손님을 태우러 터미널에 나갈 때도 꼭 정무를 보조석에 앉히고 다녔거든. 정무도 외할아버지를 따라다니는 게 싫지 않았어. 그건 방파제 탐험과는 또 다른 모험이었으니까. 트럭 조수석에 앉아서 외할아버지의 말동무를 하며 정무는 이런저런 세상의 얼굴들을 마주치게 되었지.

정무의 바닷가 마을 생활은 말하자면 작은 발견들로 가득 채워져 있었어. 환호성이 튀어나올 만큼 즐거운 일은 몹시 더디게 일어나지만, 입 한쪽 꼬리가 슬며시 올라가는 소소한 기쁨이라면 도처에 널려 있는 날들. 정무에게 바다는 이야기를 들려주기보다 한없이 듣기만 하는 친구에 가까웠지만, 처음으로 물송사리를 건져 올렸던 날 손주름을 툭툭 두들기던 매끈한 지느러미의 감촉만은 아주 오랜 시간이 지난 후에도 선명하게 떠올릴 수 있었지.

언젠가 지독한 악몽을 꾸고 한밤중에 깨어난 정무가 무서움을 쫓기 위해 식은땀이 흥건한 손을 주물러 그 오래된 감촉을 불러내려 한 것은, 말하자면 금진 밤바다를 밝힌 집어등을 찾아 모여드는 오징어 떼의 행동처럼 자연스러운 일이었던 셈이야. 기억이라는 것은 시간이 지날수록 윤곽이 희미해지거나 어떤 쪽으로든 깎여 나가기 마련이지만, 그것이 충분히 좋은 것이라면 영영 사라지지 않고 어딘가에 남아서 필요한 순간 우리에게 신호를 보내오거든. 툭툭, 툭툭 하는 감촉이 손안에서 살아날 때의 그 안도감이란!

국화꽃 이야기를 하던 중이었지? 그날도 여지없이 정무는 삼총사들과 함께 방파제 투어를 돌고 온 참이었어. 정무네 횟집은 가운데 큰 마루에 상이 여러 개 놓여 있는 꼴이었는데, 아직 뜀박질할 힘이 남아 있던 삼총사가 어른들의 주의가 소홀한 틈을 타서 마루를 뛰어다니기 시작한 게 화근이었지. 마루 한쪽에는 100인분씩 밥을 짓는 커다란 전기밥솥이 뽀얗고 뜨거운 김을 막 뿜어내는 중이었어.

우당탕 하는 소리에 놀란 외할머니가 마루로 뛰쳐나왔을 때 정무는 이미 기울어진 전기밥솥 아래서 대성통곡을 하고 있었어. 열심히 상을 타 넘던 정무가 그만 뜨거운 김이 뿜어져 나오던 전기밥솥 위로 엎어지고 만 거야. 외할머니가 급한 대로 상처 부위에 찬물을 들이붓고 엄마가 소독약을 찾아 찬장을 뒤지는 동안 정무 옆에서 발을 동동 구르던 삼총사 중 한 녀석이 대단한 발견이라도 한 양 정무에게 말했어.

"네 배꼽 옆에 꽃이 폈다!"

아니나 다를까, 김에 데인 정무의 배꼽 왼쪽 화상 자국이 꼭 화사한 꽃 모양으로 부풀어 오르는 게 아니겠어? 엄마가 그제야 전기밥솥의 뜸 구멍을 살펴보았는데 그 모양이 꼭 국화꽃 같더래. 어렸을 때 남은 흉터는 아이랑 같이 자라나서 어른이 되면 더 흉하게 번지는 경우도 있다잖아. 씨근덕거리는 정무를 보는 어른들의 마음도 편치야 않았지만, 같은 값이면 다홍치마라고 기왕지사 흉이 생겼다면 예쁜 국화꽃 무늬보다 나을 게 더 뭐가 있겠어?

좌충우돌 오락가락 금진의 날들은 잘도 흘러갔어. 그러다 다섯 살이 되던 어느 날, 외할아버지가 바다를 보러 가자며 자는 정무를 깨웠어. 매일같이 보는 바다를 한밤중에 굳이 또 보러 갈 게 뭔가 싶었지만, 정무는 군말 없이 외할아버지의 트럭에 올라탔어. 언제나 정무를 붙잡고 미주알고주알 사소한 이야기를 늘어놓던 외할아버지가 그날따라 온종일 시무룩해 있던 것이 신경 쓰이던 참이었거든. 외할아버지는 트럭을 타고서도 한참 동안 말이 없다가 파도가 높이 들이치는 항구를 지날 때에야 비로소 입을 떼었어.

"저기 멀리 바다랑 하늘이 닿는 곳을 봐라. 뭐 다른 걸 모르겠느냐?"

정무는 미간을 찌푸리고 한참을 바라보다가 다른 점을 알아차렸어. 언제나 밤바다를 낮같이 밝히던 집어등의 불빛이 하나도 보이지 않았던 거야.

"아, 고깃배가 하나도 없네!"

"그래. 오늘같이 파도가 심한 날에는 고깃배도 쉰다. 고깃배만 쉬는 게 아니라 바다도 모처럼 쉰다."

정말 그러네, 바다가 오랜만에 편안히 밤잠을 자겠구나, 정무는 생각했어.

"너는 착하다. 사람이 착한 것만큼 큰 복이 없어. 너를 착한 아이로 세상에 낳아 준 부모에게 항상 감사해야 한다. 착한 사람은 착하다는 이유로 이런저런 불편을 겪기도 한다. 그럴지라도 모진 마음을 먹거나 용심을 부려서는 좋을 게 없어. 조금 불편하더라도 지금처럼 어른 공경하고 남의 것 탐내지 않고 살면 문제없다. 어떤 것도 착한 것보다 좋을 수는 없으니까."

외할아버지는 다시 예전처럼 미주알고주알 이야기를 늘어놓았지만, 정무는 어쩐 일인지 그 앞에서 까불거나 애교를 피울 수가 없었어. 무언가 중요한 일이 일어나고, 한 번 그 일이 일어나면 다시는 그 일이 일어나기 전으로 돌아갈 수 없을 것 같은 느낌. 외할아버지라면 그런 느낌을 뭐라고 부르는지 단번에 알려 주셨을 텐데 정무는 그것조차 물어볼 수 없었지. 운전하는 외할아버지의 옆얼굴을 흘깃 보았을 때, 외할아버지의 눈가에 반짝하는 물기가 어려 있었기 때문이야. 금진을 떠나는 일은 생각보다 어렵지 않았어. 모든 일이 한꺼번에, 아주 빠르게 일어났거든.

행복이

초등학교 진학을 앞둔 정무는 엄마와 아빠의 판단 아래 아빠가 있는 안산으로, 그리고 곧 할머니가 있는 충남 공주시 유구읍으로 옮겨 가게 되었어. 수원의 회사에서 일하던 아빠 혼자서 정무를 키우기 여의치 않아 안산 작은아빠네 집에서 유치원을 다니다가, 할머니가 고향 마을에 작은 신발 가게를 차리면서 정무를 잠시 맡아 키우기로 한 거야.

유구로 말할 것 같으면 작고 어여쁜 개천 유구천을 빼놓고 이야기할 수 없지. 안산에서 또래의 사촌 동생 해연이, 주연이와 놀이터며 공원에서 뛰노는 것도 재미있었지만, 금진 바닷가의 소문난 탐험가였던 정무로서는 어딘가 채워지지 않는 부분이 있었거든. 수정처럼 맑은 유구천은 정무의 갈증을 단번에 풀어 주었어. 유구에서 새로 사귄 동무들과 친해지는 것은 일도 아니었지. 물장구를 치고 물고기 몰이를 하다 보면 시나브로 해가 서녘 하늘에 걸렸고, 어느덧 결성된 '유구천 삼총사'가 할머니의 신발 가게로 들이닥치면 할머니는 정무가 좋아하는 초코우유랑 홈런볼을 내주셨어.

정무의 복스러운 먹성에 대해서는 이미 이야기했지? 정무가 먹는 모습을 좋아하기로는 할머니도 둘째가라면 서러웠어. 할머니가 아무리 바빠도 정무 밥상에 고기반찬이 빠지는 일은 없었어. 삼겹살이든 꽃등심이든 한 근을 사면 꼭 네 번에 나누어서 먹는데, 식탐을 부리지도 않고 예닐곱 점 맛있게 먹고 딱 그치는 그 모습이 눈에 넣어도 아프지 않을 지경이었대.

그렇지만 더할 나위 없던 유구의 생활도 오래 지속되지는 못했어. 엄마와 아빠의 사정에 따라 정무는 유구에서 금진으로, 경기도 일산으로, 파주로, 다시 안산으로 쉴 새 없이 터전을 옮겨야만 했거든. 정재에서 정무로 이름이 바뀐 것도 이 무렵의 일이야.

어린 정무는 낯선 환경에 적응하는 데 어려움을 겪었어. 일산의 초등학교를 다닐 땐 혼자 집에 들어가는 게 무서워서 엄마가 일을 마치고 돌아올 때까지 하염없이 자전거를 타고 돌아다니는 게 일이었지. 엄마와 외할머니의 근심이 깊어졌어.

작은 요크셔테리어는 그렇게 정무를 찾아왔어. 외할머니가 마침 분양할 곳을 찾고 있던 지인에게서 새끼 한 마리를 얻어 온 거야. 엄마는 정무의 품에 강아지를 안기며 말했어.

"요 녀석의 이름을 네가 한번 지어 봐. 누군가의 이름을 지어 주는 것은 아주 책임감이 필요한 일이야. 매일같이 그 이름을 부를 테고, 그렇게 자주 이름을 부르다 보면 누구 말마따나 그 이름이 결국 하나의 의미가 될 테니까."

'하나의 의미가 된다'는 것이 무슨 뜻인지 정무는 정확하게 이해할 수 없었지만, 아무튼 엄마가 강아지 이름을 짓는 일을 제법 심각하게 대한다는 것은 알 수 있었어. 정무는 곰곰 생각할 것도 없이 머리를 스치는 좋은 이름 하나를 건져 올렸지. 행복이!

"행복이, 좋은 이름이네."

너희가 지금까지 정무의 이야기를 귀담아들었다면 행복이랑 정무가 얼마나 실과 바늘처럼 붙어 다녔을지 어렵지 않게 짐작할 수 있겠지? 깨어나서 잠들 때까지 정무는 행복이를 챙겼어. 행복이로 인해 정무의 도시 생활 적응이 한결 수월해진 것은 물론이지. 우선 엄마와 외할머니가 없는 집으로 돌아오는 일이 더는 무섭지 않았고, 언제나 보살핌을 받던 자신이 누군가를 보살펴 주는 입장이 되자 달리 보이는 것들이 생겨나기 시작했어. 작은 꽃이나 풀을 이유 없이 짓밟지 않게 되었고 학교에서 시력이 나쁜 아이를 못되게 놀려 대는 친구들을 점잖게 말리는 역할도 맡게 되었지. 정무가 '세상에서 제일 맛있는 소고기'의 유혹을 끊은 것도 행복이를 만나면서부터야. 암, 아무리 입맛이 당겨도 그건 친구에 대한 도리가 아니잖아?

하지만 외할머니는 행복이를 지나치게 감싸고도는 정무가 아무래도 좀 불안해 보였나 봐. 행복이가 소변을 가리지 못해 혼을 내는 중에도 정무가 행복이를 감싸고돌자 외할머니는 마음을 단단히 먹고 정무에게 말했어.

"너 이러다가 행복이가 아파서 죽기라도 하면 어쩔 셈이냐? 행복이가 없어지면 너는 다시 혼자 화장실도 못 가고, 엄마랑 할매가 없는 집에도 혼자 들어오지 못하는 겁쟁이가 될 참이야?"

정무는 머리를 세게 얻어맞은 것 같았어. 행복이가 아픈 것만 생각해도 눈물이 차오를 것 같은데, 외할머니가 너무 심한 말을 했다고 생각했지. 하지만 외할머니도 물러설 생각이 없었어. 정무는 외할머니의 질문에 선뜻 대답할 말을 찾지 못했어. 분한 마음이 들고 대거리를 하고 싶었지만 어쩔 수가 없었어. 하지만 답할 수 없었던 어려운 질문을 이때 미리 받은 것이 시간이 지난 후에는 정무에게 오히려 큰 약이 되었지.

정무네 집이 일산에서 파주로 이사를 하던 날, 행복이가 영영 정무의 곁을 떠났거든. 이삿짐을 풀어 놓고 잠시 자리를 비운 사이 열린 현관문 사이로 빠져나간 행복이가 낯선 동네에서 길을 잃고 다시 돌아오지 못한 거야.

정무는 장장 삼 개월 동안 울다 잠들고 울면서 일어나야 했어. 손주의 고통을 지켜보는데 지친 외할머니는 새 강아지를 하나 더 얻어 올까 하는 고민을 엄마에게 털어놓았지만, 엄마의 입장은 단호했지. 울다 지친 정무를 앉혀 놓고 엄마가 말했어.

"두 번째, 세 번째 행복이가 온다고 해도 똑같아. 언젠가 너는 행복이를 떠나보내야 하고 행복이가 없는 생활에 익숙해져야 해. 엄마는 이제 행복이를 더 찾지도 않을 거고 또 다른 행복이를 데려오지도 않을 거야."

행복이를 보낸 그 봄, 정무는 자기 안에서 무언가가 빠져나갔다는 사실을 깨달았어. 그게 무엇인지 잘 설명할 순 없지만 한 가지는 확실히 해 두고 싶었어. 어떤 소중한 것이 사라지더라도 모래 지옥 같은 슬픔에 스스로 빠져드는 잘못을 저지르지는 말자.

잦은 이사와 전학을 거쳐 마지막으로 엄마와 외할머니를 떠나 아빠가 있는 안산으로 와서 고등학교에 진학할 때까지, 정무는 용기가 남아 있는 한 누구에게도 자기가 감당할 수 없는 것을 기대지 않고, 자신을 튼튼하게 지키며 살아가자고 다짐했어. 외할머니가 '남자가 사회생활을 하려면 당당하게 에너지를 뿜어낼 수 있어야 한다'며 권했던 드럼을 다시 시작하고, 취미로 시작했던 합기도 수련을 시합에 나갈 정도의 강도로 몰아붙였던 것은 말하자면 정무가 자신에게 내 준 숙제였던 셈이야.

다시, 국화꽃

방파제 삼총사, 아빠, 엄마, 외할아버지, 외할머니, 작은아빠, 작은엄마, 해연이, 주연이, 할머니, 유구천 삼총사, 파주 친구들, 행복이, 일산 친구들…… 어느덧 고등학생이 된 정무는 벌써 그렇게 크고 작은 작별들에 익숙해져 있었어. 만나서 반갑게 인사하고 좋은 마음으로 같이 시간을 보내다가 때론 내가 아닌 이유로, 때론 나로 인해 멀어져야 했던 많은 얼굴들. 정무는 만약 마음에도 피부와 형태가 있다면, 자기의 마음에 제법 단단하게 굳은살이 박여 있을 거라 생각했어. 드럼을 두들기고 샌드백을 치며 단련을 했던 그 시간만큼의 굳은살이. '어쭈, 한정무 이제 제법 어른 태가 나는데?' 하고 스스로 다독일 때쯤 벼락같이 열여섯 번째 봄이 찾아온 거야.

천 명 가까이 사람을 태울 수 있다는 하얀 페리에 올라탄 정무는 고개를 내밀어 청록색 바다를 내려다보았어. 하얗게 부서지는 포말이 걷히자 그 아래 거센 물길을 따라 반짝이며 몰려다니는 덩어리가 보였어.

물송사리!

'이렇게 먼 바다에 물송사리가 웬 말이람?' 정무는 배꼽 왼쪽의 국화꽃이 욱신거리는 것을 느꼈어. 뭐라도 좋지! 아무렴, 좋고말고. 충분히 좋은 것이라면 영영 사라지지 않고 어딘가에 남아 필요한 순간 신호를 보내온다잖아.

이 날씨, 이 기분, 지금 이 순간 떠오르는 고운 얼굴들. 정무는 구름 사이로 막 고개를 들이민 4월의 들뜬 햇빛을 받아 비단처럼 반짝이는 저것이, 아주 멀리까지 자기를 마중 나온 금진 방파제의 물송사리 떼라고 믿기로 했어.

그 아이들이 이 수학여행의 멋진 시작을 알리는 신호를 보내오는 것이라고 말야.

여기, 한 아이가 있다

안산 단원고 2학년 4반 **홍순영**

1. 순하게 웃던 아이, 홍순영.

2. 순영이가 그린 그림.

3. 어느덧 고등학생, 한결 의젓한 모습으로.

여기, 한 아이가 있다

한 아이가 여기로 왔다

아이는 눈부신 빛으로 엄마의 꿈에 찾아들었다. 밝고 따스하고 부드러운 빛이었다. 아이의 빛은 엄마에게 깃들어 조금씩 자라나, 마침내 우렁찬 생명으로 터져 나왔다.

1997년 5월 12일, 따스한 봄날의 아침이었다.

순영이는 순한 아이였다

잘 울지도 않고, 울음 끝이 길지도 않았다. 까닭 모를 투정도 많지 않았다. 잘 먹고 잘 웃고 잘 잤다. 아빠는 활기차게 사업을 벌이며 든든한 울타리가 되었고, 엄마는 아이들에게 온 마음을 다했다. 열세 살 난 누나는 어린 동생이 마냥 신기했다. 이따금 샘이 나기도 했지만 동생의 그 작은 얼굴을 가만히 보고 있노라면 저도 모르게 웃음이 났다. 아빠도, 엄마도, 전보다 더 자주 웃었다. 창밖으로 계절이 바뀌고 해가 지나도 집 안은 한결같이 따스했다. 순영이는 볕 좋은 창가에 놓인 화초처럼 잘 자랐다.

그런데 그날, 돌연한 폭풍이 집안을 덮쳤다.

아빠가 쓰러졌다. 뇌출혈이었다. 아빠는 병상에 눕고, 엄마는 낮밤을 가리지 않고 아빠를 보살펴야 했다. 집안은 태풍이 휩쓸고 간 바닷가처럼 황량해졌다. 어린 남매만 빈집에 덩그러니 남겨졌다.

순영이는 영문을 몰랐다. 어째서 아빠가 돌아오지 않는지, 어째서 엄마가 그토록 고단한 얼굴을 하고 있는지. 갑자기 누나가 어른처럼 구는 것도 낯설었다. 무슨 일이 일어났는지 제대로 이해하기 어려웠다. 그래도 좋지 않은 일이 일어났다는 사실만은 직감할 수 있었다. 무서웠다. 불안하고 또 외로웠다.

하지만 순영이는 느낄 수 있었다. 폭풍이 그치면 하늘이 맑아지듯, 엄마와 아빠는 돌아올 것이다. 누가 알려 준 건 아니었다. 그냥 스스로 알 수 있었다. 사랑으로 자란 아이는 사랑을 믿을 줄 알았다.

집안에 그늘이 드리워도 순영이의 가슴에는 밝고 따스하고 부드러운 빛이 가득했다. 가족이, 가족과 함께한 시간이 순영이의 가슴을 빛으로 채워 주었다. 어떤 돌풍이 몰아친대도 꺼지지 않을, 그런 빛이었다.

아빠가 집으로 돌아왔다

아빠는 예전과 달라져 있었다. 여느 아빠들과는 좀 다른 모습이었다. 뇌출혈의 후유증으로 거동이 크게 불편해졌다. 직장에 다니지도 않았고, 활기차게 걷지도 못했다. 지팡이에 의지해서 걸어야 했다. 몸이 불편하다 보니 조금 어두운 인상으로 보일 수도 있었다.

엄마는 아빠의 그런 모습 때문에 아이들에게 마음이 쓰이나 보았다. 특히 순영이는 한창 예민한 나이였다. '중2병'이라나 뭐라나, 요즘 중학생들이 얼마나 예민한지에 대한 우스갯소리까지 떠돌았다. 약점을 놀림감으로 삼는 경우가 많다고들 했다. 심지어 괴롭힘의 빌미로 삼는 경우도 있다고들 했다. 엄마는 아빠로 인해 순영이가 마음을 다치게 될까 걱정되었다.

중학교 졸업식을 앞둔 날, 엄마가 순영이에게 조용히 물었다.

"순영아. 너…… 아빠가 졸업식에 가시는 거 괜찮겠어? 친구들이 아빠를 보고 놀릴

지도 모르잖아."

순영이는 피식 웃었다. 우리 엄마 참 어린애 같은 소리 하시네, 하는 웃음이었다.

"내 아빠잖아요. 근데 뭐가 창피해요? 아빠가 내 졸업식에 오시는 거야 당연하지."

순영이는 아빠와 자주 오붓한 시간을 보냈다. 전에는 아빠가 종종 순영이를 차에 태우고 반월저수지까지 드라이브를 다녔다. 이제는 순영이가 아빠를 모시고 산책을 다니기도 하고, 집 근처 커피숍에서 차를 마시기도 했다. 중학교 때부터는 아빠 목욕을 돕기도 했다.

순영이는 아빠를 사랑했다. 고마웠다. 아빠의 빈자리가 컸던 만큼 아빠가 돌아와 줘 얼마나 기쁜지 몰랐다. 병마를 이겨 내 준 아빠에게 고마웠다. 전과 조금 다른 모습이라도 괜찮았다. 아빠니까, 내 아빠니까.

누나가 집을 떠났다

학교를 졸업하고 어엿한 사회인이 되어 독립하게 된 것이다. 순영이에게는 엄마나 아빠가 집을 떠나는 것과 다름없는 일이었다.

아빠와 엄마가 병원에서 지내는 동안, 누나가 순영이를 돌봤다. 아침마다 유치원으로, 학교로 챙겨 보냈으며, 집으로 돌아온 다음에도 순영이를 일일이 보살펴 주는 것은 누나의 일이었다. 그러다 보니 걱정이 많아져서 이런저런 잔소리도 더러 하게 되었다.

"순영아. 밥 먹기 전에 손 씻어야지."

"순영아. 숙제는 다 했어?"

순영이는 누나에게 꼬박꼬박 존대했다. 나이 차이도 그렇고, 관계를 보아서도 그렇고, 엄마나 다름없는 누나였다. 말씨만 존대를 한 게 아니라, 실제로도 누나의 말에 잘 따랐다. 이따금 개기고 싶어지면, 장난스런 별명으로 누나를 놀렸다.

"마귀할멈!"

그렇게 아웅다웅할 때는 영락없이 철부지 남매였다.

그런 누나가 결혼을 했다. 순영이에게 매형이 생겼다. 형이 생긴 것이다. 외아들인 순영이에게 너무도 반가운 선물이었다.

"누나! 매형! 결혼 축하해요!"

순영이는 용돈을 모아 산 커피 잔 세트를 선물했다. 마음 같아서는 온 세상을 선물하고 싶었다.

주말이면 누나와 매형이 치킨과 맥주를 사 오곤 했다. 엄마와 순영이 그리고 누나 부부가 한자리에 앉아 치킨을 먹어 가며 고스톱을 치거나 수다를 떨며 마음껏 웃었다. 어떤 때는 다 같이 나가서 영화를 보거나 볼링을 치기도 했다.

그러다 이따금 젊은 부부가 말다툼을 할 때도 있었다. 어떤 때는 순영이랑 같이 있다가 말다툼이 일어나기도 했다. 그럴 때면 순영이가 넉살 좋게 나서곤 했다.

"매형. 우리 누나는 이렇게 톡 쏘는 게 매력이에요, 그렇죠?"

누나는 어이가 없어 웃고 말았다. 매형도 그만 웃었다. 어린 처남 덕분에 자연스럽게 웃음으로 넘기게 되었다.

매형이 순영이에게 따로 용돈을 챙겨 주기도 했다.

"누나한테 들키면 안 되니까 티 안 나게 써, 알았지?

사소한 거지만, 누나가 모르는 비밀을 공유한 거였다. 매형과 한결 친해진 기분이었다. 순영이는 누나와 매형이 더없이 든든했다. 누나에게는 마냥 어리광을 부리게 되었다. 매형에게도 마음을 기대고 있었다.

늘 고마운 마음, 언제까지 함께하고픈 마음이었다.

엄마에게 전화를 걸었다

순영이는 학교에서 집으로 오는 길에 종종 엄마와 통화했다. 별스런 이야기는 없었다. 하루 동안 있었던 이런저런 이야기들이었다. 누가 들으면 가까운 친구, 아마도 여자 친구랑 통화하는 모양이라고 여길 만했다.

순영이는 유난히 엄마에게 각별한 아들이었다. 늘 엄마에게 마음을 썼다. 엄마의 마음을 살피고, 엄마를 즐겁게 해 주려 했다. 애교가 이만저만이 아니기도 했다.

고등학생이 되어서도 목욕을 하고 나면 아무렇지 않게 벌거벗고 집 안을 돌아다녔다. 다 큰 녀석이 무슨 짓이냐고 엄마가 웃으면, 순영이는 천연덕스럽게 대꾸했다.

"뭐 어때요? 이게 다 마미가 준 선물인데."

순영이는 엄마를 "마미"라고 불렀다. "마마"나 "아가", "공주"라는 소리도 잘했다. 고등학생이 되어도 엄마를 여전히 애칭으로 부르는 거였다. 늦은 밤에 엄마가 집 앞 가게에라도 나갈라치면 순영이가 펄쩍 뛰었다.

"안 돼요. 누가 우리 공주 납치해 가면 어떡해요? 내가 갔다 올게요."

심부름뿐만 아니었다. 순영이는 집안일도 잘 도왔다. 고구마 순을 손질하거나 빨래를 개는 것처럼 단순한 일도 돕고, 가끔은 혼자 요리도 했다. 간단한 볶음밥 등을 만들곤 했는데, 오므라이스 달걀 부침 위에는 케첩으로 하트 모양을 그렸다.

집안일 심부름의 대가로 천 원씩 이천 원씩 받은 돈은 아껴 모아서 알뜰하게 썼다. 좋아하는 만화책을 보는 데 쓰기도 하고, 고장 난 컴퓨터를 고치기도 했다.

잠들기 전에 가스를 잠그는 것도, 문단속도 순영이가 도맡아 했다. 어떤 때는 아침에 학교에 가서 엄마에게 문자를 보내기도 했다. 엄마, 가스랑 문단속 잘 하셨어요?

그렇게 하루를 보내고 나면 순영이는 엄마 품을 찾아들었다. 순영이와 엄마는 한자리에서 꼭 안고 잠들었다. 그토록 다정한 밤에 순영이는 입버릇처럼 말했다.

"엄마하고 오래오래 이렇게 살아야지."

순영이는 엄마의 친구였고, 애인이었다.

순영이와 엄마는 같이 외출하는 일이 많았다. 극장에 가서 팝콘을 사이에 두고 영화를 보기도 했고, 화랑유원지를 산책하거나 미술관에 들르기도 했다. 몹시 추운 날, 둘이서 스케이트를 탄 적도 있었다. 맛집을 찾아다니는 재미도 아주 좋았다. 그럴 때면 순영이는 내내 엄마 어깨에 팔을 두르고 다녔다. 엄마가 화장실에 가면, 가방을 들고 그 앞에서 기다리기도 했다.

화이트데이나 밸런타인데이 같은 날도 빠트리지 않고 챙겼다. 엄마에게 줄 사탕을 사면서 슈퍼마켓 주인 아주머니에게 하나 건네기도 했다.

착한, 참 착한 아이였다.

저보다 덩치가 작은 아이한테 맞고 들어오는 일도 있었나. 엄마가 속상한 마음에 왜 맞고 다니냐고 물었더니, 순영이는 참으로 저다운 대답을 했다.

"내가 때리면 그 애가 아프잖아요."

순영이는 다른 사람의 마음을 살필 줄 알았다. 아픈 마음을 모르는 척하지 않았다. 그럴 수 없는 성품이었다.

아빠가 쓰러지신 뒤 엄마는 힘든 시간을 보냈다. 순영이는 그 사실을 잘 알고 있었다. 알고도 잊거나 혹은 외면하는 경우도 많지만, 순영이는 그러지 않았다.

엄마가 자신의 기쁨이듯 자신도 엄마의 기쁨이 되고자 했다. 엄마가 자신의 울타리이듯 자신도 엄마의 버팀목이고자 했다. 그런 마음을 아낌없이 전하고 싶었다.

"엄마. 힘들 텐데 아침마다 이렇게 밥 차려 주셔서 고맙습니다."

늘 고마운 마음인데, 그날따라 꼭 그 마음을 전하고 싶었다. 그 밖에도 하고 싶은 말이 많았다. 두고두고 엄마에게 마음을 전하고 싶었다.

순영이는 그림을 그렸다

제 책상에 앉아 그림을 그릴 때가 가장 행복했다. 새하얀 종이에 꿈꾸는 세상을 마음껏 채워 나갔다. 스스로 그려 가는 세상이었다. 현실을 훌쩍 뛰어넘는, 자유.

만화는 자유로운 상상의 나라였다. 텔레비전에서 방영하는 〈네모네모 스폰지밥〉이 시작이었다. 순영이는 그때부터 만화에 재미를 붙여 〈짱구는 못 말려〉도 즐겨 보았고, 〈졸라맨〉의 팬도 되었다.

〈졸라맨〉이 초등학생들 사이에 큰 인기를 끌 때였다. 아이들은 저마다 졸라맨이 되어 악당을 물리치는 기분에 휩싸였다. 만화책에, 애니메이션에, 게임까지 크게 유행했다.

순영이는 졸라맨을 그리기 시작했다. 처음에는 그림 위에 종이를 대고 베꼈고, 그러다 그림을 보면서 따라 그리게 되었다. 종이에 그리다 나중에는 컴퓨터 그림판에도 그릴 줄 알게 되었다. 새로 이야기를 지어서 만화로 그려 책처럼 엮기도 했다.

중학교에 들어가 만화 동아리에 가입했다. 고등학교 때도 당연히 만화 동아리였다. 따로 만화 학원에 다니지 않는 대신 동아리에서 열심히 그림을 그렸다.

나날이 그림 실력이 늘었다. 동아리 선배들에게 잘 그리는 아이로 인정받았다. 일단 시작하면 힘들지 않게 쓱쓱 그려서 금세 그림을 완성했다. 언젠가 친구 동혁이네 집에 갔다가 우울해하는 동혁이 동생을 위해 쓱싹, 그림 한 편을 완성해서 선물로 주기도 했다.

친구들도 순영이의 실력을 인정해 줬다. 음악 밴드 에이디에이치디(ADHD)에서 활동하는 수현이가 순영이에게 손을 내밀었다.

"우리 밴드에 들어오지 않을래? 포스터 같은 걸 그려 줄 멤버가 필요한데."

순영이는 무척 기뻤다. 노래를 부르거나 악기를 다루지 않는데도 밴드의 일원으로 초대받았다. 다른 것도 아니고 그림으로 밴드에 들어가게 되다니!

자신 있었다. 진짜 밴드 부럽지 않게 매력적인 캐리커처를 그려 주고 싶었다. 그럴 만한 실력도 있었다.

꾸준히, 열심히 그려 왔다. 그동안 그린 그림이 책상 곳곳에 쌓여 있었다. 그림이 쌓일수록 펜을 쥔 손놀림이 자유로워졌다. 그럴수록 자신만의 세상을 마음껏 그려 나갈 수 있었다.

단지 재미가 아니었다. 순영이는 그림을 그리는 사람이 되고 싶었다. 만화가가 장래의 꿈이 되었다.

고등학교 2학년이 되면서 만화 학원을 알아봤다. 하지만 비용이 만만치 않았다. 엄마에게 부담을 주기가 미안했다. 일단 지금껏 해 온 것처럼 스스로 좀 더 그려 보자 싶었다. 만화를 공부할 수 있는 책을 보면 도움이 될 것 같았다.

순영이는 설에 받은 용돈으로 책을 샀다.

"누나. 만화 공부할 책 살 건데, 나 대신 인터넷 서점에서 주문해 줄래?"

《쉽게 배우는 만화 시리즈》라는 데생부터 컬러링까지 기본적인 기법을 알려 주는 책이었다.

다음으로 용돈을 모아 태블릿 피시를 사려고 마음먹었다. 태블릿 피시로 그림을 그리는 요령도 익히고 싶었기 때문이었다.

족히 오십만 원은 필요했다. 정기적으로 받는 용돈, 집안일을 거들고 받는 심부름 값, 매형이나 누나가 덤으로 주는 용돈…… 머잖아 생일이니까 선물 대신에 용돈을 받을 수도 있을 것이다. 아르바이트를 할까 하는 생각도 들었다.

만화가가 아닌 다른 꿈을 꿀 때도 있었다. 한의사가 되는 것도 좋아 보였다. 편찮으신 아빠를 보아 왔기 때문에 아픈 사람들을 돌보는 일에 자연히 관심을 갖게 되었다. 한의사가 되어서 어려운 사람들을 돕는 것도 보람 있는 일인 것 같았다.

순영이는 할 일을 하나씩 꼽아 보았다. 할 일이 많았다. 하기 싫은 일이 아니었다. 하고 싶은 일, 이루고 싶은 꿈이었다.

· ADHD 밴드 캐리커처 그리기

· 《쉽게 배우는 만화 시리즈》를 따라 그림 연습하기

· 용돈 모으기

· 아르바이트 알아보기

곧 중간고사였다. 열심히 노력해서 최선의 결과를 얻고 싶었다. 2학년이 되면서부터 야간 자율 학습에도 참여하고 있었다. 하고 싶은 일이 많은 만큼 의욕이 넘쳤다.

휴대 전화로 달력을 봤다. 얼마 전 누나가 새로 개통해 준 스마트폰이다. 어느덧 4월이다. 15일부터 18일까지는 수학여행, 바로 내일 밤에 출발이다.

순영이는 엄마 곁에 누웠다. 평온한 어둠으로 가득한 밤, 엄마의 따스한 숨결 속에 잠이 들며 마음으로 속삭였다.

늘 엄마 곁에 있을게요. 오래오래.

한 아이가 여기로 왔다

아이는 따스한 빛으로 아빠 곁에 있다. 산책길의 다정한 목소리로, 커피숍의 은은한 차향으로, 집으로 돌아오던 길의 푸르던 그 하늘빛으로.

아이는 밝은 빛으로 누나와 매형 곁에 있다. 누나, 누나 하던 그 어린 목소리로, 누나와 매형 사이로 슬며시 들어서던 장난스러운 웃음으로, 두고두고 울려올 생일 축하 노래로.

아이는 눈부신 빛으로 엄마에게 깃들어 있다. 처음의 그 우렁찬 울음으로, 수화기 너머로 들려오던 쾌활한 목소리로, 엄마를 감싸 주던 듬직한 어깨로, 사랑한다고 말하던 그 사랑스러운 눈빛으로.

아이는 저를 닮은 빛으로 머무르고 있다.

여기, 순영이가 있다.

경기도교육청 '약전발간위원회'

위원장 | 유시춘

위원 | 노항래 박수정 오시은 오현주 정화진

경기도교육청 약전작가단(139명)

강무홍 강정연 강한기 공진하 권현형 권호경 금해랑 김경은 김광수 김기정 김남중 김동균 김리라 김명화 김미혜 김민숙 김별아 김선희 김세라 김소연 김순천 김연수 김용란 김유석 김은의 김이정 김인숙 김지은 김하늘 김하은 김해원 김해자 김희진 남궁담 남다은 남지은 노항래 명숙 문양효숙 민구 박경희 박수정 박은정 박일환 박종대 박준 박채란 박현진 박형숙 박효미 박희정 배유안 배지영 서분숙 서성란 서화숙 선안나 손미 송기역 신연호 신이수 안미란 안상학 안재성 안희연 양경언 양지숙 양지안 오수연 오시은 오준호 오현주 유시춘 유은실 유하정 유해정 윤경희 윤동수 윤자명 윤혜숙 은이결 이경혜 이남희 이미지 이선옥 이성숙 이성아 이영애 이윤 이재표 이창숙 이퐁 이해성 이현 이현수 임성준 임오정 임정아 임정은 임정자 임정환 임채영 장미 장세정 장영복 장주식 장지혜 전경남 정덕재 정란희 정미현 정세언 정윤영 정재은 정주연 정지아 정혜원 정화진 정희재 조재도 조지영 진형민 채인선 천경철 최경실 최나미 최아름 최예륜 최용탁 최은숙 최정화 최지용 하성란 한유주 한창훈 함순례 홍승희 홍은전 희정

416 단원고 약전
짧은, 그리고 영원한 4권 (2학년 4반)

제 별에서 여러분들을 보고 있을게요

초판 1쇄 2016년 1월 12일
초판 3쇄 2018년 3월 20일

지은이 경기도교육청 약전작가단
엮은이 경기도교육청
펴낸이 이재교
책임감수 유시춘
책임교정 양순필
책임편집 박자영
그림 김병하
손글씨 이심
디자인 김상철 박자영 이정은
인쇄 신사고하이테크(주)

펴낸곳 굿플러스커뮤니케이션즈(주)
출판등록 2013년 5월 7일 제2013-000136호
주소 서울시 마포구 동교로17길 51 (서교동 458-20) 4, 5층
대표전화 02.6080.9858
팩스 0505.115.5245
이메일 goodplusbook@gmail.com
홈페이지 www.goodpl.net
페이스북 www.facebook.com/pages/416book

ISBN 979-11-85818-15-3 (04810)
ISBN 979-11-85818-11-5 (세트)

「이 도서의 국립중앙도서관 출판시도서목록(CIP)은
서지정보유통지원시스템 홈페이지(http://seoji.nl.go.kr)와
국가자료공동목록시스템(http://www.nl.go.kr/kolisnet)에서 이용하실 수 있습니다.
(CIP제어번호: 2015035429)」

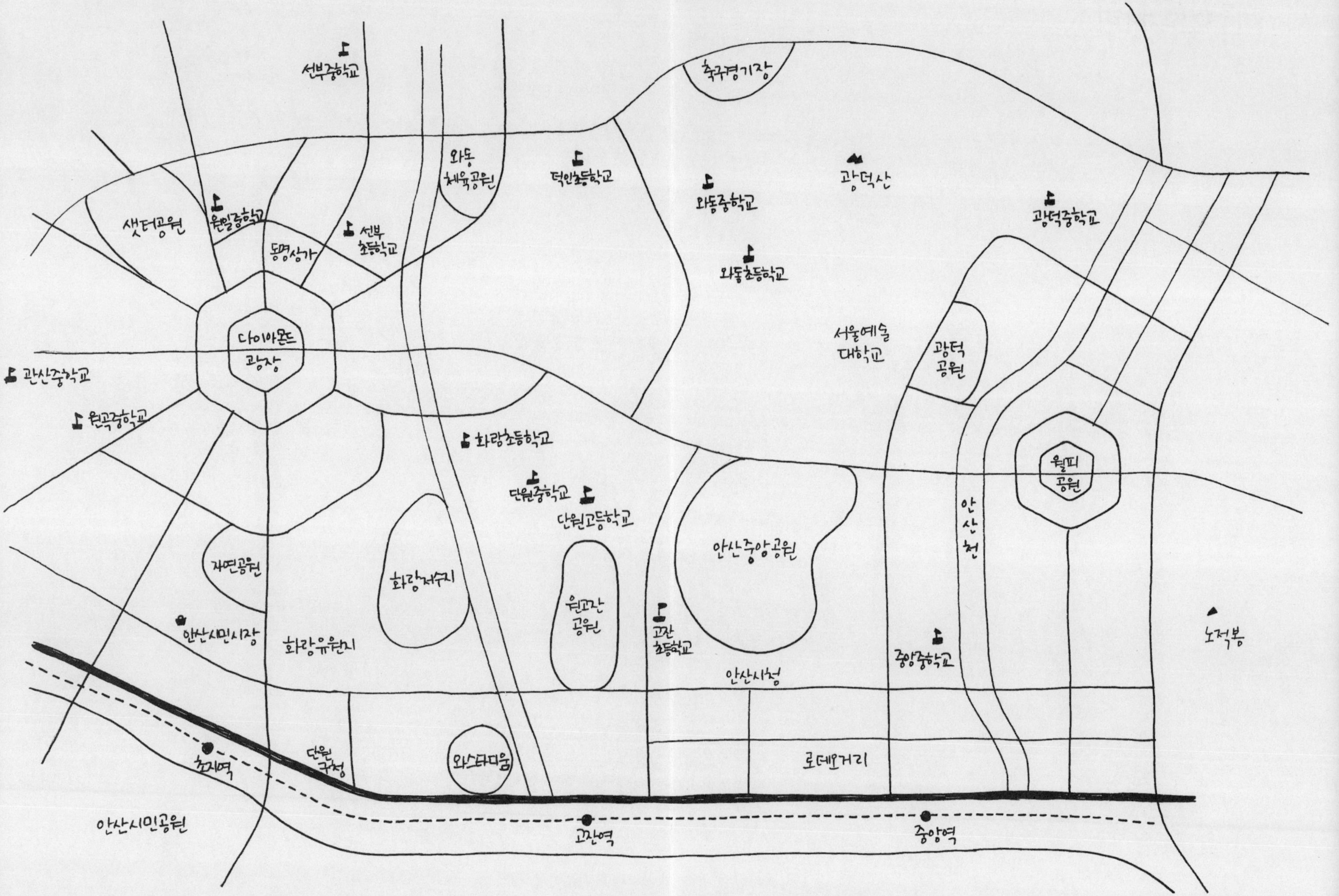
선부중학교
축구경기장
와동
체육공원
덕인초등학교
와동중학교
광덕산
광덕중학교
샛터공원
원일중학교
선부
초등학교
동명상가
와동초등학교
서울예술
대학교
광덕
공원
다이아몬드
광장
관산중학교
원곡중학교
화랑초등학교
월피
공원
단원중학교
단원고등학교
안
산
천
안산중앙공원
자연공원
화랑저수지
원고잔
공원
고잔
초등학교
노적봉
안산시민시장
화랑유원지
중앙중학교
안산시청
단원
구청
초지역
와스타디움
로데오거리
안산시민공원
고잔역
중앙역

머물렀던 거리

←